KB162444

"어, 어때요?"

셰릴은 세렌이 갓 제작을 마친 옷을 입었다.
셰릴 전용으로 조정한 일품은, 어지간한 상품과는 격이 다른 존재감이 넘쳤다.

> 셰릴
SHERYL

슬럼의 소녀. 아키라의 도움으로 조직의 보스가
되었다. 아키라에게 은혜를 갚고 싶어 하지만……

> 아키라
AKIRA

슬럼에서 출세하기 위해 헌터가 된 소년. 유물
강탈범과의 사투로 장비를 싹 잃지만, 그 보상으로
1억 오럼이란 거금을 얻는다.

나야, 좋은 이야기가 있는데……

>Author : nahuse >Illustration : gin >Illustration of the world : yish >Mechanic design : cell

리빌드 월드 III

The advanced civilization that once dominated
the world has crumbled away, and a long time has passed.
People rallied the fragments of wisdom and glory scattered
all over the world and spent a long time rebuilding human society.

Rebuild World

上 숨겨진 유적

Author 나후세   **Illustration 긴**
Illustration of the world 와잇슈   **Mechanic design cell**

Contents

제70화 숨겨진 유적

아키라는 슬럼에서 벗어나 출세하기 위해서 헌터가 되었고, 쿠즈스하라 시가지 유적에서 알파와 만났다. 그리고 알파에게 한 가지 의뢰를 받아 협력자로서 함께 행동하게 되었다.

그 뒤로 우여곡절을 거친 헌터 활동이 아키라를 단련시키고, 실력을 비정상적인 속도로 키워나갔다.

알파에게 선지급 보수로 받은 서포트의 힘은 대단해서, 평범한 슬럼의 꼬마를 단기간에 쿠가마야마 시티에서 지명 의뢰를 알선받을 정도의 헌터로 변모시켰다.

그 성과로 아키라는 과거 슬럼에서 꿈꾸던 것을 얻었다. 꾀죄죄한 옷을 입고, 실험이나 다를 바 없을 만큼 불안전한 음식을 먹고, 자다가 살해당해도 전혀 이상할 데가 없는 뒷골목에서 자고 있을 때 꾸었던 꿈이다.

좋은 옷을 입고, 멀쩡한 음식을 먹고, 안전한 곳에서 자고 싶다. 고작 그 정도의 꿈. 하지만 슬럼의 뒷골목에서는 충분히 엄청난 소원을 이뤘다.

전투복이지만 좋은 옷을 얻었다. 넋이 나갈 정도로 맛있는 것을 먹었다. 신출내기 헌터는 엄두도 못 내는 큰 집을 구했다.

슬럼 생활에서 벗어나 한때 바란 꿈을 이룬 것이다.

하지만 그 꿈을 이루고도 아키라의 마음은 여전히 슬럼의 뒷골목에 있었다. 누구든 멸시하고, 믿지 못하고, 서로 죽인다. 그러한 뒷골목의 정신 상태 그대로.

그러나 그 마음도 헌터 활동을 계속하면서 아주 조금 달라졌다. 남을 위해 주저하지 않고 자신의 목숨을 내던지는 자들을 보고, 아키라는 그런 사람도 있다는 사실을 알게 되었다.

그리고 한 사건이 아키라에게 매우 큰 충격을 주었다. 유미나라는 소녀가 한 말을 들었을 때다.

"훔친 사람 잘못인 게 당연하잖아!"

그 말을 다른 누군가가 다른 상황에서 말해도 그토록 큰 충격을 아키라에게 주지는 않았을 것이다. 다른 누군가에게 같은 말을 들었다고 해도 같은 충격을 받을 일이 없었다.

하지만 아키라에게는 너무나도 충격이 큰 말이었다.

그날, 지금껏 내내 뒷골목에서 웅크리고 있던 아키라의 정신은 아주 조금 밖으로 발을 내디뎠다.

그렇게 발을 내디디고, 아키라는 앞으로 걸음을 옮겨 헌터 활동을 계속해 나간다. 알파와 한 약속을 지키기 위해서. 받은 의뢰를 언젠가 완수하기 위해서.

그리고 자기 자신도 아직 잘 모르는 소망을 이루기 위해서. 무의식중에 바라던 것을 언젠가 꼭 얻기 위해서.

아키라와 알파, 이들의 헌터 활동은 각자의 소망을 이루기 위해 오늘도 계속된다.

◆

아키라는 쿠즈스하라 시가지 유적에서 유물 강탈범 일당을 격파한 전투 이력을 쿠가마야마 시티에 팔아넘기고, 그 대금으로 1억 6000만 오럼을 얻었다.

하지만 이미 1억 5000만 오럼을 쓴 상태다. 전투가 끝나고 후송된 병원에서 치료비로 6000만 오럼, 잃어버린 장비를 사는 데 8000만 오럼, 고성능 회복약 값으로 1000만 오럼이다.

아키라의 몸은 오랜 슬럼에서의 혹독한 생활과 그보다도 더 혹독하고 잦은 전투 때문에 엉망이었다. 하지만 지금은 비싸고 수준 높은 치료 덕분에 방벽 안쪽에서 잘 사는 사람들과 다를 바 없을 정도로 건강해진 상태다.

헌터 활동을 하면서 앞으로도 더 많은 성과를 거두려면 총이든 강화복이든 더 강력한 물건이 필수다. 하지만 강력한 장비일수록 그만큼 가격도 비싸다.

효과가 좋은 회복약은 제조하는 데도 고도의 기술이 필요하므로 매우 비싸다. 하지만 전장에서는 부상으로 움직임이 조금 무뎌지기만 해도 사망할 확률이 비약적으로 상승한다. 그 상처를 즉각 치료할 수 있는 회복약은 비싼 돈보다 더 큰 가치가 있다.

하나같이 전부 아키라에게 필요한 것들이다. 단돈 1 오럼도 낭비하지 않았다.

그렇지만 자릿수의 차원이 다른 돈을 연달아 펑펑 쓰면서 아키라의 금전 감각은 순조롭게 망가지고 있었다. 한때 고작 20

만 오렘의 수입만으로 거동이 수상해졌던 아키라의 모습은 더 찾아볼 수 없다.

새 장비류는 이미 시즈카에 조달을 부탁했다. 시즈카는 아키라가 헌터 활동을 시작한 이후로 줄곧 장비를 구입할 때 신세를 진 사람이며, 8000만 오렘에 달하는 예산을 거리낌 없이 먼저 낼 정도로 신뢰했다.

그 시즈카에게 새 장비류가 가게에 도착했다는 소식을 들은 아키라는 얼른 고대하던 물건을 받으러 시즈카의 가게로 향했다.

그러던 중 알파가 들뜬 아키라의 모습을 보고 가볍게 쓴웃음을 짓는다.

『기분이 참 좋아 보이네. 새 장비가 오는 게 그렇게 좋아?』

『당연하지. 견적서에 있던 새 장비들은 알파도 알지? 기대되는걸.』

당연하다는 듯이 그렇게 대답한 아키라는 너무 신나서 허공에 대고 말을 거는 수상한 사람이 되지 않기 위해 여느 때보다도 조심스럽게 시즈카의 가게로 들어갔다.

시즈카는 본인을 노리고 가게를 후원하는 사람이 있을 정도로 외모가 빼어나다. 그 예쁜 얼굴에 지인에 대한 친근한 미소를 실어 아키라를 맞이한다.

"어서 와, 아키라. 이쪽이야."

그리고 곧장 카운터에서 일어나 손짓하고, 그대로 아키라를 가게 안쪽 창고로 안내했다.

그때 아키라는 문득 생각난 게 있었다.

"시즈카 씨. 카운터를 비워놔도 괜찮아요?"

"괜찮아. 우리 가게는 주인이 카운터에서 잠깐 자리를 비운다고 손님들이 줄을 서서 기다릴 정도로 번창하지는 않거든. 아쉽게도 말이야."

시즈카 가볍게 농담하듯 웃으며 그렇게 말했다. 그러자 아키라가 미묘한 표정과 목소리로 반응한다.

"그, 그렇군요……."

'그렇다면 괜찮겠네요.' 라고 대답하는 것은 커뮤니케이션 능력이 부족한 아키라가 생각해도 조금 아닌 것 같았다. 하지만 좋은 대답도 생각나지 않아 말끝을 흐린 뒤, 그 대신에 처음 떠올린 의문을 털어냈다.

"그게 아니라, 자리를 비운 사이에 저기 있는 총 같은 걸 도둑맞으면 큰일 날 것 같아서요."

단단히 감시하지 않으면 순식간에 도둑맞고 만다. 아키라가 문득 떠올린 걱정은 그것을 당연한 결과로 여기는 사고방식에서 나온 것이다.

시즈카는 그것을 깨닫고, 그 생각을 심어 버린 아키라의 과거를 헤아려 안타까워했다. 하지만 아키라를 섣불리 불쌍히 여기지 않으려고 아무것도 아닌 것처럼 웃는다.

"아, 그걸 걱정한 거니? 괜찮아. 전시 상품은 도난 방지용 받침대에 고정되어 있고, 감시 카메라도 설치했어. 민간 경비회사와 연계된 보험에도 가입했으니까, 문제가 될 일도 없고."

만일 강도가 주인이 자리를 비운 틈을 타서 가게에서 돈을 털더라도 그 손해는 보험 처리로 충당하므로, 가게에서 보는 손해는 최소한으로 줄어든다.

그리고 보험회사와 계약한 민간 경비회사는 회사의 위신을 걸고 강도를 포박한다. 그런 다음에 들어간 비용을 회수하고자 움직인다.

강도가 최종적으로 무사할지는 각종 명목으로 청구되는 피해 금액을 낼 수 있는지에 따라 달라진다. 돈을 낼 수 없다면 물건을, 몸을, 인생을, 모든 수단으로 철저히 돈으로 환산해 상응하는 말로를 밟게 된다.

그것이 재산 몰수 정도로 끝날지, 가혹한 노동을 해야 할지, 신종 약품이나 새로운 기술의 실험대가 될지는 강도 본인이 만든 피해 금액에 달렸다.

무엇보다 민간 경비회사에서 체포하려고 움직인 시점에서 기본적으로 대상의 생사는 불문한다. 경비회사 측으로서는 자신들의 신용을 위해서라도 놓칠 바에는 차라리 죽이는 것이 좋기 때문이다.

따라서 강도가 피해 금액을 청산하고 무사히 살아남을 가능성은 죽지 않고 잡혔을 때만 성립한다.

아키라는 시즈카에게 그 설명을 듣고도 조금 신경 쓰는 기색을 보였다. 그래서 시즈카는 이야기의 방향성을 바꾸기로 했다.

"만약 잠시 카운터를 비운 탓에 가게에 약간의 피해가 발생하더라도. 뭐, 그것도 경영적인 판단이야."

"경영적인 판단……이라고요?"

그 뜻을 몰라서 의아한 표정을 지은 아키라에게, 시즈카가 농담조로 대답한다.

"맞아. 아키라는 우수 단골이 될 예정이거든. 아키라를 위해서 카운터를 잠시 비울 정도로는 잘 대우하고, 그만큼 가게의 매출에 공헌하게 해야지. 그런고로 고객님, 이쪽으로 모시겠습니다."

시즈카의 배려를 느끼고 아키라도 더는 신경 쓰지 않기로 했다. 조금 과장되게 웃으며 대꾸한다.

"알겠습니다. 가시죠."

그대로 시즈카에게 안내받던 아키라는 다시 문득 생각한다.

(우수 단골 예정인가? 장비류를 갖추거나 하면서 돈을 꽤 많이 쓴 것 같고, 탄약 등을 보급하면서 여기를 자주 찾아온 것 같은데. 그래도 아직 시즈카 씨의 단골 취급은 아닌가…….)

아키라가 그 사실을 왠지 모르게 아쉽게 느끼고, 어떻게 하면 좋을지 계속 생각하려던 참에 시즈카가 말을 걸었다.

"그나저나 가게 매출에 공헌해 주는 건 매우 고맙지만, 가능하면 우리 가게 상품으로 매출에 공헌해 주면 좋겠어. 강화복은 주문 대행에 가까우니까 솔직히 이윤이 별로 없거든."

갑자기 그런 소리를 들은 아키라가 우물쭈물하며 시선을 이리저리 돌린다.

"아, 그건, 그, 앞으로 기대해 주시면 좋겠습니다."

"기대할게. 하지만 무리하면 안 돼."

아이를 타이르는 듯하면서도 상대를 배려하는 미소를 짓는 시즈카에게, 아키라도 순순히 대답한다.

"알아요"

"그래."

시즈카에게 단골로 인정받을 수 있게끔 조금 무리해서라도 가게에 찾아오는 기회와 쓰는 돈을 늘리는 것이 좋을지도 모른다. 도중까지만 해도 아키라가 하려던 생각은 지금의 가벼운 대화에 가로막혀 미처 다 떠올리기도 전에 사라져 버렸다.

창고는 상품을 들이는 곳으로도 사용되고 있어서 가게에서 파는 중화기와 탄약 등이 선반에 놓여 있었다. 잡다하게 놓인 물건들을 보고 있는 아키라의 옆에서 시즈카가 창고 셔터 쪽을 가리켰다.

"자, 주문한 물건. 아키라의 새 장비들은 저기 있어."

아키라는 그곳에 있는 물건들을 보고 놀라움과 기쁨을 드러냈다.

"시즈카 씨. 견적서는 봤는데요. 새 장비 세트에 정말 이것까지 포함되는 거 맞나요?"

아키라도 미리 들어서 알고는 있었지만, 그래도 실물을 보니 살짝 당혹한 느낌마저 들었다.

시즈카가 득의양양하게 웃어넘긴다.

"물론이지. 예산에 딱 들어가게 했어."

그곳에는 황야 사양의 차량 한 대가 서 있었다. 전장 5m가량의 차체가 노면이 포장된 시내에서만 사용할 수 있는 소형차와는 다른 위압감을 뿜어내고 있었다.

황야 사양 차종으로는 딱히 드문 물건이 아니다. 아키라도 렌탈 업체에서 비슷한 차량을 빌린 경험이 있다. 그런데도 자기 차라는 인식이 아키라에게 감동을 주고 있었다.

황야의 헌터들에게 이동 수단은 필수다. 그 자리에는 유물 강탈범과의 싸움에서 바이크를 잃은 아키라의 새로운 이동 수단이 있었다.

"그러면 빠진 상품이 없는지 확인할 테니까 아키라도 함께 확인해 줘."

시즈카가 종이 견적서를 꺼내서 그 사본을 아키라에게도 건넨다. 그리고 종이에 기재된 상품명과 실물을 각각 가리키고, 빠지지 않았다고 같이 확인하면서 이야기해 나간다.

"타츠모리 중공의 황야 사양 사륜구동차 텔로스 97형이 1대. 중고차지만, 정비를 잘했고 색적 장치를 겸한 제어장치도 탑재했어."

이른바 황야 사양 차량에는 자잘한 잔해 등이 지천에 깔린 험지를 주파하는 높은 주행력 말고도 황야 특유의 사정, 다시 말해 몬스터와 맞닥뜨릴 때를 대비한 설계가 많다.

텔로스 97형은 지붕이 없는 개방형 설계를 채택했다. 이는 어설픈 차량용 장비보다 위력이 높은 중화기를 강화복으로 들고 다니는 헌터들이 이를 차량 위에서도 쉽게 사용하기 위해서다.

차고는 높고 큼직한 타이어는 아주 튼튼한 소재로 되어서 황야에 널린 다소의 장애물을 아랑곳하지 않고 나아갈 수 있다.

그리고 차체에는 장갑 타일이라고 불리는 물건이 달렸다.

장갑 타일이란 충격 등에 반응하여 포스 필드 아머(역장 장갑)를 발생시키는 물체를 주로 타일 모양으로 성형한 것이다. 철판처럼 무겁고 두꺼운 것도 있고, 스티커처럼 가볍고 얇은 것도 있다.

기본적으로 무언가에 붙여 사용한다. 충격을 받아서 포스 필드 아머가 발생한 후에는 급격히 약해져서, 대개는 그대로 떨어져 나가는 구조다.

아울러 차체 자체에 포스 필드 아머 발생 장치를 장착한 차량도 있지만, 이것은 비싼 에너지 비용을 감당할 수 있는 고랭크 헌터용이며, 황야 사양 차량 중에서도 상위 제품에만 탑재되고 있다. 지금의 아키라가 살 수 있는 물건이 아니다.

"CWH 대물돌격총이 1정. DVTS 미니건이 1정. 전부 차에 달린 거치대에 달아서 강화복 없이도 사용할 수 있게 했어."

차량 뒤쪽에 있는 개방형 짐칸에는 총좌가 두 개 달렸고, 각각에 총이 거치되어 있다.

총좌의 위치가 차량 앞쪽이 아닌 이유는, 황야에서 몬스터와 전투할 때는 표적에 접근하면서 쏠 기회보다 목표와 일정한 거리를 두면서, 혹은 적으로부터 도망치면서 쏠 기회가 더 많기 때문이다.

"물론, 분리해서 휴대할 수도 있어. 하지만 DVTS 미니건은 탄약 소비가 심하니까 조심해. 일단 장탄량을 늘리는 확장 부품도 달았어. 대응하는 확장 탄창을 사용하는 것이 기본이지만,

보통탄도 쓸 수 있으니까 안심해.”

DVTS 미니건은 튼튼한 총좌에 고정되어 있는데, 이것을 사람이 휴대해서 쓰는 건 불가능하다고 생각될 만큼 외관이 묵직하다.

기관부에서 나온 급탄 벨트는 그 뒤에 실린 탄창으로 이어진다. 휴대용이 아닌 대형 탄창인데, 차량에서 연사하는 만큼 확장 탄창이 아니어도 문제는 없다. 몬스터 무리와 마주쳐도 충분히 쓸어낼 수 있다.

“AAH 돌격총과 A2D 돌격총의 확장 부품은 거기 상자에 있어. 어느 쪽에도 유용할 수 있으니까 나중에 원하는 대로 결합해 봐.”

돌격총 두 정은 강화복 없이도 쓸 수 있도록 미개조 상태로 주문했다. 당연히 야라타 전갈처럼 단단한 몬스터가 상대일 때는 효과가 약하다.

한쪽은 만약을 대비해서 미개조 상태로 두되 다른 한쪽은 강화복 사용을 전제로 강장탄 등을 쏠 수 있도록 개조할 예정이다.

“타츠모리 기술연구소 황야 사양 정보 단말 피어런스가 2대. 어쨌든 튼튼한 기종이고 장갑 씰도 붙였어. 둘 다 텔로스 97과 연동을 마쳤으니까 원격 조작으로 운전할 수도 있고. 뭐, 황야에서 쓸 거니까 튼튼한 게 낫지.”

차량 조수석에 정보 단말이 두 대 있다. 그것은 좋게 표현하면 투박한, 나쁘게 표현하면 튼튼함을 위해서 디자인을 희생한 것처럼 생겼다.

사용하지 않을 때 화면을 보호하는 커버가 있지만, 얼핏 보면 장갑 타일을 붙인 것이 아닐까 의심되는 형상이다. 황야에서 사용하는 것을 견딘다는 의미에서도 헌터를 위한 제품이다.

"마지막으로 ERPS 종합정보수집기 통합형 강화복, 상품명 파워드 사일런스가 1벌. 그쪽에 있는 수납 케이스에 부속품 세트를 포함해서 있어. 연동할 수 있는 조준기도 부속품의 일부로 함께 있으니까 사용하려면 나중에 장착하렴."

차량 뒷좌석에는 아슬아슬하게 실리는 크기의 대형 수납 케이스가 놓여 있었다.

강화복이 없으면 알파의 서포트 혜택을 충분히 누릴 수 없다. 지금의 아키라에게는 가장 중요한 장비다. 이번 장비 중에서 강화복과 기타 제품을 뭉뚱그려서 둘 중 하나를 고르더라도 망설이지 않고 강화복을 택할 만큼 중요하다.

그만큼 중요한 신장비를 꼼꼼히 확인하려고 아키라는 수납 케이스 손잡이를 잡고 밖으로 꺼내려고 했다. 그러나 예상보다 무게가 더 나가는 바람에 케이스는 꿈쩍도 하지 않았다.

그래서 이번에는 양손으로 손잡이를 꼭 잡고 당긴다. 하지만 그래도 케이스는 움직이지 않았다. 그렇다면 이건 어떠냐는 생각으로 한쪽 다리를 차량 옆면에 붙여 힘껏 잡아당겼다. 그래도 케이스를 조금 움직이는 게 한계였다.

아키라의 악전고투를 본 시즈카가 옆에 서서 한 손으로 손잡이를 잡고 케이스를 잡아당겼다. 그러자 아키라가 그토록 필사적으로 움직이려고 했던 케이스가 스티로폼 덩어리인가 싶을 만큼 손쉽게 움직이기 시작했다.

그것에 놀란 아키라가 케이스에서 황급히 손을 뗀다. 시즈카는 그대로 혼자서 케이스를 차 밖으로 꺼내 바닥에 놓았다.

"와~."

아키라가 가볍게 감탄하자 그동안 살갑게 미소를 짓던 시즈카가 어딘가 박진감 있는 표정을 지은 다음 신신당부하듯 아키라에게 웃어 보였다.

"강화복의 힘이거든?"

"어? 아, 그래요. 알아요."

시즈카는 옷 안에 강화내피로 불리는 얇은 강화복을 입었다. 아키라는 시즈카의 말을 듣고 그 사실을 떠올린 다음 조금 허둥대듯 대답했다.

자신은 왜 이런 당부를 들어야 했을까. 아키라는 그렇게 생각했지만, 전혀 모르겠다.

정신을 가다듬고 수납 케이스를 열어 본다. 안에는 접힌 상태의 검정 강화복과 그 부속품인 여러 소형 기기류가 있었다.

아키라가 케이스에서 강화복을 꺼내 모양새를 보려고 하자 시즈카가 강화복이 잘 보이도록 펼쳐서 들었다.

강화복은 언뜻 보기에는 딱딱해 보이지만, 접을 수 있을 정도로 부드러운 인공섬유 소재를 바탕으로 만들어졌다. 외골격 같은 것은 없고, 길쭉하고 딱딱한 고무판처럼 생긴 소재가 하네스처럼 몸 표면에 붙어 있었다.

손등이나 발등도 딱딱한 고무와 같은 소재로 되어 있고, 전자기기와 연결하는 곳처럼 보이는 부분이 존재했다. 다른 고무 부분에도 비슷한 연결부가 달려 있다.

그 부분을 보고 신기해하는 아키라에게, 시즈카가 간단하게 설명한다.

"그건 부속품인 소형 정보수집기를 설치하는 부분이야. 종합 정보수집기 통합형 강화복이라고 했지? 정보수집기와 강화복의 통합을 컨셉으로 만들어진 상품이야."

이어서 아키라는 수납 케이스에 있는 부속품을 꺼냈다.

정보수집기인 소형 단말기는 정다면체를 반으로 자른 것처럼 생겼는데, 이것 하나로 카메라, 집음 마이크, 동체 센서, 진동 감지 등의 다양한 기능을 겸비하고 있다.

그만큼 각각의 성능은 떨어지지만, 다수의 기능을 장비해 각각 연동함으로써 전체적인 기능을 향상하는 구조였다.

이전 강화복에는 존재하지 않았던 부속품을, 아키라는 흥미로운 눈치로 보고 있었다.

"통합형이요? 그런 게 역시 일반 강화복보다 비싼가요?"

"당연히 고성능이고 다기능인 강화복일수록 값이 비싸지."

"그렇겠죠? 정보수집기를 포함한 가격이기도 하고, 차도 같이 샀는데. 예산이 용케 됐네요."

장비 한 세트에 합계 8000만 오름. 큰돈이긴 하지만, 그래도 산 물건을 생각하면 아키라가 봤을 때는 예산이 많이 모자랄 것 같았다. 그렇게 생각했을 때 시즈카가 설명을 보충해 주었다.

"이 파워드 사일런스는 조금 사연이 있는 물건이라서. 정가보다 훨씬 싼 거야."

"이유가 있나요?"

"아, 괜찮아. 제대로 된 새 제품이고 성능도 같은 가격대의 제품보다 한 단계 높아. 다만 사소한 일로 인기가 없는 제품이야. 뭐, 재고 처분 가격이란 거지."

소외되는 제품에도 이유가 다양하다고, 이것은 괜찮은 물건이라고, 시즈카가 가게 주인으로서 고객의 얼굴에 드러난 불안을 해소하기 위해서 차근차근 이야기해 나간다.

단순히 성능이나 가성비가 뛰어나고 좋은 제품이라고 해서 반드시 잘 팔리는 것은 아니다. 매출에는 그 밖의 요인이 크게 작용한다. 평판과 성능은 반드시 비례하지 않고, 상품 자체와 무관한 선전이나 소문이 평가를 뒤흔드는 사태는 많다.

그것은 헌터 관련 상품이라도 마찬가지다. 그리고 파워드 사일런스는 그 악영향을 정면으로 받은 제품이었다.

파워드 사일런스를 착용한 헌터가 제품이 출시된 지 얼마 되지 않은 시기에 큰 의뢰에서 거하게 실수를 저지르고 말았다. 그리고 그 실수의 원인을 강화복에 떠넘기고 혹평한 것이다.

게다가 그 헌터는 나름대로 유명한 실력자였다. 더불어서 다른 강화복으로 갈아탄 뒤의 의뢰에서는 큰 공을 세웠다. 그러한 이유로 파워드 사일런스의 악평은 순식간에 퍼져나갔고, 제품 매출은 바닥을 치고 말았다.

그 헌터가 지적한 강화복 제어장치의 결함이 정말 존재하는지, 존재한다고 쳐도 그것이 정말로 실수의 원인인지는 이미 답이 나오지 않는 논쟁거리가 되었다.

그러나 잘못된 지적이더라도, 이미 문제의 수정이 끝났다 하더라도, 한 번 낙인이 찍힌 치명적인 악평까지 없애는 것은 무리였다.

시즈카도 보통은 악평이 붙은 상품을 권하지 않는다. 하지만 그 악평이 오해에 가까운 것이고 이미 문제가 없다면 별개다.

이 강화복에 관해서는 거의 동형으로 이름만 바꾼 다른 제품이 잘 팔리고 있다는 점에서 업계 사람들은 적어도 설계나 성능에 문제가 없다고 생각하고 있다. 무엇보다 그때는 이미 구형 제품이 되었기 때문에 대기업의 상품 진열대로 복귀하는 일은 없었다.

실험적인 통합형 강화복으로 사양에 특이한 부분이 있지만 성능은 좋은 제품. 하지만 한번 묻은 악평을 씻어내지 못한 불운의 제품. 그것이 파워드 사일런스다.

시즈카에게 그 설명을 들은 아키라는 이 강화복이 운 나쁘게도 부당한 저평가를 받았다는 점에서 운이 나쁜 것은 피차일반이라며, 본인도 모르게 왠지 친근감이 들었다.

그 흐릿한 감각을 염화를 통해 부분적으로 읽어낸 알파가 참견한다.

『아키라. 괜찮아. 강화복 시스템에 문제가 있다고 해도, 그 부분은 내가 마음껏 개조할 테니까 아무 문제도 없어.』

『그래? 그렇다면 걱정할 게 없겠는걸.』

『나만 믿어.』

그렇게 말하며 득의양양하게 웃는 알파를 보고 아키라는 강화복의 이상한 악평에 신경을 쓰지 않기로 했다.

　그 뒤로 시즈카의 도움을 받아 강화복을 착용하고 기동했다. 강인한 인공섬유가 아키라의 신체에 맞게 신축해 밀착한다. 불쾌한 느낌은 안 들고, 가볍게 몸을 움직여도 위화감이 느껴지지 않는다.

　수납 케이스에는 강화복 부속품으로 장갑 씰 등으로 보강해 사용하는 형식의 간이 보호대도 있었다. 이는 체형이나 몸의 움직임에 맞춰 신축하는 강화복에는 붙이기 어려운 물건을 여기에 대신 붙여 사용하는 보조기구이기도 하다.

　아키라는 우선 정보수집기의 소형 단말을 정위치에 장착하고 보호대도 장착했다. 또한 고글을 닮은 헤드마운트 디스플레이도 쓴다. 마지막으로 AAH 돌격총과 A2D 돌격총을 다시 들었다.

　새 장비를 입은 아키라의 모습을 보고 시즈카가 어울린다는 듯 웃으며 가볍게 고개를 끄덕인다. 아키라는 약간 수줍어하는 표정을 지었다.

　"이것으로 아키라의 새 장비 세트 확인은 끝났어. 우리 고객님의 기대에 부응할 수 있었을까?"

　"네. 정말 감사합니다."

　"그러면 다행이고. 앞으로도 우리 가게를 애용해 주세요."

　시즈카는 그렇게 말하고는, 손님을 대하는 웃는 얼굴을 조금 바꿔서 아키라에게 다가가 부드럽게 껴안았다.

"다시 헌터 활동으로 복귀하겠지만, 꼭 조심하렴. 알았지?"

"네."

아키라는 조금 기쁜 기색으로 웃으며 고개를 끄덕였다.

짐을 차량에 싣고 그대로 창고를 나설 채비를 마친 아키라가 운전석에서 시즈카에게 인사하고 귀로를 밟는다.

시즈카는 미소를 지으며 작게 손을 흔들며 아키라를 배웅했다. 그리고 아키라의 모습이 보이지 않자 슬쩍 한숨을 내쉬며 쓴웃음을 지었다.

"야단났는걸. 너무 정이 붙었어. 나는 좀 더 홀가분한 성격이었을 텐데, 아닌가?"

이번 아키라의 새 장비 세트 조달 건은 8000만 오럼짜리 거래로, 가게의 매출을 크게 끌어올렸다. 그러나 이익 면에서는 실로 미묘한 결과가 나왔다.

적자는 아니다. 일단 흑자를 유지하고 있다. 그러나 그 이익은 8000만 오럼이라는 규모를 생각하면 적었고, 하루하루 양심적인 경영을 생각하는 시즈카의 감각에서도 미미한 액수였다.

애초에 그것은 시즈카가 아키라의 장비를 최대한 좋게 갖추려고 자기 마음대로 한 일이다. 큰 손님을 유지하기 위한 선행 투자라고 생각해도, 여러모로 둔감한 구석이 있는 아키라가 이상하게 여길 만큼 빠듯한 채산이었다.

시즈카가 마음을 돌리는 듯 가볍게 웃는다.

"아키라. 최대한 좋은 장비를 잘 갖췄으니까 앞으로도 가게 매출에 오래오래 공헌해 줘. 꼭 부탁한다?"

앞으로도 아키라가 자신의 가게에 계속 다니기를, 황야에 휩쓸리지 않고 돌아오기를 바라며, 시즈카는 가게 카운터로 돌아갔다.

◆

시즈카로부터 새 장비를 수령하고 사흘 뒤, 아키라는 자기 차량으로 황야를 이동하고 있었다.

헌터 활동을 재개할 준비는 그 사흘 동안에 모두 마쳤다.

강화복, 정보 단말, 차량 제어장치는 알파가 장악했다. 강화복과 통합된 정보수집기의 사용 편의성도 도시 근처 황야를 가볍게 돌면서 확인했다.

A2D 돌격총에는 개조 부품도 달았다. 조준기도 다른 총과 더불어 교환하고, 시험 사격도 마쳤다.

헌터 활동을 재개하는 데 불안은 없다. 그리고 자기 소유의 차량이라는 조건을 충족함으로써 아키라는 미발견 유적 탐색을 조속히 재개하려 하고 있었다.

목적지는 이전에 리온즈 테일 사(社)의 단말기가 설치된 장소를 찾을 때 설치 위치를 나타내는 화살표가 지하를 가리키던 곳이다.

그곳은 대량의 잔해가 사방에 널린 곳이었다. 하지만 화살표의 위치를 믿는다면 지하에 쿠즈스하라 시가지 유적 지하상가와 같은 유적이 존재할 가능성이 있다.

미발견 유적에 대량의 유물이 남아있으면 큰돈을 벌 수 있다. 그런 꿈을 꾸는 많은 사람이 황야를 달려 동부 조사를 진행해 왔다.

그리고 꿈을 이룬 사람 중 일부는 하루아침에 부자가 되고, 그 뒤를 잇기 위해 황야로 몰려드는 사람들을 더 늘어나게 한다. 하지만 대개는 좌절하고, 꿈을 잃고, 황야에 휩쓸려 사라져 간다.

미발견 유적은 쉽게 발견되지 않는다. 운 좋게 찾아도 유적 내부의 위험은 당연히 미지수다. 미지의 몬스터 무리에게 습격당해 죽기도 한다.

더군다나 유물이 남아 있다는 보장은 없다. 가능성이 클 뿐이지 헛수고로 끝날 확률도 있는 것이다.

그래도 도박에 나설 만한 행위임은 틀림없다. 게다가 아키라에게는 알파의 서포트가 있다. 충분히 기대할 수 있을 것이다. 그렇게 생각하는 아키라는 황야를 당당히 나아가고 있었다.

"그나저나 내 차량이 이렇게 빨리 생길 줄은 몰랐어. 알파. 내 차량으로 이동하면 미발견 유적을 찾아도 다른 헌터에게 금방 들키지 않는다고 했지?"

렌탈 차량은 기본적으로 차량 회수 등의 목적으로 위치 정보나 이동 경로를 기록한다.

당연히 렌탈 업자는 그 정보를 볼 수 있다. 그래서 렌탈 차량으로 움직이면 만약 미발견 유적을 찾아내더라도 모처럼 찾은 유적의 위치가 알려질 우려가 있다.

그래서 아키라는 자신만의 차량을 구할 때까지 미발견 유적 탐색을 중단한 상태였다.

조수석에 있는 알파가 웃으며 고개를 끄덕인다.

『그래, 적어도 렌탈 차량을 이용해서 정보가 확산될 우려는 사라질 거야.』

"좋아. 어서 가서 잘 찾아보자."

그래서 아키라는 알파의 모습을 다시 보고 어이없다는 표정을 지었다.

"그건 그렇고, 알파. 그 차림새는, 어떻게 안 되겠어?"

황야 사양의 차량 조수석에 앉은 알파는 주위 풍경과는 전혀 어울리지 않는 순백색 드레스를 입고 있었다.

환상적일 정도로 보기 좋은 알파의 몸 위에 고급스럽게 광택을 내는 흰 천이 겹겹이 포개져 있다. 그 선명한 흰색은 살짝 거룩함마저 느끼게 한다.

전체적으로 치밀한 자수가 들어간 흰 베일이 바람에 나부끼듯 흩날리며, 속에서 비치는 머리카락과 함께 감탄스러울 정도로 반짝이는 물결을 만들어내고 있었다.

원래라면 옷감이 차량 곳곳에 걸릴 테니까 승차조차 어려운 옷인데, 알파는 그 옷을 입고 태연하게 차량 내부에 앉아 있었다. 아키라의 시야에만 존재하니까 가능한 모습이었다.

총과 강화복으로 몸을 감싼 아키라와는 대조적인 모습으로, 알파가 자신의 옷차림에 맞춘 미소를 짓는다.

『어머, 마음에 안 들어? 아키라의 취향에는 안 맞아?』

"그게 아니라, 그 차림새가 너무 어색해서 정신 사나워. 운전 중이라고. 위험하잖아?"

『내가 뒤에서 똑바로 서포트하고 있으니까 아키라가 운전을 실수해도 사고는 나지 않아. 안심하고 운전해.』

"그야 그렇겠지만."

미묘하게 인상을 쓰는 아키라에게 알파가 웃으며 말한다.

『전에도 말했지만, 이 모습은 나를 인식할 수 있는 사람이 있을 때 확실하게 반응하도록 하기 위한 방편이야.』

"아, 그거 말이구나. 하긴 그렇게 차려입으면 당연히 반응하겠지만 말이야."

새하얀 드레스는 사용 용도가 한정되는 옷이기도 하고, 황야에서 사정을 모르고 목격한 자에게 그런 차림으로 대체 어딜 가려는 거냐는 놀라움과 혼란을 어김없이 준다. 아키라는 그렇게 생각하고 조금만 수긍했지만, 그 효과를 바로 옆에서 받기도 하니까 표정은 여전히 떨떠름했다.

『아키라는 집중력을 유지하는 훈련이라고 생각하고, 옆에 특이한 차림을 한 여자가 있는 정도의 일로 집중을 흐트러뜨리지 않도록 노력해.』

"하다못해 전에 입었던 메이드 옷이면 안 될까? 그거라면 차라리 낫겠는데."

『안 돼. 메이드 의상은 여자 헌터가 황야에서 입고 있어도 이상하지 않을지도 몰라.』

"아니, 그건 좀 아니지."

『그럴까? 아키라도 몇 번이나 봤을걸?』

쿠즈스하라 시가지 유적의 지하상가에서는 메이드 차림을 한 헌터가 사람들의 눈길을 끌었다. 그리고 쿠가마야마 시티의 하위 구획에서는 메이드복 여자가 두 명으로 증가했다. 앞으로 더 늘어나서 언젠가는 흔해 빠진 차림이 될지도 모른다.

적어도 이미 많은 사람이 메이드 차림을 한 여자 헌터를 목격했으니까 메이드 차림을 한 자신을 봐도 '또냐.' 같은 반응밖에 얻지 못할 우려가 있다. 알파는 그렇게 지적했다.

『언젠가는 여자 헌터만이 아니라 헌터라면 남녀 불문하고 메이드복을 입어도 이상하지 않게 되지도 몰라.』

"글쎄. 역시 그건 좀 무리가 있지 않을까?"

자신의 상식을 뒤흔들 소리를 들은 아키라는 상당히 미심쩍은, 왠지 싫은 듯한 표정을 짓고 있었다.

알파가 놀리듯 웃으며 대꾸한다.

『글쎄? 복장 감각이란 아키라가 생각하는 것 이상으로 허술한걸?』

예를 들어 말하겠다고 운을 떼고, 알파가 그 상황에 이르는 가정을 이야기해 나간다.

구세계에서 생산된 의복은 당시에 평상복이었어도 현대의 여느 방호복보다 튼튼한 것도 있다. 그것은 메이드복이어도 마찬가지다.

그리고 유적에서 방대한 양의 메이드복이 발견되었다고 친다. 혹은 메이드복을 거의 무한정으로 생산하는 장치가 발견되었다고 하자.

아무리 고성능 물건이라도 동일한 물건이 지나치게 많이 공급되면 가격대가 떨어진다. 그리고 가격이 더 내려가 일정 수준 이하로 떨어진 시점에서, 메이드복은 디자인에 조금 애로사항이 있는, 가성비가 좋은 방호복으로 취급받게 된다.

그렇게 된 시점에서 돈이 없는 신출내기 헌터들이 모두 메이드 옷을 입게 된다. 일반적인 옷을 입고서 몬스터와 싸우다가 죽는 것보다는 낫기 때문이다.

그리고 그 인원이 일정 수준을 초과하는 시점에서 사람들은 익숙해진다. 누구나 신경 쓰지 않고 입게 되고, 메이드복은 많은 헌터의 기본 장비가 되는 것이다.

그 말을 들은 아키라는 곤혹스러운 표정을 짓고 있었다.

"그렇게…… 되는 거야?"

『그래. 물론 그렇게 되는 전제조건을 갖춰야 하지만 말이야. 실제 사례를 들자면, 그게 있잖아. 아키라는 구세계의 전투복을 보고 '디자인이 뭐 그래?'라고 생각했지?』

"아, 전에 알파가 입은 그거 말이구나."

『최전선 부근의 헌터들은 이른바 구세계풍 전투복을 아무렇지 않게 입고 다녀. 처음엔 그만큼 고성능이면 디자인을 무시할 수 있다는 이유가 있었겠지만, 결국엔 익숙해진 거겠지.』

"아하……. 그러면 메이드복 이야기도, 자칫 잘못하면 현실이 될 수도 있다는 말인가……."

아키라는 그 이야기에 납득하고 조금 복잡한 표정을 지었다. 그리고 무심코 헌터들이 모두 메이드 차림을 한 광경을 상상해 버렸다.

슬럼의 퇴물 헌터도, 도시 순찰 의뢰를 수행하는 트럭에 탄 헌터들도, 지하상가에서 아키라를 습격한 유물 강탈범들까지 모두 메이드복을 입고, 그 와중에 자신도 똑같이 메이드복을 입고 있다.

게다가 그 광경에 누구도 의문을 느끼지 않는다. 그게 상식이 되어 버렸기 때문이다.

아키라는 저도 모르게 머리를 붙잡고 그 이상의 상상을 멈추었다.

"어째 구세계의 이야기를 들을수록 내 상식이 깨지는 것 같아."

『상식은 하루가 다르게 변하는 법이야.』

뭔가 어긋난 대화를 계속하면서, 아키라와 알파는 황야를 나아갔다.

목적지인 잔해지대에 도착한 아키라는 먼저 차량을 잔해에 가려서 눈에 띄지 않는 위치에 세우고 위장 시트를 씌웠다.

광학위장과 같은 고도의 위장은 아니지만, 주위 색과 비슷해지기만 해도 원거리에서 사람의 눈으로 찾기 어려워진다. 가까이에서 지나가도 유심히 보지 않으면 그냥 지나치게 만드는 정도의 효과는 있다.

하지만 아키라는 시트를 씌운 차량을 보고 걱정스러운 표정을 지었다.

"괜찮을까……?"

시즈카의 가게에서도 보였던 불안, 조금이라도 방치하면 금방 들켜 도둑맞지 않을까 하는 두려움이 아키라의 얼굴을 여기서도 일그러뜨리고 있었다.

『그걸 걱정해서 차량에서 못 벗어나면 어쩔 도리가 없는걸? 위장 시트를 잘 씌워 숨겼으니까 괜찮을 거라고, 어느 정도는 분별해서 생각하렴.』

"그래……."

아키라는 마음을 바꾸고 미발견 유적을 찾기 시작했다.

지상은 토사와 잔해로 가득해 주위를 둘러봐도 그럴싸한 것은 발견할 수 없었다. 그래서 정보수집기로 땅속 상태를 살펴보고 입구 같은 공간이 없는지 찾아보기로 한다.

강화복에 장착한 소형 정보수집기의 위치를 다리 쪽으로 옮겨서 아래쪽 정보 수집의 정밀도를 높인다.

그런 다음에 아키라의 시야에서 땅속으로 표시된 화살표, 리온즈 테일 사의 단말기가 설치된 위치를 중심으로 조금씩 원을 넓혀 나가듯 주위를 조사한다.

정보 수집 범위에서의 조사 및 데이터 해석은 알파가 하지만, 아키라도 정보수집기 훈련을 겸해 스스로 조사하고 있었다. 다양한 설정을 변경하면서 지면 아래의 상태를 꾸준히 살핀다.

그러나 확장 시야에 표시되는 조사 결과에서는 발밑이 잔해와 토사로 가득 차 있음을 보여주고, 나아가 아래에서는 정확도의 한계를 나타내는 노이즈만을 반사할 뿐이었다.

"알파. 그러고 보니 새 정보수집기의 성능은 어때? 예전보다 많이 좋아?"

『아니, 큰 차이는 없어.』

"그래? 시즈카 씨는 한 단계 위 성능이라고 하던데?"

『그것은 강화복의 종합적 성능이겠지. 게다가 엘레나가 판 정보수집기도 상당히 고성능이었으니까. 강화복의 성능 차이는 커도 정보수집기의 성능 차이는 적어.』

그건 엘레나가 방치한 중고를 헐값에 팔아서 그 값에 살 수 있었던 것으로, 원래라면 그때 아키라의 수입으로는 절대로 살 수 없었다며 알파가 말을 보탰다.

"그랬구나……."

아키라는 조금 놀란 기색으로 엘레나에게 다시 한번 감사했다. 그리고 이 은혜를 반드시 갚겠다고 다짐했다.

아키라 일행이 주변 조사를 시작한 지 세 시간이 지났다. 원하는 것은 찾지 못했다.

지하에서 공간을 발견하고, 잔해를 철거하면 어떻게든 들어갈 수 있을 것 같아 파헤쳐 보기도 했다. 하지만 그곳은 빌딩 내부였고, 심하게 무너진 상태였다. 게다가 아키라가 찾던 지하도 아니었다.

그래도 창고 같은 곳이라면 대박이겠지만, 주차장처럼 넓기만 한 장소라 유물을 찾는 사람들에게는 안타까운 결과가 이어지고 있었다.

계속해서 조사해 나간다. 조사 범위의 중심이었던 땅속 화살표는 이미 상당히 떨어진 위치에 있어서 상당히 광범위한 조사를 마친 것을 아키라에게 가르쳐 주고 있었다.

"찾을 수 없는데……. 차라리 화살표 위치를 향해서 지상에서 아래로 파고 들어가 볼까?"

『안 돼. 그러려면 대규모 작업이 필요해. 대형 중장비도 반입해야 하고, 낙반 등의 사고가 발생하지 않도록 주의해야 하니까 시간이 너무 오래 걸려.』

"그래서 미발견 유적을 발견해도 아주 눈에 띄게 유적의 위치를 사람들에게 선전할 뿐인가?"

『그런 셈이야.』

정말이지 쉬운 일이 아니라고 생각하면서, 아키라는 꾸준하게 조사해 나갔다. 조사가 끝난 반경이 더욱 넓어지지만, 지하의 입구 같은 곳은 발견되지 않았다.

"알파. 이 아래에 쿠즈스하라 시가지 유적의 지하상가 같은 유적이 있고, 출입구도 많이 있었다고 치자. 그 출입구를 알파가 찾을 수 없는 이유가 뭔지 짚이는 데가 있어?"

『글쎄. 우리가 땅이라고 생각하는 부분은 당시에는 지상 3층이었다. 이런 이유가 아닐까?』

주위에 널린 잔해의 양으로 보아 이곳에는 무수한 고층 빌딩과 대형 건축물이 있었을 것이다. 그것들이 무너져 대량의 잔해가 당시의 지상을 가득 메웠다.

그리고 오랜 세월이 흘러 토사 같은 것들이 더욱 메우면서 지하상가 출입구가 땅속 깊숙이 묻힌 것이다.

알파가 그럴 가능성이 있다고 하자, 아키라가 잠시 생각했다.

"그렇다면 차라리 이 근처가 아니라 잔해지대의 변두리를 찾는 것이 좋을까? 그 근처라면 쌓인 잔해도 적으니까 당시의 지상과 가까울 것 같은데. 정보수집기로 찾기 쉬울지도 몰라."

『알았어. 그렇게 해 보자.』

아키라와 알파는 조사 방침을 변경했다. 그리고 한 시간이 더 지났을 무렵에 마침내 목표물을 발견했다.

알파가 땅을 가리키며 아키라의 시야에 그 아래를 확장 정보로 표시한다. 비교적 얇은 잔해더미 아래에 지하로 이어지는 계단 같은 것이 비치고 있었다. 겨우 찾은 성과에 아키라가 웃음을 터뜨린다.

"드디어 찾았어! 화살표 위치에서 꽤 멀리 떨어져 있지만, 굉장히 그럴듯한 입구이고, 원래 찾던 곳과 연결되어 있지 않아도 유적으로 이어져 있으면 상관없겠지!"

『이렇게 깊숙이 이어진다면 빌딩 지하로 들어가는 입구는 아닐 거야. 내부를 살펴봐야 알겠지만. 그러기 위해서라도 당장 방해가 되는 잔해를 치워야겠지?』

"좋아! 할래!"

이전보다 출력이 현격히 늘어난 새 강화복을 입은 아키라가 근처 잔해를 잡는다. 인공 근육이기도 한 인공섬유가 착용자의 신체 능력을 비약적으로 끌어올려 잔해를 조약돌처럼 가볍게 들어 올리게 한다.

　아키라는 의기양양하게 잔해를 내던졌다.

　옆만 남기고 무너진 듯한 빌딩, 5층 높이의 입간판처럼 얇게 선 폐허 근처에 우그러진 표지판 같은 물체가 굴러가고 있다.

　그것에는 ‘요노즈카역 쿠즈스하라 방면 남쪽 출구 A27’라고 심하게 희미하진 문자로 쓰여 있었다. 아까 아키라가 내던진 잔해의 일부다.

　그 아키라 앞에는 오랜 세월 매몰되었던 출입구인 지하로 이어지는 계단이 방해되는 잔해가 사라져 오랜만에 햇빛을 받고 있었다.

　아키라가 계단 안쪽을 들여다본다. 하지만 바닥은 보이지 않았다. 도중에 어둠에 휩싸여 시야가 끊기는 계단, 그 경계선은 마치 그 앞으로 나아가면 목숨을 보장할 수 없다는 것처럼 보였다.

　미발견 유적에서 대량의 유물을 가져가면 떼돈을 벌 수 있다. 숨겨진 출입구를 발견하고 기뻐하며 방해되는 잔해를 의기양양하게 걷어내고 파헤친 계단 안쪽을 들여다보기 직전까지 있던 고양감은 이미 사라지고 없었다.

　그 대신 권총만으로 쿠즈스하라 시가지 유적에 들어갔을 때와 같은 긴장을 느낀다. 숨겨진 유적의 위험도는 당연히 미지수다. 커다란 몬스터의 아가리 속으로 제 발로 들어가는 듯한 착각을 느낀 아키라가 망설인다.

(진정해. 괜찮아. 신중하게 가면 돼. 알파의 서포트도 있어. 위험할 것 같으면 바로 되돌아가면 돼.)

아키라는 자기 자신을 타이르고 심호흡한 다음 용기를 북돋웠다.

"좋아. 알파. 가자."

『잠깐 기다려.』

"왜?"

기세가 꺾인 아키라는 약간 못마땅한 표정을 지었다. 하지만 진지한 기색인 알파를 보고 조금 위축된다.

『아키라. 만약 지금부터 내 모습이 갑자기 보이지 않게 되면 온 힘을 다해 왔던 길로 돌아가. 알았지?』

"아, 알았어."

『꼭 그래야 해. 나를 인식할 수 없다는 건 나와의 연결이 끊겼다는 뜻이야. 만약 그렇게 된다면 당황하지 말고, 허둥대지 말고, 나와의 접속 회복을 최우선으로 삼고 행동해. 알았지?』

아키라가 약간 경직했다. 그리고 어딘가 딱딱하고 일그러진 표정으로 되묻는다.

"잠깐만…… 여기서 더 가면 알파와 연결이 끊길 수 있어?"

『그래. 예전에도 다른 유적이나 지하에서는 내 색적 정밀도가 떨어진다고 설명했지? 그런 장소에서는 나와의 통신 상태가 나빠지기 때문이야. 그리고 다른 유적에서, 더군다나 장소가 지하라면 통신이 완전히 끊어질 위험이 있어.』

말문이 막힌 아키라에게, 알파가 설명을 보충하기 시작한다.

『물론 그렇게 될 확률은 낮아. 하지만 미리 주의하는 게 좋을 만큼은 높아. 그러니 그때는 단단히 조심해.』

아키라는 다시 한번 계단 너머를 들여다보았다. 스스로도 다리가 움츠러든 것을 알 수 있었다.

지하의 완전한 어둠 속에서 강력한 몬스터에게 습격당하는 가운데 알파와의 통신이 갑자기 끊겨 모든 서포트를 잃는다. 그것이 얼마나 치명적인지는 아키라도 잘 알고 있었다.

시선 너머에 있는 곳이 그렇게 될 수 있는 장소라고 이해한 만큼 아키라의 불안과 동요는 컸다.

그 모습을 보고 알파가 부드럽게 말을 건넨다.

『그만둘까? 그래도 좋아. 미발견 유적을 탐색하지 않아도 그 장소의 정보를 팔아서 돈을 버는 방법도 있으니까. 헛수고는 아닐 거야.』

그 말을 들은 아키라의 표정이 더 험악해진다. 하지만 그 험악함으로 얼굴에서 두려움을 지워버렸다.

"알파. 그렇게 말리는 건 내가 그만큼 무서워해서 그런 거야? 아니면 그만큼 위험해서 그런 거야?"

알파가 일부러 웃으며 대답한다.

『둘 다. 굳이 말하자면 전자야. 겁에 질려 평정심을 잃은 상태에서 유적을 탐색하는 것은 매우 위험하거든.』

"그렇군."

그리고 아키라도 웃으며 받아친다.

"그렇다면 그만두지 않겠어. 의지와 각오는 내 담당이야. 그렇지?"

움츠러들어 움직이지 않는 다리에 의지를 담아 전진하는 것도, 두려움을 공포로 덧칠하고 비록 허세일지라도 앞을 보는 것도, 바로 아키라 자신의 몫이다.

각오해서 할 수 있는 일이 있다면, 각오하고 실행해야 한다. 완전히 부족한 실력을 알파의 서포트로 보충받는 이상, 나머지 부분은 스스로 보충해야 한다.

의지와 의욕과 각오는 내가 어떻게든 하겠다. 과거 알파에게 한 말을 거짓말로 만들지 않기 위해서, 아키라는 다시 한번 각오를 다졌다.

아키라가 그렇게 말했을 때의 광경이 무의식중에 염화로 전해지자, 알파가 그때 있었던 일을 그리워하듯 웃는다.

『그랬었지. 알았어. 가자.』

아키라는 알파와 함께 지하로 이어지는 계단을 내려갔다.

이어서 계단을 다시 올라와 지상으로 돌아왔다.

『아키라?』

"역시 저것도 가져가자."

아키라는 근처에 세운 차량으로 돌아가 DVTS 미니건을 총좌에서 뺐다. 그리고 보통탄의 탄창과 연결된 장탄 벨트를 분리하고, 그 대신에 확장 탄창을 부착해 휴대할 수 있게 된 중화기를 장비한다. 실내에서 쓸 무기가 아니라고 생각해서 챙기지 않았는데, 그 마음이 바뀐 것이다.

AAH 돌격총에 A2D 돌격총, 나아가 CWH 대물돌격총과

DVTS 미니건으로 중무장한 상태가 된 아키라가 다시 계단 앞에 섰다. 그 옆에서 알파가 무슨 말을 하고 싶은 듯 미소를 지었다.

"무슨 일 있어?"

아키라는 약간 멋쩍은 표정을 짓고 있었다. 단단히 벼르고 지하로 내려가려다가 곧바로 지상으로 돌아온 것은 본인도 잘 알기 때문이다.

그리고 알파는 하고 싶은 말을 그 표정으로 전하고 있었다.

『아무것도 아니야. 신중한 것은 좋은 일이거든?』

다시 준비를 마친 아키라는 이번에야말로 계단을 내려가 유적으로 진입했다.

제71화 유물을 파는 노하우

지하에 있는 미발견 유적, 그 출입구로 보이는 곳을 발견한 아키라는 땅바닥까지 이어질 것만 같은 컴컴한 계단을 조명으로 비추며 나아가고 있었다.

계단 폭은 4미터 정도로, 천장도 높고 무너진 곳도 없어서 중무장한 아키라가 여유롭게 다닐 수 있다.

바닥이나 벽에도 큰 균열은 없고, 식물 등으로 침식된 곳도 없다. 지하로 통하는 계단은 장기간 묻혀 있었다고는 생각되지 않는 상태를 유지하고 있었다.

출입구를 막은 잔해를 치우고 들어갔지만, 전부 제거한 것은 아니어서 안으로 들어오는 빛은 희미하다. 그래도 뒤돌아서 확인하니 어둠 속으로 파고드는 빛줄기가 보였다.

조명의 빛을 그 반대 방향으로 돌리면 빛줄기가 지하의 어둠에 휩쓸려 사라져 버린다. 바닥도 보이지 않고, 안쪽에는 여전히 어둠만이 깔렸다.

그 상황에서 알파가 지시한다.

『아키라. 조명을 꺼.』

아키라는 조금 망설였지만, 알파가 시키는 대로 조명을 껐다. 광원을 잃은 일대가 순식간에 어둠에 휩싸인다. 캄캄해서 자기

몸도 보이지 않는 상태다.

그래도 알파의 모습은 여느 때처럼 또렷했다. 그리고 어둠 속에서 백은색으로 빛나는 알파가 오른손을 든다.

그러자 아키라를 중심으로 한 주변 광경이 강한 조명에 비친 듯 물들었다. 인근 벽의 미세한 균열과 변색까지도 뚜렷하게 인식할 수 있을 정도였다.

자신의 주위만 한낮이 된 듯한 광경에 아키라가 감탄사를 내뱉는다.

"대단하네."

『정보수집기에서 취득한 정보에 내가 보정을 걸고 아키라의 시야에 확장 정보로 표시했어. 이러면 잘 보이지?』

득의양양하게 웃는 알파에게 아키라도 웃으며 대꾸한다.

"그래, 똑똑히 보여. 안쪽이 어두운 것은 정보수집기의 정밀도 때문인가?"

아키라에게는 주위 광경이 마치 자신이 광원이 된 것처럼 가까울수록 선명하게 밝고, 멀수록 어둡고 흐릿하게 보였다. 그 너머는 여전히 캄캄하다.

『그리고 해석 우선도에도 영향을 미치고 있어.』

"그러면 그 어두운 곳에 몬스터가 있으면 눈치채도 총을 겨누기 어려울까?"

『그럴 때는 그 부분만 해석의 정확도를 높일 테니까 괜찮아. 시험 삼아 총의 조준기로 확인해 봐.』

아키라는 알파의 말에 따라 A2D 돌격총의 조준기로 어둠 속을 봤다. 조준기 너머의 광경은 자신의 근처처럼 밝고 선명했다. 조준기로 보이는 좁은 범위를, 야간 투시용으로 발사된 눈으로 인식하기 어려울 만큼 약한 빛으로 비춘 뒤, 그 영상을 알파가 해석한 것이다.

아키라가 또 작게 감탄사를 내뱉는다.

"와, 어두운 곳에서도 제대로 저격할 수 있는 거야? 아주 끝내주네."

『내 서포트인데? 당연하지.』

총을 내려놓은 아키라는 신나게 웃는 알파를 보고 가볍게 웃으며 속으로 정신을 바짝 차렸다.

알파와의 접속이 끊기면 이 서포트가 사라진다. 그 만일의 상황에서 당황하지 않고, 허둥대지 않고 침착하게 지상까지 돌아가기 위한 긴장감을 유지하면서, 아키라는 더욱 앞으로 나아갔다.

계단의 경사와 이동한 거리로 미루어 봐서, 아마도 지하 4층 정도까지 내려왔을 것이다. 아키라가 그렇게 생각하기 시작했을 무렵에 겨우 바닥에 도착해 긴 통로로 나왔다.

그래서 아키라는 한 번 숨을 내쉬었다. 그리고 자신의 시야를 확실히 확인하더니 알파의 모습이 변함없이 존재하는 사실에 우선 안도한다.

"알파. 꽤 깊이 내려왔는데, 통신은 괜찮아?"

『괜찮아. 전혀 문제없어.』

그렇게 말하며 웃는 알파를 본 아키라는 안심하고 의식을 유적 탐색으로 돌렸다.

통로는 상당히 깨끗한 상태다. 바닥에서도 잔해는 보이지 않고, 백골 시체도 없고, 기계형 몬스터의 잔해나 생물형 몬스터의 사체도 볼 수 없다. 먼지가 약간 깔렸을 뿐이다.

이런 상황에서 바닥에 먼지조차 없는 상태라면 반대로 경계가 필요했다. 이 경우는 구세계의 청소 기계 등이 지금도 가동하고 있을 확률이 높다. 즉, 현재는 기계형 몬스터라고 불리는 경비 기계가 가동 중일 위험성이 커지는 것이다.

그러나 바닥에 쌓인 먼지가 그것을 부정하고 있다. 그리고 쌓인 먼지는 생물형 몬스터처럼 위험한 존재도 이 주위에 장기간 없었음을 알려준다. 이 시점에서 이 유적의 위험도는 상당히 낮아졌다.

그리고 사람의 발자국 같은 것도 보이지 않으므로 다른 헌터들이 다른 출입구를 통해 이 유적에 들어갔을 확률도 낮다. 정말로 미발견 유적일 가능성이 커졌다.

아키라는 알파에게 그런 설명을 듣고 만족스럽게 고개를 끄덕였다.

"몬스터도 없고, 아무도 발을 들이지 않은 유적인가. 이제 유물을 많이 찾으면 더 바랄 게 없겠는걸."

『이 일대는 단순한 통로 같아. 산더미 같은 유물을 기대하려면 안쪽에 상점이나 창고가 있어야 하겠는걸.』

"좋아. 가자."

통로를 따라서 이동한 아키라는 진열장 같은 것을 발견했다. 유물을 기대하며 가볍게 뛰어서 접근하고 유리처럼 보이는 벽 너머를 확인한다.

다음 순간 아키라는 놀라움으로 약간 경직했다가 무심코 벽에 힘껏 손을 댔다. 그리고 눈을 빛내며 환희에 찬 소리를 낸다.

"아자! 알파! 유물이야! 그것도 뭔가 엄청 비쌀 것 같은 것들이야!"

옷감이 복잡하고 입체적으로 포개져서 한 장의 천으로 만들어내는 것은 아무리 생각해도 불가능한 디자인인데도 이음새나 재단선이 하나도 보이지 않는 옷.

모종의 문자 같은 기호를 허공에 표시하는 정보 단말로 추정되는 육각형 판.

반투명하고 기하학적인 무늬가 떠오르는, 인테리어 같은 정다면체 물체.

그 밖에도 수많은 유물이 아키라의 눈에 들어왔다. 하나같이 재질과 제조법이 불분명하고 그 용도조차 짐작할 수 없는 물건도 많지만, 구세계의 뛰어난 기술로 제작된 것은 확실하므로 아키라에게는 가치가 매우 높은 물건으로 보였다.

아키라는 얼른 가게 안으로 들어가 꺼내야겠다며 근처에 있을 입구를 찾았다. 그러나 그럴듯한 것은 보이지 않고, 주위에는 벽밖에 없었다.

"입구는? 입구는 어디야?! 없잖아? 왜?!"

자신과 유물을 사이에 두고 있는 유리 같은 벽에도, 그 뒤쪽에도 출입구나 출입문 같은 것은 찾아볼 수 없다. 이 유물들을 어떻게 이 안에 넣었는지, 아키라는 전혀 알 수 없었다.

무엇보다 아키라에게 중요한 것은 넣은 방법이 아니라 꺼내는 방법이다. 그리고 지극히 원시적인 수단을 생각해낸다.

어쩔 수 없다. 깨부수자. 그렇게 생각하고 아키라는 주먹을 쥐었다.

그때 알파에 끼어든다.

『아키라. 진정해.』

"역시 부수고 꺼내려고 하면, 경보가 울릴지도 모르니까 위험할까?"

폐허나 다름없는 유적이라면 몰라도 이 정도 상태를 유지하고 있다면 경비 시스템도 휴면 상태로 남아있을 확률이 있다.

그리고 진열장의 유리를 부수는 등 유적의 경비 시스템을 섣불리 자극하는 짓을 했다간 운 좋게 정지 상태인 경비 시스템을 재가동시킬 우려가 있다.

하지만 아키라는 모처럼 찾은 유물을 앞에 두고 그 위험을 고려해 얌전히 포기하기는 싫었다.

게다가 그 위험은 더 안으로 들어가도 마찬가지다. 유물 수집이 목적인 이상, 어딘가에서 위험을 무릅쓰고 유물에 손을 대야한다.

여기라면 아직 바깥과 가깝다. 유물을 건드려서 경비 시스템이 재가동하더라도 곧바로 밖으로 도망칠 수 있다. 적어도 더 안쪽에서 같은 위험을 무릅쓰는 것보다는 나을 것이다.

아키라는 자신의 욕심에 흔들리면서도, 일단 생각한 바를 알파에게 설명했다.

그러나 알파는 고개를 가로저었다. 아키라가 조금 못마땅한 표정을 짓는다.

"그렇게 위험해? 아니면 안쪽을 한번 확인해 보는 게 낫다는 말이야?"

『아키라. 그런 말이 아니야. 그 유물을 가져가는 것은 물리적으로 불가능해.』

"어?"

『아키라도 알기 쉽게 표시를 바꿀 테니까 침착하게 보고 있어.』

무심코 의아한 얼굴을 한 아키라 앞에서 알파가 쓴웃음을 지으며 아키라의 시야를 조정한다.

그러자 아키라가 진열장 유리 너머의 광경이라고 생각했던 부분에서 갑자기 입체감이 사라졌다.

"어……?"

『지형 정보를 우선해서 입체 시야를 무효로 했어.』

아키라의 눈에는 아직 유물이 보인다. 그러나 밋밋한 평면에 그려졌을 뿐이다. 그리고 아키라는 자신의 지식 속에서 해당하는 물건의 명칭을 겨우 끌어냈다.

"포스터?"

『당시의 광고물일 거야.』

아키라가 진열장으로 생각했던 것은 벽면에 붙은 포스터였다. 현실로 오인할 정도로 뛰어난 시각적 효과 때문에 실물이 있는 것으로 착각한 것이다.

아키라가 한숨을 푹 쉰다.

"괜히 기뻐했네."

『미발견 유적에 처음 발을 들였으니까 그럴 수도 있어. 이런 경험도 헌터 활동의 묘미라고 생각해 두렴.』

"그래……."

아키라는 알파에게 위로를 받으며 통로 안쪽으로 더 나아갔다.

유적 내부를 한참 나아간 아키라는 통로 옆에서 무인 매장을 발견했다.

가게 벽은 유리처럼 투명하고, 통로에서 안이 잘 보인다. 슬쩍 살펴보니 넓은 가게 안에 진열대가 여러 개 있고, 그곳에 유물로 보이는 물건들이 다수 놓여 있었다. 큰 수확이다.

하지만 조금 전 경험으로 의심이 심해진 아키라는 들뜨기 전 알파에게 확인을 요청하는 시선을 보냈다.

알파가 쓴웃음을 짓는다.

『괜찮아. 이번에는 진짜야.』

"좋았어!"

아키라는 웃으며 고개를 끄덕였다.

가게의 출입구는 자동문이지만, 기능이 멈춘 탓에 앞에 서도 열리지 않는다. 문 가장자리에 손을 대고 강화복의 신체 능력으로 억지로 개방한다.

문은 단단해서 잔해를 내던지는 힘으로도 천천히 움직이기만 했다. 나아가 일반적인 유리라면 쉽게 깨지는 압력을 받아도 깨지거나 구부러지지 않은 채로 강화복의 출력을 견디고 있었다.

아키라는 억지로 문을 열어도 경보가 울리지 않자 안도하며 매장 안으로 들어갔다.

진열대에는 다양한 상품이 있다. 그러나 그 보존 상태에는 차이가 있었다. 어떤 물건은 세월을 이기지 못하고 부스러기가 되었다. 하지만 투명한 봉투에 담긴 다른 물건은 부자연스러울 정도로 새롭다.

"망가진 것도 많지만, 멀쩡한 것도 많이 남았구나. 저 포스터처럼 대단한 유물은 없는 것 같은데."

『이곳은 일종의 양판점이라서 고급품은 취급하지 않는 거겠지. 그래도 구세계 제품이고, 구세계 유물임은 틀림없어. 경보도 울리지 않았으니 사양하지 말고 가져가자.』

"그래. 차량도 있고, 강화복도 있으니까. 많이 가져가자."

강화복이 아직 없었을 때, 아키라는 한 번 큰 배낭에 유물을 자기 신체 능력으로 옮길 수 있는 한계까지 채운 적이 있었다. 너무 무거워서 휘청거리는 바람에 욱신거리는 두 다리를 견디지 못하고 우는소리를 내고 말았다.

지금은 강화복 덕분에 그럴 걱정은 없다. 배낭 용량의 한계까지 챙겨가겠다고 의욕을 냈다.

가져온 배낭을 열고 안에서 포개진 다른 배낭을 여러 개 꺼낸다. 그것들을 모두 펼친 아키라는 유물 운반용 튼튼한 배낭을 바닥에 질질 끌며 매장 안을 돌아서 유물을 모으기 시작했다.

아키라는 유물을 감정할 수 없다. 보존 상태가 양호한 것이라면 닥치고 욱여 넣는다.

선반에는 용도를 알 수 없는 소형 전자기기나 계산기 같은 물건, 필기도구 같은 물건, 부자연스러울 정도로 변색하지 않은 노트 등도 있었다. 일단 모조리 쑤셔 넣는다.

식칼 등의 날붙이와 조리도구도 있었다. 날붙이는 날이 예리하지만, 예전에 구했던 나이프 같은 방식으로 쓸 수는 없다. 알파가 그렇게 말하는 것을 듣고 조금 유감스럽게 생각하면서 환금용으로 확보한다.

진공포장처럼 평평하게 포장된 겉옷, 치마, 속옷, 손수건 등도 발견됐다.

애초에 압축된 상태로는 아키라의 눈에 얇은 천으로만 보인다. 일부 포장은 불투명해 모종의 의류임을 짐작할 정도다. 디자인은 전혀 모르겠다.

당시에도 어떤 물건인지 모르는 상태에서 팔렸을까. 그런다고 팔릴까. 아키라는 그런 의문을 느꼈다. 그러자 알파는 당시만 해도 증강현실 등의 기술로 내용물을 확인할 수 있었지만, 지금은 그 기능이 상실됐을 뿐이라고 설명했다.

내용물을 확인하려고 개봉했다간 가치가 떨어질 수 있으므로, 이것도 이른바 구세계 양식의 특이한 디자인일까 하고 내용물을 상상하며 그대로 배낭에 집어넣는다.

액체가 담긴 병이나 알약으로 보이는 물건이 담긴 상자도 있었다. 알파에게 무슨 약인지 물어봤지만, 병의 라벨이나 상자 표면이 상해서 알 수 없다고 한다. 쓸 마음은 없지만, 일단은 가져가기로 한다.

액세서리와 완구 등도 발견됐다. 부적은 없을까 생각하면서 그것들도 배낭에 채워 나간다.

가게 안을 대충 물색하자 수중에 있는 배낭이 꽉 찼다.

유물을 더 구해도 가져갈 수단이 없다. 아키라는 유물 수집을 마치고 귀환을 결정했다.

배낭을 끌면서 통로를 되돌아간다. 여러 배낭이 바닥에 쌓인 먼지를 헤치고 긴 선을 남긴다.

"유적을 조금 둘러보고도 유물을 이렇게 많이 챙겼는걸, 이것이 미발견 유적인가. 헌터들이 찾아다니는 이유가 있어."

예상을 넘는 수확에 아키라는 만족하고 있었다. 알파도 동의하는 듯 미소를 짓는다.

『어렵게 찾은 보람이 있었네. 아키라와의 통신도 문제없었고, 수확이 많은 유적이었어.』

"아, 그래. 지하로 내려오는 것을 그만두질 않길 잘했어."

두려움에 굴하지 않고 각오를 다진 선택이 가져온 결과에, 아키라는 자기 생각이 옳았음을 새삼 실감하고 있었다.

긴 계단을 올라 지상으로 돌아온 아키라에게는 할 일이 더 남아있었다. 유적 출입구를 다시 파묻는 일이다.

일단은 출입구를 파냈을 때도 치워놓은 잔해를 쌓는 방법을 궁리하는 등 다른 사람들에게 노출되기 어렵게 했다. 들어갈 때도 아키라가 아슬아슬하게 지나갈 수 있을 정도만 입구를 냈고, 돌아올 때도 배낭이 통과할 수 있는 만큼만 개방했다.

그래도 파낸 상태와 파묻힌 상태에서는 찾는 난이도에 큰 차이가 있다. 유적의 존재를 다른 사람에게 알리지 않기 위해서 아키라는 자신이 걷어낸 잔해를 자기 손으로 제자리로 돌려놓는다.

마지막 작업을 마칠 무렵에는 이미 해가 저물고 있었다. 아키라도 피로를 느끼고 숨을 크게 내쉰다. 그리고 자기 손으로 파묻은 흔적을 보고 중얼거린다.

"괜찮을까……?"

한번 파낸 만큼 최근에 파낸 곳이라는 흔적은 남을 수밖에 없다. 이 아래에 유적으로 통하는 출입구가 있다는 사실을 아는 만큼, 아키라에게는 조금 부자연스러운 흔적으로 보였다.

『일단은 잘 숨겼어. 이제부턴 운에 달렸을 거야. 들키지 않기를 기대하자.』

"그래야겠지……."

아키라는 운이 나쁜 편이다. 그렇게 생각하면서도 더는 어쩔 수 없다는 생각에 마음을 고쳐먹고 도시로 돌아갔다.

◆

자택 욕실에서 아키라가 하루의 피로를 풀고 있다.

여느 때 같으면 바로 목욕의 쾌락에 굴복해 의식이 욕조에 녹았을 텐데, 오늘은 큰 성과가 있어서 그런지 그쪽으로 생각할 힘을 남기고 있었다.

여느 때처럼 함께 욕조에 몸을 담그고 있는 알파에게 기분 좋게 말을 건다.

"저 유물은 얼마나 돈이 될까? 상태가 좋은 것도 많고, 저렇게 많잖아. 돈을 많이 받아도 될 것 같은데, 어떻게 생각해?"

알파는 평소처럼 실오라기 하나 걸치지 않은 매력적인 몸을 뜨거운 물에 담근 상태다. 물결치는 수면 아래의 알몸이 요염하게 흔들리고 있었다.

그리고 아키라가 알파의 몸을 더 강하게 의식하게 하려는 듯 욕조에 걸터앉는다. 수면에서 올라와 드러난 알몸 위로 물이 뚝뚝 떨어지고, 윤기가 나는 피부와 반짝이는 물방울이 고급스러운 색감을 내고 있었다.

물론 알파의 몸은 실재하지 않고, 그 위로 떨어지는 물방울도 마찬가지다. 알파의 방대한 연산력으로 아키라의 시야에 그렇게 표현하고 있을 뿐이다.

그래도 보통은 그 아름다움에 뭔가 반응을 보여도 되는데, 아키라의 반응은 여전히 지독하게 둔하다. 오늘도 최고의 호강을 낭비하고 있었다.

『너무 기대하는 것은 금물이야. 보존 상태가 좋고 양이 많다고 해서 낙관할 수는 없어.』

"그래? 그래도 저렇게 많은데?"

『쿠즈스하라 시가지 유적에서 유물을 수집할 때는 유적 안쪽에 있는 유물들을 내가 나름대로 엄선해서 가져갔으니까. 같은 느낌으로 생각하면 안 돼.』

"하긴 그렇겠네."

『게다가 유물의 종류와 수요에 따라서 매입하는 값이 크게 달라져. 너무 기대하면 나중에 실망할지도 모르는데?』

"음. 그렇구나. 뭐, 내일이면 알겠지."

『게다가 카츠라기에게 팔 때는 양을 적게 조절해. 한꺼번에 대량으로 가져갔다가 어디서 그렇게 많이 찾아왔는지, 그 유적의 존재를 의심하면 곤란하니까.』

"그래……. 그러자."

아키라의 마음속에서 무의식중에 부풀어 올랐던 것, 대량의 유물을 한꺼번에 팔았을 때 상대가 보일 반응과 그것으로 얻을 수 있을 큰돈에 대한 기대가 알파와의 대화로 진정되었다.

그러자 알게 모르게 아키라의 정신을 붙잡아두던 흥분도 그만큼 약해져서 의식이 욕조에 녹아든다. 그렇게 흐리멍덩해진 머리로, 아키라는 문득 생각했다.

"저기, 알파. 오늘 발견한 유적은 뭐라고 부르면 될까……?"

『음. 요노즈카역 유적이면 되지 않을까?』

"요노즈카역 유적인가……. 알았어……."

발견한 유적의 이름을 되새긴 것을 끝으로, 아키라의 의식은 여느 때처럼 욕조에 녹아들었다.

◆

　카츠라기는 이동형 점포를 겸한 대형 트레일러에서 주로 헌터용 상품, 무기와 탄약 등을 파는 장사꾼이다.

　최근에는 쿠즈스하라 시가지 유적의 가설 기지 구축에 관련된 헌터들을 주된 손님으로 삼아서 그곳에 머무는 경우가 많았다. 하지만 오늘은 쿠가마야마 시티로 점포를 옮겼다. 아키라가 유물을 팔러 간다고 연락했기 때문이다.

　카츠라기는 아키라가 카츠라기에게 유물을 파는 대신, 슬럼의 약소 조직에서 보스를 하는 셰릴을 지원하기로 아키라와 거래했다.

　쿠즈스하라 시가지 유적에서 발생한 소동 때문에 아키라가 유물 수집을 일시적으로 중단한 것은 카츠라기도 알고 있었다. 하지만 헌터 활동을 재개한 다음 약속대로 유물을 팔러 올지는 확신하지 못했다.

　그런 불안도 있고 해서, 유물을 한계까지 가득 채운 듯한 커다란 배낭을 메고 나타난 아키라를 본 카츠라기는 표정을 환하게 풀었다.

　이어서 유물 감정을 끝마치고, 마음속에 있는 평가는 감춘 채 이게 다냐는 듯한 표정을 아키라에게 보였다.

　"220만 오럼이로군."

　커다란 배낭 하나 분량의 유물에 제시된 매입가를 듣고, 아키라가 약간 불만스러운 표정을 짓는다.

카츠라기는 그런 아키라의 태도를 유심히 살피고, 그 속내를 살피며, 여느 때와 다름없이 장사꾼의 미소를 짓고 신중하게 말을 고른다.

"매입가에 불만이 있는 눈치로군. 하지만 저번처럼 바로 헌터 오피스로 가져가겠다고 말을 꺼내지 않을 정도로는 납득도 한 거지?"

"그야 뭐……."

아키라는 어제 알파와 유물 매입가에 관해 잠깐 이야기한 것도 있어서, 카츠라기가 제시한 금액에 불만이 있어도 '원래 그런 거겠지.'라고 생각했다.

카츠라기는 그런 아키라의 속마음을 간파했다.

납득할 수 없을 정도의 액수는 아니다. 그러나 불만은 남는다. 그 불만이 쌓이면 아키라의 유물이 다른 곳으로 흘러갈 확률이 올라간다.

그것을 막기 위해 카츠라기는 아키라의 불만 수준을 살피면서, 언뜻 봐서는 가벼운 이야기를 하는 것처럼 자신의 이익으로 이어지는 이야기를 조심스럽게 이어 나간다.

"뭐, 나도 너한테 유물 매입가를 후려칠 마음이 없다고. 그랬다가 네가 유물을 다른 곳에 가져가면 큰 손해니까."

"그랬으면 좋겠는데."

"정말이래도. 나는 너와 앞으로도 사이좋게 지낼 거야. 그 증거로 너와의 약속을 지키고 셰릴을 보살피고 있는 거잖아."

카츠라기는 과장되게 말하고 나서, 조금 고민스러운 표정을 짓는다.

"다만, 왜, 그거야. 셰릴을 지원하려면 나름대로 돈이 들거든. 그래서 내 속내를 말하자면 매입가를 좀 낮춰서 그만큼 내 이익을 더 남기고 싶은 마음도 있어."

거짓말은 하지 않고, 한편으로 얼마나 벌고 싶냐는 부분의 정도는 얼버무리고, 카츠라기가 이야기를 이어간다.

"하지만 말이다. 아까도 말했듯이, 그렇다고 네가 납득하지 못할 매입가를 제시해도 서로 손해만 보겠지. 그래서 말하는 건데. 너는 유물을 파는 노하우가 많이 부족한 것 같으니까, 내가 알려주마."

그리고 상대방의 상황을 다 안다는 듯이 의미심장한 표정을 짓는다.

"어차피 그거지? 평소에는 토벌 위주로 유물 수집은 잘 안 하는 거잖아? 유물을 파는 데 익숙하다면 내게 가져오지 않을 유물도 많았으니까."

"마음대로 상상해."

"뭐, 틀렸다고 해도 들어두라고. 들어서 손해 볼 일은 없을걸? 구세계 유물은 가져가는 곳에 따라 값이 많이 달라져. 아까네가 불만을 느낀 매입가에는 내가 비싸게 살 수 없는 유물이 많다는 이유가 있다고."

그러면서 상대방의 흥미를 유발하는 듯한 투로 말하고 다정하게 웃는다.

"그러니까 내가 제시한 값이 이상하게 싸다고 생각했다면 여기서 자세한 이유를 듣고 납득하라고. 알았지?"

상대방에게 이해를 구한 뒤, 자신에게 편리한 내용을 얼마나 섞을까. 카츠라기는 그 가감을 궁리하며 유물 매각 지식을 이야기하기 시작했다.

유적에서 가져온 유물을 아무 생각 없이 헌터 오피스로 가져가는 헌터도 많다. 하지만 최대한 비싸게 팔고 싶다면, 발품을 파는 수단도 있다.

유물에도 수요와 공급의 개념이 있다. 알맞은 물건을 알맞은 사람에게 팔면 그만큼 비싸게 팔린다. 그 선별과 선택은 헌터용 유물 매각 대행업이 성립할 정도로 복잡하다.

그렇기에 귀찮다고 업자에게 통째로 던지는 사람이 있는가 하면, 값이 싸더라도 헌터 랭크에 보탬이 된다며 헌터 오피스로 전부 가져가는 사람이 생기는 것이다.

"말만 해 주면 내가 너의 유물 매각을 일괄적으로 대행해 줘도 되는데? 어때?"

"마음이 내키면."

"그렇군. 뭐, 잘 생각해 보라고."

헌터 오피스는 통기련 산하 조직으로, 그 모체인 대기업이 원하는 유물에 값을 높이 매긴다. 즉, 구세계의 뛰어난 기술을 해석할 원천이 되는 유물을 말한다.

그것들은 헌터 오피스의 창구를 통해 동부 전역에서 수집되어 기업 산하의 연구 시설로 수송되고, 많은 유능한 과학자와 기술

자에 의해 해석되어 동부의 기술 발전을 뒷받침하고 있다.

당연히 기술적으로 귀하고 중요한 물건일수록 대기업에 흘러 간다. 이러한 이유가 있어서 대기업과 중소기업의 기술 격차는 좀처럼 좁혀지지 않는다.

중소기업이 그 기술 격차를 뒤집으려면 다른 입수 경로로 유물을 구하는 수밖에 없다. 즉, 카츠라기 같은 개인 업체를 거쳐서 사들이는 것이다.

카츠라기가 아키라가 가져온 유물 중에서 모종의 전자제품처럼 보이는 물건을 집어 든다.

"그런 이유로 이런 종류의 유물을 나한테 팔러 오는 것은 잘한 일이야. 그런 손님한테 비싸게 팔리니까 나도 비싸게 사는 거야. 알겠지?"

"뭐, 그렇지."

"앞으로도 비슷한 물건을 꼭 가져와. 기대해도 되지?"

기술 해석의 의미에서는 가치가 낮은 유물이라도 수요가 있으면 비싸게 팔린다. 현재의 기술로도 동등한 물건은 제조할 수 있지만, 생산 단가를 생각하면 효율이 떨어지는 물건이나 구세계의 제품이라는 브랜드 가치가 생기는 물건 등이 그렇다.

이러한 유물들은 해당 물건을 취급하는 업체로 넘어가 품질을 확인받고, 보기 좋게 장식되며, 때로는 다른 물건으로 가공되어 상품으로 유통된다.

카츠라기가 감정을 끝낸 유물 중에서 칼과 조리도구를 집어든다.

"이런 유물을 내게 가져오는 것도, 정답이다. 나한테 판매 루트가 있는 물건이라면, 그럭저럭 좋은 가격에 사들이지. 특별한 건 아니고, 구세계 물건이라고 하면 좀 비싸게 팔리는 거니까 말이지. 업자를 통해서 유통하기 쉽다는 점에서도, 괜찮은 물건이야."

이어서 카츠라기는 다음에 아주 얇게 포장된 의류를 집어 들고 조금 난감한 표정을 지었다.

"그리고 그런 의미에서 이건 좀 아냐. 미안하지만, 나는 이런 유물을 팔아넘길 루트가 없어."

더불어서 그 의류에 의아한 눈길을 보냈다.

"그리고, 의류 유물은 다루기가 좀 어려운 부분도 있어. 그 시대의 디자인 감각으로 만들어진 거니까 지금 감각으로는 굉장히 촌스러운 것도 있어서, 구세계의 브랜드 효과가 성립하지 않는 경우가 있거든. 그건 너도 알지?"

"뭐, 그건 알아."

"애초에 옷에는 유행이란 게 있고, 나도 그런 패션 감각에 자신이 있는 것도 아니니까. 대기업이라면 일단 사들여서 유행이 올 때까지 창고에 재워두면 좋을지도 모르지만, 나는 그럴 수가 없어."

카츠라기가 미안한 표정을 짓고 말한다.

"그러니까 미안하지만, 이걸 사라고 하면 나랑 너 사이이니까 일단 산다고 해도 헐값에 가까운 돈밖에 못 제시해. 그런 물건이니까 말이지."

그리고 그 표정으로 아키라의 반응을 살폈다.

(좀 노골적이었나? 아니, 괜찮을 것 같군.)

확인을 마친 카츠라기는 화제를 돌리듯 다른 유물을 들고 의류 유물에 관한 이야기를 그쯤에서 접었다.

"다음은 이쪽 유물인데, 이런 물건을 내게 가져오는 건 부적합해."

그렇게 말한 카츠라기의 손에는 액세서리 소품과 미개봉 상태인 트럼프가 쥐어져 있었다.

헌터들은 유적에서 다양한 챙겨서 돈으로 바꾸려고 하지만, 그중에는 매입업자들이 다루기 힘든 물건들도 있다. 일단 유적에 있었으니 뭔가 가치가 있을 것이라는 개인의 판단으로 가게로 가져온 물건을 말한다.

이전에 아키라가 시즈카에게 받은 부적도 비슷한 이유로 시즈카의 가게로 흘러들었다.

그러나 그런 물건도 드물게 비싸게 거래된다. 모종의 고미술품 취급을 받아서, 그 분야의 수집가가 남다른 값을 매기는 것이다.

그리고 그럴 가능성이 있는 까닭에 헌터는 언뜻 보면 쓰레기 같은 물건이라도 일단 가져오고, 매입업자와 사니 마니 옥신각신하기도 한다.

카츠라기도 비슷한 경험이 있다. 그것이 생각나서 슬쩍 한숨을 쉰다.

"이 유물이 호사가에게 비싼 값에 팔릴 가능성이 눈곱만큼도 없다고는 말하지 않겠어. 하지만 그렇다고 나보고 그걸 기대하고 사라고 하면 곤란해. 이런 건 미술품을 알아보는 안목과도 같아. 나는 잘 모르겠어. 뭐, 나랑 너 사이니까, 공짜로 인수할 수는 있어."

"인수해서 어쩌게? 팔리지는 않겠지?"

"적당히 창고에 처박아 놓고 동업자들에게 나는 이만큼 안목이 있다고 자랑하거나 호사가의 대리인 같은 녀석들에게 보여 주는 거야. 원하는 사람이 있으면 약간의 연줄은 생기겠지. 어느 정도 쌓이면 황야에 버리고 끝이야."

"저기, 그래도 괜찮아?"

"버리는 장소를 조심하는 것도 있지만, 지금까지 불평을 들은 적은 없어. 슬럼의 변두리 같은 데 버리면 한 달을 버티지 못하고 사라지거든. 아마 슬럼 주민들이 줍는 거겠지."

슬럼의 노점에는 그런 것도 진열된다. 한 번 버려진 물건인 이상 아무도 불평하지 않는다. 그리고 그러고도 팔리지 않은 물건은 다시 황야에 버려진다.

"황야에 버려도 역시 어느새 사라진단 말이지. 여기에는 여러 가지 설이 있는데, 구세계의 청소 기계가 지금도 가동되고 있어 몰래 청소하고 있다거나, 몬스터가 먹는다거나 하는 소리가 있더군. 나는 후자를 지지한다. 황야에는 전차를 먹는 몬스터도 있어. 딱히 신기할 일도 아니지."

불필요한 것은 도시에서 황야로. 쓰레기 같은 유물도, 슬럼의 시체도, 혹은 아직 살아 있는 사람도.

그리고 필요한 것은 황야에서 도시로. 귀중한 유물도, 그 실력을 보여준 사람도.

그 과정은 동부의 축소판이었다.

카츠라기는 말을 마치고 아키라의 낌새를 다시 살핀다.

"나도 그런 사정이 있어서, 장사꾼으로 제시할 수 있는 돈에 한도가 있어. 너한테 불만이 있어도 220만 오럼이 한계야. 더는 못 줘."

그리고 평범하게 흥미로운 태도로 이야기를 듣던 아키라의 반응에서 확신을 느꼈다.

"하지만 나도 네가 애써 챙겨온 유물을 싸게 사들이는 바람에 너와의 관계가 틀어지는 건 바라지 않아. 그래서 말이다. 이번에는 나한테 들여오는 게 정답인 것만 파는 게 어때?"

상대는 자신이 한 말을 받아들이고 있다. 그렇다면 이 제안에도 의문을 느끼지 않을 것이다. 카츠라기는 그렇게 판단하고 있었다.

"내가 사들이지 않은 물건은 네 마음대로 하면 돼. 다른 곳에 팔아도 되고, 잠시 팔지 말고 간직해도 되겠지. 어때? 서로 납득할 수 있는 좋은 제안 같은데."

현시점에서는 아키라에게 유익한 말밖에 하지 않았다. 그러니까 이상한 걱정을 할 것도 없다. 문제없을 것이다. 그렇게 생각하고 카츠라기는 자신만만하게 웃고 있었다.

아키라가 조금 생각해 보고 대답한다.

"알았어. 그렇게 해 줘."

"좋아. 거래가 성사됐군."

카츠라기는 아키라에게 해당 유물을 사들이고 대금 이체를 마쳤다. 그리고 돌아가려는 아키라에게 가벼운 투로 말을 건다.

"아, 맞다. 아키라. 나머지 유물은 마음대로 해도 된다고 했지만, 당분간 팔지 말고 남겨두는 걸 추천하마."

"왜지?"

"나도 판매 루트를 구축하는 데 힘쓰고 있으니까. 이번에 못 산 물건도 조만간 비싸게 사들일 수 있을 것 같단 말이지. 딱히 당장 돈이 궁한 건 아니지? 비싸게 팔릴 기회가 생기길 기다리면서 좀 재워둬. 그런 것도 유물을 파는 기술이거든? 잘 기억해 두라고."

"흐응. 알았어. 잘 있어."

아키라는 그렇게 가볍게 대꾸하고 돌아갔다.

카츠라기는 아키라를 배웅하고, 그 모습이 보이지 않자 손님에게는 보여줄 수 없는 장사꾼의 미소를 지었다. 그리고 추가적인 이익을 위해 아는 업자에게 즉시 연락을 취했다.

◆

카츠라기의 점포에서 자택에서 돌아온 뒤, 아키라는 팔리지 않고 남은 유물들을 바닥에 늘어놓고 조용히 끙끙대고 있었다.

바닥에는 의류, 액세서리, 완구, 기타 잘 모르는 유물들이 즐비하다. 아키라는 이것들을 어떻게 처리할지 생각해야 한다.

알파는 아키라가 마음대로 하면 된다고 했다. 유물을 돈으로 바꾸는 데까지가 헌터 활동이지만, 당장 돈으로 바꿀 필요도 없기 때문이다. 언젠가 더 성능이 좋은 장비를 사더라도, 새로운 장비를 막 갖춘 참이다. 너무 서두를 필요는 없다.

어떻게 할지 곰곰이 생각하던 아키라가 문득 떠올린다.

"알파. 카츠라기가 한 이야기 말인데. 그거, 알파는 어떻게 생각해?"

『글쎄. 거짓말은 하지 않았어.』

"아하. 그러면 당분간 팔지 말고 재워두는 게 좋을까?"

그렇게 물어본 아키라에게 알파는 약간 의미심장한 미소를 짓는다.

『정직한 사람이라고는 말하지 않았는데?』

아키라도 가볍게 웃고 대꾸한다.

"알아. 하지만 셰릴을 돌봐주는 건 사실이야. 귀찮은 일을 시키는 만큼 카츠라기의 경영 노력도 너그럽게 봐줘야지. 지나치면 다시 생각하겠지만."

카츠라기도 장사꾼이다. 헌터 상대로 약간의 밀당은 할 것이다. 아키라는 그렇게 생각했고, 그런 밀당에 대응하는 것도 헌터의 실력이라고 생각해서 일부러 카츠라기가 어떻게 나오는지 지켜보고 있었다.

알파가 약간 의외라는 표정을 짓는다.

『아키라도 그런 말을 하게 됐구나. 여유라도 생겼어?』

"그럴까? 그럴 수도 있겠네."

그렇게 가볍게 대꾸한 아키라는 본인도 모르는 사이에 슬쩍 웃고 있었다.

그때 방금 언급된 셰릴로부터, 아키라의 정보 단말로 통화 요구가 전달되었다. 통화에 응하자 셰릴의 밝은 목소리가 들리는데, 어딘가 긴장한 것처럼도 들린다.

"셰릴이에요. 지금 괜찮으세요?"

"그래, 무슨 일이야?"

"아뇨. 대단한 일은 아니지만, 한가하시면 다시 거점으로 와주실 수 있을까 해서요."

카츠라기에게 아키라가 유물을 팔러 왔을 때 새로운 장비를 갖췄다는 이야기를 들었는데, 그 장비를 한 번 보여주러 왔으면 좋겠다. 그것이 셰릴의 부탁이었다.

셰릴의 조직은 기본적으로 아키라라는 강력한 헌터를 등에 업음으로써 안전을 얻고 있다.

그것이 단순한 애들 모임으로 여겨지던 시절에는 나름대로 강하고 다소 정신이 이상한 헌터가 보호한다는 정도만으로 문제없이 안전을 확보할 수 있었다.

그러나 요새 들어 셰릴의 조직은 구성원도 늘어나고 핫샌드판매 등으로 돈도 벌게 되면서 다른 조직에서 수작을 부려도 이상하지 않은 상태가 되었다.

그런 상황에서 아키라가 강력한 신장비로 거점에 나타나면 다른 조직을 견제할 수 있다. 주위 사람들에게 장비를 가볍게 보

여주는 것만으로도 의미가 있으니까 가능하면 찾아와 주었으면
한다. 셰릴은 아키라에게 그렇게 부탁했다.

"알았어. 지금 거기로 갈게."

"괜찮으세요? 감사합니다. 기다리고 있을게요."

안도가 짙게 밴 목소리를 마지막으로 셰릴과 통화가 끊긴다.
아키라는 외출 준비를 하려던 참에 바닥에 늘어놓은 유물을 보
고, 예전에 문득 생각했던 것을 떠올리더니 배낭에 의류와 액세
서리 유물을 담았다.

『왜 그러니? 내친김에 그것도 팔러 가는 거야?』

"아니야. 선물하기 딱 좋을 것 같아서."

외출 준비를 마친 아키라는 배낭을 챙겨서 차고로 향했다.

제72화 유적 탐색의 기념품

　슬럼 변두리를 루시아와 나샤가 시체를 옮기며 이동하고 있었다. 에리오도 같이 있지만, 도와주지 않는다.

　시체는 소지품이 하나도 없이 간소한 옷만 걸쳤다. 그 옷도 너덜너덜한데, 그 정도는 입혀야 끌어서 옮기기 쉽다는 이유로 남아있었다.

　시체는 셰릴의 조직이 관리하는 영역에 방치되어 있었다. 세 사람은 슬럼에 있는 조직에서 암묵적으로 실시하는 영역 청소의 일환으로 그 시체를 황야까지 버리러 가는 길이었다.

　루시아가 절친과 함께 시체의 다리를 하나씩 잡고서 끌다가 그 무게에 질려 한숨을 쉬었다.

　"있잖아, 나샤. 이번 주에 이걸로 몇 번째지?"

　"내 기억으론, 여섯 번째야."

　"많아. 별로 넓은 영역도 아닌데, 더 적어도 되잖아."

　나샤는 진저리를 치듯 인상을 쓰는 루시아를 배려해서 쓴웃음을 지으면서 기운차게 말을 건넨다.

　"귀찮고 싫은 일인 건 알아. 하지만 그런 일을 우리에게 주는 동안은 안전해. 그렇게 생각하고 참아."

　"그건 알지만……."

루시아는 다시 한숨을 쉬었다. 절친의 마음 씀씀이 덕분에 조금은 마음이 편해지긴 했지만, 이제는 다 해탈한 것처럼 환하게 웃는 나샤처럼 마음을 풀 수는 없었다.

　조직의 영역을 유지하기 위해서라도, 영역 청소는 중요한 일이다. 그렇지만 시체를 황야까지 버리러 가는 일을 하고 싶은 사람은 없다. 따라서 대개는 조직에서 지위가 낮은 자들이 떠맡고 마지못해서 하게 된다.

　그것은 셰릴의 조직에서도 같고, 기본적으로는 조직의 신참들이 교대로 처리하고 있다. 그리고 루시아도 그런 신참이며, 그런 일을 떠맡는 처지다.

　하지만 루시아와 나샤는 조금 사정이 달랐다. 보통 교대로 맡아서 하는 그 일을, 루시아는 조직에 가입한 뒤 줄곧 떠맡아야 했다.

　그리고 나샤는 조직에서 비교적 고참이며, 조직 내 평판도 좋아 얼마 전까지만 해도 간부 후보 취급을 받았다. 하지만 지금은 루시아와 함께 시체를 운반하는 나날을 보내고 있다.

　그 원인은 루시아다. 루시아는 소매치기로 생계를 꾸리다가 운 나쁘게도 아키라의 지갑을 훔치고 말았다.

　그 사실이 아키라에게 들켜서 그대로 죽임을 당할 뻔했지만, 우여곡절을 거쳐 한 번은 도망칠 수 있었다. 그러나 아키라가 후원하는 줄도 모르고 셰릴의 조직에 가입하려다가 그곳에 있던 아키라에게 붙잡히고 말았다.

　그리고 지금 루시아는 어째서 자신을 살려두고 있는지도 모른

채 셰릴의 조직에서 신참으로 일하고 있었다.

그 경위를 떠올린 루시아는 절친까지 끌어들였다는 죄책감에 얼굴을 슬프게 일그러뜨렸다.

"나샤, 미안해. 나 때문에……."

나샤는 몰랐지만, 아키라에게 훔친 돈을 중개료로 삼아 루시아를 조직에 넣으려고 했다. 그것도 문제지만, 몰랐다고 시치미를 떼고 루시아를 버렸다면 가벼운 처치로 끝났을 것이다.

그러나 나샤는 변명하지 않고 오히려 루시아를 감싸 셰릴에게 루시아를 살려달라고 부탁했다. 그 때문에 조직에서 간부를 목전에 둔 지위였는데도 지금은 루시아와 마찬가지로 시체를 운반하는 나날을 보내고 있었다.

하지만 나샤는 환하게 웃으며 대꾸한다.

"루시아. 그 말은 벌써 몇 번이나 들어서 질렸어. 끈질기게 말할 생각이면 미안하다 말고 고맙다고 하거나, 가끔은 패턴을 바꿔주지 않을래?"

신경 쓰지 않는다고 농담하듯 가볍게 대꾸하는 절친의 배려에 루시아도 살짝 미소를 지었다.

"고마워……."

"천만의 말씀. 여러 가지 일이 있었는데, 이제 와서 뭘. 나도 루시아도 살아 있는걸. 마음을 고쳐먹고 살자."

시체를 질질 끌면서 하는 대화라는 것을 제외하면 가혹한 슬럼 생활 속에서도 웃는 얼굴을 잊지 않고 우정을 확인하는 푸근한 광경이기는 했다.

그때 에리오가 별생각 없이 끼어든다.

"저기, 루시아라고 했지? 나도 자세한 얘기를 들은 건 아닌데. 아키라 씨의 지갑을 훔쳤다며? 하필이면 왜 아키라 씨를 노린 거야?"

굳이 화제로 삼기 싫은 것을 묻자 루시아가 표정을 조금 일그러뜨린다. 하지만 조직의 간부이자 자신들을 감시하는 인원이기도 한 에리오가 물어본 것이다. 약간 겁먹은 투로 대답한다.

"여기 조직을 봐주는 사람인 줄 몰랐어요."

"아니, 몰랐다고 해도 말이지……."

책망하고 있다고 느낀 루시아가 더욱 겁에 질려 얼굴과 목소리를 어둡게 만든다. 그것을 본 나샤가 중간에 끼어들어 에리오의 의식을 자신에게 돌리게 한다.

"미안해요. 루시아가 한 짓이 마음에 들지 않는 건 알아요. 하지만 루시아를 조직으로 부른 사람은 저고, 루시아도 반성해서 매일 이렇게 시체 운반을 하고 있어요. 설명이 부족하면 나중에 제가 물어볼 테니까 지금은 좀 봐주시겠어요?"

그렇게 말하며 머리를 숙이는 나샤를 보자 에리오는 살짝 당황하며 고개를 저었다.

"아, 아니야. 딱히 따지는 건 아니라고. 그냥 좀 궁금해서. 왜, 지갑을 훔치더라도 보통은 상대를 골라서 하잖아? 왜 아키라 씨를 점찍었어?"

에리오는 단순히 궁금해서 물어본 거지만, 정신적으로 조금 피폐해진 루시아에게는 너는 왜 그렇게 멍청하고 무능하냐는 말처럼 들렸다. 겁에 질려 핼쑥해진 얼굴과 목소리로 대답한다.

"그렇게, 강한, 헌터인 줄은…… 몰랐어요……. 죄송합니다."

"저기, 에리오 씨. 정말 이제 그만……."

"아, 아니야. 아니라고. 정말로 괴롭히려는 게 아니라……."

말실수했다고 생각한 에리오는 정말 비난하는 것이 아니라는 믿음을 주려고 잠시 자신의 이야기를 하기로 했다.

"사실 나도 전에 아키라 씨한테 실수한 적이 있어. 그래서 좀 궁금했던 거야."

에리오가 쓴웃음을 지으며 자신의 실수를 루시아와 나샤에게 말한다.

아키라와 처음 만났을 때 그 실력을 몰라보고 시비를 걸었다는 것을. 뒤에서 주먹을 휘둘렀다가 반격을 당해 죽을 뻔했다는 것을.

그리고 아키라의 실력을 가까이서 보고 자신이 얼마나 무모했는지를 이해하고 과거에 자신이 저지른 멍청한 짓에 머리를 싸맸다는 것을.

에리오는 그런 이야기를 농담하듯 두 사람에게 말했다.

"뭐, 그런 일이 있어서 말이지. 그래서 루시아도 나처럼 아키라의 실력을 잘못 봤나 싶었거든."

그리고 자신이 한 이야기에 놀라면서도, 그것으로 이상한 두려움이 사라져 침착함을 되찾은 듯한 루시아에게 다시 한번 묻는다.

"그래서 말인데, 실제로 어땠어? 아, 이놈은 봉이다. 그렇게 생각했어? 아, 편하게 말해. 마음은 이해하지만, 반대로 궁금해지네."

루시아는 조금 망설였지만, 에리오의 태도에서 배려를 느낀 점도 있어서 솔직하게 고백하기로 했다.

"어…… 응. 저기, 봉이라고 생각했어. 헌터로는 보였는데, 그냥 장비만 잘 갖춘 신출내기라고 말이야. 이거라면 참 쉽겠구나 싶었거든……."

"그렇구나. 역시 아키라 씨한테는 뭔가 처음 보는 사람에게 무시당하는 분위기 같은 게 있는 걸까? 난 보스한테 새로 들어온 애들이 그 점을 조심하게 시키라고 들었는데, 솔직히 말해서 경고해도 잘 모르는 녀석이 있어."

에리오가 조금 탄식하고 나서 가벼운 투로 묻는다.

"있잖아, 걔들한테 루시아 얘기를 해도 돼? 걔들이 뭔가 저지르면 내 탓이 되니까, 설득할 거리를 늘리고 싶어."

"아, 응. 되는데……."

"미안해. 고맙다."

그것으로 잠시 대화가 끊긴다. 그리고 에리오가 약간 멋쩍은 기색으로 말한다.

"그 뭐냐. 나도 아키라 씨한테 한 번 죽을 뻔했는데, 그런 나도 지금은 조직 간부 대우를 받고 있어. 너도 괜찮을 거야."

"응, 고마워."

에리오의 말을 듣고 어느 정도 마음이 편해진 루시아는 그만큼 기운을 되찾아 평소보다 조금 밝게 웃었다.

"무슨 일이 있으면 먼저 나나 아리시아한테 말해. 이야기 정도는 들어줄게."

아키라에게 실수한 공통점이 있는 세 사람은 화기애애한 분위기로 황야로 계속 이동했다.

세 사람은 황야에 시체를 내버린 후 슬럼 변두리에서 휴식을 취하고 있었다.

나샤가 루시아에게 들리지 않게 목소리를 낮추고 에리오에게 말을 건다.

"루시아를 격려해 줘서 고마워. 괜한 착각이라면 미안한데. 저기, 이상한 의도는 없지?"

에리오는 약간 의아한 표정을 지은 뒤, 너무 넘겨짚은 것 같다고 느끼면서도 혹시 하는 마음에 대꾸한다.

"혹시나 해서 말하는 거지만, 나한텐 아리시아밖에 없어."

"그래? 다행이네."

그리고 에리오와 나샤는 서로의 발언을 정리하는 침묵을 사이에 두었다.

"그 말을 나한테 했다는 건, 이상한 의도로 이런저런 소리를 하는 놈들이 있군?"

"몇 명은 말이지."

"지나치면 나나 아리시아한테 말해. 멍청한 짓을 하기 전에 단단히 말해 둘게."

"고마워. 대가는 나한테 요구해. 상대해 줄 순 있어."

"나한텐 아리시아밖에 없대도."

"그래?"

다시 이야기를 정리하는 침묵이 흘렀다. 그리고 에리오가 슬쩍 한숨을 쉰다.

"알고 있겠지만, 보스는 나한테 너희 감시도 명령했어. 도망치면 죽이라는 말도 들었고."

에리오가 두 사람과 동행한 데는 그런 이유가 있다. 본래 황야에 시체를 버리러 가는 구성원에게는 안전을 위해 총을 주지만, 나샤와 루시아에게는 전달되지 않았다.

"나도 동료는 쏘기 싫어. 아리시아도 슬퍼하고. 그러니까 바보들이 바보 같은 짓을 해서 궁지에 몰린 너희가 도망치면 곤란해. 아리시아를 위해서라도 그걸 막는 노력 정도는 할 거야. 그런 이유가 있다고. 이러면 됐어?"

그렇게 일부러 변명을 추가한 에리오에게, 나샤도 의심을 풀었다.

"미안해. 너무 의심했나 봐. 고마워, 에리오. 아리시아한테도 고맙다고 전해 줘."

그렇게 진심으로 감사 인사를 하고 미소를 지은 나샤를, 에리오도 가볍게 웃어넘겼다.

그리고 나샤가 진지한 표정을 짓는다.

"솔직하게 말해 줘. 루시아 말인데, 정말 괜찮은 것 같아?"

"아마도. 아키라 씨가 생각하기 나름이겠지만."

"그걸로 괜찮다고 말할 수 있어? 그 아키라 씨인데?"

"이렇게 말하면 뭐하지만, 죽일 마음이라면 진작에 죽였을 거야. 그런데도 살았으니까 더는 죽일 마음이 없는 거겠지. 아키라 씨가 왜 그렇게 생각했는진 모르겠지만 말이야."

나샤가 표정에서 긴장감을 푼다.

"그래. 그걸 의심한다고 어떻게 되는 것도 아니고, 지금은 그렇게 생각해 둘게."

"뭐, 멍청한 짓만 하지 말아 줘."

"알아. 나도 안 하고, 루시아도 안 하게 할 거야. 약속할게."

그때 루시아가 두 사람의 대화를 눈치챘다.

"나샤. 무슨 이야길 하는 거야?"

"응? 현재 상황을 개선하는 방법을 상담했어. 루시아도 영원히 시체만 옮기긴 싫잖아?"

"그야 그렇지만……."

이야기를 얼버무리려는 나샤의 말에 에리오도 동조한다.

"휴식은 끝이야. 돌아가자."

"아, 응."

세 사람은 슬럼에 있는 거점을 향해 걷기 시작했다. 그러자 그 뒤로 황야 사양의 차량이 한 대 다가온다. 황야에서 돌아온 헌터일 것 같아 방해되지 않게 길옆으로 이동하자, 그 차량이 에리오 일행의 옆에 섰다.

"역시 에리오였군."

차량에서 말을 건 사람을 본 세 사람이 각각 차이가 나는 반응을 보인다. 에리오는 조금 놀라고, 나샤는 표정을 굳히고, 루시아는 공포를 얼굴에 드러내며 나샤의 등 뒤에 숨었다.

　말을 건 사람은 아키라였다.

◆

　세릴은 아키라를 맞이하려고 거점 밖에 나와 있었다.

　아키라를 만나고 싶은 세릴 자신의 욕심이 있어서 부른 것이기도 하다. 하지만 이번에는 조직 안팎을 향한 시위를 우선하고 있었다.

　그런 사정으로 좀 거창하게 맞이하고자 조직의 무력 요원들에게 카츠라기를 통해 구매한 장비를 주고 자신의 등 뒤에 나란히 서 있게 했다.

　권총탄 정도라면 관통하지 않는 값싼 방호복과 염가판 AAH 돌격총이라도 평범한 옷차림에 권총 정도만 소지한 자보다는 위압감이 있다.

　그래도 아직 인원이 두 자릿수에 못 미치지만, 슬럼의 약소 조직 기준으로는 충분한 전력이어서 다소의 억지력은 되었다.

　조금 떨어진 곳에서는 다른 조직의 사람들도 보인다. 세릴이 흘린 정보를 듣고 아키라의 모습을 확인하고자 온 것이다.

　그 자리에 아키라가 차량을 타고 나타난다. 주위 사람들의 시선이 쏠렸다.

　견고해 보이는 투박한 황야 사양 차량은 안전한 시내를 가볍게 이동하기 위해 사용하는 소형차와 차원이 다르다. 그 외형만으로도 황야의 가혹함과 그곳에서 생계를 이어가는 헌터라는 존재의 흉흉한 생업을 상상케 한다.

뒤쪽 총좌에 설치된 CWH 대물돌격총과 DVTS 미니건은 슬럼의 다툼에서 사용되는 총기와 확연하게 다르다. 조직과 조직 사이의 항쟁에 이용되면 참극을 낳을 것이 틀림없다.

운전석에 앉은 아키라가 입은 강화복도 싸구려처럼 보이지 않는다. 악평 때문에 끔찍하게 팔리지 않았을 뿐, 원래는 고랭크 헌터를 생각해서 나온 제품이다. 그 소문을 모르는 자가 보면 주먹으로 벽을 날리고, 인간의 머리쯤은 쉽게 분쇄하는 강력한 장비일 뿐이다.

그 무장만으로도 경계할 만한 후원자다. 더구나 본인은 아직 장비를 갖추지 못했을 무렵에도 적대 조직의 구성원들을 죽이고, 그 시체를 가지고 적의 거점에 쳐들어갔다.

그러한 인격 파탄자라는 정보가, 그 사람을 적으로 만들었을 때의 위험을 부풀리고 있었다.

셰릴의 조직은 아직 약소하지만, 요새는 돈벌이가 좋다는 이야기도 들려온다. 성가신 후원자가 있다고는 하지만, 거점에 상주하는 것도 아니다.

그렇다면 조금 위험하더라도 셰릴의 조직을 위협하면 적당히 돈을 뜯어낼 수 있지 않을까. 그렇게 생각했던 다른 조직들은 아키라를 보고 그 생각을 물렀다.

거기까지는 셰릴도 자기 계획대로 잘되었다고 기뻐했다. 하지만 셰릴은 아키라를 맞이하는 것치고는 다소 딱딱한 미소를 짓고 있었다.

(어, 어째서 애네도 같이 타고 온 거야?)

아키라는 운전석에, 에리오는 조수석에, 루시아와 나샤는 뒷좌석에 앉아 있다. 아무것도 모르는 자가 보면 그 관계성을 오해와 억측을 포함해 어림짐작할 수 있는 광경이다.

셰릴은 지금도 루시아와 나샤의 처우를 고민하고 있어서, 대응하기 어려운 상태다.

아키라의 지갑을 훔쳤으므로 능력이 있어도 중용할 수는 없다. 그러나 함부로 다룰 수는 없고, 의도적으로 죽게 하는 냉대는 엄금이다. 아키라가 두 사람에 관해서 적절한 처우를 부탁했기 때문이다.

게다가 조직 안팎의 시선을 모은 이 상황에서 아키라가 뒷좌석에 태웠다. 루시아와 나샤에 대한 취급이 더욱 까다로워지는 순간이었다.

그때 셰릴 앞에 차를 세운 아키라가 말을 건다.

"셰릴. 여기 주차장이 있던가? 내 장비를 보여주려면 이대로 여기에 세워두는 게 좋을까?"

"네, 그래요. 그러면 여기 세워 주세요."

아키라의 응대가 최우선. 말을 건 시점에서 셰릴은 즉각 그렇게 판단하고 루시아와 나샤에 대한 처우를 더 생각하지 않았다.

그리고 부하들에게 아키라의 차를 감시해 달라고 부탁하고, 함부로 만지지 말라고 엄명한 뒤 아키라와 함께 거점으로 들어갔다.

조금 늦게 긴장에서 풀려난 루시아와 나샤가 성대하게 한숨을 내쉬었다.

셰릴은 아키라를 자기 방으로 초대하고 루시아, 나샤와 함께 온 경위를 가볍게 물었다. 그리고 '오다가 봐서 그랬다.'라는 아주 대수롭지 않은 이유를 듣고 일단 안도했다.

"그랬어요? 번거롭게 했네요."

"응? 뭐, 오는 김에 태운 거니까."

셰릴은 아키라의 태도로 보아 이미 루시아와 나샤에 대한 흥미를 잃었을 가능성이 크다고 판단했다.

조금만 더 상황을 지켜보고, 정말로 아무렇지 않게 생각한다고 확신하면 두 사람의 취급을 다른 떨거지들과 똑같이 해도 문제가 없어진다. 아키라에게 문제없는 대처를 부탁받은 셰릴 자신의 마음고생도 줄어든다. 그렇게 낙관했다.

그렇게 생각하고 나서 아키라에게 환심을 사려고 거침없이 칭찬을 퍼붓는다.

"그런데 그게 새 장비예요? 뭐랄까, 대단하네요. 멋있고 강해 보여요."

"그래. 나도 잘 모르겠는데, 좋은 물건이라고 하더라고. 사정이 있어서 인기가 없는 제품인데, 그만큼 쌌어. 뭐, 장비를 한꺼번에 맞췄으니까 덤으로 준 것도 있겠지만."

시즈카가 준비해 준 상비를 칭찬받은 아키라는 셰릴의 예상보다 기분이 좋아졌다.

그래서 셰릴은 더욱 아키라의 기분을 좋게 하려고 즐겁게 이야기를 들으려고 한다.

"싸게 구했어요? 참 잘됐네요. 얼마나 했어요?"

그러면서 테이블에 놓인 컵을 들고 더 나은 환담을 위해 목을 축이려고 입을 댔다.

"8000만 오럼 정도야."

그리고 예상 밖의 금액을 듣고서 입에 머금은 액체를 뿜는 것을 애써 견뎌냈다. 하지만 미소까지 유지하는 것은 무리였다.

"무슨 일이야?"

"아니요, 아무것도 아니에요. 8000만 오럼이면 싼 건가요?"

"응? 그렇지."

차량은 중고. 강화복은 재고 처리 가격. 둘 다 시즈카가 어떻게든 좋은 물건을 싸게 준비하려고 노력해 준 덕분이다. 그러니까 비슷한 장비를 그냥 사는 것보다는 많이 싸겠지. 아키라는 그렇게 생각하고 대답하고 있었다.

하지만 셰릴은 아키라에게 8000만 오럼은 푼돈이고, 적어도 금전 감각으로 봤을 때는 싸게 인식한다고 판단했다. 그래서 마음속 놀라움을 감추며 어딘가 우물쭈물 묻는다.

"아키라는 요전번에 1000만 오럼을 주고 회복약을 샀었죠? 그것 말고도 또 뭔가 사는 데 돈을 썼나요?"

"그래."

"무엇에 얼마나 썼는지 물어봐도 될까요? 아, 약간 궁금해서 물어보는 거예요. 억지로 물어볼 생각은 없어요."

들고 확인해 두고 싶다. 하지만 심정적으로는 듣고 싶지 않을지도 모른다. 그런 갈등이 셰릴의 말에 드러나 있었다.

아키라는 평범하게 대답하려다가 문득 생각이 들어 대답을 조금 애매하게 한다.

"아, 6000만 오럼 정도, 조금 일이 생겨서."

치료비를 내려고 보수에서 까는 형태로 6000만 오럼을 냈다. 처음에는 그렇게 말하려고 했다.

하지만 어째서 그 정도의 치료가 필요하게 되었는가 하는 점이, 도시와 약속한 비밀 엄수 의무에 저촉할지도 모른다고 생각했다.

더군다나 예전에 셰릴에게 아키라가 죽을 뻔한 이야기는 하지 않으면 좋겠다는 말을 들었던 것도 생각났다. 그 결과, 아키라는 구체적인 용도를 얼버무리고 쓴 금액만 말했다.

그 말을 들은 셰릴의 얼굴이 희미하게 딱딱해진다.

"그, 그래요?"

총 1억 5000만 오럼. 아키라는 그만큼의 돈을 단기간에 낼 수 있는 헌터가 되었다. 그런 사람에게 100만, 200만 정도의 푼돈을 찔끔찔끔 준다고 뭐가 되겠는가. 그런 인식이 셰릴의 마음에 충격을 주고 있었다.

대화를 단순한 대화가 아니라 두 사람의 사이를 돈독하게 하기 위한 환담으로 만들고자 적극적으로 화제를 꺼내서 이야기의 내용을 조작하는 셰릴이 그 충격으로 입을 다물자 대화에 잠시 빈틈이 생겼다.

아키라가 그것을 이상하게 생각하다가 문득 가져온 선물을 떠올렸다.

"아, 맞다. 유물을 수집하다가 기념품으로 챙긴 게 있어."

아키라가 배낭에서 요노즈카역 유적의 유물, 판자 모양으로 압축된 구세계 의류와 마찬가지로 구세계 유물인 액세서리를 꺼냈다.

"유적에 있던 거니까 일단 구세계의 물건이야. 좋아하는 걸 골라."

정신을 차린 셰릴이 테이블에 놓인 물건들을 보고 놀란다.

"아…… 무척 기쁘긴 한데요. 저기, 괜찮아요? 구세계 물건은 비싸죠? 파는 게……."

"아, 괜찮아. 일단 카츠라기에게 팔러 갔다가 비싸게는 사들이지 않는다거나, 이런 것은 사지 않겠다고 해서 가져온 거니까."

"그래요? 그러시다면 사양하지 않고 받을게요."

선물을 받으면 기쁘지만, 너무 비싼 물건을 주면 주눅이 들기도 한다. 동부에서 구세계 제품이란 고급품의 대명사이기도 하다.

아키라에게 돌려줄 것이 압도적으로 부족한 지금의 셰릴은 구세계의 물건을 받아도 주눅만 들 뿐이다.

하지만 카츠라기가 매입을 거부할 정도의 싸구려임을 알고 안심하자 무척 기쁜 눈치로 물건을 고르기 시작했다.

"뭐, 싸구려라도 구세계 물건이야. 헌터와 친하게 지낸다는 증거 정도는 되겠지. 활용해 줘."

"그렇군요. 잘 쓰겠습니다."

가까운 여성을 기쁘게 하는 선물이 아니라 조직의 원활한 운영을 위한 물증으로 주는 선물임을 안타깝게 여기면서도, 셰릴은 그 감정을 얼굴에 드러내지 않았다.

◆

아키라를 배웅하고 자기 방으로 돌아온 셰릴은 침대에 쓰러지듯 누워 한숨을 내쉬었다.

아키라는 셰릴에게 선물을 준 다음 다른 볼일이 있다며 돌아갔다. 억지로 만류할 수도 없는 까닭에 셰릴은 매우 안타깝게 생각하는 것을 얼굴에 드러내고 아키라와 헤어졌다.

이유를 대서 오랫동안 껴안고, 또 같이 목욕하거나, 뭐하면 하룻밤 자고 갔으면 했다. 갑자기 불러도 와 줄 정도로 한가한 때 같아서 더욱 안타까웠다.

(뭐, 바쁜 와중에 짧게나마 시간을 내서 만나러 와 주었다고 생각해 두자.)

그렇게 편한 해석으로 진정하려 했지만, 아키라를 한 번도 껴안지 못한 불만은 가라앉지 않았다. 그래서 심통이 난 듯이 한동안 가만히 누워있었다.

그리고 별생각 없이 옆을 보니 테이블 위에 놓은 아키라의 선물이 눈에 들어왔다. 몸을 일으키고 그중에서 펜던트를 집어 오른손 손끝에 늘어뜨려 바라본다.

은을 닮은 소재로 만든 사슬과 펜던트 본체가 실내 빛을 복잡하게 반사해 섬세한 조형을 돋보이게 한다. 펜던트 본체에는 굴절률이 높은 투명한 결정이 박혀 있는데, 그 내부에는 예술적인 무늬가 드러나 있었다.

아무런 지식이 없으면 아무튼 비싸 보이기는 하다. 하지만 비슷한 물건은 현대의 기술로도 제작할 수 있으므로 기술적 가치는 낮다.

게다가 헌터들이 비싸 보인다는 이유로 자주 챙겨가므로, 구세계 제품으로 판다 해도 공급이 많아서 그 가치를 더욱 떨어뜨리고 있었다.

아주 드물게 현대의 기술로는 생성할 수 없는 소재와 기술로 만들어진 물건이 발견돼 매우 비싼 값이 매겨지는 일도 있다. 하지만 기본적으로 헐값에 유통되는 물건이다.

잠시 그것을 지켜보던 셰릴이 다른 펜던트를 왼손에서 늘어뜨려 비교한다. 그것은 예전에 아키라한테 받은 물건이다. 슬럼 노점에 진열된 싸구려 물건이어서 역시 오른손에 있는 물건과 비교하면 조형도 변변찮다.

하지만 셰릴에게는 왼손에 있는 펜던트가 더 가치 있어 보였다.

물론 그것은 셰릴 개인이 생각하는 가치다. 일반적으로는 누구나 오른쪽 것을 고른다. 셰릴에게만 의미가 있는 부가가치가 왼쪽 싸구려 펜던트의 가치를 높이고 있었다.

(골라 준 사람의 차이일까?)

오른쪽 것은 셰릴이 골랐다. 왼쪽 물건은 아키라가 고민 끝에 골랐다. 겨우 그 정도의, 그때는 아무래도 좋았던 것이, 지금의 셰릴에게는 매우 중요한 점이 되었다.

마음이 좀처럼 편해지지 않는 셰릴이 다른 선물로 시선을 돌린다. 셰릴은 자기 손으로 직접 의류 유물도 몇 가지 골랐다. 그때는 아키라가 신신당부했다.

어떤 옷인지는 가져온 나도 모른다. 그래서 엄청 촌스러울 수도 있다. 이상한 물건이라도 셰릴이 골랐으니까 포기해라. 억지로 입으라고는 안 한다.

그처럼 변명하는 듯한 아키라의 태도를 떠올리며 셰릴이 조금 즐겁게 웃는다. 그리고 시험 삼아 입어 보기로 했다.

정말 엄청나게 촌스럽다고 해도 그걸 보고 웃으면 기분이 풀릴 것으로 생각했다.

의류는 압축해서 밀봉 포장된 상태다. 당연히 개봉하지 않으면 입을 수 없지만, 그 시점에서 포장으로 인한 보존 기능은 상실되고 유물의 가치가 떨어진다. 셰릴은 조금 머뭇거리다가 개봉했다.

그러면 개봉 전에는 그 외관이나 촉감 때문에 딱딱하고 얇은 판처럼 보였던 것이 갑자기 부피를 늘려 부드러움을 되찾는다. 그대로 포장재에서 빠져나와 어떻게 들어가 있었는지 신기할 정도로 큰 옷이 되었다. 다른 포장에는 위아래 속옷도 들어 있었다.

셰릴은 옷을 다 벗고 우선 구세계의 속옷만 입고서 거울 앞에서 봤다.

착용자 체형이 다소 차이가 나도 속옷이 알아서 보정하는 듯, 문제없이 잘 착용할 수 있었다.

감촉도 나무랄 데 없고, 착용한 느낌도 이상하지 않다. 답답한 느낌도 전혀 들지 않는다. 셰릴이 지금까지 쓰던 속옷과는 하늘과 땅만큼 차이가 났다.

"으음. 역시 구세계 물건이구나. 이게 정말 싸구려일까……."

1억 5000만 오럼 정도는 거뜬하게 낼 수 있는 헌터 기준으로, 혹은 그런 헌터가 매각하는 유물치고는 싸다. 그런 뜻일지도 모른다며 셰릴은 조금 불안해했다.

그것을 감추듯 속옷 감상을 끝냈다. 다음에는 구세계의 옷을 입고 거울 앞에 섰다.

"으음. 이건 나쁘지는 않지만……이라는 느낌이야."

웃옷과 스커트에는 속옷처럼 체격 차이를 보완하는 기능이 없었다. 성인 사이즈의 옷을 비교적 몸집이 작은 셰릴이 억지로 입은 탓에 어색하게 보인다.

게다가 그 디자인도 현대의 감각과는 미묘하게 어긋난 것 같았다. 엄청 촌스럽다고 혹평할 정도는 아니다. 하지만 현대의 패션 기준에서 어딘가 벗어나 있는 디자인이었다.

구세계 때는 유행했을지도 모르지만, 지금은 좀 그렇다. 셰릴은 거울에 비친 자기 모습을 보고 그렇게 생각했다.

한편으로 그래도 구세계 제품이고, 그렇기에 눈썰미가 좋은 사람 앞에서 이 옷을 입는다면, 셰릴은 슬럼의 약소 조직 보스를 뛰어넘는 신분을 가장할 수 있을 것으로 생각한다.

아키라는 헌터로서 엄청나게 빠른 속도로 출세하고 있다. 그런 아키라에게 은혜를 다 갚기 위해서라도, 버림받거나 내쳐지지 않기 위해서라도, 더 높은 곳으로 올라가려는 아키라를 최대한 따라잡아야 한다.

셰릴은 자연스럽게 그렇게 생각하고, 조직을 발전시킬 다음 방책을 짜고 있었다.

그때 에리오가 나타난다. 이번에는 잊지 않고 문을 두드려 확인한 다음 들어왔다. 자신들이 아키라와 함께 돌아온 경위를 제대로 설명해 놓으려고 루시아와 나샤 대신 이야기하러 온 것이다.

그러자 셰릴이 문득 생각했다.

"에리오. 이 옷을 어떻게 생각해?"

에리오가 슬쩍 보고 대답한다.

"어떻긴. 음, 좀 별로인데……."

"참고로 이건 아키라가 나한테 선물한 거야."

"너무 좋은 것 같아!"

황급히 말을 바꾼 에리오의 반응을 보고 셰릴은 조금 재미있다는 듯 웃었다. 아키라의 선물이라는 부가가치는 역시 크다고 생각하며 기분 좋게 미소를 지었다.

◆

탄약 등을 보충할 겸해서 시즈카의 가게를 찾은 엘레나와 사라는 시즈카가 한가해 보이는 것도 있어서 오랫동안 수다를 떨고 있었다.

가게 주인인 시즈카도 단골손님을 접대한다는 명분으로 잡담에 어울리고 있다.

"그래, 그럼 너희도 쿠즈스하라 시가지 유적에서 하는 일이 끝났구나. 꽤 길었나? 꼭 그렇지도 않나? 아키라는 금방 끝난 것 같던데."

야라타 전갈의 소굴을 소탕하는 작업을 의뢰받았다가 도중에 이탈한 아키라와 달리, 엘레나와 사라는 지하상가 작업이 일단락될 때까지 그 의뢰를 계속했다.

도시 측에서 소굴을 거의 섬멸하고 그곳에서 발견된 유물 수집도 일단락된 데다가, 경비 장치 설치까지 마치고 소수의 보수 요원만으로 지하 유지가 가능해진 것은 최근 일이다.

사라가 그 나날을 떠올리며 살며시 지친 얼굴을 보인다.

"우리는 꽤 중용됐거든? 그래서 그만큼 오래 붙들린 거야. 그걸 엘레나가 계속 받아주니까 길어진 거고. 안 그래? 엘레나?"

엘레나는 아랑곳하지 않고 웃었다.

"그만큼 소득이 있었잖아. 팀의 협상 담당으로서는 받아 마땅했어. 정보 수집 담당으로서도 유적지를 꼼꼼히 조사할수록 보수가 늘어나는 좋은 일이었고."

사라가 불만스럽게 받아친다.

"화력 담당의 요청도 들어줬으면 좋겠는데?"

"나중에는 몬스터도 거의 다 없어서 화력 담당도 편했으니까 됐잖아? 사라가 자꾸 불평해서 중단했는데, 나로서는 좀 더 계속해도 됐는걸?"

"싫어."

꽤 진지하게 불만스러운 얼굴을 보이는 사라의 태도를 시즈카가 신기해한다.

"사라. 내가 들었을 때는 몬스터도 없는 상태에서 편안했을 것 같은데, 뭐가 그렇게 싫었어? 아, 소지한 장비로 탄약을 듬뿍 써서 왕창 갈길 기회가 전혀 없었다면야, 가게 매출을 위해서도 찬성해 줄게."

시즈카가 농담조로 말하자 엘레나가 웃으며 고개를 저었다.

"아니야. 사라는 발견한 유물을 도시가 가져가는 게 싫었던 거야."

계약에 따라 의뢰 중에 발견한 유물의 소유권은 전부 도시가 가진다.

따라서 아무리 좋아 보이는 유물을 발견해도 손가락만 빨고 지켜볼 수밖에 없다. 하필이면 왜 이럴 때 보이냐고, 사라는 몇 번이나 유물을 발견한 장소에서 끙끙대며 멀어졌다.

엘레나는 웃으며 그 사정을 설명했고, 그 말을 들은 시즈카도 그 광경을 쉽게 상상하며 슬그머니 웃었다.

사라가 약간 울컥한다.

"그건 엘레나도 푸념했잖아."

"물론 나도 똑같이 참았어. 아니라고 한 적은 없잖아?"

엘레나가 왠지 즐겁게 그렇게 말하는 바람에 사라는 조금 못마땅한 기색을 드러냈다.

　마침 그때, 아키라가 가게를 찾아왔다.

　시즈카의 가게에 들어서고 엘레나의 사라를 본 아키라는 마침 잘됐다며 선물을 전하기로 했다.

　그리고 배낭에서 액세서리와 판자처럼 압축된 의류 유물을 꺼내 유적 탐색의 기념품이라고 전했다.

　세 사람이 카운터에 진열된 물건들을 흥미롭게 본다. 시즈카를 포함해 유물을 다룰 기회가 많기도 하며, 그 눈썰미는 모두 아키라보다 좋다. 그리고 모두의 인식으로는 선물로 가볍게 줄만한 물건으로 보이지 않았다.

　시즈카가 일단 확인을 구한다.

　"아키라. 이건 꽤 비싸 보이는데, 진짜 받아도 돼? 이 액세서리는 그렇다 쳐도, 이건 아마도 의류겠지? 의류 관련 유물이라면 우리 가게에서도 사들일 수 있어. 그러니까 팔아도 되는데?"

　"시즈카 씨 가게에선 유물 매입도 하나요?"

　"전문가가 아니니까 아무거나 사들일 수는 없지만. 의류 쪽 유물이라면 물건을 들일 때의 연줄로 아는 유통 루트가 있어. 뭐, 내가 직접 취급하는 것은 아니니까 돈이 들어올 때까지 시간이 걸리겠지만. 어떻게 할래?"

　"아니요. 선물하려고 가져온 온 거니까 드릴게요. 게다가 여러모로 신세를 지고 있으니까요. 가끔 제가 보답하는, 작은 선물로 생각해 주세요."

아키라는 그렇게 진심을 담아 고마움을 전한 뒤, 세 사람이 괜히 신경을 쓰지 않도록 가볍게 덧붙인다.

"뭐, 다른 데서 매입을 거부할 정도로 싼 물건이지만요. 일단 마음만이라도 받아 주세요."

"그래? 그렇다면 잘 받을게. 고마워, 아키라."

보답으로 주는 선물을 거절하는 것도 실례라는 생각에, 그리고 아키라의 배려가 기뻐서, 세 사람은 웃으며 대답했다.

그 모습을 보고 아키라도 선물을 가져온 보람이 있었다며 기뻐했다. 그리고 문득 한 가지 생각이 떠오른다.

"아, 그쪽 물건은 내용물이 뭔지 몰라서요. 여기서 개봉해서 괜찮은 물건이면 드리는 걸로 해도 될까요? 보답으로 드리는 선물인데 디자인이 이상하면 저도 좀 멋쩍으니까요."

아키라는 그렇게 말하고 포장을 뜯었다. 이상하면 나중에 셰릴한테 떠넘기자. 옷도 구하기 힘든 슬럼이라면 다소 형편없는 디자인이라도 문제없을 것이다. 없는 것보다는 낫다. 그렇게 생각하고 적당히 골라서 열고 내용물을 꺼냈다.

안에서 나온 것은 여성용 속옷이었다.

분위기가 미묘하게 민망해진다. 그것을 얼버무리듯 아키라는 개봉이 끝난 포장과 내용물을 한쪽으로 치우고 다른 포장을 뜯었다.

또 여성용 속옷이 나왔다.

'대체 왜 이러지?' 라고 생각하면서 아키라는 조바심을 내고 또 다른 포장을 뜯었다. 세 번째도 똑같았다. 결국에는 아키라

가 손을 멈췄다. 네 번이나 연속으로 똑같은 것을 꺼낼 배짱은
없었다.

『인원수에 맞게 나왔네.』

『입 다물고 있어.』

아키라는 알파의 지적에 무심코 신랄한 말로 되받아치고, 그
제야 정지한 사고를 재가동했다. 천천히 고개를 들어 시선을 손
에서 앞으로 돌리자 시즈카가 약간 수줍은 듯 어색하게 미소를
띠고 있었다.

"저기, 아키라. 그게 있지?"

아키라가 허둥지둥 변명한다.

"아니요, 아니에요! 옷이나, 손수건이나, 그런 건 줄 알았어
요! 정말이에요!"

"어, 응. 알아. 그런데, 이걸, 어쩌지?"

고의든 실수든 상관없이 현물이 눈앞에 있다. 괜찮다면 가지
라고 주는 것도, 그렇다면 잘 받겠다고 하기도 어려운 물건이
다. 아키라도 시즈카도 어쩔 바를 몰랐다.

엘레나는 그런 두 사람의 모습을 유쾌하게 바라보고 있었다.
헌터 활동으로 유물을 수집하다가 여성용 속옷을 챙긴 경험은
그럭저럭 있다. 단순한 유물로 인식하면 두 사람이 허둥대는 모
습을 여유롭게 웃으며 바라볼 수 있다.

그리고 사라는 좀 더 적극적인 행동을 취했다.

"시즈카. 받을지 말지 고민할 거면, 내가 가져도 돼?"

"어? 뭐, 난 상관없는데…… 아키라는 그래도 되니?"

"어? 아, 그래요. 시즈카 씨가 괜찮다면 상관없어요."

"고마워. 잘 받을게."

사라가 카운터에서 속옷을 모두 가져간다. 엘레나의 몫도 물어볼 것 없이 당연하다는 눈치로 조금 탐욕스럽게 자신의 물건처럼 챙긴다.

그런 사라를 본 아키라는 조금 의외라는 표정을 짓고 있었다. 엘레나가 그것을 눈치채고 쓴웃음을 짓는다.

"아키라. 미안해. 사라는 요즘 속옷에 굶주렸거든. 너그럽게 봐주렴."

"그, 그래요……?"

사라가 조금 불만스러운 표정을 짓는다.

"굶주리긴 무슨…… 엘레나, 말은 가려서 하는 게 좋잖아?"

하지만 곧장 아키라에게 흥미진진한 기색으로 미소를 지어 보인다.

"그래서 말인데. 아키라, 이 선물은 어디서 찾았어? 미하조노 시가지 유적 근처? 아직 남았을 것 같아?"

"어……."

우물쭈물하는 아키라의 모습을 보고 엘레나가 조금 진지하게 꾸짖는다.

"사라. 유물이 있는 곳을 그렇게 함부로 묻지 마. 그런 이야기를 하더라도, 아키라나 우리나 헌터니까 정보료 정도는 내는 전제로 이야기를 진행해야지."

"나도 알아."

사라는 슬쩍 웃으며 엘레나의 잔소리를 흘리고, 기대하는 눈치로 아키라에게 얼굴을 바짝 들이댔다.

"그래서, 어때? 괜찮다면 가르쳐 주지 않을래? 당연히 정보료는 낼게. 돈이라도 상관없고, 우리가 아는 유물 관련 정보도 좋아."

기념품으로 챙긴 유물은 요노즈카역 유적에서 구한 물건이다. 아키라가 우물쭈물한 것은 그것을 말해도 좋을지 어떨지 망설이고 있었기 때문이다.

하지만 생명의 은인이 기대하는 눈치로 보니까, 아키라는 대수롭지 않게 괜찮지 않겠냐고 결론을 내렸다.

"좋아요. 정보료도 필요 없어요. 사라 씨한테는 그만큼 신세를 지고 있으니까요."

"그래? 그럼 순순히…… 받았다간 엘레나가 화낼 것 같으니까, 다음에 같이 가서 유물을 수집하고, 우리가 그만큼 열심히 하는 게 어때?"

사라는 그렇게 말하며 엘레나에게 눈짓했다.

정보의 가치란 애매모호한 법이다. 섣불리 돈으로 해결하는 것보다는 그런 보답도 괜찮을 것이다. 그렇게 생각하고 엘레나가 슬쩍 고개를 끄덕이자 아키라도 가볍게 고개를 끄덕였다.

"알았어요. 그러면 그렇게 부탁드릴게요. 그리고 유물을 발견한 곳 말인데, 요노즈카역 유적에 있는 상가 터예요."

엘레나와 사라는 생소한 유적의 이름이 나오자 고개를 갸우뚱했다. 그리고 엘레나가 예측한다.

"아키라. 다른 유적 이름을 착각한 거 아니야? 근처 유적의 이름을 다 외우라고는 하지 않지만 탐색한 유적의 이름 정도는 잘 외우는 게 좋아. 유물을 파는 곳에 출처를 설명하면 값을 더 받을 수도 있으니까."

"아, 죄송해요. 단순히 최근에 발견한 유적을 제가 그렇게 부르는 건데요……."

"아키라. 멈춰."

엘레나가 아키라의 말을 제지하고 진지한 얼굴로 가게 안을 찬찬히 둘러보았다. 사라 역시 다른 헌터가 없는 것을 확인한다. 그리고 확인을 마치자 모두 작게 안도의 한숨을 내쉬었다.

두 사람의 태도를 본 아키라가 당황하자 엘레나가 태연한 척 시즈카에게 눈짓으로 의도를 전했다.

"시즈카. 오늘은 이만 가 볼게."

낌새를 눈치챈 시즈카도 가볍게 고개를 끄덕이며 대답한다.

"그래. 아키라한테 여러모로 가르쳐 줘."

"아키라. 우리 집에서 마저 이야기하자. 예정은 괜찮아?"

"어? 아, 네. 괜찮아요."

"그럼 가자. 시즈카, 다음에 또 봐."

엘레나와 사라에게 붙들려 조금 억지로 가게에서 나온 아키라는 당혹스럽지만, 시즈카가 살며시 웃으며 배웅한 것도 있어서 그대로 두 사람의 집으로 얌전히 끌려갔다.

제73화 다시 탐색한 성과

엘레나, 사라와 함께 두 사람의 집을 찾은 아키라는 거실에서 기다리고 있었다.

예전에 이곳에 왔을 때는 아직 집을 구하지 못했고, 숙소 신세를 지는 자신과 비교해서 그 생활환경의 차이에 놀란 적이 있었다.

이제는 아키라도 자신의 집을 구했다. 예전과 같은 놀라움은 없을 것이다. 그렇게 생각했지만, 다시 비교해 봐도 생활 수준의 차이는 역력해서, 결과적으로 아직 갈 길이 멀었음을 실감하게 되었다.

그때 옷을 다 갈아입은 엘레나와 사라가 거실로 돌아왔다. 사라가 아키라의 맞은편에 앉고 엘레나는 마실 것을 내준 다음에 자리에 앉으려다가 사라의 차림새를 보고 헛수고임을 알면서도 쓴소리를 한다.

"사라. 내가 옷 좀 똑바로 입으라고 했지?"

사라는 속옷 위에 셔츠를 걸치기만 한 차림이었다. 그 셔츠도 단추를 제대로 채우지 않아서 맨살과 가슴 골짜기를 과시하듯 드러내고 있었다.

"뭐가 어때서. 집에선 편하게 있고 싶어. 괜찮아. 조금 봐도

난 신경 안 써."

부끄러운 줄 모른다는 의미에서는 한심하고 색기가 부족한 모습이라고 할 수 있다. 그러나 그 매력적인 몸매를 드러내고 있는 건 사실이므로, 그것이 부족한 부끄러움을 충분히 보완하고 있었다.

"너 말고 아키라가 신경 쓴다는 말이야."

"그래? 아키라. 그렇게 보기 흉해?"

"긴장을 푸는 것도 중요하다는 말도 들었고, 여기는 사라 씨 집이니까요. 편한 차림으로 계세요. 저는 신경 안 써요."

알파도 자주 비슷한 차림을 한다. 신경을 안 쓰도록 의식하면 괜찮을 것이다. 설불리 반응했다간 괜히 놀림을 당한다. 아키라는 그렇게 생각하고 자기 암시를 걸어 신경을 쓰지 않으려고 했다.

겉으로만 그런 것이지만, 아키라의 시선은 흔들리지 않는다. 정말로 개의치 않는 듯한 아키라의 태도를 본 사라는 조금 맥이 빠진 듯 의아해하는 모습을 보였다.

엘레나는 슬쩍 웃으며 사라 옆에 앉았다. 마음을 가다듬고 진지한 얼굴로 본론에 들어간다.

"그럼 시즈카의 가게에서 한 이야기를 마저 할게. 아키라가 말한 요노즈카역 유적은 지금까지 발견되지 않은 유적이지?"

"네."

엘레나는 대놓고 한숨을 푹 쉬었다. 그리고 아키라를 물끄러미 보며 타이른다.

"아키라. 그런 말을 함부로 해서는 안 돼."

"시즈카 씨의 가게이고, 두 분밖에 없어서 괜찮을 줄 알았는데, 그렇게 위험한가요?"

"그런 정보를 아무한테나 말하는 시점에서 위험해. 사람의 손이 닿지 않은 유적의 정보가 얼마나 가치가 있는지 몰라?"

허술한 인식을 지적하는 엘레나에게, 아키라가 진지하게 대꾸한다.

"저도 아무한테나 말할 마음은 없어요. 상대는 잘 골랐어요."

"그, 그러니?"

엘레나와 사라는 조금 주춤거리며 서로의 얼굴을 살폈다. 아키라는 정보의 가치를 가볍게 생각하고 말실수했다. 그렇게 생각했는데, 그 가치를 이해하고서 자신들이라면 이야기해도 좋다고 생각해 준 것이 당혹스러우면서도 기뻤다.

그리고 팀의 협상 담당 경험이 엘레나를 먼저 진정시킨다.

"아키라. 그렇게 말해 줘서 기뻐. 그건 그렇다 쳐도, 말하는 상황은 잘 생각했어야 했어. 시즈카의 가게라서 괜찮다고 생각했을 테지만, 일단 거기도 공공장소야. 그런 이야기를 함부로 해서는 안 돼."

"시즈카 씨의 가게라도요?"

"그래. 물론 시즈카는 믿을 수 있어. 하지만 가게 뒤에 납품업체 사람이 있을 수도 있고, 선반 뒤에 손님이 있었을 수도 있어. 적어도 그런 이야기를 하기 전에 그래도 괜찮은지 시즈카에게 물어보는 정도는 했어야지."

"아, 그렇네요. 성급했어요. 말려 줘서 고마워요."

위험할 뻔했다고 아키라는 새삼 머리를 숙였다.

"신경 쓰지 마. 선배 헌터로서 그 정도는 충고해 줘야지. 그렇지? 사라."

"암, 그렇고말고."

엘레나들은 마음속을 진정시키기 위해서 가볍게 말을 주고받고, 음료수를 넉넉히 마신 다음 숨을 내쉬었다.

다음에 같이 기념품 유물이 있던 유적으로 유물을 수집하러 간다. 아키라와 그렇게 약속했을 때만 해도 엘레나와 사라는 요노즈카역 유적이 미발견 유적인 줄 몰랐다.

이미 아키라가 한 차례 들어가 본 적이 있다고는 하지만, 조사가 거의 진행되지 않은 백지상태의 유적이므로 철저하게 준비하지 않으면 위험하다. 그렇게 판단한 두 사람은 아키라에게 유적 탐색 이야기를 듣고 있었다.

그리고 예상 이상의 내용을 듣고 사라가 기대를 부풀린다.

"몬스터도 없고, 잠깐 들어간 건데도 그렇게 유물이 많이 남았어? 완전 대박 유적이네. 안쪽에 여성용 속옷이 더 남아있다면 최고일 텐데……."

아키라가 속옷을 고집하는 사라의 모습을 신기해하면서도 일단은 제안해 본다.

"의류 유물이라면 안 팔고 챙긴 물건이 아직 집에 있는데, 필요하시면 가져올까요? 나머지 물건 중에 있을지도 몰라요."

"그래도 돼?"

"네, 정말 있을지는 잘 모르겠지만요."

"그렇다면……."

그때 엘레나가 참견한다.

"사라. 아무도 손대지 않은 유적지에 데려다준다고 하니까, 우선 거기서 직접 찾아. 나랑 시즈카의 몫까지 받았으니까 당분간은 괜찮잖아?"

그러자 사라도 웃으며 조금 적극적으로 밀어붙인다.

"뭐가 어때서. 딱히 공짜로 갖고 싶다고는 말하지 않았어. 시장 가격에 맞춰서 살게. 그러면 아키라도 다른 매입처에 파는 것보다 비싸게 팔고, 미발견 유적의 정보가 퍼지는 것도 막을 수 있어. 서로 득이 되는 이야기인걸?"

"헌터 랭크 이야기가 빠졌어. 우리가 사도 헌터 랭크는 오르지 않잖아."

"그만큼 값을 더 치면 되잖아. 뭐하면 나중에 아키라의 헌터 랭크를 올리러 가도 되고. 그래서 아키라. 어때?"

엘레나와 사라는 그런 말을 주고받다가 아키라를 봤다. 그러나 무슨 이야기인지 이해하지 못하는 아키라의 반응을 보고, 먼저 전제가 되는 지식부터 이야기하기로 했다.

사라는 나노머신을 통한 신체 강화 확장자로, 나노머신의 잔량이나 사용 상황 등에 따라 체형이 변한다. 특히 예비 나노머신을 보관하는 가슴은 변화의 폭이 매우 크다.

그래서 어지간한 신축성밖에 없는 속옷을 쓰면 심할 때는 가슴을 강하게 압박할 정도로 꽉 조이기도 하고, 흘러내릴 정도로 느슨해지기도 한다.

게다가 신체 강화 확장자의 신체 능력과 더불어 나노머신, 혹은 방호복과의 상성 등에 따라 일반적인 속옷으로는 너무 약해서 금방 망가져 버리는 경우가 많다.

즉, 사라에게는 급격한 체형 변화에 대응할 수 있을 정도로 신축성이 뛰어나면서 신체 강화 확장자의 운동성과 방호복에 사용되는 강인한 소재와의 마찰을 견딜 만큼 튼튼한 속옷이 필요한 것이다.

그렇듯 속옷 제조업자를 괴롭히는 수준의 과도한 요구를, 구세계 속옷 중에는 깔끔하게 전부 충족하는 물건이 많다. 사라가 구세계에서 만든 속옷을 찾는 데는 그런 이유가 있다.

하지만 그만큼 고성능인 만큼 비싸다. 단순히 속옷으로도 고품질인 데다 구세계 제품이라는 브랜드 효과까지 붙어서 방벽 안쪽에 사는 부유층도 사서 쓴다. 그래서 일반인은 구하기 어렵다.

일단 현대에서 생산한 속옷 중에서도 그런 요구를 충족하는 물건은 있다. 그러나 소재와 기술 모두 구세계 수준을 요구하므로 당연히 값이 비싸진다.

추가로 착용감이나 디자인을 요구하면 가격은 더욱 비싸지고, 종류나 수량이 한정된다. 판매자가 봐도 채산이 미묘해서, 대용품으로서는 별로 보급되지 않았다.

사정이 이렇다 보니 사라는 유적에서 여성용 속옷을 발견했을 때 되도록 팔지 않고 직접 사용하고 있었다.

사정이 비슷한 여성 헌터는 사라 말고도 많다. 시장에서 사는 것보다 압도적으로 싸게 먹히기 때문이다. 사라도 여분이 다 떨어지지 않도록 조금씩 모아서 나름대로 재고를 확보하고 있었다.

하지만 최근에 도시 측의 의뢰를 받아서 유적에 갈 기회가 전혀 없었고, 게다가 걸어서 이동하거나 몬스터와 전투하는 일이 잦아져 속옷 소모 빈도는 상당히 상승하고 있었다. 그러한 까닭에 속옷 재고가 위험 영역에 달했다.

연약한 일반 속옷으로는 금방 망가져 버리기 때문에 대용품이 될 수 없다. 따라서 이대로 가다간 속옷 없이 생활해야 한다. 사라가 구세계 속옷에 굶주린 데는 그런 사정이 있었다.

사라의 속옷 사정을 흥미진진하게 듣던 아키라가 무심코 시선을 흥미의 대상으로 돌렸다. 사라가 입고 있는 속옷이다.

그 시선을 알아차린 사라가 즐겁게 웃는다.

"바로 사용했어. 고마워."

아키라는 그제야 사라가 선물한 속옷을 입었다는 사실을 깨달았다. 그래서 사라의 옷차림을 신경 쓰지 않으려고 한 의식이 흐트러졌다.

"네……? 아, 알아요."

살짝 당황한 아키라를 보며 사라가 즐겁게 웃는다.

"괜찮은데? 찬찬히 봐도 돼. 좋은 선물을 받았으니까, 서비스도 해 줄게."

아키라는 말없이 시선을 사라에게서 다른 데로 돌렸다. 그리고 시야에 들어오는 엘레나에게 이야기를 보챈다.

"엘레나 씨. 사라 씨에게 팔면 미발견 유적의 정보가 퍼지는 것을 막을 수 있다는 건 무슨 뜻이죠?"

엘레나는 쓴웃음을 지으며 그 설명을 시작했다.

헌터들은 유적지에서 다양한 유물을 가져와 유물을 매입하는 곳에서 돈으로 바꾼다. 그 정보를 집계하면 어느 유적에는 어떤 유물이 있는지 대략 알 수 있다.

그리고 어느 유적에도 없는 유물이 새로 반입되면 그 정보를 바탕으로 조사를 시작하는 사람도 있다. 유적의 미조사 부분, 혹은 미발견 유적에서 반출된 유물일 가능성이 크기 때문이다.

물론 희귀 유물을 한꺼번에 대량으로 가져오지 않는 이상, 그렇게 쉽게 드러나는 것도 아니다. 단순히 매입 창구로 가져가지 않고 사라에게 팔면 그 낮은 확률을 더 낮출 수 있다는 이야기다.

그런데도 유적이 다른 사람에게 알려지기 전에 모든 유물을 돈으로 바꾸려고 대형 수송차를 몰고 유적으로 가서 유물을 한계까지 싣고 그대로 거래소로 가져오는 자도 있다.

그랬다간 당연히 유적의 존재가 드러난다. 하지만 위험한 유적에서 죽을 위험에 떨면서, 유적의 정보를 아무에게도 말하지 못하는 탓에 협력자도 얻지 못하고, 혼자 유적에서 유물을 조금씩 여러 번 챙기는 것을 견디지 못해 그만 저지르는 자도 많았다.

그 밖에도 실수나 다른 갖가지 이유로 숨기려고 했던 유적의 존재가 노출되는 사례가 많다. 보통 사람이 미발견 유적을 발견해도 그것을 끝까지 숨길 확률은 낮았다.

미발견 유적을 몰래 발견해도 대개는 얼마 지나서 다른 사람에게 노출된다. 그 말을 들은 아키라는 조금 딱딱한 표정을 지었다.

아키라도 영원히 숨길 수 있다고는 생각하지 않는다. 하지만 이미 유물을 카츠라기에게 팔고, 셰릴에게도 기념 선물로 줬다. 그래서 조금 성급했다는 생각이 들었다.

그 사실을 엘레나와 사라에게 털어놓자 들킬 때는 들키는 법이니까 신경 쓰지 않는 게 좋다는 말을 들었다. 그래서 아키라는 신경 쓰지 않기로 했다.

요노즈카역 유적에서 유물을 수집할 계획에 관해 아키라와 이야기하던 엘레나와 사라는 미묘하게 움직이는 아키라의 시선을 눈치채고 있었다. 아키라는 무의식중에 엘레나와 사라를 비교하고 있었다.

속옷 바람에 셔츠만 걸친, 대담하면서도 한편으로 칠칠치 못한 차림인 사라. 그와 대조적으로 엘레나는 차분하고 단정한 차림이다.

옷깃을 꼭 여미고, 가슴팍을 가리고, 소매는 손목까지, 치마는 발목까지 가리고 있다. 하나같이 몸매를 감추는 디자인으로, 어딘지 모르게 고급스러운 분위기를 풍기고 있었다.

엘레나와 사라는 아키라의 시선을 불쾌하게 여기지 않는다. 두 사람 모두 아키라에게 보여줘서 불쾌할 차림을 하지는 않았다. 품평하는 시선으로 빤히 보는 것도 아니기 때문이다.

그러나 대조적인 차림을 한 절친이 옆에 있고, 자신과 비교한다고 생각하면, 그 소감이 궁금해지기 마련이다.

그렇게 생각하면서, 엘레나가 비교 대상인 사라의 모습을 다시 본 뒤 자기 모습을 생각한다.

(조금 딱딱한 차림일까……?)

목 아래의 맨살을 집요하게 가리고, 몸매가 드러나지 않게 옷을 골랐다고 생각되는 엘레나의 차림에서는 경박하다고 느낄 요소가 전혀 없다. 하지만 이성의 시선을 지나치게 의식하고 있다고 느끼게 하는 차림이기도 하다.

엘레나의 강화복은 강화 내피로 불리는, 매우 얇은 장비다. 피부는 가리지만, 알몸을 연상하게 할 정도로 몸매가 뚜렷하게 드러난다.

그런 강화복을, 엘레나는 디자인을 허용할 수 있을 정도로 고성능이라는 이유에 방호 코트로 단단히 가리고 있으니까 괜찮다는 핑계를 곁들여 착용하고 있다.

그러나 아키라에게는 이미 엘레나가 그런 강화 내피를 입은 사실이 알려진 바 있다. 그래서 지금은 평소 멀쩡하게 차려입는다는 증거를 보여주듯 무의식중에 철벽같은 옷을 골랐다.

그러나 사라의 모습과 비교하면 마치 이성을 강하게 경계하는 듯 너무 의식한 차림처럼 보였다. 자신은 사라와 다르게 아키라를 경계하고 있다고 지금 모습으로 전하는 것 같기도 했다.

그렇다고 새삼스럽게 옷깃을 풀 수도, 더 느슨한 옷으로 갈아입을 수도 없다. 나중에 사라가 놀릴 것이 뻔하기 때문이다.

사라도 엘레나처럼 절친의 모습을 통해서 자기 자신의 모습을 다시 생각하고 있었다.

(역시나 조금 칠칠치 못한 차림일까?)

노출을 철저하게 막고 청초함마저 느껴지는 친구 옆에서는 맨살을 과도하게 노출해도 섹시함보다 촌스러움이 더 강하게 느껴진다.

어쩌면 아키라도 기가 막힌 것은 아닐까. 이만큼 칠칠치 못하면 매력도 빛바랜다고 여기지 않을까. 그렇게 생각하게 만든다.

하지만 새삼스럽게 가슴을 가릴 수도, 옷을 단단히 입을 수도 없다. 나중에 엘레나가 잔소리할 것이 뻔하기 때문이다.

아무튼 다음에는 차림새를 조금 생각해 보자고, 엘레나와 사라는 서로의 모습을 보고 같은 결론을 내렸다.

엘레나와 사라, 두 사람과 요노즈카역 유적 탐색 준비 이야기를 계속하던 아키라는 중간에 분위기가 미묘하게 바뀐 것을 눈치챘다. 그렇지만 그 이유는 알 수 없었다.

세 사람의 작전회의는 자신의 차림새에 의문이 생긴 자들에게 옷을 갈아입을 틈도 주지 않은 채 그날 밤까지 계속되었다.

◆

요노즈카역 유적을 찾은 지 일주일 만에 두 번째 유적 탐색 준비를 마친 아키라는 도시에서 한참 떨어진 황야에 차량을 세우고 엘레나와 사라를 기다리고 있었다.

주위에 인적은 전혀 없다. 전망도 좋아서 누가 따라와도 쉽게 알아챌 수 있는 지형이다.

만일을 대비해 도시에서 시간 간격을 두고 따로따로 나간 다음 황야에서 나중에 합류하기로 정한 사람은 엘레나다. 그때 누군가가 노골적으로 따라온다면, 요노즈카역 유적 탐색은 중지하기로 했다.

아키라의 주위에서는 아직 그런 낌새가 없다.

『괜찮을 것 같은데? 너무 심각하게 생각했나?』

요노즈카역 유적에서 가져온 유물은 일부를 카츠라기에게 팔고, 일부를 셰릴에게는 선물로 줬다. 그 점에서 눈치 빠른 자들이 유적의 존재를 알아차릴 염려가 있었는데, 지난 일주일 동안도 그렇고 지금도 그렇고, 그럴싸한 낌새가 없어서 아키라는 안도하고 있었다.

여전히 황야에 어울리지 않은 차림을 한 알파가 조수석에서 놀리듯 웃는다.

『아키라의 불운이 발동하지 않아서 다행이네?』

『그러게 말이야.』

아키라는 개의치 않고 웃어넘겼다. 여유로운 그 모습을 보고 알파가 표정을 조금 바꾸며 약간 도발적으로 웃는다.

『그건 그렇고, 슬슬 그들과 합류할 시간이야. 이쪽도 슬슬 시작할 텐데, 그 전에 다시 확인할게. 괜찮지?』

아키라는 이번 요노즈카역 유적 탐색을 알파 서포트 없이, 통신 연결이 끊겼다고 가정한 상태에서 진행하기로 했다.

알파가 제안한 것으로, 명목상으로는 알파의 서포트를 갑자기 상실했을 때를 대비한 훈련이다. 서포트 없이도 평범하게 싸울 수 있다고 실감해 두면, 혹시 모를 때 심한 혼란에 빠지는 우려를 불식할 수 있다. 그것을 위한 훈련이라고 전하고 있다.

그러나 다른 의도도 있었다. 자기 자신의 실력에 회의적인 아키라에게 진짜 자기 실력을 파악하게 함으로써 불필요한 비하를 억제하기 위해서다.

얼마 전 루시아 일로 카츠야 일행과 실랑이를 벌였을 때, 자기 자신의 실력을 극단적으로 낮게 보는 아키라는 그로 인해서 생긴 증오로 상대와의 전력 격차를 무시하고 사투를 벌일 뻔했다.

이를 약자 특유의 여유가 없는 자포자기로 판단한 알파는 아키라에게 자신감을 조금 심어 주기로 했다.

아키라는 알파의 서포트 없이도, 엘레나와 사라에게 인정받을 정도로 강해졌다. 아키라가 그렇게 인식하면 다음에 비슷한 사태가 발생해도 다소 나을 것이다. 알파는 그렇게 생각했다.

아키라는 알파의 그런 의도를 모르지만, 자기 실력을 확인하는 것은 흔쾌히 받아들였다.

더불어 이번 탐색에서 지난번보다 깊숙이 들어간 탓에 연결이 갑자기 끊긴다 해도 엘레나 일행의 도움을 받을 수 있어서 딱 좋다는 알파의 설명에도 수긍했다.

사정이 이렇다 보니 아키라는 요노즈카역 유적의 두 번째 탐색에 의욕을 내고 있었다.

『그래, 좋아. 시작해 줘.』

『알았어. 시작할게. 힘내.』

알파는 그렇게 말하며 상냥하게 미소 지었다. 그리고 다음에는 어딘가 짓궂고 의미심장하게 웃는다.

『왜 그래……?』

『너무 외로워지면 중간에 그만두고 나를 불러도 되는데?』

『빨리 시작해.』

놀림당해서 못마땅하게 인상을 쓴 아키라의 앞에서, 알파는 즐겁게 웃으며 사라졌다.

동시에 아키라가 강화복에서 이상한 느낌이 들었다. 움직임이 약간 둔해지고 무거워진 것 같다. 알파의 서포트가 사라진 것이다.

당연히 색적도 아키라 혼자 알아서 해야 한다. 아키라는 이마에 걸쳤던 고글 타입 디스플레이를 단단히 장비하고 정보수집기로 주변 상황을 살피기 시작했다.

차량에도 색적 장치를 탑재했지만, 차량용이라서 멀리서 접근하는 몬스터 등에 대한 경계용으로 조정한 상태다. 요컨대 넓고 얕고 엉성하게 알아보는 용도다. 주위를 제대로 조사하려면 몸에 지닌 정보수집기가 더 적합하다.

더불어 차량의 색적 장치와도 연동 중이다. 고글을 쓴 상태에서 차량의 장치가 포착한 반응을 주시하자 강화복과 통합된 정보수집기가 자동으로 그 방향의 수집 정밀도를 끌어올려 주변 상태를 고글 속 시야로 확대 표시했다.

이러한 기능은 확실히 편리하지만, 알파의 서포트에 비하면 질이 현격히 떨어지는 것도 사실이다. 아키라는 알파의 고마움을 곧바로 실감하고 있었다.

정보수집기가 포착한 반응은 다가오는 엘레나 일행의 차량이었다. 아키라가 가볍게 손을 흔들자 확장 정보로 표시된 시야 속에서 두 사람도 손을 덩달아 흔들어 줬다.

『시간에 딱 맞춰 왔네. 나는 혹시 몰라서 꽤 일찍 왔는데, 몬스터와 맞닥뜨릴 수도 있는 황야에서 시간에 맞춰 약속한 곳에 도착할 수 있는 것도 헌터의 실력이겠지? 알파는 어떻게 생각해?』

대답은 없었다.

"그랬지……."

평소 시야에 확장 정보로 표시되는 모습도, 염화로 듣는 목소리도, 알파와의 접속이 없으면 있을 수 없는 일이다. 따라서 훈련 중에도 없는 것이 당연하다.

알파와 만난 이후 지금껏 당연하게 돌아오던 목소리가 들리지 않다는 사실을 예상했던 것보다 공허하게 느껴버린 것에 아키라가 쓴웃음을 짓는다.

"아아, 진짜, 거참."

갑자기 느낀 외로움을, 아키라는 적당한 말과 목소리로 얼버무렸다.

◆

아키라 일행이 요노즈카역 유적 출입구 부근, 잔해가 쌓인 황야에 다다른다. 그곳에서 가장 먼저 할 일은, 아키라가 한번 파헤치고 다시 묻던 출입구를 다시 파헤치는 것이었다.

팀의 화력 담당인 아키라와 사라가 그 신체 능력을 살려서 잔해를 차례차례 내던지고 출입구 발굴을 진행한다.

엘레나는 정보 수집기로 주위를 계속해서 경계하고 있다. 몬스터나 다른 헌터의 낌새는 전혀 없다. 작업은 순조롭게 진행되고 있었다.

그 작업 모습, 그리고 주위 광경을 보면서 엘레나는 의문을 품고 있었다.

(정말이지 아키라는 어떻게 요노즈카역 유적을 찾았을까? 우연히 발견했다고 했지만, 역시 그럴 수는 없어.)

우연을 이유로 들어도 한도가 있다. 우연히 발견하더라도, 최소한 이 근처를 지나가야 하기 때문이다.

그러나 이 주변에 다른 유적은 없고 인근 유적으로 가는 경로에서도 벗어나 있다. 일반적으로 헌터가 이 근처를 지나갈 이유는 없는 것이다.

그리고 땅속에 묻힌 출입구를 우연히 발견하는 것도 불가능하다. 지하 유적에서 몬스터가 튀어나와 출입구를 막는 잔해를 치웠더라도, 그 상황을 우연히 목격하더라도, 그런 흔적은 무조건 남기 마련이다.

그러나 그런 흔적은 없다. 게다가 아키라는 유적 내부에서 몬스터의 기척은 없었다고 했다. 그런 우연은 없다.

현장에 가면 아키라가 요노즈카역 유적을 우연히 발견한 이유를 알 수 있을지도 모른다. 엘레나는 그렇게 생각했지만, 막상 현장에 도착해 부근을 살펴봐도 우연히 발견하는 것은 무리라는 이유가 늘어났을 뿐이다.

(잘 모르겠지만 감이 딱 와서 찾았어요! 라고 말해 주는 편이 훨씬 믿을 수 있겠어.)

엘레나는 그렇게 생각하며 쓴웃음을 지었다. 그리고 스스로 생각한 것에서 깨닫는다.

(감…….)

아키라는 쿠즈스하라 시가지 유적 지하상가에서 야라타 전갈 무리가 잔해로 위장해 통로를 봉쇄한 것을 간파했다. 그리고 그 이유를 감이라고 대답했다.

엘레나는 그것을 감이라고 생각하지 않는다. 명확한 근거가 있지만, 말할 수 없다. 그것을 얼버무리려고 그냥 감이라고 대답했을 것이다.

그렇다면 진짜 이유는 뭘까. 엘레나는 그 이유에도 짐작했다.

(아마도 아키라는, 구영역 접속자……겠지?)

구영역 접속자는 구영역으로 불리는 네트워크, 구세계로 불리는 시대에 구축된 정보망에 모종의 방법으로 접속할 수 있는 자들이다. 그리고 유적도 구세계의 것이다. 연관성은 있다.

(만약, 구영역 접속자가 미발견 유적을 찾아낼 수 있다면?)

실제로 아키라는 요노즈카역 유적을 발견했다. 아귀가 맞는다. 적어도 감이나 우연 같은 이유보다는 납득할 수 있다.

엘레나는 무심코 시선을 아키라에게 돌렸다. 그 가정이 옳다면, 아키라의 가치는 터무니없이 크다. 그리고 아마도 본인은 그 자각이 희박할 것이다. 정말로 감이라고 생각할 수도 있다.

이용할 수 있다. 엘레나는 자신도 모르게 그렇게 생각하고 말았다.

머릿속 어딘가에서 당장 그 생각을 중단하라고 외치고 있다. 그러나 냉철한 부분이 아랑곳하지 않고 생각을 계속 심화시켜 나간다.

(구영역 접속자는 의심이 많을 테니까, 어려울까? 하지만 우리라면…….)

다행히 아키라는 자신들을 믿어 주고 있다. 게다가 헌터 활동의 지식도 부족한 구석이 있다. 잘 구슬리면 쉽게 정보를 끌어낼 수 있지 않을까. 그렇게 생각하게 된다.

(성공하면 얼마나 돈이 될까?)

사람의 손이 닿지 않은 유적에서 대량의 유물을 확보할 수 있다면 큰돈이 된다. 미발견 유적의 정보를 팔기만 해도, 협상에 따라서는 돈의 자릿수가 달라진다.

(돈만 있으면 사라의 몸을 고칠 수 있어…….)

사라는 이전에 심한 난치병으로 죽음만 기다리던 것을 나노머신 투여를 통한 치료로 신체 강화 확장자가 됨으로써 극복했다.

그러나 엄밀하게 완치한 것은 아니다. 빈사 직전의 몸을 나노머신으로 보강해 정상인과 다를 바 없는 상태를 억지로 유지하고 있을 뿐이다. 사라는 그 조치로 죽지 않을 수 있었지만, 이후로 나노머신을 계속 보급하는 생활을 강요받게 되었다.

일단 고액의 치료비를 내면 근본적인 치료가 가능하다. 완치도 기술적으로는 아무런 문제가 없다. 하지만 그러려면 차원이 다른 목돈이 필요하다. 두 사람의 현재 돈벌이로는 현상 유지가 한계였다.

헌터로 성공하면 언젠가 그 치료비만큼 가뿐하게 벌 수 있을 것이다. 엘레나와 사라는 그렇게 생각하고 헌터 활동을 계속해 왔다.

하지만 헌터 활동에는 목숨을 걸어야 한다. 위험한 지경에 처하는 일도 많았고, 몇 번이고 죽을 뻔했다. 사라를 살리려고 황야로 나갔다가 죽게 하면 말이 안 된다고, 자기들이 죽기 전에 정말로 그만큼 큰돈을 벌 수 있을지 불안해하기도 했다.

그리고 지금, 차원이 다른 큰돈을 벌 수 있을지도 모르는 수단이 엘레나의 앞에 있었다. 팀의 협상 담당으로서 여러 가지 이해득실을 냉정하게 판단하는 시선이 아키라를 향한다.

(시도할 가치는…… 있다?)

기대치는 얼마나 될까. 도박해도 될 정도인가. 아키라는 자신들의 은인이다. 좋은 친구로서 사이좋게 지내고 싶다는 생각도 있다. 얻을 수 있는 이익은 그 신뢰를 자기 발로 짓밟을 정도인가. 엘레나는 그렇게 계속 무의식적으로 생각하고, 망설이고 있었다.

그러나 아키라와 사라 중 하나를 택하라면 자신은 사라를 택할 것이라고, 엘레나는 잘 알고 있었다.

엘레나의 얼굴이 희미하게 심각해진다. 그리고 가슴속 방황에 뒤틀림과 쏠림이 생기기 시작했을 때, 사라의 목소리가 들렸다.

"엘레나! 입구를 찾았어!"

그래서 엘레나는 정신을 차렸다.

"아까부터 복잡한 얼굴이던데, 무슨 일 있어?"

염려하듯 말을 건 절친과 왠지 모르게 걱정스러운 표정을 지은 은인을 보고, 엘레나는 가볍게 웃었다.

"아무것도 아니야. 아키라가 들어간 적이 있다고는 해도 미조사 상태나 다름없는 유적이니까. 여러모로 생각하고 있었어."

"그래? 뭐, 유적 안은 캄캄하고 그런 곳은 엘레나의 색적만 믿어야 하니까. 잘 생각해 봐."

"알아. 나만 믿어. 그러니 아키라도 안에서는 내 지시를 따라야 한다?"

"네, 알겠습니다."

웃으며 고개를 끄덕이는 아키라를 보고 엘레나도 기꺼이 웃음을 지어 주었다.

(나도 참. 무슨 생각을 하는 거야? 내가 먼저 양자택일로 몰아갈 필요는 없잖아. 억지로 그런 상황에 몰린 것처럼 생각하면 어쩌려고 그래?)

그날부터 우리는 상승세다. 그러한 걱정은 불필요하다고, 고민을 만든 불안을 씻어낸다.

(나는 아키라에게 미움받고 싶지도 않고, 무엇보다 은인을 배신하고 사라에게 얻어맞고 싶지도 않아. 우리 인생을, 조금 돈이 없다는 이유로 망칠까 봐?)

함께 즐거운 삶을 산다. 그것이 자신들의 가장 큰 목적이다. 은인을 배신한 인생이 즐거울 리가 없다. 엘레나는 그렇게 분명히 생각하고, 조금 전 생각을 하찮은 고민이었다며 그냥 내쳐 버렸다.

◆

아키라가 엘레나, 사라와 함께 요노즈카역 유적 출입구 앞에 모여 안쪽을 살핀다. 지하로 이어지는 계단 너머는 예전과 마찬가지로 바닥이 보이지 않는 어둠에 휩싸여 있었다.

엘레나와 사라가 동행해 준다고는 하지만, 이번에는 알파의 서포트 없이 사실상의 미조사 유적 내부를 탐색해야 한다. 그 사실에 조금 긴장을 느낀 아키라가 자신을 진정시키기 위해 의식해서 심호흡을 반복한다.

그 옆에서 엘레나가 계단 안쪽을 향해 총을 겨누고 방아쇠를 당긴다. 총에 달린 통에서 작은 물체가 발사되어 어둠 속으로 사라졌다.

"엘레나 씨, 뭘 한 거죠?"

"정보수집기의 말단 부품이기도 한 보조 단말기를 쏴서 날린 거야."

이 보조 단말기는 점착성 커버로 착탄 지점에 달라붙어 주변 정보를 본체로 보내는 구조다. 정보를 수집하는 범위도 좁고 정확도도 낮지만, 이를 통해서 원거리에서 정보를 안전하게 입수할 수 있다.

쏜 직후 말단 기기의 통신이 두절되어도 그렇게 된 모종의 이유, 예를 들어 무색 안개가 매우 짙게 깔린 상태와 같은 유익한 정보를 얻을 수 있다. 엘레나는 그렇게 간단히 설명했다.

"편리한 물건이지만, 일회용이나 다를 바가 없는 제품치고는 값이 좀 나가. 그래서 평소에는 사용하지 않지만, 이번에는 조사하지 않은 유적이라서 신중히 처리한다는 의미와 함께 사람의 손이 닿지 않은 유물을 기대해서 쓴 거야."

엘레나는 그렇게 말하며 근처 벽에도 쏘았다. 유적 안에서 출입구 부근의 정보를 얻기 위해서다.

이로써 아키라 일행이 유적에 들어간 후에 다른 헌터나 몬스터가 들어와도 바로 알아차릴 수 있다. 출입구가 있는 곳을 나타내는 무선 표식도 된다.

이미 아키라 일행의 정보수집기는 연동 설정을 마쳐서 계단 너머와 근처 말단 기기에서 보내는 정보도 아키라의 고글에 표시되고 있었다. 몬스터의 기척은 없다고 알려주고 있다.

아키라도 이것은 편리하다고 생각했지만, 그만큼 비용도 많이 들 것이라고 생각했다. 이런 점에서도 평소 알파를 너무 의지하는 것이라고 새삼스럽게 생각했다.

"그러면 흑자가 되게 노력하죠."

아키라는 그렇게 말하며 적자로 끝나는 불안을 떨쳐버리듯 웃었다. 엘레나와 사라도 덩달아 웃었다. 그리고 일행은 요노즈카 역 유적 안으로 들어갔다.

아키라 일행은 유적 내부를 조명으로 비추며 나아가서 계단을 거쳐 통로로 나와 벽에 포스터가 붙은 곳까지 왔다.

다소 강하게 비추고 있다고는 하지만 휴대용 조명의 빛으로는 약간 어두웠고, 그 빛으로 보는 유물의 입체영상은 아키라가 다시 봐도 마치 진짜 같았다.

사라가 그것을 보고 눈을 반짝인다.

"엘레나! 굉장한 유물이 남아있어!"

엘레나도 표정을 풀었다. 하지만 곧바로 그것을 지운다.

"확실히 꽤 비싸 보이는걸……, 아, 사라. 유감이지만 이걸 가져가는 건 포기해."

사라가 못마땅한 기색으로 인상을 쓴다.

"왜 그래. 기껏 찾았는데. 챙겨가자. 괜찮아. 이 정도면 부술

수 있어. 억지로 꺼내면 경보가 울릴지 모르지만, 언젠가는 누가 가져갈 테니까 우리가 가져가자.”

“그런 말이 아니야. 이건 입체적으로 보이는 그림이라고. 진짜가 아니야.”

“어어?!”

놀란 사라는 벽에 손을 대고 유리 너머의 유물을 들여다보듯 얼굴을 다가갔다. 그 옆에서 엘레나가 조명의 각도를 약간 조정해서 벽에 댔다. 그러자 조명의 빛과 유물의 음영이 일치하지 않는 부자연스러움으로 입체영상이라는 것을 쉽게 알 수 있게 되었다.

“이럴 수가아아.”

쓴웃음을 짓는 엘레나 옆에서 사라가 슬쩍 머리를 숙인다. 그 모습을 보고 아키라는 가볍게 웃음을 터뜨리고 말았다. 사라가 뚱한 얼굴을 아키라에게 돌린다.

“아키라. 웃었지?”

“죄송해요. 저도 이걸 보고 완전히 똑같은 반응을 해서 그만.”

아키라는 미안해하면서도 웃음을 참으며 사과했다. 그러자 똑같은 반응을 해버린 동지라는 의미에서 사라도 기분을 풀었다.

“엘레나. 그런 거야. 내 반응은 흔한 거였어.”

“알았대도.”

엘레나는 가볍게 웃고 이야기를 흘려넘겼다.

동시에 어떤 의문이 생겼다. 아키라는 완전히 똑같은 반응을 보였다고 했다. 그러기 위해서는 유물은 입체 그림이라고 자신이 사라에게 가르쳐 줬듯이, 누군가가 아키라에게 가르쳐 줘야 하기 때문이다.

그리고 그 누군가를 짐작하고 슬쩍 묻는다.

"아키라. 이 유적 살아 있다고 생각해?"

"어? 음. 이렇게 깜깜하니까, 아마 죽었을 거예요."

조금 더 가서 있는 상가에서 유물을 챙겼는데, 자동문은 작동하지 않았고, 무리하게 들어갔는데도 경보는 울리지 않았다고 덧붙였다.

"그래. 그렇다면 경비 장치를 경계할 필요는 없겠네. 속옷을 발견한 사라가 갑자기 케이스를 깨부숴도 괜찮을 것 같으니까 다행이야."

"엘레나……. 나도 확인 정도는 해."

"그래? 그렇다면 좋겠는데."

엘레나는 가볍게 웃으며 말을 마치고 일행과 함께 다시 통로 안쪽으로 나아갔다. 그리고 너무 심각하게 생각했나 싶어서, 조금 전 의문에 대해서도 더는 섣불리 신경 쓰지 않으려고 했다.

엘레나는 아키라에게 유물이 입체영상임을 알려준 것을 유적의 증강현실 기능이 아닐까 의심했다. 구영역 접속자만 인식할 수 있는 안내자가 알려줬을 수도 있다고 생각한 것이다.

이 경우, 이 유적은 기능이 정지한 것처럼 보일 뿐 사실은 가동 중일 확률이 높아진다. 그것은 경비 시스템이 경비 기계형 몬스터를 불러낼 위험이 있다는 뜻이다.

그래서 일단 확인차 물은 건데, 아키라의 반응으로 미루어 기우라고 판단했다. 괜히 깊이 생각한 것이고, 유적은 정지 상태다. 그러면 됐다고 생각했다.

긁어 부스럼을 만들지 않기 위해서, 엘레나는 그 이상의 추측을 중단했다.

◆

엘레나의 지휘 아래 요노즈카역 유적 탐색은 순조롭게 진행되고 있었다.

유적 안에는 무너진 장소도 없고, 널브러진 잔해도 없다. 몬스터의 기척도 전혀 없었다. 과거의 양상을 짙게 남긴 지하 시설은 광원이 없을 뿐 안전하다고 해도 무방한 곳이었다.

덕분에 요노즈카역 유적 지도도 상당히 광범위하게 작성할 수 있었다. 엘레나는 미발견 유적을 탐색한다고 해서 가지고 있는 소형 단말, 정보수집기의 말단 기기를 꽤 넉넉하게 준비해서 왔는데, 그것을 다 쓸 정도로 유적은 넓었다.

그리고 소형 단말기를 다 쓴 시점에서 더 안쪽으로 가면 출입구에서 너무 멀어져 위험하다고 판단한 엘레나는 이것으로 일단 그 이상의 탐색을 중단하기로 했다. 그 뜻을 아키라와 사라에게 전하고, 다시 처음 본 상가 터로 돌아가겠다고 말한다.

아키라 일행이 원래 왔던 길을 탐색 시작 시점보다 다소 긴장이 풀린 분위기로 돌아간다. 그러던 중 엘레나가 조금 복잡한 얼굴로 유적의 소감을 입 밖에 낸다.

"그나저나 아키라. 이런 말을 하는 것도 뭐하지만, 성가신 유적을 발견해 버렸구나."

예상 밖의 평가에 아키라는 아리송한 표정을 지었다.

"어? 그래요? 유물은 있고, 몬스터도 없고, 대박 유적일 텐데요."

"대박 유적은 확정이야. 그런데 있지. 현시점에서 조사한 바로는 너무 대박이야. 이 유적의 존재가 드러나면 큰 소동이 한두 번 일어나도 이상하지 않을 거야."

미처 이해하지 못한 아키라의 반응을 보고, 엘레나가 설명을 보충해 나간다.

현재 요노즈카역 유적에는 어두운 것 말고 유물 수집을 방해하는 요소가 특별히 없는 상태이다. 더불어 대량의 유물이 그대로 남았을 가능성이 크고, 게다가 몬스터가 없다. 그야말로 대박 유적이다.

그러나 혼자 운반할 수 있는 유물의 양에는 한도가 있다. 그리고 시간이 지날수록 유적이 누군가에게 알려질 확률은 높아진다.

그렇다면 그 전에 유물을 최대한 서둘러 운반하려고 대량의 인력을 투입하는 자들이 반드시 나온다. 그리고 사람을 많이 움직이면 유적의 존재는 쉽게 드러나고, 유적에 더 많은 사람을 끌어모은다.

그런 상태에서 일반적인 유적이라면 서식하는 몬스터의 종류나 양 등이 불분명한 상태에서 습격당하는 것은 싫다고 정보가 어느 정도 나올 때까지 관망하는 사람도 나타난다.

아무리 미발견 유적이라도 곧장 극단적으로 많은 헌터가 집결하는 것을 막는 억지력이 되는 것이다.

하지만 요노즈카역 유적에는 그 몬스터가 없다. 기량이 부족한 신출내기를 포함해서 대량의 헌터가 몰리게 된다.

그 후에 시작되는 것은 유물을 둘러싸고 일어나는 헌터들 사이의 혈전이다. 황야라는 환경에서 총이 있고 선량하다고 부를 수 없는 자들이 다른 자를 죽이고 유물을 빼앗는 선택에 손을 대기까지는 그리 오랜 시간이 걸리지 않는다.

그 소동은 유적에서 유물이 없어지거나 유적이 시체로 가득 찰 때까지 계속될 것이다. 엘레나는 그렇게 결론지었다.

그 이야기를 들은 아키라가 얼굴을 조금 찡그린다.

"정말로, 그런 소동이 일어나는 건가요?"

"그럴 수도 있다는 이야기이긴 해. 하지만 그럴 일이 없다고는 단언할 수 없잖아?"

"뭐, 그렇긴 하죠."

"그만큼 조심해야 할 정도로는 높은 확률로 발생한다고, 나는 그렇게 생각해."

그 소동의 방아쇠를 당긴 것은 자신일지도 모른다. 아키라는 그렇게 생각하고 심란한 표정을 지었다.

그러자 사라가 밝은 어조로 말을 건다.

"만약 그렇게 되더라도 아키라가 신경 쓸 건 없어. 언젠가는 누군가가 발견하고, 일어날 일이야. 그 언젠가가 최근이고, 누군가가 아키라였다. 그뿐이야."

"그럴지도 모르겠네요……."

사라의 배려에 그런 생각도 있다고 납득한 아키라는 표정을 풀었다.

"이왕 일어날 거면 아키라가 확 저질러 버려. 가장 이득을 보는 사람은 처음에 사람들을 모은 누군가가 될 거야. 이 유적을 발견한 사람은 아키라니까, 그 정도의 이득은 봐도 될걸?"

"아……. 생각해 볼게요. 뭐, 일단 오늘은 우리끼리 운반할까요?"

사라가 즐겁게 웃는다.

"그렇게 하자. 차에 유물을 가득 싣고 돌아가다니 생각만 해도 신이 나는걸."

헌터로 사는 이상, 성인군자가 될 수 없다. 아키라 일행은 그렇게 생각을 정리하고, 오늘의 성과에 대한 기대로 가슴을 부풀렸다.

◆

유적에서 유물을 꺼낸 아키라 일행은 요노즈카역 유적의 출입구를 다시 메웠다.

두 번 파내고 두 번 묻는 바람에 그 흔적은 상당히 두드러졌다. 그러나 아무것도 모르는 자가 관심을 가지고 파헤칠 정도는 아닐 것이라고, 아키라는 아직 안심하고 있었다.

"엘레나 씨! 끝났어요!"

"좋아. 그럼 성과를 가지고 돌아갈까?"

아키라 일행은 이번 성과를 견인식 짐칸에 가득 채워 요노즈카역 유적을 출발했다. 이미 어둑어둑해진 황야를, 차량의 통신기로 잡담하면서 빙 돌아 도시로 향한다.

"그건 그렇고, 선반을 가져갈 줄은 몰랐어요. 그야 그 선반도 구세계에서 만든 거니까, 일단은 구세계의 유물이겠지만……."

엘레나와 사라가 유물 운반용으로 준비한 접이식 짐칸은 한계까지 넓히면 소형 수송차의 짐칸 정도로 커진다. 현재 그 짐칸은 차량으로 견인 중인데, 아키라가 이전에 유물을 수집한 가게 자리에 있던 진열장이 수북하게 쌓여 있었다.

"이런 것도 꽤 비싸게 팔리나요?"

"그럼. 구세계의 상품 선반에는 고도의 품질 유지 기능이 달린 경우가 있어. 그런 물건은 현대에서도 쓸 수 있으니까 값을 좋게 쳐 주는 거야. 그래, 음식 같은 게 있던 선반이 있었지?"

"그야 있었지만, 다 썩어서 먼지가 뭉친 것처럼 되었던데요? 선반에 그런 품질 유지 기능이 있다고 해도, 고장이 난 게 아닐까요……."

"단순히 에너지가 다 떨어져서 기능이 정지된 걸지도 몰라. 조금 망가졌어도 수리할 수 있을지 모르고, 완전히 망가진 물건이라도 기술 해석용으로 값을 쳐 주는 거야."

물론 특별한 것 없이 그냥 선반일 확률도 있다. 하지만 그것을 현지에서 정확하게 감정하는 기술은 없으니까, 그건 운과 감과 경험이 중요하다. 엘레나는 그렇게 덧붙였다.

납득하고 감탄한 소리를 낸 아키라에게, 엘레나가 웃으며 설명을 더 보충한다.

"그리고 그 밖에도 유물이 많았는데 왜 선반만 들고 가냐고 이상하게 생각했겠지만, 일단은 그것도 다 이유는 있어."

들킨 것을 알고, 아키라는 표정을 조금 굳혔다.

헌터가 유적에서 선반에 가득 찬 유물을 발견할 경우, 대개는 아키라와 마찬가지로 선반에 있는 유물만 챙긴다. 선반까지 가져가는 사람은 적다.

따라서 탐색이 진행된 유적에서도 선반 같은 물건은 제법 남은 경우가 많다. 따라서 미발견 유적에서 선반을 대량으로 챙기더라도, 그 유적에서 제대로 된 유물을 찾지 못한 헌터들이 자포자기해 가져갔을 뿐이라고 판단할 가능성이 커진다.

즉, 이번에 엘레나가 요노즈카역 유적에서 의도적으로 선반만 챙긴 것은 사람의 손이 닿지 않은 유적을 발견한 자가 빈 선반만 가져갈 리가 없다는 오인을 노린 것이기도 했다.

"뭐, 작은 위안일지도 모르지만. 요노즈카역 유적이 다른 사람에게 알려질 때까지 시간을 조금은 벌었을 거야."

"그랬군요. 고맙습니다."

아키라는 엘레나의 이야기를 흥미롭게 들으면서, 그것을 스스로 생각하지 못한 자신의 지식 부족을 실감하고 있었다.

◆

쿠가마야마 시티에서 아직 한참 떨어진 황야. 아키라는 자신의 차량에서 짐칸을 분리해 엘레나와 사라의 차량에 다시 연결했다.

앞으로 엘레나 일행은 이곳에서 크게 우회해 도시로 이동하거나 중간에 다른 유적에 들러 유물의 출처를 좀 더 은폐할 예정이다. 그리고 그 후에는 짐칸에 실은 선반을 매각하기로 했다.

일반적인 헌터의 감각으로는 자칫하면 상대가 유물을 가지고 달아나거나 금액을 속일 수 있는, 위험한 행위이기는 하다. 엘레나와 사라도 일단 그것을 알려준 후 아키라에게 확인을 받았다.

하지만 아키라는 대수롭지 않게 괜찮다고 대답했다. 선반을 팔 마땅한 인맥도 없어서 카츠라기에 가져가도 이상하게 의심받거나 매입 협상에서 귀찮아질 뿐이라고 생각해 엘레나와 사라에게 신세를 지기로 했다.

엘레나들은 그만큼 신뢰받는 것에 기뻐하면서 매각까지 책임지겠다고 약속했다. 그리고 다음에도 함께 요노즈카역 유적으로 유물 수집을 떠나기로 약속했는데, 엘레나 일행에게는 다른 일정이 있어서 그것은 나중에 일정을 조정하기로 했다.

다음 유적 탐색은 두 사람의 일정이 비었을 때 해도 상관없고, 그사이 아키라가 독자적으로 움직여도 된다. 빈번하게 유적에 다니면 그만큼 눈에 띄겠지만, 다른 사람에게 들키기 전에 유물을 챙기는 것도 중요하다. 그 판단은 요노즈카역 유적을 발견한 아키라에게 맡긴다. 아키라는 엘레나와 사라에게 그런 말을 들었다.

떠나가는 두 사람의 차를 배웅하고, 오늘 헌터 활동은 일단락되었다. 아키라가 차량 운전석에서 한숨을 쉰다. 통신기를 사이에 두었다고는 하지만, 조금 전까지 두 사람과 이야기했기 때문에 갑자기 퍽이나 조용해진 것처럼 느껴졌다.

그리고 빈 조수석으로 시선을 돌린다.

"알파."

『왜?』

대답과 동시에 알파가 모습을 드러냈다. 어딘가 의미심장한 기색으로 즐겁게 웃고 있다.

"불러서 나온 걸 보면, 훈련은 끝났다고 봐도 되는 거겠지?"

『그들과는 이미 헤어졌고, 집에 갈 때까지가 헌터 활동이라고 엄격하게 따지지 않아도 되잖아. 아키라도 그렇게 생각했으니까 나를 부른 거지?』

"그건 그렇지. 그럼 돌아갈까?"

아키라가 차량을 운전한다. 그리고 뭔가를 얼버무리듯 입을 다물었다. 옆에서 알파가 무척 즐거운 듯 웃고 있지만, 굳이 반응하지 않고 운전을 계속한다.

『외로웠어?』

"그래!"

알파와 한 거래도 있고, 신용을 쌓는다는 의미도 겸해서 거짓

말하고 싶지 않았던 아키라는 기세로 얼버무리듯 목청을 높였다. 그리고 뚱한 척하고 차량을 가속시켰다.

그 옆에서 알파가 기분 좋게 웃고 있었다.

제74화 셰릴의 쇼핑

　요노즈카역 유적에서 두 번째 유물 수집을 마친 아키라는 그 뒤로 한동안 범용 토벌 의뢰를 받아 황야를 돌아다니는 나날을 보내기로 했다.

　그때 약간의 위장도 시행했다.

　요노즈카역 유적의 1차 유물 수집으로 얻은 유물 일부를 배낭에 담고, 차량에서 눈에 띄지 않는 곳에 숨겨 출발한다.

　그리고 황야로 나간 뒤 유물을 차량의 눈에 띄는 위치에 내놓고는 범용 토벌 의뢰로 시간을 보낸다. 그렇게 유물을 그날 다른 유적에서 가져온 것처럼 가장한 뒤 도시로 돌아와 팔았다.

　게다가 몬스터와 맞닥뜨렸을 때는 마치 그 유물을 수집하다가 격전을 벌인 것처럼 대량의 총탄을 소비해 격파했다.

　알파의 서포트가 없을 때 적을 해치우려면 총탄이 얼마나 필요할까. 그 감각에 익숙해지는 훈련을 겸해 굳이 비교적 가까운 거리에서 싸우거나, DVTS 미니건을 난사해 소규모 몬스터 무리를 도륙하는 짓도 했다.

　이런 위장이 얼마나 의미가 있는지는 아키라도 모른다. 하지만 안 하는 것보다는 낫고, 집에 틀어박혀 체감 시간 조작 훈련만 하는 것보다는 낫겠다는 생각에 이따금 황야로 나가는 나날을 보내고 있었다.

그러던 어느 날 아키라는 셰릴에게 쇼핑에 동행해 달라는 부탁을 받았다. 잠시 생각한 아키라는 엘레나와 사라의 일정이 비는 날까지 한가하다고 할 수 있어서 부탁을 들어주기로 했다.

◆

쿠가마야마 시티는 기본적으로 도시 중심에 가까울수록 치안이 좋고 경제적으로도 발전했다. 즉, 도시의 하위 구획에서는 방벽에 가까운 쪽의 입지가 가장 좋다.

그런 곳을 슬럼 아이들이 서성거리면 당연히 경비원에게 쫓겨난다. 조용히 쫓겨나면 그나마 다행이고, 섣불리 저항했다간 시체로 변해 버려지는 최후를 맞는다.

하지만 쿠가마 빌딩 주변은 예외다. 이곳이라면 다소 차림이 지저분한 자가 들어서도 노골적으로 수상하게 굴지 않는 한 그냥 넘어간다.

쿠가마 빌딩에는 도시 최대의 헌터 오피스 지부도 있다. 황야에서 돌아온 헌터나 슬럼에서 갓 빠져나온 신출내기 헌터도 찾아올 일이 있다. 다소 누추한 정도로는 쫓아낼 수 없는 것이다.

그 쿠가마 빌딩에서, 셰릴과 그 일행이 아키라를 기다리고 있었다.

셰릴은 아키라가 선물한 구세계 옷을 입었다. 사이즈가 달라서 그냥 입으면 볼품없게 되는 것을 소매를 걷거나 허리를 끈이나 벨트로 묶거나 하는 등, 여러모로 궁리해서 어떻게든 맵시가 나게 얼버무리고 있었다.

에리오는 카츠라기를 통해 빌린 싸구려 방호복을 착용했다. 신출내기 헌터가 적은 예산으로 겨우겨우 산 장비로 보이는데, 실제로 보는 사람들에게는 그런 인상을 주고 있었다.

아리시아는 슬럼 기준으로 충분히 좋은 옷을 입었다. 자세히 보면 얼룩이 지거나 터져서 상한 부분도 있지만, 깨끗이 빨고 수선도 해서 눈에 확 띄지는 않는다. 그 정도로는 깨끗하고 정갈한 옷이다.

에리오와 아리시아는 거대한 방벽과 일체화된 쿠가마 빌딩의 외관과 그 주위에 있는 헌터, 경비원들의 모습에 압도돼 조금 긴장하며 안절부절못한 기색을 보였다.

그러나 셰릴은 침착한 모습으로 평범하게 서 있다. 두 사람은 그 모습을 보고 조직의 보스는 역시 다르다며 감탄했다.

실제로는 셰릴도 긴장하고 있다. 하지만 에리오나 아리시아와는 달리 겉으로 드러내지 않을 만큼의 기량이 있었다.

약속 시간 전에 아키라가 나타났다. 오늘도 강화복 차림인 것은 단순히 외출복이 없기 때문이다. 그리고 꽤 일찍 도착한 줄 알았는데 이미 셰릴이 와 있어서 조금 놀란 기색을 보였다.

"어? 13시에 만나기로 한 거 아니었어?"

셰릴은 매우 기뻐하는 미소로 아키라를 맞이했다.

"맞아요. 우리도 일찍 왔지만, 아키라보다 조금 빨랐을 뿐이에요."

"그래?"

실제로는 아키라가 자신들을 기다리게 하는 것은 상관없어도 그 반대는 안 된다고, 한 시간이나 먼저 아키라를 기다리고 있었다.

아키라가 오면서 복장 수준에 차이는 있어도 헌터 스타일의 소년과 같이 온 소녀 커플이 두 쌍 생겼다. 셰릴이 얼른 아키라의 팔을 감싼다.

"이제 갈까요? 적당히 걷다가 들어갈 가게를 정하려고요. 그래도 될까요?"

"그래."

셰릴이 아키라와 팔짱을 끼고 걷기 시작한다. 그리고 동시에 에리오와 아리시아에게 눈짓해 따라오라고 지시했다. 두 사람은 당황하면서도 똑같이 따라갔다.

셰릴 일행이 도시 하위 구획의 상가를 나아간다. 방벽에 가까운 만큼 늘어선 가게도 고급스러운 곳이 많다. 주변에서는 경비들이 눈에 불을 켜고 있다.

아키라와 담소를 나누며 주위의 분위기에도 주의를 기울이고 있는 셰릴은 경비원들이 자신들을 보고 쫓아낼지 말지 망설이는 모습을 여러 차례 봤다.

그리고 셰릴은 경비원이 에리오와 아리시아에게 뭐라고 하려는 움직임을 보일 때마다 스스럼없이 말을 걸어 동행자임을 알렸다.

그러자 경비원이 두 사람에게 말을 걸지 않고 돌아간다. 셰릴은 그 반응을 보고 이 근처 가게는 자신들에게 아직 이르다고 판단했다.

오늘은 비싸 보이는 강화복을 입은 아키라와 함께 있어서 쫓겨나지 않았다. 하지만 매번 아키라를 동행시킬 수도 없다. 셰릴은 자신들의 방문을 거부하지 않고, 그러면서도 최대한 고급스러운 가게를 원했다.

아키라와 담소를 나누며 조건이 성립할 가게를 찾는다. 그리고 조금 세련된 옷 가게를 점찍었다.

"아키라. 여기로 할게요."

아키라는 고급스러워 보이는 가게의 외관을 보고 예전의 자신이라면 틀림없이 주눅이 들었을 것이라고 생각했다.

"알았어. 들어가자."

하지만 쿠가마 빌딩 위층에서 방벽 내 부유층을 주된 고객으로 삼는 일류 레스토랑 슈테리아나의 분위기를 맛본 아키라는 이 정도 외관에 더 이상 주눅이 들지 않았다. 전혀 움츠러들지 않고 가게 문을 열다.

셰릴은 그런 아키라의 태도를 보고 역시 아키라는 이 정도 가게에 움츠러들 겁먹을 정도로 가난하지 않다고 생각하고는, 그 옆자리에 어울리는 여자가 되도록 속에서 느끼는 긴장을 감추고 애써 태연한 척했다.

라팡트라. 가게 간판에는 그렇게 적혀 있었다.

◆

의류점 라판트라는 쿠가마야마 시티의 하위 구획에서도 그럭저럭 고급 점포가 늘어선 곳에 있었다.

그런 가게 안에서, 여자 점장인 카셰아는 신통치 않은 매출에 한숨을 쉬고 있었다.

딱히 적자인 것은 아니다. 가게를 유지할 정도의 흑자는 내고 있다. 그러나 자신이 정성들여 차린 가게라면 더 좋은 손님을 잡고, 더 번창해도 좋을 것이라는 불만이 있었다.

카셰아도 하루하루 노력하고 있다. 종업원이자 의상 제작을 담당하는 여동생이 제작해서 패션 감각이 넘치는 옷을 입고 그에 걸맞은 업무 능력을 선보이고 있다.

하지만 그 한숨을 멎게 할 성과는 나오지 않았다.

그때 손님을 알리는 벨이 울린다. 가게 입구로 눈을 돌리자 소년 소녀 네 명이 들어왔다. 자랑스러운 가게에 걸맞지 않은 손님이라면 내보낼 작정으로 카셰아가 눈에 불을 켠다.

보기에도 비싸 보이는 강화복을 착용한 헌터 느낌의 소년. 문제없음.

조금 미묘하게 생각되는 디자인으로, 아마도 사이즈가 맞지 않는 옷을 맵시로 얼버무리고 있지만, 원단에 주목하면 싸구려라고 볼 수 없는 옷을 입은 소녀. 신발은 싸구려 같지만, 전체적으로는 문제없다.

싸구려 황야용 옷을 입은 소년과 싸구려 옷을 입은 소녀. 둘

다 문제 있음.

손님은 4인조. 두 명만 쫓아낼 순 없다. 그렇게 판단한 카셰아는 조금 망설이다가 결론을 내렸다. 아키라 일행 앞으로 가서 주로 아키라를 향해 다정하게 미소를 짓는다.

"저희 가게를 방문해 주셔서 감사합니다. 오늘은 무슨 일로 오셨나요?"

"음. 이 아이의 신발하고, 다른 것도 좀 보러 왔어요……. 그렇지?"

아키라가 셰릴에게 말하자 셰릴은 움츠러들지 않고 카셰아에게 웃어 보였다.

"네. 그 밖에도 다양하게 보고 싶은데요. 먼저 신발부터 알아보고 싶어요."

카셰아가 다시 한번 셰릴의 신발을 본다. 신발과 옷의 질이 전혀 어울리지 않는다는 것은 카셰아도 한눈에 알 수 있었다.

"알겠습니다. 바로 준비해 드리죠. 다른 손님들은 어떻게 하시겠습니까?"

"우리는 대충 구경할 테니까, 우선 이 아이의 신발을 부탁드립니다."

"잘 알겠습니다."

카셰아는 셰릴을 비치된 테이블로 안내하고, 아키라와 다른 두 사람에게는 매장 내 상품을 천천히 둘러보라고 권했다.

문제가 있는 두 사람은 돈도 없고 손님이 되지 않겠지만, 나머지 두 사람은 괜찮을 것이다. 손님이 되지 않는 사람도 같이 받

앉으니까 손님이 될 사람은 한 명이라도 돈이 되었으면 좋겠다. 카셰아는 그렇게 되길 기대하며 셰릴에게 권할 신발을 준비하러 갔다.

◆

테이블에 놓인 신발을 보고, 셰릴이 매우 진지한 얼굴로 고민에 빠졌다.

(비싸. 입점을 거부당하지 않는 고급점을 너무 의식한 탓일까? 더 무난한 가게여야 했어?)

너무 비싸다고 표정으로 난색을 드러낸 셰릴을 본 카셰아는 테이블에 놓는 신발을 조금씩 싼 물건으로 교체하고 있다. 그런데도 신발 가격은 셰릴의 감각으로는 영문을 알 수 없을 정도로 비쌌다.

(강화복처럼 신체 능력을 강화하는 것도 아닌데 왜 이렇게 비싸? 아니면 이 옷에 맞는 신발은 그만큼 비싸지는 거야?)

셰릴은 조직의 발전을 위해서 앞으로도 많은 사람과 협상할 것이다. 그리고 외적인 인상, 특히 복장은 협상의 성패에 큰 영향을 준다고 알고 있었다.

다음 협상에서는 아키라가 준 옷을 입고 나서려고 한다. 싼값에 다소 몸에 안 맞아도 구세계에서 만든 옷이다. 허세를 부리기에는 충분하고도 남는다. 그러나 그 효과를 극대화하려면 신발도 동급으로 맞춰야 했다.

옷 사이즈는 가까운 헌터가 선물한 것이라서 조금 무리했다고 얼버무린다. 하지만 신발은 그럴 수 없다. 그것만 슬럼의 품질이라면 허세가 즉각 간파당한다.

구세계의 옷을 선물로 받을 정도로 그 헌터와 친분이 있다면, 마음을 준 사람이 초라한 싸구려 구두를 신고 있으면 그만큼 좋은 신발도 함께 선물할 것이다. 그렇게 의심받기 때문이다.

하지만 아키라에게 구세계에서 만든 신발을 달라고 조를 수도 없다. 그래서 신발만큼은 자기 힘으로 돈을 조금 쓰더라도 최대한 옷에 최대한 맞는 물건을 사기로 결심했다. 오늘 쇼핑에는 그런 목적이 있었다.

셰릴은 거래 상대에게 흠을 잡히지 않고자 진지하게 고민한다. 일단 예산은 준비했다. 아키라에게 전달할 예정이던 200만 오럼의 일부다. 그러나 조직도 운영해야 하는 이상 낭비할 수 있는 돈은 한 푼도 없다.

아키라는 셰릴에게 슬럼 아이들에게 멀쩡한 식사를 주고, 글자를 읽고 쓰는 방법을 가르쳐 달라고 부탁했다. 지금껏 아키라의 은혜를 갚을 방법이 전혀 없었는데, 그 부탁으로 겨우 갚을 수 있게 된 것이다. 그쪽도 최선을 다하고 있었다.

하지만 그쪽은 좌우지간 돈이 든다. 게다가 현재로서는 돈이 돌아올 예정도 없으니까 투자라고도 할 수 없다. 더군다나 그 환경을 알게 된 자들이 조직에 가입하려고 해서 들어가는 비용이 늘어만 간다.

하지만 그만둘 수는 없다. 지금의 셰릴이 아키라에게 돌려줄 수 있는 유일한 것이기 때문이다.

어쨌든 그토록 돈이 필요한 상황에서, 눈앞의 신발은 귀중한 예산을 쏟아부을 가치가 있을까? 셰릴은 심각하게 고민하고 있었다.

고민을 거듭하는 셰릴 앞에서, 카셰아가 권하는 신발이 더욱 싸구려로 교체됐다.

◆

알파와 함께 매장을 둘러보던 아키라가 옷차림의 예시로 가게 제품으로 치장하는 마네킹에게 시선을 돌리며 어딘가 석연치 않은 표정을 짓고 있다.

『아키라. 왜 그러니?』

『그게 말이야. 여긴 그럭저럭 고급 가게니까, 저기 장식한 옷도 꽤 괜찮은 거겠지?』

『그렇겠지.』

『그러니까, 뭐랄까. 아니, 나도 슬럼의 옷과는 다르다고 느끼지만…… 그게 다라고 할까…….』

『고급 가게의 상품치고는 그 옷들과 크게 차이를 느끼지 못한다는 거야?』

『맞아. 그런 느낌이야. 왜 그럴까? 내가 패션 감각이 없어서? 아니면 마네킹이라서 그런가?』

『그렇다면 시험 삼아 내가 입어 볼까?』

알파가 옷을 마네킹과 같은 것으로 바꾼다. 그 압도적인 미모와 균형이 잘 잡힌 몸이 같은 디자인의 옷 평가를 모델의 질만큼 끌어올렸다. 그래도 그 옷이 아키라의 마음을 움직이는 일은 없었다.

『역시 특별한 느낌이 들지 않아. 슈테리아나에서 식사했을 때와는 달라.』

『슈테리아나는 쿠가마 빌딩 위층에 점포가 있는 만큼 방벽 내 기준으로도 일류 레스토랑이니까. 그곳과 비교하는 것은 너무 심해.』

『그럴지도 모르지만 말이야.』

아키라가 상품 가격을 본다. 그냥 비싸다고 느꼈다. 그것으로 끝이다.

슈테리아나의 요리도 비쌌지만, 비싼 밥값에 걸맞은 감동이 있었다. 그러나 이 가게의 옷에는 그런 것이 없다.

물론 아키라도 요리와 옷은 단순히 비교할 수 없음을 잘 알고 있다. 그러나 흔한 옷과는 자릿수가 다른 가격표가 붙은 이상, 그 차이를 느낄 수 있는 무언가가 있어도 좋지 않을까 생각했다.

그때 알파가 옷을 다시 다른 것으로 바꾼다.

『아키라. 그렇다면 이 옷은 어때?』

그 옷은 아키라에게 언뜻 비싸 보였다. 드레스와 군복을 섞은 듯한 디자인으로, 원단의 파란색이 돋보인다. 트임을 넣어서 삼중으로 포개진 스커트가 고품격 색감을 내고 있었다.

『괜찮지 않나? 유적에서 유물로 찾으면 꽤 비싼 값에 팔릴 것 같아.』

복장 평가에 유물을 보는 판단 기준이 섞인 시점에서 너무 헌터의 관점으로 생각하는 것임을, 아키라 자신은 깨닫지 못했다.

『이것을 보고도 그 정도 소감이 다라면, 아키라는 이미 익숙해진 거야.』

『익숙해져? 뭐에?』

『구세계에서 만든 비싼 옷의 감각에 말이야.』

알파는 아키라 앞에서 다양한 옷을 입지만, 그것은 모두 구세계 기준으로도 최고급 물건들이다. 게다가 현실에 없는 영상이므로 소재의 비용 등을 무시한 호화로운 디자인으로 변경할 수 있다.

따라서 질적인 면에서 겉만 보면 현실에 있는 옷을 가볍게 뛰어넘고 있었다.

아키라는 그 옷들로 차려입은 알파를 계속 보면서 그 고급스러움에 익숙해지고 말았다. 그래서 조금 비싼 옷으로는 아무리 봐도 감흥이 안 생긴다.

게다가 알파의 옷, 다시 말해 구세계의 옷에 익숙해지면서 패션 감각도 그쪽으로 끌려가 현대 패션에 무덤덤해지고 말았다.

알파로부터 그 설명을 들은 아키라가 수긍하면서도 약간 복잡한 표정을 짓는다.

『결국, 내 패션 감각은 조금 이상하다는 뜻이구나.』

얼마 못 가서 구세계의 감성에 더욱 가까워지고 마는 것일까.

가슴이나 사타구니에 구멍을 뚫어서 속옷을 보여주는 디자인에 익숙해지고, 그렇지 않은 옷을 촌스럽게 느끼게 되는 것일까. 아키라는 그렇게 생각하고 조금 불안해졌다.

그때 조금 전까지 셰릴을 상대하던 카셰아가 나타난다.

"손님. 잠시 괜찮으신가요?"

"네. 무슨 일이죠?"

"실례지만, 이번 예산을 여쭤도 될까요? 그게, 일행분이 가격을 매우 신경 쓰는 눈치여서요."

셰릴에게 직접 더 싼 물건이 좋다는 말을 들은 것은 아니지만, 카셰아도 옷 가게의 주인으로서 그 정도는 짐작할 수 있었다.

"저희도 어느 정도 예산의 기준을 알려주시면, 더 적합한 상품을 추천할 수 있답니다."

물건을 고르는 사람은 셰릴이지만, 실제로 돈을 내는 사람은 아키라다. 카셰아는 그렇게 생각하고 있었다. 돈을 잘 버는 헌터가 아끼는 여성을 데리고 가게를 방문한 줄로 안 것이다.

아키라도 그것을 금방 이해했다. 그리고 알파의 서포트를 통해서 확장된 시야로 셰릴의 모습을 조금 살핀다. 고민에 빠져서 매우 딱딱해진 표정으로 테이블에 놓인 신발을 뚫어져라 보는 셰릴의 얼굴에는 깊은 갈등이 새겨져 있었다.

오해를 풀어도 좋지만, 아키라는 그때 문득 떠오른 것이 있어서 잠시 생각해 보고 대답한다.

"100만 오럼이 넘어갈 것 같으면 말해 주세요."

그 금액과 그것이 한도가 아닌 듯한 말투에 카셰아가 한순간 경직한다.

"100만 오럼, 이라고, 하셨나요?"

"네. 계산은 헌터증으로 할게요. 현금만 된다면 가서 찾아오겠는데요."

"아닙니다. 헌터증 결제도 대응합니다. 확인차 헌터증을 잠시 주실 수 있을까요?"

헌터증을 분실하거나 황야에서 싸우다가 파손하는 헌터는 많다. 그러한 이유로 사전 확인을 요구하는 가게도 있다.

그러나 카셰아는 아키라의 대금 지불 능력을 확인하려고 물어본 것이고, 그 구실을 잘 둘러대는 노력이 부족했다.

나쁘게 받아들이면, 정말로 그만한 돈을 낼 수 있는지 의심하는 것으로 판단해도 이상하지 않다. 성질이 나쁜 자라면 화낼 우려마저 있었다.

평소의 카셰아라면 이런 실수는 하지 않는다. 그만큼 동요하고 있었다. 그래도 곧바로 얼굴에 친근한 미소를 드러내며 어떻게든 태연한 척하고 있었다.

그리고 평범하게 헌터증을 건네는 아키라를 보고 속으로 안도한 다음, 가게 단말기에 읽혀 본다. 그 결과를 확인한 카셰아는 아키라에게 헌터증을 돌려주고 최대한 미소를 지어 보였다.

"번거롭게 해서 죄송합니다. 일행분께는 손님께서 제시해 주신 예산을 고려하여 최대한 좋은 상품을 추천하겠습니다. 볼일이 생기시면 편하게 말씀해 주세요."

그렇게 말한 카셰아는 정중하게 머리를 숙이고 아키라에게서 멀어졌다.

알파가 신기해하는 기색으로 아키라를 본다.

『아키라. 왜 그런 말을 했어?』

『응? 조금 생각이 있어서.』

아키라 자신의 패션 감각과 비싼 옷의 감각, 그리고 구세계 의복의 시세와 유물로서의 가치. 그것을 한번 확인하고 자각해 두는 것은 앞으로의 헌터 활동에도 보탬이 될 것이다. 그렇게 생각한 아키라는 이렇듯 사소한 발상으로 돈을 조금 쓰려고 했다.

다만 좋든 나쁘든 자릿수가 늘어나 버린 아키라의 금전 감각으로는, 약간의 금액도 자릿수가 조금 증가한 상태였다.

◆

아키라와 멀어진 카셰아는 그대로 가게 안쪽에 있는 종업원용 방으로 들어갔다. 그리고 손님을 대하는 미소에서 점장의 미소로 바꾸어, 기합을 넣은 목소리를 낸다.

"세렌! 일어났니?"

휴식하면서 잘 수 있는 공간에서 카셰아의 여동생 세렌이 슬금슬금 몸을 일으키며 언니에게 불만스러운 얼굴을 보였다.

"언니, 소리치지 마. 내가 어제 밤샌 거 알잖아?"

하지만 카셰아는 전혀 아랑곳하지 않고 세렌을 보챈다.

"군소리 말고 빨리 옷 갈아입어. 잘 꾸민 다음에 너도 가게로 나와."

"이 시간엔 언니가 손님을 상대하잖아? 피곤하니까 자게 내
버려 둬."

"그러지 말고, 빨리 하렴! 그리고 가게에서는 점장님이라고
부르랬지!"

"아이참……."

세렌은 귀찮아하면서도 접객용 옷으로 갈아입기 시작했다.
카셰아는 그것을 확인하자마자 매장으로 돌아갔다.

◆

표정을 굳히고 고민하던 셰릴은 마침내 결단을 내리려 하고
있었다.

테이블에 나오던 신발은 다른 물건을 권할 때마다 조금씩 싸
구려로 바뀌고 있었지만, 그 작업은 조금 전에 중단됐다.

즉, 아마도 지금 눈앞에 있는 신발이 가장 저렴한 가격대의 물
건이고, 하한선이다. 이 가게에는 이것보다 싼 상품이 없다. 셰
릴은 그렇게 판단했다.

(어쩔 수 없어! 결정하자!)

테이블에 남은 신발은 세 켤레. 셰릴의 감각으로는 하나같이
비싼 물건들이다.

(여기서 한 켤레를 사자! 예산을 생각해도 그게 한계야! 뭘 사
면 좋지? ……이거?)

셰릴이 선택한 신발에 시선을 돌리는 순간, 카셰아가 그 신발

을 테이블에서 치우면서 선택지에서 제외되었다.

무심코 당혹스러운 표정을 짓자 다른 신발도 테이블에서 차례차례 사라지고, 그 대신 새로운 신발들이 나온다.

셰릴은 더 싼 물건이 있었나 생각하면서 새로 추천받은 신발을 봤다. 그리고 놀라움을 드러냈다. 분명히 지금까지의 물건과는 가격대가 다른 고급품이었기 때문이다.

"저, 저기, 죄송합니다. 이런 물건을 추천해 주시는 것은 고마운데……."

셰릴은 최대한 점잖게 아까 본 신발을 테이블로 되돌리려고 입을 열었다. 하지만 카셰아가 말을 가로막고 미안한 기색으로 미소를 짓는다.

"손님. 아까부터 손님께 맞지 않는 물건만 추천해서 정말 죄송합니다."

당황한 셰릴에게, 카셰아가 변명하듯 말을 이어 나간다.

"주제넘은 행동임은 알지만, 더 적합한 상품을 추천하려고 제 독단으로 일행분께 예산을 여쭤봤습니다."

셰릴도 그 말을 들은 상대가 아키라임을 금방 알아차렸다. 하지만 카셰아의 언동과 무슨 관계가 있는지 몰라서 더욱 곤혹스러워진다.

"저희 가게에서는 희망하신 예산보다 훨씬 낮은 가격대의 상품밖에 추천해 드릴 수 없어서 매우 유감이지만, 그래도 저희가 특별히 추천하는 좋은 물건이랍니다. 다른 상품도 금방 가져다드릴게요. 잠시 기다려 주세요."

카셰아는 그렇게 말하며 셰릴에게 함박웃음을 짓는다. 그리고 테이블에서 제외한, 이 가게에서는 싼 축에 속하는 신발을 대신할 고급품을 찾으러 자리를 떠났다.

그 자리에 남겨진 셰릴은 영문을 몰라 어안이 벙벙했지만, 정신을 차리자마자 아키라에게 사정을 물어보려고 가게 안을 뒤지기 시작했다.

남성 속옷을 발견한 아키라가 그것을 집는다. 역시 고급 상점에 있는 물건인 만큼 포장부터 평소 사용하는 싸구려와는 다르다며 조금 감탄했다.

『나도 속옷 정도는 사는 게 좋을까?』

알파가 일단 조언한다.

『말리지는 않겠지만, 강화복 안에 입는 것은 추천하지 않아. 헌터를 위한 튼튼한 물건이 아니니까 금방 너덜너덜해질 거야.』

『그만두자…….』

여기서 실내용으로 고급품을 살 돈이 있다면 차라리 평소 황야에서 입는 싸구려 속옷의 질을 높이는 것이 좋겠다. 그렇게 생각한 아키라는 상품을 도로 선반에 두었다.

그때 조금 허둥대는 기색인 셰릴이 찾아온다.

"셰릴. 무슨 일이야?"

"아니요, 잠시 사정이 생겨서……. 죄송하지만, 함께 저쪽에 가 주시겠어요?"

돈 때문에 무슨 일이 생긴 것일까? 아키라는 약간 의아한 표정을 지으면서도 셰릴과 함께 호화로운 신발이 진열된 테이블이 있는 곳으로 향했다.

아키라로부터 사정을 들은 셰릴은 조금 어려운 얼굴을 하고 있었다.

카셰아는 셰릴이 아니라 아키라가 돈을 낸다고 착각하고 있었다. 그래서 아키라는 맞장구를 친 다음, 낮은 예산으로는 싸구려만 권할 수 있다며 약간 높은 예산을 제시했다. 그것까지는 셰릴도 그럭저럭 받아들일 수 있었다.

하지만 아키라는 정말로 자신이 돈을 빌려줘도 괜찮다고 했다. 더군다나 뭐하면 정말로 자기가 돈을 내도, 빌려준다고 해도 갚으라고 독촉하지 않겠다고 한 것이다.

"저기, 무척 고맙지만요……. 정말 그래도 되나요?"

그렇게 조심스럽게 묻는 셰릴의 태도와는 대조적으로, 아키라는 가볍게 대답한다.

"그래. 잘은 모르지만, 오늘 쇼핑도 조직 운영을 위한 것이지? 그렇다면 그 정도는 도와줄게. 게다가 셰릴한테는 귀찮은 일도 시켰으니까. 그 보상으로 생각해 줘."

셰릴은 잠시 망설이다가 결단했다. 각오를 마치고, 최대한 밝게 웃는 얼굴로 아키라를 본다.

"알겠습니다. 고맙게 받아들일게요."

연인에게 선물한다는 감각이 조금도 없는 게 아쉽지만, 지금은 아키라가 조직 운영에 적극적으로 투자해 준 것이라고 일부러 긍정적으로 생각했다.

이미 아키라에게 진 빚은 많다. 언젠가 이자까지 합쳐서 갚기 위해서라도, 초기 투자는 클수록 좋기 마련이다.

그리고 투자한 돈이 많을수록 아키라도 대가를 기대할 것이다. 그것은 자신들과의 관계를 더욱 견고하게 만든다. 아키라도 자신들을 쉽게 내칠 수 없게 될 것이다.

그렇게 생각하고 어떤 관계로든 아키라와의 연결고리가 끊기지 않기를 빌면서, 셰릴은 더 많은 빚을 받아들였다.

◆

세렌은 접객용으로 차려입고 나서 언니이자 점장인 카세아와 함께 가게에서도 비싼 축에 들어가는 상품을 들고 셰릴과 아키라 앞에 와 있었다.

그 상품을 열심히 추천하는 언니의 모습과 그것을 진지하게 바라보고 있는 셰릴, 그리고 비싸 보이는 강화복을 입은 아키라를 보면서 아직 잠이 덜 깬 머리로 생각한다.

(음. 언니, 돈이 많아 보이는 헌터라고 해서 태도가 너무 노골적이지 않아?)

헌터 활동으로는 유물을 수집하다가 대박을 터뜨려서 단숨에 부자가 되는 것도 꿈이 아니다. 하루아침에 부자가 될 정도로 성공하지 않더라도 분수를 넘어선 돈이 갑자기 생기는 바람에 금전 감각이 망가지는 사람도 많다.

　게다가 장비에 차원이 다른 돈을 쏟아부은 탓에 돈의 자릿수를 대수롭지 않게 여기는 사람도 있다. 사지를 내달린 스트레스를 돈을 펑펑 써서 해소하려는 사람도 있다. 자기 자신의 가치를 높이기 위해 엄청난 돈을 낭비하고 그 쾌감에 취하는 사람도 있다.

　당연히 그런 사람은 장사꾼에게 최상의 고객이다. 하지만 그런 사람들을 가게의 고정 고객이나 단골손님으로 안고 가기는 어렵다. 그들은 헌터다. 내일이면 죽을지도 모르는 것이다.

　가게에서 돈을 잘 쓰는 헌터를 단골로 삼으려고 애쓸 때, 다소의 손해는 나중의 이익으로 충분히 회수할 수 있다며 무리한다고 치자.

　그 노력이 결실을 봐서 고정 고객이 되어도, 다음 날에는 그 헌터가 죽어서 전부 허탕이 될 수 있는 것이다.

　평소 헌터를 상대로 장사하는 무기상들이라면 그런 투자 감각도 잘 파악하고 있다. 하지만 일반적인 가게에서 그런 감각을 파악하는 것은 어렵다.

　그러한 사정도 있어서, 헌터 활동과 무관한 가게에서는 헌터를 상대할 때 일회성으로, 그 자리에서만 최선을 다하는 식으로 영업하는 경향이 있었다.

　세렌도 그런 점을 잘 알아서 카셰아의 접객 태도를 너무 이상하다고 생각하지 않았다.

　자신을 일부러 가게에 내보내서 얼굴도장을 찍으려고 할 정도다. 그만한 이유는 있을 것이다. 그래서 평소보다 열심히 접객하고 있을 것이다. 세렌은 그렇게 생각했고, 가게의 경영 방침은 점장인 언니에게 다 맡기고 있기도 해서 별로 신경 쓰지 않았다.

그리고 슬슬 잠에서 깬 상태로 셰릴의 옷을 보고 깨닫는다.

(응……? 저 옷은 구세계 거야? 사이즈가 안 맞는데.)

체격과 일치하지 않는 옷을 잘 꾸며서 얼버무리고 있다. 나쁘게 말하자면 억지로 입은 탓에 원래 디자인을 왜곡하고 있다. 그렇게 생각하고 조금 인상을 쓴다.

세렌은 의상 디자인 일을 하는 까닭에 그런 것이 신경 쓰이는 사람이었다. 그리고 차마 참을 수 없어서, 접객용 표정을 짓고 셰릴에게 제안한다.

"손님. 괜찮으시다면 상품을 고르는 동안 리폼을 포함해서 옷 사이즈를 조정하는 업무도 받을 수 있는데, 어쩌시겠어요?"

그러자 먼저 아키라가 대답한다.

"괜찮겠어?"

물주가 의문을 제기하자 카셰아가 잽싸게 반응해 자신만만한 미소를 짓는다.

"세렌의 리폼 실력은 확실해요. 저도 점장으로서 당당하게 추천할 수 있답니다. 완성도를 보시면 분명 만족하실 거예요."

세렌이 가볍게 한숨을 쉬고 나서 다른 해석으로 대답한다.

"일행분께서 입으신 옷은 구세계 제품, 즉 구세계 유물이죠? 물론 사이즈 조정이라도 사람이 손대면 현대의 제품으로 간주하여 유물의 가치가 떨어질 우려가 있습니다. 리폼으로 디자인까지 바꾸면 더더욱 그렇죠. 그 옷을 자산으로 생각하신다면 추천할 수 없어요."

카셰아는 조금 딱딱하게 웃으며 세렌에게 돌렸다.

(잠깐만, 네가 제안해 놓고 왜 김새는 소리를 하는 거니?)

시선으로 물어보는 것에 세렌도 시선으로 받아친다.

(설명하지 않고 건드렸다가 나중에 손해배상을 청구하면 어쩌려고? 오히려 언니가 점장으로서 잘 설명해야 할 일 아니야?)

(그, 그렇다면 애초에 제안할지 말지 나한테 판단을 맡겨야지!)

(그럴 거면 뭐 하러 나를 깨워서 가게에 나오게 한 건데!)

카셰아와 세렌은 미소를 지으며 눈짓하고, 오랜 교제를 통해 서로의 마음을 전하고 있었다.

셰릴도 다른 점에서 우려한다. 아키라도 헌터다. 이미 선물한 물건이라도 받은 상대가 가치를 떨어뜨리는 짓을 하면 기분이 상할지도 모른다. 그렇게 생각하고 확인을 구한다.

"아키라는 어떻게 생각해요?"

"셰릴의 옷이니까, 유물의 가치가 어쩌니 하는 건 셰릴 마음대로 하면 되지만, 리폼을 한다면 그동안 셰릴의 옷은 어떻게 할 거야? 옷을 고치면 시간이 오래 걸리지 않을까?"

아키라가 괜찮냐고 물어본 이유에는 그 밖에도 리폼에 들어가는 비용이 얼마인지 등을 포함해서 여러 의미가 있었지만, 기본적으로는 그 정도의 이유였다.

셰릴도 뒤늦게 다른 우려를 포함해 알아차린다. 리폼에 며칠이 걸린다면 옷을 가지러 다시 방문해야 한다.

하지만 셰릴에게는 그때 입고 갈 옷이 없다. 슬럼 기준의 옷으로는 가게에 도착하기 전에 쫓겨날 수 있다. 아키라에게 동행을 부탁할 수도 있지만, 자꾸 아키라를 번거롭게 하는 짓이다. 그건 피하고 싶다.

세렌은 아키라와 셰릴의 반응으로 보아 옷을 고침으로써 가치가 떨어지는 것은 문제가 안 된다고 판단하고, 다시 제안한다.

"갈아입을 옷이라면, 리폼은 지금부터 치수를 재면 저녁쯤에는 끝날 것 같으니까 그동안 저희 가게의 옷을 한번 입어 보시는 게 어떨까요?"

셰릴은 조금 고민하다가 아키라에게 그때까지 같이 있어 줄 수 있는지 부탁해 보았다. 그리고 아키라가 승낙해서 리폼을 부탁하기로 했다.

구세계 옷에 손대는 것이기도 해서, 먼저 옷을 잘 조사하고 견적을 내기로 했다. 이 시점에서 리폼 비용은 미확정 상태였다.

◆

세렌은 셰릴을 데리고 가게 안쪽에 있는 재단 작업실로 안내하고, 치수를 잰 다음 카셰아에게 접객을 계속해 달라고 부탁했다.

그리고 리폼할 옷을 다시금 꼼꼼히 살핀다. 그 옷을 대신해서 세릴은 갈아입을 옷을 한 벌, 기왕이면 사 주었으면 하는 최고급 상품으로 갈아입었는데, 가치가 동등할지는 미묘하다.

디자인은 현대의 감각과 조금 어긋난 부분이 있다. 하지만 원단의 섬세함은 소재도 포함해서 하나하나 고도의 기술이 필요하다. 몹시 발달한 당시 의상 제작 기술의 집대성이다.

그것은 이 옷이 정말로 구세계 제품이라는 사실을 세렌에게 이해시킬 만큼 질이 좋았다.

이제부터 이 옷에 자신이 손을 댄다는 사실에 약간 흥분하면서, 세렌이 리폼의 방향성을 고민하기 시작한다.

아무튼 사이즈를 변경함으로써 사람 손이 닿는 바람에 유물의 가치가 떨어진다면, 디자인을 포함해서 잘 고쳐 주기 바란다고 부탁받았기 때문이다.

일단 재단을 시작하면 돌이킬 수 없다. 리폼의 방향성을, 요금 등을 포함해서 꼼꼼하게 생각한다.

그리고 일정한 결론을 내린 후 고민하기 시작했다. 진지하게 고민하고, 계속해서 고민했다. 더욱 고민하고, 고민을 거듭한 다음, 세렌은 가게 단말기에 손을 뻗어 카셰아에게 연락했다.

◆

매장으로 돌아온 세릴에게 카셰아가 더욱 다양한 옷을 권하고 있었다. 하지만 현재로서는 가게 매출에 공헌하고 있지 않다.

가격처럼 금전적인 이유가 있어서 그런 것이 아니다. 아키라의 반응이 별로였기 때문이다.

카세아가 추천하는 옷을 입고 모두의 반응을 확인해 보면, 무슨 옷을 입어도 에리오와 아리시아는 좋은 반응을 보여준다.

고급 상점인 만큼 하나같이 좋은 물건이고, 게다가 카세아가 고급품을 우선하여 권하다 보니 슬럼의 아이로서는 아무튼 대단하다는 소감밖에 말할 수 없기 때문이다.

하지만 아키라는 지독하게 밋밋한 반응만 보인다. 그래서 셰릴은 사지 않고 다른 옷을 계속해서 카세아에게 요구하고 있었다.

셰릴도 아키라에게 좋은 반응을 끌어내고 싶은 욕심이 있다. 하지만 지금은 그 이상으로 협상장에서 상대방에게 놀라게 하고 자신을 우위에 서게 할 옷을 찾고 있었다.

하지만 단순히 비싼 옷을 산다고 다 되는 것은 아니다. 필요하다면 아키라가 값을 대신 치러 준다고 하니까 예산의 상한선은 거의 없어졌지만, 그 정도로 해결될 문제는 아니다.

다양한 협상 상대에 대응하기 위해서라도 아마추어도 쉽게 알아볼 수 있을 만큼 고급스럽고, 좋은 옷에 익숙한 전문가의 눈에도 화사하게 보일 옷이 필요했다.

셰릴도 자신의 패션 감각이 그 요구를 충족할 만큼 뛰어나다고 생각하지 않는다. 안 그래도 엄청나게 비싼 옷을 사는 것이다. 다른 사람의 반응이라는 평가가 필요했다.

하지만 에리오와 아리시아의 반응은 별로 도움이 되지 않는다. 슬럼 아이의 감각으로 극찬해도 소용없기 때문이다.

　카셰아의 반응도 있는 그대로 받아들일 수 없다. 여기에는 손님을 위한 아부와 가게의 이익이 포함되어 있다. 그 칭찬을 그대로 받아들이다간 단순히 비싸기만 한 옷을 사게 될 우려가 있다.

　그래서 셰릴은 아키라의 반응을 중시했다.

　아키라도 원래는 자신들과 같은 슬럼의 주민이다. 하지만 이미 1억 5000만 오럼이나 되는 거금을 아무렇지 않게 쓸 정도로 성공했다. 지금까지 어떤 옷을 봐도 반응이 밋밋한 것은 이미 그만큼 안목이 높아져서 그럴 가능성이 크다.

　그러니까 그런 아키라에게 최소한의 반응을 끌어내고 싶다. 그렇지 않으면 큰돈을 주고 협상용 옷을 사는 의미가 없어진다. 셰릴은 그렇게 생각하고 계속해서 옷을 갈아입고 있었다.

　그리고 카셰아가 셰릴의 생각을 눈치채고, 묘안을 떠올려 아키라에게 말을 건다.

　"손님. 괜찮으시다면 저 대신 한번 일행분의 옷을 골라 보시겠어요?"

　"내가……?"

　조금 의외인 듯한 모습을 보인 아키라에게 카셰아가 살갑게 웃으며 재촉한다.

　"네, 저도 최대한 좋은 물건을 추천하고 있는데, 아무래도 일행분께서 만족하시지 못하는 것 같아서요. 아쉽지만, 계속해도 일행분만 피곤하시겠죠. 일행분의 기분을 풀어주기 위해서라도, 한번 골라주시는 게 어떨까요?"

아키라의 반응을 바탕으로 옷을 고르고 있다면 그 사람이 추천한 옷을 함부로 대할 수 없을 것이다. 싸구려라도 한 번 사게 해 버리면 흐름을 만들기 쉬워진다. 카세아는 그런 생각으로 아키라에게 제안하고 있었다.

"그런 말을 들어도……."

그러나 아키라는 난색을 드러냈다. 자신의 패션 감각에 자신감이 전혀 없기 때문이다. 그리고 셰릴이 직접 선택하는 게 낫겠다 싶어 그렇게 말하려고 했다.

하지만 셰릴이 기대하는 눈으로 봐서 무심코 입을 다물었다.

셰릴도 아키라가 선택한 물건이라면 결과적으로 협상에 맞지 않은 옷을 사도 어느 정도 포기할 수 있다. 게다가 노골적으로 이상한 것은 안 사면 그만이다.

그리고 아키라가 선택해 주는 것을 기쁘게 여기는 마음도 크다. 그것이 셰릴의 태도에 뚜렷하게 나타나 있었다.

셰릴 말고도 에리오와 아리시아도 흥미진진하게 쳐다보는 바람에, 아키라는 왠지 모르게 도망칠 곳을 잃은 기분이 들었다. 그럴 때 알파가 도움의 손길을 내민다.

『아키라. 내가 고를까?』

『그래? 그렇다면 부탁할게……. 잠깐만, 어떤 옷을 고를 작정이야?』

이른바 구세계 스타일의 옷을 즐겨 입는 알파라면 구세계 감성에 치우친 엉뚱한 옷을 고르지 않을까? 그런 아키라의 불안을 불식시키듯 알파가 웃으며 대답한다.

『걱정하지 마. 이 가게 상품에서 고를 건데? 아키라가 불안해할 디자인의 옷은 여기 선반에 처음부터 없어.』

『하긴. 알았어. 그러면 부탁할게.』

『나만 믿어.』

자신만만하게 웃는 알파를 보고, 아키라도 안심했다.

"그러면 셰릴. 내가 고를 테니까 조금만 기다려 줘."

"고맙습니다. 잘 부탁드릴게요."

실제로 선택하는 것은 알파인데, 그걸 모르는 셰릴은 무척 기뻐했다.

그 뒤로 아키라는 매장을 한 바퀴 돌며 셰릴의 옷을 위에서 아래까지 세트로 골랐다.

그것은 얼핏 보면 진열된 상품을 힐끗 보고 아무렇게나 고르는 것 같아서, 뭐하면 옷을 고르는 조언 정도는 해 주려고 곁에서 있던 카셰아를 조금 당혹스럽게 했다.

패션 감각이 부족한 아마추어라도 수많은 옷 사이에서 망설이는 모습 정도는 보인다. 하지만 아키라의 짧은 행동에서는 망설임이 전혀 느껴지지 않았다.

셰릴은 기쁜 기색으로 옷을 받자마자 탈의실에서 갈아입으려고 했다. 하지만 그때 아키라가 조금 망설이는 표정으로 예상을 벗어나는 소리를 했다.

"뭐하면 갈아입는 걸 돕겠는데, 어쩔까?"

"부탁드려요!"

갑작스러운 제안에 놀라긴 했지만, 셰릴에게는 매우 반가운 소식이다. 아키라의 마음이 변하기 전에 얼른 웃으며 대답했다.

아키라는 표정을 아주 조금 굳힌 다음 작게 한숨을 쉬었다. 그리고 어딘지 모르게 거절하지 않았으니까 어쩔 수 없다는 눈치로 셰릴과 함께 탈의실로 들어갔다.

갈아입을 때는 본래 카셰아가 도와야 하지만, 아키라가 대신한다고 해서 에리오, 아리시아와 함께 밖에서 기다렸다.

그리고 먼저 아키라가 나온다. 다음에 옷을 다 갈아입은 셰릴이 나왔다.

"어, 어때요?"

셰릴은 나이에 걸맞은 귀여움과 사랑스러움과는 방향성이 다른 예쁜 옷을 차려입고, 청초한 분위기 속에서 약간의 성숙함을 주장하는 느낌을 드러내고 있었다.

날카로운 품격마저 느껴지는 옷이 셰릴의 고운 외모를 더욱 아름답게 빛내고 있다. 그리고 조금 부끄러워하면서 뺨을 발그스름하게 물들이는 표정이 상반되어야 정상인 귀여움과 아리따움을 보는 이들에게 느끼게 했다.

카셰아가 아부하지 않고 본심으로 대답한다.

"아주 잘 어울리세요."

동시에 마음속 놀라움을 억누르고 있었다.

(우리 가게 상품이라고는 하지만, 그렇게 마구잡이로 골라서 이만한 잠재력을 끌어내다니, 어떻게 된 거래?)

그리고 자신이 이 코디를 권하지 못했다는 사실에 의류점 라판트라의 점장 체면이 조금 깎였지만, 그러면서도 속으로는 아키라에게 제법이라고 넌지시 칭찬의 말을 건넸다.

에리오와 아리시아도 지금까지 본 옷에 대한 평가보다 한 단계 높은 칭찬을 태도로 표현하고 있다.

그리고 아키라 역시 겉으로는 자기가 고른 옷으로 차려입은 셰릴에게 가볍게 감탄하듯 확실한 반응을 보이고 있었다.

"응. 괜찮지 않을까? 나는 그런데. 셰릴은 어때?"

"네. 저도 참 마음에 들어요. 무척 좋아요."

"그래? 그렇다면 다행이고."

"저야말로 좋은 옷을 골라주셔서 감사합니다."

셰릴이 카셰아에게 얼굴을 돌린다.

"그럼 이걸 먼저 살게요."

"어 아, 그러세요! 이용해 주셔서 대단히 감사합니다."

정신을 차린 카셰아는 곧바로 태도를 바꿔 살갑게 웃었다. 그리고 이제부터 시작이라며 의욕을 북돋고 추가 매출을 찾아서 접객으로 돌아가려고 할 때, 세렌의 호출을 받았다.

"저는 잠시 리폼 상황을 확인하고 오겠습니다. 금방 돌아올 테니까 조금만 기다려 주세요."

분위기가 좋았는데. 카셰아는 그렇게 강하게 불만을 느끼면서도 속내를 한 치도 드러내지 않고 자리를 떴다.

아키라가 옷을 골라주고, 그 옷을 입은 자신을 칭찬해서, 셰릴은 조금 들뜬 기색마저 보였다.

그토록 기뻐하니까 아키라도 기분이 나쁘지 않다. 조금 흐뭇해하고 있을 때, 아키라의 태도를 본 알파가 득의양양하게 웃는다.

『어때? 내 패션 감각은. 대단하지?』

『대단한걸. 옷을 고르는 것으로 모자라서 입는 방법까지 지정할 줄은 몰랐지만. 덕분에 내가 입혀야 했잖아?』

『옷을 잘 입는 것도 패션 감각의 일부야. 싫어하지 않았으니까 됐잖아.』

『내가 신경이 쓰인다고.』

『같이 목욕도 했으면서, 새삼스럽게.』

반박하지 못하고 아키라는 그만 입을 다물었다. 그리고 다시 셰릴을 본다. 진심으로 나쁘지 않다고 생각했다.

자신의 패션 감각은 지독하게 둔하지만, 아직 망가질 정도로 꼬이지는 않은 것 같다며, 아키라는 조금 안도했다.

◆

카셰아가 세렌의 작업실로 돌아왔을 때, 세렌은 제작 준비 자체는 마쳤으나 더 이상의 작업을 멈추고 기다리고 있었다.

진작 작업을 시작한 줄 알았던 카셰아가 슬며시 불평한다.

"잠깐, 갑자기 호출해서 작업하다가 무슨 문제라도 생긴 줄 알았는데. 아직 손도 안 댔잖아. 매장에선 분위기가 한참 좋았거든?"

"미안해. 조금 일이 생겨서, 점장님의 결단이 필요했어. 작업자의 영역이 아니라 경영자가 판단할 문제라고 생각했거든."

"경영자가 판단할 문제? 그게 뭐니?"

"수선을 정말로 진행해도 될지 하는 판단."

"어? 빨리 진행하면 되잖아."

"일단 내 말을 들어. 그래도 하라고 하면 할게."

작업자로서 심각한 표정을 짓는 세렌을 보고, 카셰아도 점장으로서 진지한 얼굴을 했다.

"알았어. 말해 보렴."

"우선 사이즈 조정에만 30만 오럼이 들어."

"30만? 꼼꼼하게 리폼해도 그렇게 많이 들지 않잖니?"

"구세계 제품이니까. 보통 옷보다 훨씬 많이 들어. 천 자체의 질이 좋으니까, 기장이든 뭐든 맞추기만 해도 그만한 소재와 기술이 필요해."

"그래? 사이즈 조정에만 그만큼 들어가면 문제겠구나. 그런데 리폼 의뢰를 받은 거잖니? 그렇게 하면 어떻게든 안 돼?"

"리폼하면 150만 오럼이 들어."

"뭐……? 150만? 저기, 세렌. 장난하는 거니?"

"옷 수선 이야기로 장난치진 않아."

언짢은 얼굴을 보인 여동생을 보자 카셰아도 다시 침착해졌다.

"알았어. 미안해. 내가 잘못했으니까 좀 더 자세히 말해 줘. 리폼이면 요금이 너무 비싸지니까, 사이즈 조정만 권하자고 상담하는 거야?"

"개인적으로는 사이즈 조정을 가장 추천하지 않아."

세렌이 점장의 경영적 판단이 필요한 이유를 설명해 나간다.

사이즈 조정만 하면 확실히 셰릴의 체형에 맞는 옷으로 만들 수 있다. 그러나 디자인으로 봤을 때 매우 미묘한 옷이 되고 만다.

원래부터가 성인용 옷이고, 게다가 구세계 감각의 디자인이다. 사이즈만 아이에게 맞추면 그 디자인이 크게 훼손된다.

사이즈가 맞지 않은 상태에서 옷맵시로 억지로 얼버무렸을 때는 망가진 디자인을 셰릴의 노력으로 어떻게든 보완할 수 있었다. 하지만 사이즈 조정 후에는 그것도 불가능해진다.

즉, 손질하면 구세계 제품으로 치지 않아서 유물의 가치가 떨어지는 데다가 디자인도 미묘해져 옷의 가치까지 떨어지는 물건을, 돈과 시간을 들여 일부러 만들게 되는 것이다.

그런데도 만들라고 하면 세렌도 만든다. 하지만 재봉사로서는 추천할 수 없었다.

리폼의 경우, 디자인은 잠시 넘어가더라도 원래 옷감의 질이 너무 좋은 것이 문제가 된다.

현대식으로 디자인을 변경하려면 천이 더 필요한데, 처음 원단의 질에 견주어도 될 만큼 고품질 소재를 사용해야 한다. 게다가 그 비싼 천에 맞춘 기술도 필요하다. 그 기술력을 싸게 팔 생각은 없으니까 그만큼 비싸진다.

세렌은 리폼을 추천하고 싶지만, 상대가 그 요금을 낼지 어떨지는 알 수 없으니까 작업을 중단했다.

"그래서 점장님. 어떻게 해? 적지 않은 돈을 받고 사이즈 조정만 해서 불만을 사는 건 싫고, 리폼에 150만 오럼을 청구하긴 어려울 것 같고. 미안하다고 사과하고 옷을 돌려주는 게 제일 좋을 것 같은데."

"그야 100만 오럼이 넘어가면 말해 달라고는 했지만, 어렵겠구나……."

"그런 소리를 들었어? 어쩐지 그렇게 애를 쓰더라니."

깜짝 놀라는 세렌과 고민하는 카셰아 사이에서 약간의 침묵이 흘렀다.

"세렌. 넌 어떻게 하고 싶어?"

"어? 내가 정해도 된다면 점장님께 150만 오럼으로 부탁할 건데?"

"알았어. 한번 물어보긴 할게."

"어? 진심이야?"

리폼 의뢰를 받았는데도 할 수 없었다고 둘이서 나란히 손님에게 머리를 숙일 수밖에 없다고 생각했던 세렌은 카셰아의 판단에 뜻밖이라는 표정을 지었다.

카셰아가 딱딱하면서도 진지한 표정을 짓는다.

"난 말이야, 우리 가게를 번창시키기 위해서라면 뭐든지 할 거지만, 네 수선 기술을 썩힐 마음도 없어."

세렌은 언니의 진심 어린 말에 놀란 뒤 기쁜 듯이 웃었다.

"언니, 고마워."

카셰아가 쑥스러움을 감추듯 엄격한 표정을 짓는다.

"한번 물어보기만 할 거야! 손님이 거절하면 포기해! 그리고 가게에서는 점장님!"

"알았어! 점장님! 부탁할게!"

즐겁고 활기차게 말하는 여동생에게 배웅받으며, 카셰아는 아키라가 있는 곳으로 향했다.

◆

카셰아에게 사정을 들은 아키라가 흔쾌히 대꾸한다.

"알겠습니다. 그 예산 100만 오럼과는 별도로 150만 오럼을 더 낼게요."

여동생에게는 그렇게 말했지만, 역시 150만 오럼이나 하는 수선비를 받아들일 가능성은 별로 없을 것이다. 그래도 최대한 설득해 보자.

카셰아는 그렇게 각오하고 아키라와의 교섭에 임했는데도 깔끔하게 승낙한 것에 놀라움과 곤혹을 채 감추지 못하고, 그것이 얼굴에 드러났다.

하지만 곧장 친근한 태도를 가장하고, 마음속 동요를 억누르며 확인을 구한다.

"감사합니다. 귀중한 구세계 제품에 손을 대는 이상, 재단 후에는 저희도 취소가 불가합니다. 덧붙여서 전액 선금입니다만, 괜찮으시겠습니까?"

"네. 얼마든지."

아키라는 담담하게 헌터증을 꺼냈다. 카셰아는 그것을 받고 긴장감을 드러내며 결제 처리를 마쳤다.

"저희 가게의 작업자를 좋게 평가해 주셔서 정말 감사합니다. 혹시 괜찮으시다면, 선금으로 그만큼 내시는 이유를 여쭤도 되겠습니까? 솔직히 말해서 가격 협상 정도는 있을 줄 알았어요."

아키라가 가볍게 설명을 생각한다.

"수선 전문가가 그만큼 든다고 하면 비싸도 그게 맞다고 생각해요. 장비의 정비나 수리 같은 거니까, 괜히 값을 깎았다가 정비가 불량해지면 곤란하니까요. 그런 것은 제시된 요금을 받아들이거나 말거나, 둘 중 하나라고 생각하거든요."

"그렇습니까……."

카셰아가 아키라의 강화복을 다시 본다. 카셰아도 의류를 취급하지만, 같은 옷이라도 강화복을 보는 눈은 없다. 하지만 아마추어 눈에는 비싸 보였다.

꽤 젊게 생겼는데, 그 젊은 나이에 그만한 물건을 얻을 수 있는 실력과 경험이 있는 거겠지. 그래서 옷을 지을 때도 헌터처럼 생각하는 것이다. 카셰아는 그렇게 생각했다. 그러다가 문득 궁금해졌다.

"장비를 정비하는 것과 같다고 하셨는데요. 손님께서 지금 입으신 것의 가격을 여쭤도 될까요? 별 뜻은 없고요. 용도는 다르지만, 옷을 다루는 사람으로서 조금 궁금해서요."

"이거요? 어, 장비를 한꺼번에 맞춰서, 강화복만 하면…… 얼마였더라?"

기억을 떠올리려고 끙끙대기 시작한 아키라를 보고, 카셰아가 웃으며 가볍게 덧붙인다.

　"아, 조금 흥미가 생겨서 물어본 거니까요. 대략적이거나 합친 가격이어도 상관없어요."

　"그렇다면 장비를 합쳐서 8000만 오름이네요."

　그리고 아키라에게 차원이 다른 금액을 가볍게 통보받고, 사레가 들리려는 것을 겨우겨우 참았다. 나아가 카셰아는 접객 담당의 의지로 경악을 집어삼키고 친근하게 웃었다.

　"역시 헌터 장비는 꽤 고액이군요. 하나 배웠습니다. 그러면 저는 리폼을 시작하라고 전하고 올 테니까, 잠시 물러나겠습니다."

　손님 앞에서는 추태를 보이지 않는다. 카셰아는 그렇게 자신을 타이르고, 매장을 나올 때까지는 허둥대지 않고 표정을 그대로 유지했다.

　세렌의 작업실로 돌아온 카셰아는 꾹 참던 것을 내뱉었다.

　"세렌! 150만 오름! 승낙받았어!"

　언니의 각오는 기쁘지만, 어차피 무리겠지. 그렇게 생각하던 세렌도 저도 모르게 큰 소리를 낸다.

　"어?! 진담이야?!"

　"가게 경영 이야기로 농담하진 않아!"

　"그랬지!"

　그 뒤로 카셰아와 세렌은 흥분이 가라앉을 때까지 잠시 자매

끼리 웃었다.

너무 웃어도 지친다. 먼저 정신을 차린 세렌이 숨을 내쉰다.

"그래서 어떻게 구워삶았어?"

언니가 원래 그렇게 말을 잘했던가? 세렌은 카셰아가 이상한 조건이라도 받아들이지 않았을까 조금 걱정했다.

카셰아도 안정을 되찾는다.

"사정을 얘기했더니 흔쾌히 승낙했어. 그 헌터의 장비값을 슬쩍 물어봤는데, 8000만 오럼이래. 하긴, 그 돈에 비하면 150만 오럼은 큰 차이가 없겠지."

"8000만 오럼. 역시 돈을 잘 버는 헌터는 장비에 쓰는 돈도 차원이 달라. 점장님, 가서 유혹하고 와."

"헛소리 말고 얼른 시작해. 리폼에 150만을 줄 수 있는 전문가로 평가받았으니까, 똑바로 일하렴. 제발 부탁한다?"

"말 안 해도 최선을 다할 거야. 나한테 다 맡겨."

오랜만에 맡은 큰일에 의욕을 내는 세렌을 보고, 카셰아도 진심으로 미소를 지었다.

제75화 카츠야와 셰릴

　의류점 라판트라에서, 셰릴 일행의 쇼핑은 아키라가 선물한 구세계 옷의 리폼을 부탁한 뒤에도 계속되고 있었다. 지금은 에리오가 아리시아의 옷을 필사적으로 고르고 있다.

　에리오와 아리시아는 셰릴의 조직에서 간부 대접을 받으므로, 몸가짐에도 신경을 쓸 필요가 있다. 그러나 복장은 아직 슬럼의 아이 수준이다.

　에리오는 조직 무력 요원이라서 카츠라기로부터 장비를 빌리거나 하면 얼버무릴 수 있지만, 아리시아는 그럴 수 없다. 그래서 마침 잘됐다며 조직의 예산으로 오늘 옷을 사기로 했다.

　이 가게의 기준으로는 싼 상품이라도, 슬럼 기준으로는 몹시 비싼 옷이다. 연인을 잘 꾸미려는 에리오는 안간힘을 쓰고 있었고, 아리시아도 그 모습을 보고 기뻐했다.

　아키라는 그 광경을 셰릴과 함께 테이블에서 잡담하며 지켜보고 있었다. 그런데 알파가 갑자기 제안한다.

　『아키라. 리폼이 다 끝나려면 아직 시간이 있으니까, 이럴 때 탄약 보급을 마치는 게 좋지 않을까?』

　『지금?』

　『그래. 지금.』

『예비 탄약에는 아직 여유가 있고, 오늘 바로 황야에 가는 것도 아니야. 나중에 해도 되잖아.』

『그런 건 미루지 말고 생각났을 때 하는 게 중요해.』

『하지만 저번에 시즈카 씨 가게에 들른 지 얼마 안 됐잖아? 그런데 또 바로 보충하러 가면 그렇게 자주 보급이 필요한 일이 있었냐고 시즈카 씨가 괜히 의심할 거야. 역시 나중에 하면 돼. 아니면 뭔가 보충을 서두르는 이유라도 있어?』

아키라도 알파가 한 말이라서 사소한 이유라도 있다면 갈 생각이었다.

그러나 알파의 대답은 그것을 부정한다.

『없어.』

『……? 그러면 나중에 해도 되지?』

『알았어.』

아키라는 조금 이상하게 여겼지만, 더는 신경 쓰지 않았다. 하지만 곧바로 다른 제안을 듣는다.

『아키라. 시즈카의 가게에 유물을 팔러 가지 않을래? 의류 관련 유물이라면 사 준다고 했지? 집에 남은 걸 가져가자.』

『그것도 나중에 하면 되잖아. 갑자기 왜 그래?』

『비싼 옷을 샀으니까 비슷한 종류의 유물을 팔아 장부의 숫자를 맞추는 것도 좋다고 생각한 거야. 아키라가 무슨 생각으로 250만 오럼이나 썼는지는 모르지만, 유물을 돈으로 안 바꾸면 소지금이 줄어들기만 할걸?』

낭비를 나무란다고 생각한 아키라가 변명하듯 대답한다.

『아, 그게 있지. 일단 다 의미가 있어. 내 패션 감각이 단순히 무딘 건지, 아니면 치명적으로 이상한 건지 확인하려고 한 거야. 그 부분을 자각해 두면 앞으로 구세계 옷을 팔 때 도움이 될 것 같았거든. 뭐, 자기만족이긴 하지만. 그 정도는 딱히…….』

『아키라. 그렇다면 확인하기 위해서라도 시즈카의 가게에서 팔아 보는 것도 좋을 거야.』

『그래, 다음에 탄약을 보급하러 갈 때 챙기자.』

『무슨 일이든지 떠올랐을 때 하는 것이 행운을 부른다고 하는 걸?』

『아니, 이건 알파가 떠올린 거고, 내가 아니잖아. 게다가 알파가 그런 행운을 신경 썼어?』

『아니야.』

『그렇지? 그러니까 나중에 하자.』

『알았어.』

아키라가 알파의 모습을 조금 의아하게 여기기 시작한다. 그러나 이유를 몰라서 더는 아무것도 하지 않았다.

하지만 그때 또 다른 말을 들었다.

『아키라.』

『알파. 아까부터 자꾸 왜 그래?』

『유물을 팔 곳을 늘리기 위해서, 여기서 의류 관련 유물을 매입할 수 있는지 물어보는 게 어때?』

『그렇군. 물어볼까?』

아키라도 알파의 권유를 몇 번이나 거절하는 것은 꺼림칙하다. 또한 유물을 팔 곳을 늘리는 것도 나쁘지 않을 것 같아서 제안을 받아들이기로 했다.

셰릴에게 잠깐 자리를 비운다고 말하고 나서, 옷을 고르는 에리오와 아리시아를 거들고 있는 카셰아가 있는 곳으로 간다. 그리고 의류 관련 유물을 매입할 수 있는지를 물어봤다.

카셰아가 대답하길, 유물로는 매입할 수 없고 구세계 의류로 취급해도 된다면 물건에 따라 매입할 수 있다고 했다.

요컨대 구세계의 옷을 빈티지 상품으로 사들일 뿐 유물 매각으로는 일절 취급하지 않는다. 당연히 헌터 오피스의 이력에도 오르지 않고 헌터 랭크도 오르지 않는다. 그래도 괜찮다면 사들일 수 있다는 대답이었다.

아키라가 인사하고 자리로 돌아가려 하자 다시 알파가 제안한다.

『아키라. 시험 삼아 팔아 보지 않을래?』

『혹시 집에 가지러 가라는 거야?』

『괜찮잖아. 아키라도 리폼을 기다리기만 해서 심심하지? 시간을 유용하게 쓰자.』

『뭐, 그래도 상관없지만 말이야.』

아키라는 조금 전부터 알파의 태도를 조금 의아해했지만, 따질 엄두를 내지 못해서 제안에 따르기로 했다.

카셰아와 현시점에서 산 옷을 계산하고, 구세계 의류를 가져오겠다고 전한다. 그리고 셰릴이 있는 곳으로, 사정을 전하고 가게를 나왔다.

아키라가 가게 앞에서 집으로 가는 길이 어느 쪽이었나 생각하며 주위를 둘러보자 알파가 웃으며 안내를 시작한다.

『아키라. 이쪽이야.』

『어? 그쪽이었어?』

엉뚱한 방향 같아서 아키라가 미심쩍은 기색을 드러내지만, 알파는 아랑곳하지 않고 웃었다.

『사람의 흐름 같은 게 있어서 이쪽이 더 좋아. 가자.』

『그래⋯⋯』

아키라는 알파를 따라서 고개를 조금 갸웃거리며 집으로 돌아갔다.

◆

셰릴은 아키라가 자리를 뜬 것을 아쉬워했다. 시간이 오래 걸리지 않는다고 했지만, 모처럼 아키라와 하던 담소가 끊겨서 작게 한숨을 쉰다.

그래도 기본적으로는 기분이 좋았다. 기분전환을 하려고 가까운 거울 앞에 서서 가볍게 포즈를 잡고 미소를 짓는다.

평상시의 셰릴이라면 그것도 교섭을 유리하게 진행하기 위해서 갈고닦은 자기 외모를 확인하는 작업에 지나지 않을 것이다. 거울에 비치는 자신을 봄으로써 그 상태를 객관적으로 파악하기 위한 것이기도 하다.

하지만 의도적으로 띤 미소는 아키라가 고른 옷으로 차려입는 자기 모습을 보자 자연스럽게 연기가 아닌 것으로 변해갔다.

(응. 이거라면 앞으로의 교섭은 잘될 것 같아. 자세를 더 연구하는 게 좋을까?)

이만한 옷을 차려입을 수 있는 권력자라고 현혹할 수 있게끔, 평소 부유한 생활을 하고 있다고 착각하게끔, 슬럼의 아이라고는 절대로 생각하지 않게끔, 행동과 표정을 여러 가지 시험해본다.

그러나 그것도 얼마 지나지 않아 연인이 선물한 옷을 즐기는 행위가 되었다. 기뻐서 표정이 풀어지고, 조금씩 칠칠치 못한 것으로 변해간다.

그리고 한도를 넘은 자기 얼굴을 거울로 보고 정신을 차린다.

"아차."

셰릴은 자신의 표정을 갈고닦은 기술로 꾸민 우아한 미소로 되돌렸다.

그때 손님을 알리는 벨이 울렸다. 아키라가 돌아왔기를 기대하며 셰릴이 웃는 얼굴로 무심코 시선을 그쪽으로 돌린다.

하지만 가게에 들어온 것은 한 소년과 두 소녀였다.

그들은 카츠야 일행이었다.

◆

카츠야는 유미나, 아이리와 함께 도시 하위 구획의 가게들을 둘러보고 있었다. 정확하게는 끌려다녔다.

몸에 걸친 있는 깔끔한 경장비는 헌터용 장비이지만, 살벌한 일이 많은 황야의 분위기는 나지 않는다. 약간 황야 스타일에 가까운 패션 수준이다.

유미나와 아이리는 사복 차림이다. 그 또래 소녀가 애써 차려입은 듯 밝은 분위기를 내고 있다.

카세아는 그런 세 사람을 보고 아무 문제가 없는 손님이라고 판단하더니, 여느 때처럼 친절하게 미소를 지었다.

"저희 가게를 방문해 주셔서 감사합니다. 오늘은 무슨 일로 오셨나요?"

그렇게 말을 건네자 가게 분위기에 휩쓸려 긴장한 아이리가 약간 안절부절못한 모습을 보였다.

비싸 보이는 가게라고 생각하면서도 타고난 배짱으로 심하게 긴장하지 않은 유미나가 대신 대답한다.

"저기, 옷을 좀 보고 싶은데요. 괜찮을까요?"

"물론이죠. 근처에서 대기하고 있을 테니 손님의 눈에 맞는 상품이 있으면 언제든지 말씀해 주세요."

곧바로 가게 안을 둘러보려는 유미나와 아이리 옆에서 지친 기색인 카츠야가 투덜거린다.

"저기, 유미나. 슬슬 쉬지 않을래?"

"가게에 들어오자마자 무슨 소리를 하는 거야. 한심해."

"뭐가 한심해. 벌써 다섯 번째 가게인데? 게다가 구경만 하고 아무것도 사지 않았잖아."

"좋은 옷을 못 찾았거든. 어쩔 수 없잖아. 투덜대지 말고 따라와. 그 일 때문에 오늘 하루는 같이 다니기로 약속했잖아?"

"그래, 그랬지. 알겠습니다."

예전 일을 언급하면서도 즐겁게 웃는 유미나를 보자 카츠야도 어쩔 수 없다며 웃어넘겼다.

오늘 카츠야가 두 사람과 동행한 이유. 그것은 예전에 루시아의 일로 아키라를 쓸데없이 자극해서 하마터면 사투를 벌인 뻔했던 사건의 사죄를 겸하고 있었다.

카츠야 자신도 유미나가 어떻게든 수습해 주지 않았으면 위험했을 것이라고 잘 알았다. 그래서 오늘은 철저하게 유미나의 뜻을 따를 생각이었다. 하지만 신이 난 유미나에게 조금 끌려다니는 기색이었다.

물론 사이좋은 소녀와의 데이트이기도 하니까 즐겁기는 하다. 옷을 계속해서 입어 보는 유미나와 아이리를 그때그때 칭찬하고 함께 옷과 소품을 고르면서 즐겁게 지냈다.

하지만 그것도 다섯 번째 가게에 이르면 피로도 쌓인다. 잠깐 휴식을 취하고 싶은 참이었다.

"장비를 조금 더 생각해 볼 걸 그랬어. 권총 정도면 되지 않았을까?"

카츠야도 이성 친구들과의 쇼핑에 평소 헌터 활동 때 입는 것처럼 딱 봐도 황야용 같은 단단한 강화복을 입고 가는 것은 조금 아니라고 생각했다.

하지만 무슨 일이 있을 때 두 사람을 지킬 최소한의 장비는 필요할 것이라는 생각도 들었다. 그래서 남들에게 위압감을 주지 않는 디자인을 우선시한 얇은 강화복을 빌려서 겉옷을 걸치고 얼버무리고 있었다. 총도 묵직한 황야용 물건을 휴대하고 있다.

하지만 헌터 활동 중이 아니라서 에너지 팩은 자비로 충당할 수밖에 없다. 그래서 강화복을 장착하긴 했어도 낭비하지 않도록 기능은 꺼 봤다.

그러는 바람에 강화복이 조금 무겁고, 유미나와 아이리와 함께 즐겁게 하위 구획을 돌아다니던 카츠야의 체력을 조금씩 깎고 있었다. 그래도 쇼핑 정도면 괜찮을 거라고 두 사람에게는 그 사실을 말하지 않았다. 하지만 이 라판트라에 들어선 시점에서 그동안 쌓인 피로가 드러난 것이다.

카츠야가 몹시 피곤해하는 모습을 보고 유미나가 걱정스럽게 말을 건다.

"카츠야. 무슨 일이야? 미안해. 혹시 몸이 안 좋은데 따라다닌 거야?"

"아, 그게, 말이지."

카츠야가 체념하고 사정을 말하자 유미나와 아이리는 조금 어이가 없다는 표정을 지었다.

"카츠야, 저기 있잖아……."

"방벽 근처의 상가에서 강화복은 역시 불필요. 게다가…… 데이트 때 입는 옷도 아니야."

카츠야가 웃으며 얼버무리려 한다. 그리고 두 사람도 일부러 웃고 넘어갔다. 카츠야가 일부러 무거운 장비를 착용한 이유를 깨달은 것이다.

"어쩔 수 없구나. 좀 쉬고 있어."

"미안해. 저쪽 테이블에 잠깐 앉아 있을게. 무슨 일이 있으면 불러."

그렇게 말하며 자리를 비우려던 카츠야를 유미나가 불러세운다.

"카츠야."

카츠야가 뒤돌아보니 유미나와 아이리가 환하게 웃고 있었다.

"우리를 지켜주려고 해서 기뻐. 고마워."

유미나가 조금 수줍은 듯 그렇게 말했고, 아이리도 동의하는 듯 힘차게 고개를 끄덕였다.

카츠야는 쑥스러움을 감추려는 듯 표정으로 웃더니, 낯간지러운 기분으로 테이블을 향해 걸어갔다.

◆

라판트라에는 4인용 테이블이 두 개 있다. 휴식을 취하려고 그 근처까지 온 카츠야는 나머지 테이블 쪽으로 눈길을 돌렸다. 그쪽에는 사이좋아 보이는 소년 소녀, 에리오와 아리시아가 앉아 있었다.

그 화기애애한 분위기 때문에 카츠야는 아직 자리가 비어 있다고 해서 그쪽 테이블에 앉을 엄두가 나지 않았다. 그래서 다른 테이블로 가서 먼저 앉아 있던 손님에게 가볍게 말을 건다.

"저기, 여기 앉아도 될까요?"

"그러세요."

먼저 앉아 있던 셰릴은 그렇게 말하며 마치 좋은 집안 아가씨처럼 품위 있는 미소를 카츠야에게 지었다.

카츠야는 한순간 의자를 당기려던 상태로 굳었다. 자기도 모르게 넋을 잃고 말았다.

셰릴의 타고난 미모. 끊임없이 노력이 낳은 매력적인 표정. 샘플로 제공하는 물건이라고는 하지만 약간의 회복 효과가 있는 값비싼 바디 소프 등으로 정성스럽게 가꾼 피부와 모발. 알파가 절묘하게 코디한 옷. 그 상승효과에 심장을 꿰뚫렸다.

방벽 안쪽에 사는 좋은 집안 아가씨가 호기심이 생겨 방벽 밖에 있는 가게를 찾아왔다. 그렇게 설명해도 조금도 의심하지 못할 정도였다.

카츠야가 굳은 채로 가만히 있자 셰릴이 의아해하는 눈치로 말을 건넨다.

"앉지 않으세요?"

"어? 아, 아뇨. 앉겠습니다."

정신을 차린 카츠야는 어색한 느낌으로 의자에 앉았다. 그러자 셰릴이 정면에 앉은 카츠야에게 가볍게 인사를 건네며 미소를 짓는다. 카츠야도 조금 긴장한 듯 가볍게 웃으며 인사했다.

셰릴은 카츠야가 같은 테이블에 앉은 뒤 시선을 여러 번 느끼고 있었다. 불쾌한 시선은 아니다. 그럭저럭 잘생긴 남자가 아키라가 선택해 준 옷을 입은 자신을 호의적으로 평가한다고 생각하면 나쁘지 않게 여겨진다.

그래도 힐끔힐끔 보는 행위가 계속되면 신경이 쓰이는 법이다. 뭔가 말이라도 걸려는 걸까 싶어서 한참을 기다렸지만, 카츠야는 입을 다물고 있었다.

하는 수 없이 셰릴은 스스로 대화의 계기를 마련하기로 했다. 카츠야에게 친근하게 웃는다.

"오늘은 친구와 쇼핑하러 오셨나요?"

"네……?"

"그게, 다른 분들과 같이 오신 것 같아서요."

"어, 아, 그래. 친구들과 함께."

"그렇군요. 이 근처에는 자주 오시나요?"

"자주 오냐고? 아, 뭐, 그저 그런가?"

바라보고 미소를 짓는 것만으로도 우스꽝스러울 정도로 좋은 반응을 보이는 카츠야를 보며, 셰릴은 그것을 조금 재미있게 생각하면서도 다른 생각을 했다.

(아키라도 이 정도로 알기 쉽게 반응해 주면 좋겠는데……. 정말이지 뭐가 부족한 걸까…….)

그러다 문득 생각이 난다.

(아니야. 지금이라면 되지 않을까? 나에게 부족했던 것은 옷이었어? 이 옷을 입은 나를 본 아키라의 반응은 나쁘지 않았을 텐데…….)

셰릴은 그 생각을 눈앞의 소년으로 시도해 보기로 했다.

"괜찮으시다면 잠깐 이야기하실 수 있을까요? 사실 저는 이 근처에 처음 와 봤어요."

자신의 현재 기량을 확인하고 아키라가 돌아올 때까지 시간을 때우는 동안 눈앞의 소년을 얼마나 함락할 수 있을지 조금 시험해 보자. 셰릴은 그렇게 생각하고 카츠야를 향해 아키라를 매료시킬 생각으로 온 힘을 다해 미소 지었다.

"저는 셰릴이라고 해요. 당신의 이름도 가르쳐 주시겠어요?"

"나, 나는 카츠야라고 해."

"카츠야 씨군요? 좋은 이름이네요."

얼굴을 붉혀서 가벼운 동요하는 모습마저 보이며 수줍게 웃는 카츠야를 보고, 셰릴은 우아하고 즐겁게 미소를 짓고 있었다.

◆

유미나는 아이리와 함께 가게 안의 옷을 둘러보고 있었다. 선반에서 옷을 꺼내 펼쳐 디자인을 확인하고 제법 괜찮은 옷이라고 생각해서 가격표를 확인한 다음, 그 소감을 단적으로 밝힌다.

"비싸……."

그리고 상품을 선반에 돌려놓았다.

"좋은 옷은 맞는데, 역시 비싸네."

아이리도 고개를 끄덕이며 동의를 표한다.

"고급 가게니까 어쩔 수 없어. 하지만 그렇다면 카츠야가 좋아할 옷도 있을 거야."

"그래. 여기보다 수준 높은 고급 가게라면 너무 비싸서 살 수 없을 테니까. 조금만 더 찾아볼까."

유미나와 아이리는 지금 있는 라판트라를 찾기 전에도 다른 의류점을 돌아다녔지만, 아직 아무것도 사지 않았다. 그것은 카츠야에게 입어본 모습을 보여줘도 반응이 신통찮았기 때문이다.

잘 어울린다고 칭찬해 주기는 했다. 하지만 어떤 옷을 입고 보여줘도 똑같은 칭찬을 들으면 아무래도 듣기 좋으라고 하는 말처럼 들린다. 빈말은 아니더라도 칭찬의 가치는 떨어진다.

자신들이 옷을 사고, 꾸미고, 보여주고 싶은 상대는 카츠야다. 그래서 다소 비싸더라도 자신도 카츠야도 진심으로 칭찬할 수 있는 옷을 갖고 싶다.

그렇게 생각하고 가게의 수준을 조금씩 높이다가 마침내 딱 봐도 고급품을 취급하는 이곳 라판트라까지 왔는데, 역시 두 사람의 예산으로는 빠듯해지고 있었다.

물론 평소 헌터 활동에 애쓰는 자신에게 주는 상이라고 생각하면 못 살 금액도 아니다. 하지만 막상 사려고 하면 뚝심이 필요한 가격이었다.

카츠야에게 보여주고 어울리지 않는다는 말을 들으면 분명 그 가격만큼 우울해질 것이다. 유미나와 아이리는 그렇게 생각했다.

역시 사기 전에 한번 카츠야에게 보여줘야 한다고 생각하고 슬슬 휴식을 마치고 돌아와도 될 때라며 카츠야를 기다리고 있는데, 지금껏 돌아오지 않자 유미나가 푸념한다.

"늦어. 휴식치고는 너무 길어."

아이리도 고개를 끄덕인다.

"보고 올게."

"부탁할게."

아이리는 카츠야의 상황을 살피러 그 자리를 벗어났다가, 곧바로 혼자 돌아왔다.

카츠야와 함께 돌아올 줄 알았던 유미나가 고개를 갸우뚱한다.

"카츠야는?"

아이리는 표정이 풍부한 편은 아니지만, 이번에는 눈에 띄게 불만을 드러냈다.

"여자 꼬시고 있어."

"뭐……?"

아이리의 불만이 유미나에게 전염되었다.

◆

셰릴과 담소를 나누며, 카츠야는 대화라는 것이 이렇게 즐거운 것이었는지 놀라고 있었다.

"그래서 나는 그 구조 대상이 있는 곳으로 달려갔지. 거기에도 당연히 몬스터들이 있었는데, 그때 나는 신기하게도 상태가 좋아서 의외로 쉽게 해치웠어. 모두 무사히 구할 수 있어서 정말 다행이야."

"카츠야 씨 혼자서 그만큼 할 수 있다니 대단하네요. 구조 대상 여러분도 힘드셨을 것 같지만, 불행 중 다행이라고 했던가요? 그런 궁지에 처했을 때 때마침 영웅이 달려온다면 보통 일이 아니겠죠. 굉장히 멋지다고 생각할걸요?"

"그런가……?"

"그래요. 적어도 저라면 정말 기쁠 거예요. 무엇보다 카츠야 씨를 포함해서 여러분 모두 무사해서 다행이에요. 사람들을 구하러 갔다가 구하러 간 분이 대신 희생되면 차마 기뻐할 수 없으니까요. 모두가 무사한 게 제일이에요. 카츠야 씨도 그렇게 생각하시죠?"

"그래. 맞아."

자신의 무사한 것에도, 도운 사람들이 무사한 것에도 똑같이 기뻐해 주는 셰릴의 태도에, 카츠야는 진심으로 훈훈하게 웃었다.

두 사람의 담소에서 주로 이야기하고 있는 것은 카츠야 쪽이고, 셰릴은 이야기에 귀를 기울여 웃는 얼굴로 맞장구를 치거나 감상을 말하고 있었다. 하지만 이야기의 방향은 셰릴이 정하고 있었다.

처음에는 주변 지역 이야기를 해서, 상가나 하위 구획을 화제로 삼았다. 하지만 셰릴이 은근슬쩍 자극하는 바람에 카츠야는 어느새 자기 이야기를 하기 시작했다.

자신이 헌터라는 이야기. 도란캄 소속이라는 이야기. 황야에서 몬스터와 싸운 이야기. 유적에서 유물을 발견한 이야기.

즐거운 일. 기쁜 일. 괴로운 일. 슬픈 일. 헌터로 지내면서 얻은 다양한 경험을 그때그때의 희로애락을 섞어 기뻐하듯 자랑하듯, 그리워하듯, 뉘우치듯, 여느 때 같으면 입 밖에 내지 않는 심정까지 조금씩 드러내며 계속하고 있었다.

그리고 셰릴은 그 모든 이야기에 공감을 표시해 주었다.

황야에서 몬스터에게 습격당한 이야기에서는 카츠야의 몸을 걱정하듯 조마조마한 태도로 들어준다. 그리고 그 몬스터를 격퇴한 이야기를 하면 생환을 기뻐하며 그 활약을 칭찬해 준다.

유적에서 동료들과 함께 즐겁게 유물을 찾은 이야기에서는 자신이 그곳에 없었던 것을 아쉬워하는 태도를 보이면서 발견한 유물 이야기를 즐겁게 들어준다.

분노를 느낀 이야기에는 똑같이 화를 내준다. 불만이나 푸념에는 아리따운 낯을 흐리며 다 이해한다고 반응한 뒤, 그 어려움을 극복하려는 의지를 칭찬해 준다.

넋이 나갈 정도로 아름다운 여성이 마치 자신과 가치관을 공유한 것처럼 기꺼이 웃고, 화를 내며 뺨을 부풀리고, 슬픔을 달래며 즐겁게 다정하게 이야기를 들어준다.

그런 셰릴과의 대화는 정말 즐거웠다.

카츠야는 그토록 한없이 기분 좋은 대화에 빠져들어 자신의 정보를 계속 쏟아내고 있었다.

◆

셰릴은 카츠야와의 대화에서 이상한 느낌이 들었다.

자신이 하는 일은 요컨대 단순한 접대이다. 상대가 기분 좋게 이야기할 수 있게 하는 회화술이다. 셰릴도 그것은 잘 알고 있다.

그리고 그 근간은 상대방의 소원을 파악하는 것이라고 생각한다. 상대방이 이해해 주기를 바라는 것에 납득하는 반응을 보여 준다. 알아주길 바라는 것에 동의해 준다. 칭찬을 바라는 것에 칭찬한다. 그 욕망에, 소망에 파고드는 것이다.

그것을 의도해서 실시하려면 상대방이 바라는 바를 파악할 필요가 있다. 칭찬도 원하지 않는 내용이면 고통스럽다. 욕설도 그것을 원하는 자에게는 구원이 될 수 있다. 수요와 공급이 일치하지 않으면 만족시킬 수 없다.

하지만 상대방의 소원을 정확하게 파악하기는 어렵다. 사람들은 자기 자신에 대해서도 잘 모른다. 타인이라면 더더욱 그렇다.

셰릴은 슬럼 조직에서 집단으로 생활하는 동안 상대방의 사소한 반응과 자각이 없는 답변 내용 등에서 상대의 진심, 소원을 찾는 법을 연마해 왔다. 그 기술을 응용해서 위험을 피한 적도 많다.

카츠야와의 담소도 그 기술의 일부다. 계속해서 기분 좋게 이야기하는 상대의 태도를 보고 처음에는 잘 풀렸다고 생각했다.

하지만 도중부터 너무 잘 풀리는 것에 위화감이 들었다.

(이상해. 이렇게 상대의 소원을 알기 쉬운 건 처음이야. 마치

말이나 태도에는 드러내지 않으면서 전부 뒤에서 가르쳐주는 것 같아…….)

그것을 의문시하면서, 또 다른 위화감도 의아해한다.

카츠야는 충분히 미남이다. 게다가 이야기를 듣는 한, 헌터 활동 동안에 동료를 구하고자 위험을 무릅쓰고 분투하고 있다. 도란캄의 간부로부터 그 실력을 평가받기도 했다.

그러한 점에서 셰릴은 카츠야를 실력, 얼굴, 성격이 모두 좋은 소년 헌터라고 인상적, 감각적, 직관적으로 높이 평가했다.

동시에 셰릴은 상대로부터 정보를 뜯어내고, 그 정보를 바탕으로 농락하고, 협상을 유리하게 진행하고자 획책하는 냉철한 부분에서도 카츠야를 평가하려 하고 있었다.

그러나 그 평가는 직감적인 평가에 비해 현저히 낮은 것으로 나타났다.

정확히는 셰릴이 카츠야에 대해 내놓은 평가 중 직감으로 내놓은 평가가 너무 높은 것이다. 이성적, 논리적 평가에 비해 자신도 잘 모르는 노골적인 우대가 존재했다. 그 평가의 낙차가 셰릴에게 위화감을 주고 있었다.

그 사실에 속으로 당황하면서도, 그것을 겉으로 드러내지 않고 웃으며 카츠야와의 담소를 계속한다. 그동안에도 셰릴의 직감은 카츠야에 대한 평가를 더욱 높여야 한다고, 자기 자신에게 자꾸 지시하고 있었다.

그리고 무의식중에 생각한다.

카츠야처럼 유능하고 유망한 헌터와 인연을 만드는 것은 조직에도 유익할 수 있다.

과정이 쏙 빠진 것처럼 사고가 비약한다.

더 돈독한 사이가 되기 위해서 지금부터 카츠야를 식사에 초대하고, 연인처럼 팔짱을 끼고 레스토랑으로 향한다.

떠올린 건지, 떠오르게 된 건지, 구분하기 애매한 광경을 상상한다. 혹은 그 상상을 바라본다.

낯선 길을 셰릴과 카츠야가 다정하게 걷고 있다. 참 행복해 보인다고 남 일처럼 생각한다.

그 길 끝에서 아키라가 걸어왔다. 그리고 셰릴과 아키라의 눈이 마주쳤다.

셰릴의 상상 속 아키라는 별다른 표정을 바꾸지 않고 말없이 그대로 발길을 돌려 셰릴과의 인연을 끊었다.

정신을 차린 셰릴이 무심코 아주 작은 비명을 지른다. 몸은 한순간이지만 공포로 경직되었고, 얼굴은 굳어 있었다.

하지만 곧바로 상상이지 현실이 아님을 이해하고 안도의 숨을 내쉰다. 그래도 심장 박동은 좀처럼 진정되지 않았고, 차분해지기 위해서 심호흡을 반복했다.

"셰릴. 괜찮아?"

걱정스럽게 말을 거는 카츠야를 본 셰릴은 방금 느낀 위화감이 사라지고 있음을 깨달았다. 지금은 직감적인 평가도 논리적인 평가도 눈앞에 있는 소년을 그저 유망한 신예 헌터로 취급하고 있었다.

"괜찮아요. 소란을 피워서 죄송해요."

그렇게 말하며 웃는 셰릴을 보고, 카츠야도 안심하고 웃었다.

"그렇구나. 다행이야. 무슨 일이 있어?"

"아니요, 걱정하지 않으셔도 돼요. 조금 무서운 일이 있었는데, 그게 생각났을 뿐이에요."

너 때문에 상상 속에서 아키라에게 버림받았다. 그렇게 말할 수는 없어서, 셰릴은 웃음으로 얼버무렸다.

하지만 상상 속이라고는 해도 통렬한 공포를 체험한 바람에 셰릴치고는 잘 얼버무리지 못했다. 그래서 카츠야는 정말로 괜찮은지 셰릴을 무척 걱정했다. 그리고 조금 망설이다가 말을 잇는다.

"무슨 일이 있었는지는 모르겠지만, 나라도 괜찮다면 이야기 정도는 들어도……."

누군가에게 말하는 것만으로도 마음이 편해질 수 있다. 카츠야는 그렇게 생각하고 입을 열었는데, 그때 약간 노기가 어린 목소리가 더해졌다.

"카츠야, 우리를 내팽개치고 다른 애한테 치근덕거려? 배짱도 참 좋구나."

카츠야가 등 뒤에서 들린 소리에 반응해 돌아보자, 유미나가 힘차게 웃고 있었다.

◆

라판트라와 가까운 레스토랑에서 카츠야가 유미나와 아이리

에게 필사적으로 변명하고 있다.

"미안해. 내가 잘못했어. 그런데 정말 그런 게 아니야."

자신들을 내팽개치고 셰릴에게 치근덕거리고 있었다고 생각한 유미나는 카츠야에게 한마디 말만 하고 그대로 가게를 나가 버렸다. 아이리도 차마 옹호하지는 못하고 함께 밖으로 나갔다.

카츠야는 황급히 셰릴에게 잘 있으라고 한마디 건넨 다음 유미나와 아이리를 쫓아가고, 가까스로 인근 레스토랑에서 합류했다. 그리고 간절하게 사죄하고 있었다.

심사가 뒤틀린 유미나가 화풀이하듯 먹으면서 카츠야에게 불만스러운 시선을 보낸다.

"상대가 유혹한 거니까 내 잘못이 아니다. 그렇게 말하고 싶은 거야?"

아이리도 드물게 비난하는 듯한 눈으로 카츠야를 보고 있었다.

"그런 말은 안 했어. 진짜 잘못했어. 잠깐 말이 잘 통해서, 자리를 비울 타이밍이 없었을 뿐이야. 진짜 그게 다라고."

2 대 1. 게다가 잘못은 자신에게 있다. 카츠야도 그 사실을 아니까 아무튼 사과하고 있었다.

유미나는 자신이 짜증 내는 이유를 파악하고 있었다.

카츠야와는 오래 알고 지냈다. 얼버무리려고 하거나 발뺌하려는 것이 아니다. 진심으로 자기 잘못을 인지하고 사과하고 있음을 안다. 카츠야는 어벙한 구석도 있으니까 정말로 악의는 없을 것으로 생각했다.

그 정도의 일이라면 유미나도 평소처럼 못 말리겠다는 생각으로 그쳤을 것이다. 그것을 포함해서 오랫동안 알고 지낸 사이이기 때문이다.

하지만 이번에는 그럴 수 없었다. 그 이유도 유미나 자신도 잘 알았다.

(엄청 예쁜 아이였어. 옷도 센스가 좋고, 무척 비싸 보였고. 혹시…… 방벽 안쪽에 사는 아이일까? 그 가게는, 그런 사람들이 오는 가게이고, 어쩌면 우리 분수에는 맞지 않았을까?)

카츠야의 변명을 들으며 유미나가 가볍게 한숨을 쉰다.

(카츠야는 참 즐거워 보였어……. 본인에게 그럴 마음이 없어도 상대방이 멋대로 착각하는 일은 자주 있지만, 아까는…….)

짜증을 내는 이유는 질투다. 유미나는 그 사실을 이해했다.

(아아, 이 생각은, 좋지 않아……. 그만! 끝! 모처럼 데이트하러 왔는데, 내가 분위기를 흐리면 어떡해! 그래! 끝!)

카츠야의 곁에 있고 싶다고는 생각하지만, 질투심에 빠져서 들러붙고 싶지는 않다. 그래서 마음을 돌린다. 유미나는 그렇게 생각하고, 다시 진지한 얼굴로 카츠야를 본다.

"카츠야. 우리를 내팽개친 건 반성하고 있어?"

"하고 있어! 똑바로 반성하고 있어!"

지금이 사과할 기회라고 왠지 모르게 필사적인 카츠야를 보자, 유미나는 못 말리겠다는 듯이 웃으며 표정을 누그러뜨렸다.

"알았어. 나도 조금 심술을 부렸어. 카츠야, 미안해."

"아니야. 내가 잘못했어. 미안해, 유미나."

"응. 그 마음으로 아이리의 기분도 열심히 달래 봐."

문제를 하나 해결했다고 안도하는 표정을 지은 카츠야가 얼굴로 살짝 굳힌다. 그리고 시선을 아이리에게 돌렸다. 아이리의 언짢은 시선과 마주쳤다.

"아이리도 카츠야가 내팽개친 피해자니까. 나는 안 도와줄 거야."

"그, 그래……."

다음으로 아이리에게 사과하는 카츠야를 보며, 유미나는 조금 신나게 웃었다.

카츠야는 간신히 아이리의 기분을 푸는 데 성공했다. 평소 세 사람의 분위기로 돌아가면 유미나도 라판트라에서 있었던 일을 평범하게 이야기할 수 있게 된다.

"그건 그렇고, 카츠야는 그 정도 옷이 아니면 만족할 수 없어?"

유미나와 아이리가 지금까지 옷을 사지 않은 것은 카츠야의 반응이 신통찮았기 때문이다. 그 사실을 알게 된 카츠야가 셰릴의 옷을 떠올린다.

"아니야. 하지만 그건 확실히 너무 좋았는데……."

"뭐, 그건 나도 알겠지만. 그런 옷은 얼마나 고급 가게에 가면 파는지……."

자신들에게 엄두도 안 난다며 유미나가 한탄할 때, 카츠야가 문득 떠올린다.

"그 옷은 아까 가게에서 샀다고 하던데?"

"그래? 너무 안이하게 찾아봤나……?"

"그렇다면 다시 갈래."

"그래. 그럴까?"

아이리의 제안으로 카츠야 일행은 다시 라판트라에 가게 되었다.

제76화 충돌 회피

아키라는 집에서 의류 유물을 챙기고 라판트라로 돌아왔다. 가게 안에 들어서자 아무 일도 없었던 것을 조금 의아해한다.

『알파. 왜 그렇게 멀리 돌아갔어?』

자택과 라판트라를 왕복한 아키라는 알파의 지시로 굳이 먼 길을 돌아가고 말았다.

알파가 득의양양하게 웃는다.

『아키라의 안전을 위해서 그랬어. 덕분에 무사히 도착했지?』

『도시의 하위 구획이 언제부터 그런 위험 지대가 되었지…….』

『정말 신기하네.』

아키라는 알파의 기묘한 태도가 조금 신경 쓰였지만, 그래도 실제로 본 피해는 없었으니까 가볍게 한숨을 내쉬고 더는 신경 쓰지 않았다. 그대로 웃는 얼굴로 맞이하는 셰릴이 있는 테이블에 앉는다.

그때 알파가 갑자기 귀찮아하는 표정을 지었다.

『알파. 무슨 일이야?』

『아키라. 무슨 일이 있어도 침착하게 있어. 절대로 소란을 피우지 마.』

아키라도 알파의 태도를 보고 적이 나타났거나 하는 식의 골치 아픈 일이 아니라고 짐작했다. 하지만 알파가 특이하게 너무 귀찮아하는 얼굴을 하는 것을 상당히 의아하게 생각했다.

『갑자기 왜 그러는데. 무슨 일이 생기는 거야?』

『됐으니까 아키라는 아무튼 냉정함을 유지해. 그리고 셰릴에게 적당히 이야기를 맞춰달라고 부탁해.』

『그러니까 대체 무슨 일인데?』

『됐으니까, 내 말을 들어.』

아키라는 더욱 미심쩍게 여기면서도 일단 지시에 따랐다.

"셰릴. 음, 앞으로 무슨 일이 있어도 적당히 말을 맞춰 줘."

"네? 그래요. 알겠습니다. 맡겨 주세요."

셰릴도 갑자기 기묘한 말을 꺼낸 아키라를 의아하게 여겼다. 하지만 아키라의 부탁을 거절할 이유가 없어서 웃으며 승낙했다.

그때 카츠야 일행이 다시 방문했다. 아키라와 카츠야의 눈이 마주치면서 험악한 분위기가 감돌기 시작한다.

"왜 네가 여기에……."

그렇게 카츠야가 중얼거린 말을 듣고 아키라도 똑같이 생각했다. 그리고 조금 전 알파가 지시한 이유를 그제야 깨닫는다.

『알파. 나한테 이런저런 말한 건 이 녀석과 못 만나게 하기 위해서였어?』

알파가 한숨을 쉰다.

『맞아.』

『그렇다면 그렇다고 말하지 그랬어.』

가볍게 그렇게 대꾸한 아키라에게 알파가 언짢은 심기를 드러낸다.

『내 지시를 어기고 죽이려고 했던 상대가 가까이 있으니까 자리를 뜨자고, 말할 수 있을 것 같아? 말한다고 순순히 들어줄 것 같아?』

『아, 그렇겠네.』

아키라도 그때의 무모함에 관해서는 자신에게 잘못이 있다고 생각한다. 그런 만큼 민망한 눈치로 대답했다.

『탄약을 보충하라느니 유물을 팔러 가라느니 갑자기 귀찮은 소리나 한다고 생각했을 테지만, 나도 상대의 존재를 아키라에게 알리지 않고 쓸데없는 소란을 억제하기 위해 나름대로 노력한 건데?』

『그래, 알았어.』

『그때 아키라가 순순히 내 지시에 따랐다면 나도 이런 귀찮은 짓은 하지 않아도 됐을 텐데? 알기는 해?』

『네! 알았어요! 걱정하지 마! 여기선 소란 피우지 않을게! 알았다고…….』

잔소리가 길어질 것 같다고 느낀 아키라는 그렇게 똑바로 대답하며 알파를 진정시키려고 했다. 그래서 알파도 물러난다.

『알면 됐어. 그럼 소란을 억제하기 위해 조금 연기해 볼까?』

아키라는 가볍게 한숨을 쉬며 시선을 셰릴에게 돌린 다음, 근처까지 온 카츠야 일행을 무시하고 유물을 담은 배낭을 아까워하듯 테이블 위에 올려놓는다.

"그 물건이야. 확인해 줘."

그리고 그 물건이 대체 뭐냐고 스스로 생각하면서 배낭을 펼쳤다.

셰릴은 거의 설명 없이 시작된 이야기와 아키라와 카츠야 일행의 분위기에서 깊이 추론하고, 아키라의 의도를 간파했다.

배낭 속을 보고 도로 덮는다. 그리고 딱 봐도 윗사람인 듯한 태도로 아키라를 대하면서 즐겁게 웃는다.

"확인했어요. 앞으로도 좋은 관계가 되면 좋겠네요."

"그러길 빌겠어……."

아키라는 어딘지 모르게 내뱉듯이 그렇게 말하고, 자리에서 일어나 에리오와 아리시아가 앉아 있는 테이블로 자리를 옮겼다.

당연히 두 사람이 노골적으로 당황하는 얼굴로 보지만, 아키라는 군소리하지 말고 가만히 있으라고 작은 소리로 말했다.

카츠야는 몹시 당황했다. 처음에는 셰릴과 함께 있는 아키라를 보고서 루시아 때와 같은 소동을 일으킬 수 있다고 판단하고, 곧바로 셰릴을 구해야겠다고 생각했다.

그러나 이어진 광경에서, 아키라와 셰릴의 역학관계는 셰릴이 더 위에 있는 것처럼 보였다.

이로써 카츠야가 셰릴을 지키려고 아키라와 셰릴 사이에 끼어드는 바람에 분란이 벌어지는 사태는 사라졌다.

카츠야가 곤혹스러운 눈치로 있을 때, 셰릴이 웃는 얼굴로 말을 건넨다.

"안 앉으세요?"

"어? 아니, 그게……."

카츠야는 조금 긴장하고 망설였다.

아까는 그러겠다고 대답하고 조금 긴장한 기색으로 앉았다. 그 긴장은 마치 좋은 집안 아가씨 같은 셰릴의, 방벽 안쪽에서 살아도 이상할 것 같지 않은 옷과 미모에서 느낀 것이었다.

하지만 지금의 셰릴은 옷과 미모는 그대로 둔 채 아키라 같은 자를 턱짓으로 부리는 권력자의 분위기를 띠고 있었다.

유미나와 아이리가 얼굴을 마주 보며 가볍게 고개를 끄덕인다. 그리고 아이리는 셰릴의 테이블에 앉고, 유미나는 그곳을 떠나 아키라가 있는 테이블에 앉았다.

카츠야가 그 일에도 당황해하자 셰릴이 웃는 얼굴로 앉으라고 권한다.

"앉으세요. 비어 있는데요?"

"그, 그래."

이상하게도 거부하기 어려워진 카츠야는 얌전히 테이블에 앉았다.

◆

에리오와 아리시아가 4인용 테이블에 마주 앉아 있는 곳에 아키라가 끼는 바람에 빈자리는 아키라의 정면밖에 없다. 여기에 유미나가 가세했다. 당연히 아키라의 정면이 된다.

이로써 아키라는 자신에게 큰 충격을 준 소녀와 정면으로 마주하게 됐다. 속으로 주춤거리며 일부러 이쪽에 앉은 이유를 짐작한다.

"무슨 일이야? 미리 말해 두겠는데, 여기서 소란을 피울 마음은 없어."

"나도 소란을 피울 마음이 없다고 말하려고 왔어."

"그렇구나. 알았어."

볼일은 끝났다. 이제 돌아가겠지. 아키라는 그렇게 생각했지만, 예상과 달리 유미나는 그대로 앉아 있었다. 하지만 화기애애하게 담소할 사이도 아니다. 테이블에는 침묵이 흘렀다.

영문 모를 사태에 휘말린 에리오와 아리시아는 괜히 입을 열었다가 아키라의 분노를 사지 않으려고 아무튼 잠자코 있었다.

그래서 아키라가 조금 망설이는 듯한 태도를 보이더니 입을 연다.

"지난번 일이라든가, 그때는, 미안했어."

지난번이란 루시아의 일과 지하상가에서 유미나를 인질로 잡은 것을 말한다. 하지만 아키라는 지하상가의 건은 도시와의 비밀 엄수 의무 때문에 입 밖에 내지 못한다. 그래서 아키라 나름대로 아슬아슬하게 할 수 있는 말로 바꾸어 말하고 있었다.

유미나는 약간 의아한 표정을 지은 뒤 아키라의 의도를 살피다가 가볍게 웃으며 대답한다.

"신경 쓰지 마. 지하에서는 서로 사정이 있었던 것 같고. 헌터 일을 하다 보면 예상 밖의 사태는 자주 일어나는 법이야. 신경 쓰지 않는다면 이쪽도 도움이 될 거야."

"그렇구나. 고마워."

아키라는 유미나의 대답을 듣고 조금 신기해하는 기색을 보인 뒤, 어딘가 기쁜 듯이 웃으며 대꾸했다.

테이블 주변에서 긴장이 풀린다. 에리오와 아리시아는 분쟁이 일어날 것 같은 기미가 거의 사라진 것에 안도했다.

분위기가 풀어진 틈에 유미나는 좀 더 핵심적인 것을 물어보기로 했다.

"그런데 그때 그 아이를 놓아준 게 아니라고 했잖아. 혹시 지금도 찾고 그래? 이런 말을 하면 기분이 나쁠지도 모르지만, 고작 소매치기한테 그렇게 집착하지 않아도 되는 거 아니야."

유미나는 그렇게 말한 뒤, 너무 민감한 곳을 건드렸을까 걱정했다.

하지만 루시아가 그 뒤로 어떻게 되었을지 조금 걱정하는 투로 말한 카츠야가 궁금하다고 슬럼으로 찾으러 가는 것보다는 나을 것 같아서 가벼운 느낌으로 아키라에게 물어봤다.

좋은 반응이 돌아오면 나중에 카츠야에게 전해서 안심시키면 된다. 나쁜 반응이 돌아오면 아무 말도 안 하면 된다. 유미나는 그렇게 생각하고 있었다.

그리고 아키라의 반응은 좋았지만, 유미나의 예상과는 많이 다른 내용이었다.

"그 녀석 말이야? 이젠 아무래도 상관없어."

"그래? 하긴, 일일이 신경 써도 소용없잖아."

"그래. 돈은 되찾았으니까, 소매치기를 하다가 어디서 죽든 행복하게 살든 내가 알 바가 아니야."

그렇게 가볍게 대답한 아키라의 태도에 유미나는 조금 복잡한 표정을 지었다. 그 태도에서 거짓을 느낄 수 없는 이상, 루시아는 정말로 아키라의 지갑을 훔쳤고, 카츠야는 이를 도운 셈이기 때문이다.

일단 카츠야에게는 말하지 말자. 섣불리 이야기했다간 사실인지 아닌지 확인하겠다고 나서서 일이 복잡해질 수도 있다. 유미나는 그렇게 판단하고 마음을 돌리려고 했다.

하지만 카츠야를 속이고 그런 사태를 일으킨 소녀에게 분노한 것도 있어서 완전히 태연한 척하기는 어려웠다.

그 낌새를 아키라가 알아차린다.

"무슨 일 있어? 아, 도란캄의 헌터가 구했으니까, 사정을 물어보려고 데려오라는 소리를 들은 거야? 그래서 내가 걔를 죽이면 큰일이 난다거나 그런 건가?"

"아니야. 그냥 그 뒤로 어떻게 되었을까 생각한 거야. 소매치기를 하면서 먹고사는 건 힘들겠지만, 그렇다고 남의 물건을 훔쳐서 되는 이유는 아니고, 안 그래도 살 수 있게 보살피는 것도 좀 아니니까."

동의하듯 고개를 끄덕이는 아키라를 보며 유미나가 카츠야를 걱정한다.

"아는 사람이라면 몰라도 생판 모르는 남까지 모두 도우려고 했다간 절대로 망가질 거야. 훌륭하고 선량하다고는 생각하지만, 그 훌륭하고 선량한 마음에 깔려 죽어선 안 돼."

카츠야가 그렇게 되기 전에 자신이 말린다. 설령 그러다가 자신이 죽는 한이 있더라도. 유미나는 다시금 그렇게 다짐했다.

아키라는 그런 분위기까지 감지할 수 없다. 그래도 겉으로 드러난 말에 고개를 끄덕이며 동의한다.

"그렇지. 그럴 수 있는 녀석은 대단하지만, 한도가 있어."

그런 인격자가 있다면 자신의 비뚤어진 마음으로도 칭찬할 만한 훌륭한 사람일 것이다. 하지만 자기 자신이 그렇게 되고 싶다고는 절대로 생각하지 않는다.

그 점이 아키라의 한계이기도 했다.

◆

테이블에 앉은 카츠야에게, 셰릴이 웃으며 말을 건넨다.

"애인과 화해했나요?"

"어?"

그 의미를 몰라서 카츠야가 아리송한 표정을 짓자, 셰릴은 시선을 유미나에게 돌렸다가 다시 카츠야를 봤다.

"아직인가 보군요. 안 돼요. 애인과의 데이트 중에 다른 이성에게 말을 걸다니요."

그렇게 말하며 장난스럽게 미소를 짓는 셰릴에게 카츠야는 다시 넋을 잃고 말았다. 하지만 애인이라는 말을 떠올리고 황급히 부정하려는데, 이어서 어떻게 보면 더 심한 말을 듣는다.

"세상에는 여러 이성과의 교제를 허용하시는 분도 계시겠지만, 그래도 한도는 있으니까요. 아니면 너무 많다고 줄이는 중인가요?"

"아, 아니라고!"

카츠야는 발끈해서 얼굴을 찡그렸다. 다만 그것으로 셰릴에 대한 두려움, 아키라를 가볍게 대하는 정체 모를 인물이라는 인식은 희미해졌다.

"유미나는 애인이 아니고, 잠깐 쉬려고 했더니 좀 길어져서 늦게 돌아온 것은 잘 사과하고 화해도 했어. 이상한 소리는 하지 말아 줘."

"그랬군요. 그렇다면 추파를 던지는 중인 줄 알았는데 갑자기 자리를 떠난 사람에게 '어쩜 이런 사람이 다 있어.'라고 화내진 않을게요."

카츠야는 셰릴이 조금 즐거운 투로 그렇게 말하는 것을 듣고 자기 행동을 되돌아보았다. 그리고 그렇게 해석해도 어쩔 수 없는 짓을 저질렀나 싶어서 살짝 얼굴을 붉힌다.

"아, 아니야. 그게, 그럴 마음은 없었는데……."

"자각이 없다면 더 나빠요. 아마 오해하시는 분들 많을 거예요. 제 말이 틀렸나요?"

셰릴이 그렇게 말하며 시선을 아이리에게 돌렸다.

그러자 아이리가 힘차게 고개를 끄덕인다.

"틀리지 않아."

"어?"

"역시 그랬군요. 그분들도 헌터인가요? 사랑싸움으로 총에 맞으면 큰일이겠네요"

"카츠야가 언제 총에 맞아도 대처할 수 있도록 회복약을 상비하고 있어. 꽤 비싼 거니까 피탄 부위가 머리가 아니면 늦지 않아."

"어어?!"

카츠야는 깜짝 놀라 움찔했다. 농담이라고 생각하고 싶지만, 아이리의 표정에서는 진실인지 거짓인지 알아내기 어렵다. 불안을 얼버무리듯 다른 화제를 내놓는다.

"셰릴. 그러고 보니 아까 저 녀석과 이야기하던데, 뭘 이야기했어?"

"일 이야기예요. 신경 쓰지 마세요."

"일 이야기……? 여기서? 그리고 이 주변엔 처음 와 본다며?"

"네. 처음인데요? 세상에는 거래 장소를 매번 바꾸는 것이 편리한 일도 있답니다."

"그 옷은 여기서 산 게 아니었어?"

"샀어요. 좋은 물건들이 많죠? 카츠야 씨도 그래서 이 가게에 온 것이 아닌가요?"

"그, 그야 그렇지만……."

말을 돌리고 있다. 그것은 카츠야도 알지만, 셰릴이 나긋나긋하게 미소를 짓는 바람에 추궁할 의지가 사라졌다.

그리고 셰릴이 매혹적으로 웃는다.

"궁금하세요?"

"그, 그야 뭐…… 그렇게 말한다면."

"그렇다면 비밀로 하겠어요. 그래도 궁금히 여겨 주세요."

"어? 그게 무슨 말이야?"

"비밀이란 참 좋아요. 사소한 일이라도 비밀로 하면, 그것이 궁금하고, 알아내고 싶고, 저를 의식해 주죠. 이참에 카츠야 씨에게도 만들어 두겠어요. 그러니 계속 의식해 주세요."

셰릴은 그렇게 말하며 짓궂게 웃었다. 카츠야가 약간 얼굴을 붉히며 반론을 생각한다.

"그렇게 사람을 착각하게 하는 언행은 좋지 않다며?"

"저는 괜찮아요."

"왜?"

"의식하지 않고, 자각하지 않고, 차별하지 않는 카츠야 씨와는 다르게, 저는 의식해서 상대를 선택하고 있으니까요."

카츠야가 얼굴을 붉히며 주춤거린다. 놀리는 것은 알겠지만, 뭐라 대꾸할 말을 찾지 못했다.

"불만이 있으시다면, 본인도 모르게 착각을 퍼뜨리는 카츠야 씨의 언행을 반성하시는 것을 추천할게요."

카츠야는 얼굴을 붉힌 채로 아무 말도 할 수 없었다.

이 정도면 되겠다고, 셰릴은 카츠야를 현혹하는 작업을 끝내기로 했다. 아키라가 무엇을 속이고 싶었는지는 모르겠지만, 카츠야는 그 무엇을 추궁할 의지나 여유가 없어졌다고 판단했다.

그리고 무의식중에 시선을 아키라에게 돌린다. 셰릴은 얼굴에 일을 잘했으니 칭찬해 달라는 자각 없는 기대를 담은 미소를 짓고 있었다.

하지만 그 미소가 약간 딱딱해진다. 셰릴이 보는 곳에서는 아키라가 어딘지 모르게 즐거운 기색으로 유미나와 이야기하고 있었다.

셰릴도 아키라가 자신 말고 다른 여자와 즐겁게 이야기하는 정도로 마음을 크게 흔들리는 일은 없다. 적어도 충격은 받지 않는다.

그러나 아키라가 상대에게 상당히 마음을 터놓은 것처럼 보인다면 상황이 달라진다.

(어? 왜? 어째서? 무슨 말이야?)

"카츠야 씨. 화해했다면, 일행분은 왜 저쪽에 앉아 계세요?"

"그게……."

잘 모르겠지만, 뭔가 이유가 있겠지. 자세한 건 나중에 물어보면 된다. 그 정도로 인식했던 카츠야가 우물쭈물하자 대신에 아이리가 대답한다.

"카츠야랑 다시 안 싸우려고 얘기하고 있어."

"싸워요……? 무슨 일이 있었나요?"

"조금 그런 일이 있어."

셰릴은 그 조금이 뭔지 알고 싶었지만, 아이리는 그것으로 말을 끝냈다. 그래서 설명을 보채듯 카츠야에게 시선을 돌린다.

"아, 그게 좀 말이지. 셰릴과 면식이 있는 줄은 몰랐는데."

구체적인 내용은 불분명하지만, 아키라와의 사이에서 갈등이 있었던 것은 확정되었다. 셰릴이 다시 아키라에게 시선을 돌린다. 역시 유미나에게 꽤 마음을 터놓은 것처럼 보였다.

(갈등이 있었던 상대와 왜 그렇게 친해? 정말 사소한 일이었어? 그렇다면 왜 일부러 아키라와 이야기하려고 하는 거야?)

"별일이 아니라면, 상대를 자극하지 않게 거리를 두는 것이 좋아 보이는데요……."

카츠야가 조금 말하기 불편한 기색으로 대답한다.

"아, 그게 말이지. 기준은 사람마다 다르겠지만, 많이 옥신각신했어. 유미나는 여기라면 상대도 소란을 피우지 않을 것 같아서 한번 제대로 얘기하는 게 낫다고 판단한 것 같아."

그 말을 들은 셰릴은 더욱 당혹스러웠다.

(아키라는 그런 상대에게 왜 마음을 허락하는 거야? 모르겠어. 정말이지 무슨 일이야?)

그러던 중 아키라와 이야기를 마친 유미나가 자리에서 일어나 카츠야가 있는 곳으로 돌아가려 한다. 셰릴에게는 왠지 모르게 아키라가 아쉬워하는 표정을 지은 것처럼 보였다.

셰릴은 자신의 감정적인 부분이 혼란에 빠진 것을 자각하면서 냉정한 부분이 이대로는 위험하다고 말하는 것을 느꼈다.

나는 지금 동요하고 있다. 이 상태에서 유미나까지 가세해서 말했다간 실수를 저지를 것이다. 그렇게 판단한 셰릴은 이탈을 결정했다.

"카츠야 씨. 일행분이 돌아올 것 같으니까 저는 이만 실례할게요. 일도 좀 남았으니까요."

"그래? 유미나랑 같이 셰릴의 옷 이야기를 하고 싶었는데."

"가까운 분께 어울리는 옷을 함께 찾는 것도 좋은 경험일걸요? 답이 있으면 즐거움도 줄어드니까요."

"그러니까 유미나는 그냥 친구랄까, 애인이 아니야……."

셰릴은 말끝을 흐리는 카츠야에게 셰릴은 장난스럽게 웃더니 배낭을 챙겨서 가게 안쪽으로 향했다.

아키라 대신 배낭 속 내용물을 파는 김에 카셰아와 세렌의 입단속을 할 필요가 있다. 셰릴의 옷을 고른 사람이 아키라라고 카츠야 일행에게 알려지면 연기한 내용과 모순된다. 미리 말을 맞출 필요가 있었다.

그리고 그 이상으로 우선 진정할 필요가 있었다.

(저 여자는 아키라와 무슨 이야기를 했지? 무슨 말을 해야 아키라가 그토록 마음을 허락할 수 있는 거야?)

동요하고 있는 자신이 그것을 넌지시 알아내는 것은 불가능함을 잘 알았기 때문이다.

◆

유미나와 합류한 카츠야와 아이리는 라판트라에서 다시 옷을 고르고, 이번에는 잘 사서 가게를 나섰다.

알파의 코디에 자극받은 카셰아가 전력을 다하기도 해서, 카츠야의 반응도 좋은 옷을 살 수 있었던 유미나와 아이리는 매우 만족했다.

"비싸도 좋은 옷이 있어서 다행이야. 아이리."

"좋았어. 비싸긴 했지만."

유미나는 카츠야의 앞에서 그렇게 옷 이야기를 하는 척하며 작은 소리로 묻는다.

"그래서 아이리, 그 셰릴이란 애는 느낌이 어땠어?"

유미나는 결국 셰릴과 이야기할 기회가 없었다. 옷을 다 사고 돌아갈 때가 되어도 셰릴은 가게 안쪽에서 매장으로 돌아오지 않았다.

"미인이고, 비싸 보이는 옷을 입었고, 말을 잘하는 것 같았어. 그리고……."

"그리고?"

"그 사람은 아마도 카츠야에게 호감이 없을 거야."

유미나가 의외라는 표정을 짓는다. 때로는 이해할 수 없을 정도로 여자들의 관심을 끄는 카츠야와 그토록 이야기를 나누고 있었다면, 그 사람도 카츠야를 다소 의식하는 정도가 되어야 이상하지 않다고 생각했기 때문이다.

"정말이야? 신기하네."

"감. 확증은 없어."

아이리는 그렇게 대답하면서도 틀리지 않았다고 생각했다. 카츠야를 놀리며 장난치는 듯한 즐거운 모습도 실제로는 눈곱만큼도 즐겁지 않고, 다른 의도가 있는 것 같았다.

"그래? 아무튼 아무 일 없이 끝나서 다행이야."

"잘된 일."

경쟁자가 더 늘어나는 것은 유미나와 아이리도 환영할 수 없다. 그 점을 포함해서 다행이라고 유미나와 아이리는 서로 마음이 통했다.

거기에 카츠야가 끼어든다.

"유미나, 아이리. 뭐가 다행인데?"

"비밀."

"아이리, 비밀이 뭐야?"

"비밀로 하면 의식한다고 들었어. 그러니까 비밀로 할래."

그것은 아이리가 자신도 의식해 달라는 마음을 표현한 것이지만, 카츠야는 그런 감정을 감지하지 못했다. 어리둥절한 얼굴로 조금 황당해하는 기색을 보인다.

"같은 팀이니까 비밀이고 뭐고 없잖아."

"그러면 이야기할래. 무의식중에 여자를 유혹하는 것은 좋지 않다고, 카츠야가 셰릴에게 혼난 이야기를 했어."

카츠야가 기침했다. 금시초문이었던 유미나도 자연스럽게 말을 맞춘다.

"카츠야. 낯선 사람이 그렇게 친절하게 경고해 줬네? 참 다행이지?"

"그, 그래."

카츠야는 웃으며 얼버무렸다. 얼버무리다가 비밀이란 말에서 셰릴을 떠올렸다. 그러다가 문득 깨달았다.

(그러고 보니 나는 셰릴하고는 여러 가지를 이야기했을 텐데, 셰릴에 관해선 아무것도 몰라. 아는 건 이름 정도야. 그렇게 비싼 옷을 평범하게 살 수 있으니 부유하겠지만⋯⋯.)

어디쯤 사는지도 그 분위기라면 방벽의 일등지나 방벽 안쪽에 살아도 이상할 게 없다는 생각만 했을 뿐 구체적인 장소는 전혀 알 수 없었다. 셰릴과의 이야기를 되새겨봐도 그럴듯한 정보는 조금도 나오지 않았다.

카츠야는 뭔가 없을까 하고 셰릴을 계속 생각하다가 그제야 비밀로 한 것을 더욱 궁금히 여기는 자신을 깨닫고 쓴웃음을 짓는다.

(큭. 셰릴 생각이 머릿속에서 떠나질 않는걸. 한 방 먹었나?)

자신을 놀리듯 웃는 셰릴의 모습을 떠올려도 여전히 예쁘고 즐거워 보여서, 카츠야는 기분이 나쁘지 않았다.

◆

카츠야 일행이 가게를 떠난 뒤 에리오, 아리시아가 있는 곳과는 다른 테이블로 돌아온 아키라는 요노즈카역 유적을 어떻게 할까 궁리하고 있었다. 셰릴은 가게 안쪽에서 세렌과 리폼 상담을 하는 중이어서 여기에는 없다.

셰릴이 아키라에게서 받은 유물을 챙기고 자리에서 일어나 가게 안쪽으로 가져갔다. 그것을 감정한 세렌은 반입된 옷에 강한 흥미를 보이고 그것들을 포함한 수선 방안을 제시했다. 여러 구세계 옷을 소재로 해서 옷을 짓고 싶다고 한 것이다.

당연히 그만큼 요금이 많이 든다. 아무리 그래도 그건 아니라고 난색을 드러낸 셰릴에게, 세렌은 남은 옷과 천을 사들이는 형식으로 상쇄하겠다고 설득했다.

그리고 아키라는 그것을 받아들였다. 원래부터 옷 매입 이야기는 알파가 권한 것이고, 결국에는 구실에 불과했던 제안에 따른 것이다. 아키라 자신은 비싼 값에 팔겠다고 벼른 것도 아니다. 가져온 옷을 소재로 한다면 그래도 좋고, 그걸로 엄청난 옷을 만들 수 있다면 재미있을 것 같다는 생각도 들었다.

그 뒤로 셰릴은 세렌과 함께 디자인의 방향성 등을 정하기 위해 남았고, 아키라는 먼저 매장으로 돌아갔다. 그리고 새로 맞출 옷의 소재가 되는 구세계 옷을 입수한 유적에 대해 생각하고 있었다.

아키라가 맞은편 자리에 앉아 있는 알파에게 시선을 돌린다.

『알파. 역시 엘레나 씨네 일정이 비기를 기다리지 말고 요노즈카역 유적에서 유물을 수집해 두는 것이 좋을까?』

좋을지 나쁠지 하는 답변을 기대한 아키라에게, 알파가 조금 방향성이 다른 답을 돌려준다.

『아키라가 그렇게 생각한다면, 그래도 된다고 봐.』

『하지만 유적에 있는 유물을 혼자 가져가려면 자주 왕복해야 해. 출입구를 파내거나 파묻어야 하니까, 그만큼 들키기 쉬워지는 거야.』

『그래. 그 위험은 고려해야 해.』

『집단으로 가서 한 번의 탐색으로 유물을 최대만 운반하면 다소 효율성도 좋아지겠지만, 함께 유물 수집을 할 만큼 믿는 사람은 엘레나 씨와 사라 씨 정도니까.』

『그래. 카츠라기에게 부탁하면 사람 정도는 알아봐 주겠지만, 요노즈카역 유적은 그 시점에서 확실히 노출될 거야.』

『그렇겠지.』

아키라가 알파를 힐끗 본다. 그러자 알파는 그 의도를 간파하고 웃었다.

『아키라가 알아서 해. 내가 그것을 말하게 유도하지 마.』

아키라가 쓴웃음을 짓는다.

『아니, 나도 뭐가 가장 좋을지 몰라서 말이야.』

『엘레나도 말했듯이, 사람의 손이 닿지 않는 유적을 다루는 방법에 관해서는 위험한 방법은 있어도 정답은 없어. 예상되는 위험과 성공했을 때의 이득을 나에게 해설해 달라고 요구하는 것은 상관없지만, 선택까지 전부 떠맡겨서는 안 돼.』

알파로서는 자신의 지시에 아키라가 망설이지 않고 따르는 것이 좋다. 그러나 처음부터 모든 선택을 포기하고 오로지 지시를 기다리는 자가 되어도 곤란하다.

『아니, 그렇지만 말이야.』

『아키라 나름대로 생각하고 고민하고 스스로 결정해. 괜찮아. 뭘 골라도 내가 잘 서포트할게.』

아키라가 모든 판단을 자신에게 맡기게 되면 자신과의 접속이 끊겼을 때 그 폐해로 아키라 자신은 아무것도 판단하지 못하고 우왕좌왕하다가 죽을 우려가 있다. 그것은 알파도 원하지 않는다.

나아가 아키라에게 자신의 의뢰를 달성시키기 위해서는, 알파와의 접속이 끊긴 상태로 움직이게 할 필요도 있다.

알파의 지시에 따르고, 나아가 유연하게 행동한다. 그렇게 만들기 위해서, 알파는 웃으며 아키라에게 선택을 종용했다.

『알았어. 조금만 더 생각해 볼게.』

다소의 선택을 맡길 만큼 자신도 조금은 성장했을지도 모른다는 생각에 아키라는 슬쩍 웃었다.

(혼자서 여러 번 가거나, 엘레나 씨네 일정이 비기를 기다리는 것 중에서 선택하는 거지만.)

아키라로서는 사람을 모아서 유적에서 유물을 한꺼번에 옮기는 수를 선택하기 어렵다. 요노즈카역 유적의 존재를 발설하지 않는 자들을 모을 수단을 찾을 수 없기 때문이다.

단순히 사람을 모으기만 한다면 카츠라기에게 말하는 방법도 있다. 하지만 아키라는 그 정도로 카츠라기를 믿을 수 없다.

배신하지 않거나 배신하지 못하는 이유가 있다면 또 모를까, 사람의 손이 닿지 않은 유적이라는 큰 이익 앞에서는 카츠라기도 어린 헌터와의 인연을 깔끔하게 버릴 것이다. 아키라는 그렇게 생각했다.

(애초에 나를 배신하면 곤란한 사람이…….)

있을 리가 없다고 가벼운 자학을 담아 생각하려던 아키라의 앞에서, 때마침 셰릴이 자리로 돌아와 맞은편에 앉았다.

무심코 시선을 셰릴에게 돌리고, 아키라가 복잡하게 생각한다.

『아키라. 왜 그래?』

『아니, 그게 조금.』

"아키라. 리폼 중인데, 가능하면 시간이 더 필요하대요. 저녁 마감이 아니라 폐점 후까지 기다려 주면 그만큼 좋은 물건이 나올 거라는데, 어떻게 하시겠어요?"

"마음대로 해. 내가 입는 것도 아니고, 기다려서 좋은 걸로 완성된다면 상관없어. 아, 나도 같이 남아야 한다는 거구나. 오늘은 예정도 없고, 계속 있어도 괜찮아."

"감사합니다. 저기, 무슨 일이죠?"

셰릴은 아키라가 가만히 보고 있다는 것을 깨닫고 조금 신기한 듯이 물었다.

바라만 보고 있다면, 혹은 자신에게 홀딱 반했다면 셰릴도 대환영이다. 거리낌 없이 봐달라고 기꺼이 포즈 정도는 잡을 것이다.

"아니, 조금 말이지."

하지만 아키라의 눈은 그것이 무언가의 확인임을 나타내고 있었다. 이를 눈치챈 셰릴은 조금 긴장했지만, 짚이는 구석이 없었다.

그리고 곤혹이 불안으로 변해 카츠야와 이야기할 때의 상상을 떠올리게 했다. 자신과의 인연을 깨끗하게 털어낸 아키라의 모습을.

저도 모르게 몸을 떨고, 셰릴이 그 상상을 부정하고자 말문을 연다.

"저, 저기…… 정말로…… 무슨 일이죠?"

"아, 거절해 주어도 좋지만, 사실은 셰릴에게 좀 부탁할 일이……."

"알겠어요! 할게요!"

부탁의 내용도 듣지 않고 힘차게 승낙한 셰릴에게 조금 놀란 아키라가 살짝 황당해한다.

"그, 그래? 아니, 그래도 내용을 듣고 대답하는 게……."

"하겠어요."

"그게 말이지. 반드시 비밀을 지켜야 하고, 목숨도 걸어야 하는데……."

"상관없어요. 할게요."

"그, 그래? 고마워."

자신은 셰릴이 이끄는 조직의 후원자다. 그 셰릴이 자신을 배신하면 후원자를 잃는다. 지금은 아직 곤란하겠지. 그러니까 다른 사람들보다는 배신할 수 없는 이유가 더 크지 않을까.

아키라는 그렇게 판단하고 요노즈카역 유적의 유물 수집에 셰릴의 조직을 동원해 볼까 생각했다.

유적 내부를 두 차례 조사했지만, 몬스터는 없었다. 일반적인 유적보다는 안전할 것이다. 그렇다면 평범한 어린아이라도 유물을 운반하는 일 정도는 할 수 있을 것이다.

강화복이 없으면 다소 무거울 수 있지만, 자신도 강화복이 없었을 무렵에 쿠즈스하라 시가지 유적 안쪽에서 도시까지 유물을 운반한 적이 있다. 어떻게든 되겠지. 그렇게 생각하고 있었다.

그러나 황야에서 유물을 수집하는 이상 죽을 위험은 있다. 후원자의 기분이 상해도 죽는 것보다는 낫다며 거리끼고, 거절할지도 모른다. 그래서 밑져야 본전이라는 생각으로 부탁해 봤다.

물론 사람의 손이 닿지 않은 유적을 찾았다는 정보는 가르쳐 줄 생각은 없다. 헌터가 아니므로 유적에 관해서는 잘 모를 것이다. 그렇게 생각하고 적당한 알려진 유적으로 착각하게 할 생각이었다.

하지만 부탁의 내용도 듣지 않고 승낙하고 죽을 위험이 있다고 전해도 대답을 바꾸지 않는 셰릴의 태도에서, 아키라도 그렇게 말할 수 있다면 조금만 더 이야기해도 괜찮을 것으로 생각했다.

그러나 만약을 위해 선택지를 늘려 주기로 한다.

"알았어. 정 그렇다면 부탁하겠는데, 아무것도 모르고 도와주는 것과 자세히 알고 도와주는 것 중에서 어느 쪽이 좋아?"

"아키라는 어느 쪽이 좋아요?"

"나는 어느 쪽이든 좋아. 셰릴이 편한 쪽으로 해. 아무것도 모르고 도와주면 무슨 일이 있을 때 몰랐다고 우길 수 있고, 자세히 알고 도와주면 미리 여러모로 아는 만큼 셰릴도 할 수 있는 일이 늘어날 거야. 물론 잘되면 그만큼 보수를 많이 받겠지."

셰릴은 아키라의 태도로 볼 때 정말 어느 쪽이든 좋다고 생각한다고 짐작했다. 그렇다면 망설이지 않고, 아키라에게 최대한 협력해서 자신의 가치를 인정받도록 노력할 수 있게 결단한다.

"자세히 알려주세요."

"알았어. 여기서 말할 수 있는 내용이 아니니까 가게를 나가서 이야기할게. 아, 리폼을 기다리면 밤이 되니까, 내일 이야기할까?"

"제가 정해도 괜찮다면 빨리 여쭤보고 싶으니까 가게를 나간 다음에 하시는 게 좋겠지만, 그 점은 아키라의 일정에 맞출게요."

"그러면 다 끝나고 돌아가서 하자."

"감사합니다."

셰릴은 자신의 형편을 우선해 준 아키라에게 고개를 살짝 숙인 뒤 리폼 시간에 대해 승낙받았음을 세렌에게 전하러 갔다.

◆

아키라 일행은 리폼을 기다리는 동안 대략적인 쇼핑을 마쳤다. 지금은 남는 시간을 보내기 위해서 잡담을 계속하고 있다.

"아하. 도란캄의 헌터는 유물 매각을 모두 도란캄에 일임해? 마음대로 팔면 안 되는구나."

"네. 소속 헌터에게 헌터 랭크에 따른 기본급을 주고, 나머지는 실적 등에 따라 보수가 가산된다고 해요."

아키라는 셰릴이 카츠야에게 들은 도란캄의 사정을 같은 헌터로서 흥미롭게 듣고 있었다.

도란캄 소속 헌터들은 각자의 소득을 도란캄에 바쳐야 한다.

여기에는 의뢰 보수 외에도 유물 수집으로 얻은 유물 등이 포함된다.

그리고 조직 전체의 매출, 의뢰 보수 및 유물 매각금 총액에서 운용비를 빼고 각자의 성과에 따라 분배한 것이 급여에 가까운 형식으로 전달된다.

운용비에는 소속 헌터에게 주는 기본급도 포함된다. 소득이 불안정한 헌터 활동을 안정시키기 위한 제도적 방침이다.

이러한 제도를 통해서 부상으로 인한 휴양 등 여러 사정으로 헌터 활동을 중단한 사람이나 훈련 등으로 소득이 높지 않은 사람에게도 돈을 전달함으로써 조직 전체의 안정과 약진을 뒷받침하는 것이다.

물론 기본이 그렇다는 것이지, 소속 헌터가 조직에 바치는 성과 비율은 각자가 변경할 수 있다. 시카라베 같은 고참은 일부만 낸다.

다만 조직에 바치는 성과 비율을 낮추면 기본급도 내려간다. 부상 등으로 활동을 중단하고 있을 때 소액밖에 받을 수 없으므로, 그런 점에서는 일장일단이 있다.

그리고 신인 헌터는 비율 변경을 금하고 있다. 표면적인 이유는 아직 미숙해서 소득이 낮을 때 기본급을 낮추면 생활고로 죽을 수 있기 때문이다. 그 방지라는 명목으로 신인들을 납득시키고 있었다.

하지만 그 방침에는 스스로 벌어들인 성과를 도란캄이 관리하게끔 하는 데 익숙해지게 하겠다는 의도도 담겨 있었다.

이에 따라 황야에 나가는 것도 아닌데 보수 환산을 정하는 관계자들의 권력이 커진다. 그리고 그 혜택을 가장 많이 받는 것은 조직의 사무 파벌이다.

셰릴은 그러한 이야기를 자신의 추측을 섞어 아키라에게 말하고 있었다.

"헌터인데 기본급이 있어? 좀 이상한 느낌인데."

"폐해도 있겠지만, 지금 사정이 불안정한 헌터 활동에 안정성을 제공한다는 점에서 혜택도 많겠죠. 뭐, 그 혜택의 편중이 고참과 신인 사이의 알력을 낳는 거겠지만요."

"조직 운영은 참 힘들구나."

셰릴은 조직을 통솔하는 보스로서 조금 과장되게 고개를 끄덕인다.

"네, 힘들어요."

그리고 아키라의 반응을 살폈다. 그러나 기대와 달리 조금도 전해지지 않아서, 셰릴이 작게 한숨만 쉬는 결과로 그쳤다.

알파가 그 모습을 보고 웃고 있었지만, 아키라의 시야 밖이어서 눈치채지 못했다.

◆

이미 영업시간을 마친 늦은 밤, 아키라는 라판트라의 매장 안에서 셰릴이 돌아오기를 기다리고 있었다.

그리고 셰릴이 가게 안쪽에서 살짝 뺨을 물들이며 나타난다.

옆에는 큰일을 마친 만족감을 충실한 표정으로 드러내고 있는 세렌이 서 있었다.

아키라 앞에 선 셰릴은 약간의 긴장과 수줍음이 섞인 미소를 짓고 있었다.

"어, 어때요?"

셰릴은 세렌이 갓 제작을 마친 옷을 입었다. 구세계 옷을 여러 벌이나 소재로 써서 만든 호화로운 옷이며, 나아가 디자인 면에서 셰릴 전용으로 조정한 일품은, 어지간한 상품과는 격이 다른 존재감이 넘쳤다.

아키라가 자연스럽게 감탄사를 내게 할 정도였다.

"오······. 응. 무척 잘 어울려."

아키라에게 칭찬받은 기쁨과 수줍음으로 셰릴이 활짝 웃는다. 환한 웃음이 옷의 가치를 더욱 높이고 있었다.

알파도 웃으며 고개를 끄덕인다.

『150만 오럼을 낸 가치가 있었네.』

『그러게 말이야. 내 패션 감각이 무뎌서 그만큼 돈을 쓰지 않으면 평범한 옷과 크게 구별할 수 없다는 것은 문제겠지만.』

아키라가 속으로 그렇게 자조하며 결의한다.

『좋아! 나는 유적지에서 구세계 옷을 발견해도 내가 가치를 판단하는 것은 그만두겠어! 전문가에게 맡기자! 결정했어!』

『그 결론을 내는 데 250만 오럼이나 들어간 거구나.』

『그래도 괜찮잖아. 유물의 가치를 알아두는 건 중요하겠지? 나는 그 가치를 판단할 수 없다는 것도 포함해서 말이지만.』

그렇게 결론을 내린 아키라에게, 카셰아가 말을 건다.

"저희 가게에서 지은 옷에 만족하셨나요?"

"네. 솔직히 이 정도일 줄은 몰랐어요. 만족해요."

"그 말씀이 최고의 보수입니다. 기회가 또 생기시면, 다음에도 꼭 저희 가게의 전문가를 지명해 주세요. 저희 가게를 이용해 주셔서 대단히 감사합니다."

카셰아는 여동생이 요금이 비싼 일을 탈 없이 완수한 것에 내심 안도하며 정중하게 머리를 숙였다.

◆

카셰아는 아키라 일행 가게 밖에서 배웅한 뒤 영업용 가면을 벗고 조금 지친 얼굴로 크게 숨을 내쉬었다.

"끝났어! 오늘만 250만 오럼, 아니 구세계 옷과 상쇄한 것까지 하면 그 이상일까? 돈을 잘 버는 헌터의 위대함을 오랜만에 실감했어."

피곤하지만, 카셰아는 만족했다. 그리고 이번 매출에 크게 이바지한 여동생에게 문득 생각난 것을 물어본다.

"세렌. 솔직히 말해서 나도 저 정도로 옷이 완성될 줄은 몰랐어. 어느새 솜씨가 늘었니?"

세렌이 자랑스럽게 대답한다.

"나도 신기할 정도야. 본인의 소질. 가져온 옷의 종류와 품질. 최고로 컨디션이 좋았던 내 기술. 추가로 가장 큰 영감. 그 모든 것이 맞물린, 솔직히 기적 같은 결과야. 다시는 같은 일을 할 수 없을 거야."

카셰아는 그 설명을 듣고서 수긍한 뒤 갑자기 허둥대기 시작했다.

"똑같은 일을 할 수 없다고……? 다음에도 우리 가게 전문가를 잘 부탁한다고 했는데?! 다음에도 똑같은 완성도를 기대할 건데?!"

"그걸 나한테 말해도 곤란해. 난 이제 잘 테니까 깨우지 마."

세렌은 만족스러운 얼굴로 그 말만 하고 가게 안으로 돌아갔다. 원래부터 잠이 부족했던 차에 깨운 데다 체력과 정신을 모조리 쏟아부으며 수선을 마친 셈이라서 피로도 상당하다. 죽은 듯이 잠을 잘 생각이었다.

카셰아가 조금 초조한 얼굴로 가게 안으로 돌아간다. 또 같은 수준으로 옷을 지어 달라고 하면 어쩌나 하고 일말의 불안을 느끼면서, 그 불안을 억누르기 위해 오늘 일은 가게의 좋은 선전이 되었으니까 문제없다고 자신을 강하게 타일렀다.

◆

라판트라를 나온 셰릴은 아키라가 거점까지 바래다주었다. 그리고 부탁에 관해서 자세한 이야기를 안에서 들어야겠다고 생각했다.

하지만 아키라는 그곳에서 다시 집으로 갔다가 황야 사양 차량을 몰고 돌아오더니, 셰릴을 태우고 황야로 향했다.

이번에는 셰릴도 깜짝 놀랐다. 비밀 엄수. 절대로 발설해서는 안 된다는 말을 사전에 들었지만, 그렇게까지 해야 할 것이라고 는 생각하지 않았다.

그리고 이야기를 듣고 더욱 놀랐다. 미발견 유적을 찾았으니 거기서 유물을 빼내는 것을 도와달라. 말만 들으면 그것으로 끝 이지만, 그것이 얼마나 중요하고 위험한 정보인지 셰릴은 이해 하고 있었다.

제77화 셰릴의 조직과 유물 수집

셰릴이 또 뭔가를 하려고 한다. 조직에서 그 소문이 돈 것은 사흘 전이었다.

핫샌드 판매 때와 마찬가지로 함구령이 내려져서 섣불리 물어보는 것도 금지되었다.

하지만 조직의 아이들은 보스가 또 조직을 위해 좋은 돈벌이를 계획하고 있을 것이라고 낙관했다. 에리오를 필두로 하는 조직의 무력 요원들이 한 명씩 호출됐지만, 사태를 무겁게 보는 사람은 소수였다.

그 소수도 아키라에게 일손이 필요해서 황야로 나간다는 이야기만 듣고, 게다가 셰릴도 동행한다는 말을 들었기 때문이다. 그렇게 큰 위험은 없다고 여기고 있었다.

핫샌드를 팔러 쿠즈스하라 시가지 유적에 갔을 때도 일단 황야에 나온 것은 틀림없었으니까, 그 익숙함 때문이기도 했다.

그리고 계획 당일. 날짜가 바뀐 지 얼마 되지 않은 한밤중에 셰릴 일행은 슬럼을 벗어나 황야에 가까운 곳에서 아키라를 기다리고 있었다.

셰릴은 라판트라에서 아키라가, 엄밀히 말하면 알파가 고른 옷 위에 황야용 코트를 걸쳤다. 방호 코트가 아니라 황야의 모래 먼지 등을 막는다는 의미의 황야용이다.

부유한 사람이 다른 도시로 이동할 때 호위를 데리고 황야를 빠져나가려고 한다. 셰릴은 일부러 그런 차림을 하고 있었다.

에리오를 포함한 소년들, 조직의 무력 요원들은 총과 방호복으로 무장했다. 싸구려이긴 하지만 일단은 황야 사양, 몬스터를 상대하는 무장이다.

그리고 그 자리에는 루시아와 나샤도 있었다.

불안해하는 루시아를 본 나샤가 살포시 끌어안고 밝은 목소리로 힘을 낸다.

"괜찮아. 안심해. 에리오가 아키라 씨는 이제 루시아를 신경 쓰지 않는다고 했잖아? 오늘만 잘 넘기면 돼. 힘내자."

"으, 응."

루시아는 나샤의 옷을 움켜쥐며 간신히 고개를 끄덕였다.

나샤가 셰릴에게 시선을 돌린다. 루시아와 나샤는 다른 사람들과는 달리 셰릴에게 아키라에게 진 빚을 갚으라는 말만 듣고 끌려왔다. 그 이상의 설명은 아무것도 없었다.

루시아에게는 괜찮다고 했지만, 그냥 안심시키기 위한 말이다. 근거는 희박하고 희망사항에 가깝다는 것을 알고 있었다. 하지만 정말 그랬으면 좋겠다. 누구보다도 루시아를 위해서.

셰릴이 나샤의 시선을 알아차리고 돌아본다. 하지만 나샤와 눈을 마주쳐도 신경 쓰는 기색도 없이 다시 앞을 향했다.

어떻게 보면 나샤의 소원은 이루어졌다. 이미 셰릴은 두 사람의 생사에 흥미를 거의 잃었다.

이번에 살아남았다면 다 털어냈다고 보고 평범하게 대우한다. 죽더라도 이 요노즈카역 유적에서의 유물 수집 작업에서 죽는다면 아키라도 납득할 것이다.

셰릴은 어떻게 되든 좋았다. 귀찮은 일이 겨우 해결되었다고 안도하기도 했다.

잠시 기다리자 예정 시각보다 조금 일찍 아키라가 차량을 몰고 나타났다. 차량에 실은 탄약까지 포함해 황야로 나갈 준비가 완벽하게 된 상태였다.

정지한 차량에 셰릴이 달려가 반갑게 웃는다.

"아키라. 오늘은 잘 부탁드려요."

"그건 내가 할 말 같은데."

아키라는 그렇게 말하며 쓴웃음을 짓더니 주위를 둘러보며 신기해한다.

"셰릴네 차는? 안 보이는데."

"시간이 되면 올 예정이에요. 얼마 안 남았어요."

예정된 시각이 되면 트레일러가 나타난다. 튼튼해 보이지만, 황야 사양이라고 하기에는 벅찬 차종으로 차체에는 장갑 타일도 없고 기총 같은 무장도 달리지 않았다. 도시 내부에서의 수송이나, 가까운 도시로 호위를 대동하고 이동하는 데 쓰는 차량이다.

운전하던 달리스가 셰릴 근처에 트레일러를 세우고 내려온다. 달리스는 카츠라기의 파트너로 점원 겸 호위를 맡는데, 오늘은 카츠라기의 부탁을 받아 셰릴이 쓸 차량을 이곳까지 끌고 온 것이다.

"셰릴. 약속대로 난 여기까지야. 상관없지?"

"네. 감사합니다."

달리스가 아키라를 알아보고 가볍게 웃는다.

"일단은 무장하고 있다고는 해도 조직의 꼬마들만 데리고 나라하가카까지 간다고 해서 무슨 생각인가 싶었는데, 그야 아키라도 있겠지."

나라하가카 시티는 쿠가마야마 시티의 서쪽에 있는 소규모 도시다.

황야의 몬스터는 기본적으로 서쪽일수록 약하고 동쪽일수록 강하기 때문에 서쪽은 비교적 안전한 방향이긴 하다. 쿠가마야마 시티에서 나라하가카 시티로 가는 길도 잘만 고르면 차량을 모는 헌터에게 별로 위험하지 않다. 그래도 셰릴의 조직 사람들끼리 가면 위험하다.

셰릴이 웃으며 당부한다.

"아키라가 왔다는 이야기는 안 하실 거죠?"

"알았대도. 뭐, 너희도 조심해라. 아키라, 이 짐칸은 꽤 얇으니까 방어는 기대할 수 없어. 잊지 말라고. 그러면 잘 있어라."

달리스는 그렇게 말하고 도시의 하위 구획 쪽으로 걸어서 돌아갔다.

셰릴은 머리를 숙여 달리스를 배웅한 뒤 정신을 바짝 차린 표정으로 부하들에게 지시한다.

"출발할 거야! 타!"

소년들과 나샤, 루시아가 짐칸 뒷문을 열고 안으로 들어간다. 그리고 셰릴은 아키라와 함께 아키라의 차량에, 에리오는 트레일러 운전석에 올라탔다. 그리하여 일행은 요노즈카역 유적을 향해 출발했다.

◆

루시아와 다른 조직원들을 상자 모양의 짐칸에 실은 트레일러가 밤이 깊은 황야를 나아간다.

본래 깜깜해야 할 짐칸은 챙겨온 조명을 켜서 충분히 밝다. 그러나 승차감은 나빠서, 짐칸에 탄 아이들은 장시간의 이동을 견디기 위해 골판지 상자 위에 앉는 등 머리를 썼다.

가끔 밖에서 총성이 울려 아키라가 몬스터와 싸우는 것을 알 수 있다. 그때마다 자신들은 지금 황야에 있다는 실감이 짐칸에 있는 아이들에게 긴장을 주고 있었다. 셰릴은 도착할 때까지 자도 괜찮다고 했지만, 잠자는 사람은 적었다.

나샤는 체력을 확보하고자 루시아를 재우고 있었다. 새근거리는 숨소리를 내는 루시아를 보고 있을 때, 조금 전까지 정보 단말을 만지작거리던 소년이 일부러 옆으로 다가와 말을 건넨다.

"야, 왜 너희도 따라왔어?"

불신, 불만이 어린 시선을 보내는 소년의 태도를 보며 나샤는 되도록 상대를 자극하지 않으려고 시도한다.

"우리는 보스가 시켜서 온 거야."

"보스가 뭐랬는데?"

"아키라 씨한테 진 빚을 갚으래."

"흥. 그래? 그럼 열심히 갚으라고."

"알았어."

소년은 불쾌한 얼굴로 멀어지고, 다시 정보 단말을 만지작거리기 시작했다.

자세히 보면 자신들에게 불만이나 불신 어린 시선을 보내는 사람은 더 있었다. 나샤는 좌우지간 미안해하는 태도로 그들에게서 시선을 돌렸다.

나샤도 그들의 마음을 안다. 이번에 셰릴이 무엇을 할지는 불분명하다. 그러나 만일 자신들이 일종의 버리는 패로 취급된다면, 가장 먼저 그 역할을 배정받을 사람은 자신과 루시아다.

그런 자신들과 함께 있음으로써 그들도 똑같이 대우받지 않을까 불안해하고 두려워하는 것이다.

아키라와 적대한다. 아키라의 후원을 전제로 하는 조직에서 그 의미는 무겁다.

(루시아도 정말 위험한 사람을 노려버렸네. 그만큼 저지르고도 아직 살아 있으니까 운이 다한 건 아니라고 믿고 싶지만.)

나샤가 마음속 불안을 깨닫고 고개를 설레설레 흔든다.

(아니야. 운은 있어. 그러니까 어떻게든 될 거야. 일단은 내가 그렇게 생각해야지. 그렇지? 루시아. 같이 살아남자.)

나샤는 결의를 다시 다지고, 자신도 체력을 유지하기 위해 눈을 감았다.

◆

어둡고 시야가 불량한 심야에 흔들리는 차체에서 저격을 성공한 아키라를 셰릴이 칭찬한다.

"대단해요! 이렇게 어둡고 흔들리는데 한 방에 맞히다니! 역시 아키라는 진짜 강하군요!"

애초에 셰릴은 정말 명중했는지는 정확히 알 수 없다. 표적으로 추정되는 몬스터를 자신의 쌍안경으로 찾을 수는 없다.

그래도 차에 실린 색적 장치의 반응에서 그럴듯한 것이 사라진 것과 아키라가 총을 내려놓은 것으로 보고 한 방에 해치웠다고 판단했다. 그리고 실제로 몬스터는 죽었다.

"그래……."

그러나 아키라의 반응은 밋밋했다. 칭찬을 듣고도 겸손을 떨수도 없는 쓸쓸함을 어떻게든 달래는 것처럼, 오히려 언짢아하는 듯한 반응이었다.

"그, 그럼요."

셰릴이 미소를 지으며 칭찬을 멈춘다. 그리고 속으로 머리를 부여잡았다.

(아, 이번에는 칭찬하면 안 되는 패턴이었구나……. 모르겠어! 이전과 뭐가 달라?! 처음에 저격을 칭찬했을 때는 반응이 나쁘지 않았는데…….)

칭찬받고 싶은 것을 칭찬하지 않으면 호감을 얻을 수 없다. 그것은 셰릴도 알지만, 아키라에 한해서는 잘 구분할 수 없었다.

셰릴에게 저격으로 칭찬받고도 미묘한 표정을 짓는 아키라에게, 알파가 웃으며 말을 건넨다.

『불만인 것 같구나. 그렇게 나쁘지 않았는데?』

『거참 고맙네. 그런데 알파의 서포트가 없었다면 얼마나 빗나갔을까?』

『왼쪽으로 10m 정도.』

『그렇게나?』

아키라가 속으로 한숨을 쉰다. 집중하고, 총을 강화복으로 단단히 붙들어 매고, 체감 시간 조작까지 동원해서 최대한 정밀하게 노렸는데도 자기 힘만으로는 아직 그만큼이나 빗나간다고 낙담했다.

알파가 상냥하게 웃으며 격려한다.

『맞히고도 혼자 힘이라면 빗나갔다는 걸 눈치챈 거지? 그것도 성장한 증거야. 대단한 거야.』

『그런가……?』

『그래. 그야 단독으로 완벽하게, 백발백중 명중하는 것과는 거리가 먼 게 확실하거든? 갈 길이 멀어. 하지만 확실하게 성장하고 있으니까, 차근차근 해 보자.』

실제로 아키라의 사격 실력은 비약적으로 향상되고 있다. 알파의 서포트에 의한 정밀 사격의 정확도가 비정상적이고, 거기에 익숙해진 아키라가 무의식중에 기준을 높이 잡았을 뿐이다.

『그래…….』

아키라는 알파의 격려를 받으며 낙담했던 기운을 되찾았다. 운전석으로 돌아와 가볍게 숨을 내쉰다. 그리고 왠지 모르게 뒤따라오는 트레일러를 보았다.

"셰릴. 저 트레일러 말인데……."

"일단 최대한 위장해 두었으니까, 저 트레일러 때문에 유적지가 드러날 우려는 낮을 거예요."

"그, 그래?"

어디서 빌려왔는지 정도만 물어보려던 아키라는 예상외로 세세한 설명을 듣고 조금 놀랐다.

셰릴이 설명을 이어간다.

아키라에게 요노즈카역 유적의 유물 수집 이야기를 들은 셰릴은 단기간에 할 수 있는 모든 것을 했다.

이번에 셰릴 일행은 명목상 나라하가카 시티로 이동한다. 그러기 위해 핫샌드 재료를 공급하는 업자와 실랑이를 벌였다. 단가를 낮출 목적인 것처럼 위장해서 가격을 트집 잡으며 수송비를 지적했다.

업자도 오냐오냐 받아들일 수는 없다. 수송의 어려움을 전하고 공급가 인하를 거부하려고 한다. 그렇게 쌍방에서 이런저런 말이 오간 다음, 정 그렇다면 한번 직접 운송해 보라는 이야기가 나왔다. 물론 그렇게 되도록 셰릴이 유도했다.

셰릴은 그 말을 듣고 독자적으로 나라하가카 시티 왕복을 성공시키면 공급가 조정을 고려하겠다는 약속을 받아냈다.

이때 업체는 황야 사양이 아닌 일반적인 트레일러를 준비해 나라하가카 시티와의 왕복에 사용하는 조건을 추가했다. 단순히 왕복할 때는 황야 사양의 수송차량을 사용하면 쉽기 때문이다.

물론 그것도 셰릴이 유도한 것이다. 트레일러는 빌린 물건이지만, 헌터용 렌탈 차량이 아니므로 나중에 이동 경로가 들킬 우려는 없다.

아키라는 명목상 그 수송의 호위 취급이다. 셰릴이 일부러 의뢰를 냈기 때문에 헌터 오피스의 개인 이력에도 그렇게 기재되어 있다.

그리고 달리스에게 아키라가 있다는 사실을 발설하지 못하게 한 것은, 업자와 한 약속에서 아키라의 동행을 셰릴의 능력으로 볼지 미묘하기 때문이다.

정확히는 그 핑계로 자신들이 한밤중에 아키라와 함께 도시를 떠나는 것에서 느낄 의문을 달리스와 그 파트너인 카츠라기의 머릿속에서 지운 것이다.

몰래 약속한 시각보다 아키라와 함께 일찍 출발함으로써, 나라하가카 시티 왕복을 성공시킬 가능성을 높이는 꼼수를 부리고 있다. 그렇게 오해하게 하기 위해서다.

요노즈카역 유적이 드러나지 않도록, 셰릴은 이만한 일을 했다.

그 설명을 들은 아키라가 감탄한 듯 고개를 끄덕인다.

"아하. 그렇다면 괜찮을 것 같아."

"시간이 있으면 좀 더 많은 것을 할 수 있었지만, 그동안 다른 사람이 유적을 발견하면 의미가 없으니까 타협한 거예요."

"뭐, 그건 어쩔 수 없지 않을까?"

아키라는 속으로 그만큼 하고도 타협한 수준이냐고, 노출을 막을 공작이 부족한 거냐고 생각했다. 한편으로 그렇다면 자신은 얼마나 날림으로 요노즈카역 유적에 가려고 했는지를 깨닫고 조금 우울해졌다.

"실제로는 나라하가카 시티로 가는 것이 아니니까 수송은 실패로 처리되겠지만, 아키라는 단순히 호위로 고용된 거니까 의뢰한 제가 문제없이 호위했다고 하면 의뢰는 실패로 처리되지 않을 거예요. 아키라의 경력에 오점을 남기진 않을 테니까 걱정하지 마세요."

"그, 그래? 고마워."

"아뇨. 당연한 거죠."

아키라는 셰릴의 일 처리를 보고 자신의 부족함을 조금 한탄했다.

그런 아키라에게 알파가 의미심장하게 미소를 짓는다.

『아키라도 언젠가는 그런 일도 알아서 처리할 수 있어야지. 갈 길은 참 멀어 보이지만.』

『그래. 차근차근 해 보자.』

아키라는 셰릴에게 보이지 않게 쓴웃음을 지었다.

◆

아키라 일행은 꽤 먼 길을 돌아서 요노즈카역 유적에 도착했다. 이것도 셰릴의 공작으로, 부하 아이들이 이동 시간 등으로 유적의 위치를 짐작하지 못하게 하기 위함이다.

물론 트레일러를 운전하는 에리오라면 우회하는 것을 알겠지만, 그 점은 셰릴도 타협했다. 그 타협 때문에 에리오는 셰릴에게 말실수했다간 죽이겠다는 협박을 들었다.

아울러 트레일러를 실제로 운전하는 것은 에리오가 아닌 알파다. 아키라가 예비 정보 단말을 에리오에 넘겨서 차량 제어장치에 접속시켜 운전에 개입할 수 있게끔 했다.

초보운전인데도 매끄럽게 움직이는 트레일러를 보고, 에리오는 상당히 고성능 운전 보조 기능이 달려 있다고 생각했다.

유적에 도착해도 유물 운반 요원인 아이들의 차례는 아직 오지 않았다. 우선 아키라가 유적 출입구를 다시 파헤칠 필요가 있다.

강화복의 힘으로 아키라가 잔해를 차례차례 걷어낸다. 셰릴과 에리오는 그 모습을 놀라며 지켜보고 있었다. 그리고 잔해를 치울 때 나는 소리가 아직 짐칸에 있는 아이들을 겁먹게 했다.

무사히 출입구를 열고, 아키라가 안쪽을 들여다본다. 그러자 알파의 서포트로 어둠에 휩싸였던 계단 너머의 풍경이 바닥까지 확장 정보로 표시되었다.

『어? 알파. 이 확장 표시는 정보수집기 정보로 표시하는 거라서 범위 밖의 부분은 어둡지 않았어?』

『맞아. 아키라의 정보수집기만으로는 계단 안쪽, 바닥까지는 보이지 않아. 하지만 지난번에 엘레나가 설치한 소형 단말기가 아직 작동하니까 그 정보를 추가해서 표시했어.』

『아하, 엘레나 씨가 여러 군데에 쏜 그거 말이구나. 아직도 작동해? 에너지는 어떻게 하지?』

『대기 상태라면 에너지 소비도 적겠지. 아까 기능을 켰어. 지난번 유물 수집 때 엘레나의 기기와 연동해서 나도 가동할 수 있는 상태였거든.』

『그렇구나. 그렇다면 정보 수집 범위에 몬스터가 있는지 알 수 있을까?』

『알 수 있어. 범위에 그럴듯한 반응은 없어.』

『좋아.』

문제가 없어 보이자 아키라는 본격적으로 유물 수집을 시작하기로 했다.

"셰릴. 조명을 꺼내 줘."

"알겠습니다."

트레일러의 짐칸이 열리고 안에서 다수의 조명이 반출된다. 주위만 밝히는 싸구려 물건이지만, 수량은 많이 준비했다.

아키라는 그것을 배낭에 담고 유적 안으로 들어가 목적지까지 설치하기 시작했다. 몬스터가 없는 것을 알아서, 색적 등을 생략하고 계단을 힘차게 내렸다.

◆

　동이 트기 전, 짐칸에서 내린 조직의 아이들이 요노즈카역 유적 출입구 앞에 모였다. 그리고 셰릴의 지시를 듣는다.

　유적으로 들어가 조명을 따라 안쪽으로 들어가서 유물을 가지고 돌아온다. 지시 내용은 그것이 전부다. 그러나 실행할 수 있는지는 별개였다.

　"자, 다들 시작해."

　셰릴은 웃는 얼굴로 그렇게 말하며 손뼉을 쳤다. 하지만 아무도 움직이지 않는다. 그러자 셰릴의 말투가 조직 보스의 명령으로 바뀐다.

　"시작해."

　아이들이 셰릴의 위압에 주춤거린다. 그래도 서로 눈치만 본다.

　셰릴이 말투를 누그러뜨린다.

　"괜찮아. 아키라가 한번 들어가서 조명도 설치했어. 몬스터도 다 제거했대. 유물을 들고 돌아오기만 하면 돼. 안심해. 별일 아니야."

　아이들은 긴장을 약간 풀었지만, 그래도 나서는 사람이 없었다. 그들은 헌터가 아니다. 미리 설명을 들은 소년들도 실제로 황야에 나와 총성을 듣고 유적 앞에 서 보니, 몬스터의 소굴로 알려진 장소로는 차마 발을 떼지 못했다.

　셰릴이 다시 말투를 지시와 협박으로 되돌린다.

"그래. 그러면 모두 여기 두고 갈게. 아키라는 우리에게 공짜 밥을 먹일 마음이 없어. 다음에는 멀쩡하게 일할 사람을 데려와 야겠어. 그러면 잘 있어."

차량으로 돌아가려는 셰릴과 뒤따르는 아키라를 보며 소년들의 동요가 단번에 커진다. 그런데도 딱딱해진 얼굴로 유적 출입구에 시선을 돌리는 것이 한계였다.

그때 셰릴을 제지하는 소리가 들린다.

"잠깐만."

셰릴이 그쪽으로 돌아보니 나샤가 손을 들고 있었다.

"우리가 가져올게. 그러니까 기다려."

"출발해."

나샤가 루시아를 데리고 계단으로 향한다. 루시아는 겁에 질렸지만, 억지로 끌고 간다.

"루시아. 제발. 같이 가자. 무슨 일이 생기면 내가 대신할 테니까, 지금만 힘내."

그렇게 말하며 나샤는 루시아를 물끄러미 바라보았다.

루시아는 아직 조금 떨고 있지만, 두 주먹을 불끈 쥐고 얼굴에서 두려움을 최대한 떨쳐내고서 고개를 끄덕였다.

"고마워. 가자."

나샤는 최대한 밝게 웃었다. 그리고 루시아와 함께 유적으로 들어갔다.

셰릴이 소년들에게 차가운 시선을 보낸다.

"다른 사람은 두고 가도 되겠지? 그럼 장비를 벗고 사라져.

그 장비는 조직의 비품이야. 두고 가. 챙기려고 하면 훔친 것으로 간주할게. 나한테서 훔친 게 아니거든? 아키라한테 훔친 거야."

소년들의 시선이 아키라를 향한다. 아키라는 아무래도 상관없어 보였다.

하지만 소년들에게는 자기들 목숨을 아무래도 좋게 생각하는 것처럼 보였다. 상대는 적대한 조직의 사람을 죽이고, 그 거점에 쳐들어가는 인물이니까 자연스러운 감상이다.

소년들이 하나둘 유적으로 들어간다. 모두가 포기하고 유적에 들어갈 때까지 그리 오랜 시간이 걸리지 않았다.

셰릴이 가볍게 안도의 숨을 쉬고 나서 아키라에게 사과한다.

"죄송합니다. 일단 사람은 제대로 뽑았다고 생각했는데⋯⋯."

"아니, 나도 좀 안이하게 생각했어. 하긴, 유적인걸. 몬스터가 없다는 소리를 들어도, 직접 확인한 것도 아니니까 당연히 들어가기 싫겠지."

유적이란 본래 그만큼 무서운 곳이라는 것을, 아키라는 소년들의 태도에서 새삼 깨달았다.

그대로 잠시 기다리자 그 무서운 곳에서 살아 돌아온 자가 나타난다. 제일 먼저 유적에 들어간 나샤와 루시아다. 미리 준 배낭에 유물을 담아 정신적으로나 육체적으로 몹시 피폐하면서도 무사히 돌아왔다.

그리고 셰릴 앞에 배낭을 놓고 열어서 안을 보여준다. 셰릴은 아키라와 함께 내용물을 확인하고 만족스럽게 웃었다.

"이제 그걸 짐칸에 실어. 골판지 상자에 담아서 안쪽부터 쌓아."

루시아가 말없이 고개를 끄덕이며 짐칸으로 향한다. 지친 탓에 제대로 대답도 못 하는 상태였다.

나샤는 잠시 망설이다가 그 자리에 남았다. 그러자 셰릴이 단적으로 묻는다.

"뭐야?"

나샤는 잠시 더 망설이다가 셰릴이 아닌 아키라에게 머리를 숙였다.

"아키라 씨. 이걸로 루시아만이라도 어떻게든 안 될까요?"

"응? 조직의 일은 내가 아니라 셰릴에게 말해 주면 좋겠는데…….''

"아키라 씨에게 진 빚을 갚아라. 보스가 그렇게 지시했어요."

아키라는 루시아가 지갑을 훔친 것을 이미 다 끝난 일로 여겨서, 나샤가 한 말의 의미를 이해하는 데 조금 시간이 걸렸다.

"아, 그런 뜻이야? 알았어. 빚은 갚았어. 셰릴. 앞으로는 그렇게 판단하고 해 줘."

"알겠습니다. 나샤. 루시아한테도 아키라에게 감사하라고 말해."

"감사합니다."

나샤는 아키라들에게 머리를 푹 숙였다. 그리고 무거운 배낭을 조금 비틀거리며 짐칸으로 옮긴다. 무척 피곤하지만, 루시아에게 빨리 이 사실을 전하려고 미소를 짓고 있었다.

한편으로 셰릴은 아키라의 판단에서 이상한 느낌이 들어 약간 의아한 표정을 짓고 있었다. 어쩐지 아키라답지 않은 판단을 한 것 같았다.

"아키라. 두 사람이 빚을 갚은 것으로 판단하고 조직에서 대우를 다시 조정하면 나샤는 간부가 되고, 루시아는 그 부하로 평범하게 취급할 텐데요. 그래도 괜찮으시겠어요?"

"그 부분은 셰릴이 판단할 일이지 나한테 물어볼 일은 아닌 것 같은데, 셰릴이 그렇게 결정했다면 괜찮지 않을까?"

"그런가요……. 알겠습니다."

아키라가 그렇게 말한다면 셰릴은 이의가 없다. 그러나 이상한 느낌은 사라지지 않았다.

(이상하다고 하면, 아키라가 그때 루시아를 죽이지 않은 시점에서 이상한 거야. 그때는 당황해서 눈치채지 못했지만, 그렇게 허술한 대처로는 나중에 문제가 될지도 모른다는 것도 아키라라면 알 텐데…….)

귀찮은 일이 해결됐다고 생각하자마자 나타난 위화감에, 셰릴은 한동안 골머리를 앓았다.

◆

아키라 일행의 요노즈카역 유적 유물 수집은 순조롭게 진행되고 있었다.

아키라는 지상에서 주위 색적을 계속하고 있다. 해가 뜨고 머리 위를 넘어가도 몬스터의 낌새는 조금도 없다. 그것은 지하도 마찬가지로, 엘레나가 유적 내부에 설치한 소형 단말기에도 몬스터 반응은 없다. 지상과 지하 모두 안전한 상태가 계속되고 있었다.

그 덕분에 아이들의 유물 수집을 가로막는 것은 유적 깊숙한 곳에 있는 무거운 유물을, 빈약한 조명으로 밝힌 어두컴컴한 복도를 지나서, 4층 건물 높이에 해당하는 긴 계단을 올라 지상으로 운반하고, 잠시 쉬었다가 다시 지하로 들어가는 노고뿐이었다.

강화복을 입고도 자진해서 하고 싶지 않은 중노동을, 셰릴의 부하들은 죽자 살자 맨몸으로 버티고 있다. 아키라는 그 모습을 곁눈질하며 과거 쿠즈스하라 시가지 유적에서 맨몸으로 유물을 운반하던 고생을 떠올리고 있었다.

아이들의 노력에 힘입어 짐칸은 이미 절반가량 유물로 채워졌다. 엄선하지 않고 닥치는 대로 운반하고 있으니까 양에 걸맞은 성과를 얻을 수 있다고는 할 수 없다. 하지만 아키라는 만족했다.

『역시 사람이 있으면 유물 수집이 잘되네. 가장 좋은 점은 모은 유물을 내가 유적 안쪽에 있는 동안 빼앗길 염려가 없다는 거야.』

알파가 아키라 옆에서 웃는다.

『걱정이 참 많구나. 부정하지는 않겠지만, 신경을 너무 쓰면 혼자서 유물을 수집할 수 없게 될걸?』

『알아. 하지만 조심해서 나쁠 건 없잖아?』

아키라의 차량 정도라면 위장 시트를 씌우는 정도로 숨길 수 있지만, 역시 이 트레일러는 덩치 때문에 눈에 띈다.

그렇다면 몬스터에게 습격당해 폐차될 수도 있고, 우연히 지나가던 헌터가 유물을 훔칠 수도 있다.

적어도 아키라는 그 확률을 드문 일이라고 일축할 만큼 낙관적이지는 않았다.

그리고 이를 뒷받침하듯 차량의 색적 장치에 반응이 뜬다.

『아키라. 차량 두 대가 이쪽으로 오고 있어.』

『알았어.』

아키라가 짐칸 쪽으로 소리친다.

"셰릴! 차량이 두 대 다가온다! 조심해!"

"알겠어요!"

짐칸에 유물을 담는 작업을 지시하던 셰릴은 곧바로 일을 중단하고 유적을 숨기는 위장을 시작했다.

◆

황야 사양이 아닌 대형 트레일러와 일단은 황야 사양의 버스. 아키라 일행의 차량 조합과 조금 비슷한 차량 2대가 황야를 이동하고 있었다.

트레일러를 운전하고 있는 남자, 데일이 한숨을 내쉬며 투덜거린다.

"정말이지, 어쩌다가 이런 일을 떠맡는 처지가 된 건지."

그 말을 들은 조수석 남자가 신나게 웃는다.

"무슨 소리야! 그야 당연히! 빚이 왕창 있으니까 그렇지?"

데일은 지긋지긋하다는 듯 인상을 썼다.

"난 그런 건 없어."

"어? 뭐야. 내 빚은 코딱지만 하다고 말하고 싶은 거야? 그래 봤자 여기 참가한 시점에서 큰 차이는 없다는 거야!"

놀리는 듯한 남자의 태도에 데일도 언성을 높인다.

"나는 빚이 없어!"

"웃기지 마! 그런데 왜 여기 참가했어? 자기만 멀쩡한 헌터인 줄 알아? 황당하군."

남자는 살짝 취한 것처럼 웃는다. 데일은 더 상대해 봤자 소용 없다고 생각하고, 자신을 이 지경에 내몬 원흉에게 속으로 독설을 퍼부었다.

(빌어먹을 중개업자! 병신같은 일을 알선하다니! 반드시 항의할 테다!)

동부에는 헌터 활동과 관계가 있는 다양한 생업이 있다. 헌터를 위한 중개업도 그렇다. 일감 알선부터 팀 결성, 임시 요원 모집까지 폭넓게 하고 있다.

데일은 그런 중개업자의 일종인 소개업체에 자신을 등록했었다.

황야에서 목숨을 맡길 수 있는 동료는 귀중하지만, 그런 자들을 찾기는 힘들다. 보수나 활동 기간의 절충도 어렵다.

소개업체는 이를 보완하는 것으로 많은 헌터가 활용하고 있다. 낯선 타인이라도 우수한 소개업체가 중개하는 자라면 비교적 믿을 수 있기 때문이다.

행실이 나쁜 자, 극단적인 예를 들어서 파트너가 차례차례 실종되거나 사망하는 자는, 성실한 업체에서 등록이나 소개를 거절한다. 소개한 다음에 숱한 문제를 일으키는 자도 마찬가지다.

그러한 과정에서 우수 소개업체에서는 질이 떨어지는 자가 도태되고, 비교적 신용할 수 있는 자가 남는다.

헌터를 강력하게 무장한 강도 집단으로 만들지 않으려는 통기련의 경영적 노력도 있어서, 지금에는 우수 소개업체에 등록되는 것이 헌터의 자랑거리이기도 했다.

그리고 데일은 한 소개업체로부터 결원이 발생한 집단 유물 수집 작업의 임시 모집을 소개받았다.

헌터가 다소 어려운 유적에서 유물을 수집할 때 안전을 중시해 다른 헌터 팀과 합동으로 시행하는 것은 흔한 이야기다.

소개업체가 발 벗고 나서서 기회를 만들어 참가자를 모으기도 한다. 하지만 참가 인원이 부족해 무산되기도 한다.

데일은 그런 종류의 집단 유물 수집 작업에서 결원 때문에 최소 인원을 채우지 못했을 것이라는 생각에 모집에 응했다. 하지만 그 내용은 데일의 예상을 크게 벗어났다.

다른 한 대, 황야 사양의 버스에는 집단 유물 수집 작업의 주력이 타고 있었다.

전체 리더이자 헌터들을 감시하는 콜베가 행동부대 리더인 규바에게 조금 따끔하게 말한다.

"규바. 너도 알고 있겠지만, 슬슬 상환 기한인데?"

규바는 짜증이 나서 험악해진 얼굴을 콜베에게 돌렸다.

"알아."

"알면 다행이지만, 트레일러에 실은 유물로는 부족한 것도 알고 있겠지?"

다시 확인하는 콜베에게, 규바가 무심코 언성을 높인다.

"알아! 입 다물고 있어!"

콜베는 꿈쩍하지도 않고 약간 어이없다는 듯이 가볍게 고개를 끄덕이며 말을 끝냈다.

　집단 유물 수집 작업에 종사하는 규바 외 헌터들은 빚더미를 짊어지고 있다. 걸어서 귀환할 수 없는 먼 유적지로 차량을 몰고 다니며 빚을 갚는 유물 수집을 강요받고 있었다.

　트레일러에는 규바 같은 헌터들이 모은 유물들이 쌓여 있다. 하지만 그것을 팔아도 빚을 다 갚으려면 한참 멀었다.

　데일이 트레일러를 운전하는 것은 빚이 없기 때문이다. 고통스러운 채무 생활에서 유혹을 못 참고 유물 운반 트레일러를 훔치는 짓을 방지하는 차원에서 일부러 다른 루트를 통해 준비한 인원이며, 그 사실을 아는 사람은 콜베밖에 없다.

　규바는 헌터로서는 실력이 나쁘지 않은 축이다. 그 능력을 평가받아 행동부대의 리더를 맡았으며, 강화복 착용도 허용되고 있다.

그러나 빚은 본인의 능력으로 감당할 수 없을 정도로 쌓였다. 이자도 늘어나서 이대로 가다가 더 심각한 상황에 빠지는 것은 시간문제였다.

간단한 사이보그 처치를 받고, 빈손으로 신체의 자유를 빼앗겨 소모품 취급으로 위험한 유적 깊숙한 곳으로 보내질지도 모른다. 인가받지 않은 전투약의 피험자가 될 수도 있다.

다른 어떤 경우라도, 빚을 갚기 위해 인권이 팔리고 그만큼 비참한 지경이 될 것이 분명하다.

그걸 누구보다 잘 아는 규바는 초조했다.

(빌어먹을! 쓰레기들이 쓸모없는 탓에 내 빚까지 줄어들지 않잖아! 확 죽여버릴까!)

그러지 않는 이유는, 팀에서 사망자가 나오면 그 빚을 생존자가 대신 짊어지는 약정이 있기 때문이다. 신용하지 않지만, 자신의 이익을 위해서 서로 돕는 구조다.

그래도 사망자는 나온다. 헌터 활동이란 원래 그런 법이다.

게다가 참가자는 자기 힘으로는 다 갚을 수 없는 빚을 질 만큼 문제가 있는 자들이다. 상황에 따라서는 유물 수집에 나서도 빚이 더 늘어나는 결과로 끝나기도 했다.

(어떻게든 하지 않으면…… 미발견 유적이라도 우연히 찾으면 인생 역전인데…….)

그런 행운은 없다는 것을 잘 알면서도, 지푸라기라도 잡는 생각이 규바의 머릿속에 떠올랐다.

그때 트레일러 쪽에서 연락이 온다.

"전방에 반응이 있다. 차량이 다가오고 있어."

화물의 가치에 따라, 유물을 수송하는 트레일러는 규바와 다른 헌터를 수송하는 버스보다 더 좋은 장비를 싣고 있다. 그래서 한발 먼저 차량의 접근을 감지했다.

규바가 전방을 확인하자 정말로 황야 사양의 차량이 다가오고 있었다. 그러나 서로의 차량 크기 등으로 미루어 보아 그쪽이 양보할 것이라고 개의치 않자, 그 차량은 규바 일행의 통행을 방해하듯 길 중간에 멈춰 섰다.

"뭐야?"

또한 그 차량에서 단거리 범용 통신이 도착한다. 버스를 운전하고 있는 사람이 그것을 차내 마이크에 연결했다.

"이쪽 호위 대상이 차량 트러블로 이 앞에서 정차 중이다. 미안하지만, 길을 양보해 줘. 들리나? 들리면 답변 바란다. 이쪽 호위 대상이……."

그 목소리의 주인은 아키라였다.

◆

아키라는 차량에서 규바 일행의 차량을 보고 있었다.

『음. 진로를 바꿀 기미가 없네. 안 들리나?』

『그럴 수도 있고, 그냥 무시하는 걸지도 몰라.』

『귀찮네.』

아키라도 상대가 길을 양보할 의무가 없음을 안다. 황야에서 길을 양보하는 것은 불필요하게 접근하는 바람에 성가신 일로 발전하는 것을 서로 피하려는 것이다. 상대가 약자로 보이면 피할 필요가 없다.

강도가 진로를 유도하려 한다고 의심할 수도 있다. 수송차 집단이라면 뚫고 지나가는 것이 안전할 때도 있다.

아키라가 차량을 세우고 상대의 반응을 살피자, 규바 일행의 차량은 어느 정도 가까이 다가온 선에서 멈췄다. 그리고 콜베, 규바, 데일이 차에서 내린다.

그 모습을 지켜보던 아키라는 약간 괴이쩍은 표정을 지었다.

『뭔가 말다툼하는데. 뭐지?』

콜베 일행은 그대로 아키라가 있는 곳으로 다가왔다.

데일은 불만을 얼굴에 드러내고 있었다.

"왜 굳이 세워? 우리가 우회하면 되잖아?"

규바가 지시에 짜증이 나서 불쾌해한다.

"결정하는 것은 나야. 명령하지 마."

데일이 콜베에게 시선을 돌리지만, 콜베는 가볍게 고개를 저었다.

"미안해. 부대 지휘는 이 녀석에게 맡겼어. 지금은 말이지."

제때 빚을 못 갚으면 꼭 그렇지도 않다고 암암리에 명시하는 말을 듣고, 규바는 더욱 기분이 언짢아졌다.

규바는 그대로 아키라 앞으로 와서 슬쩍 바라본다.

"방금 통신은 네가 했냐?"

"맞아. 우리 사정을 강요해서 미안한데, 우회해서 가 주지 않겠어?"

"별로 그런 좁은 길도 아니잖아. 지나가게 해 달라고."

"좁은 길이고 뭐고, 지나갈 곳이 얼마든지 있잖아. 조금만 떨어져서 가면 돼."

"그건 네 사정이잖아?"

단순히 오만한 건지, 이유가 있어서 트집을 잡으러 온 건지. 조금 망설인 아키라가 인상을 조금 굳히고 시험 삼아 말해 본다.

"요구가 뭐야?"

잘 걸렸다고 판단한 규바가 웃는다.

"너희 사정을 봐주는 만큼 내놓을 걸 내놓으라는 거지."

그래서 트집을 잡으러 모였다고 판단한 아키라는 의식을 전환했다.

"일단 물어보겠는데, 얼마지?"

"그래. 100만 오럼이다."

규바는 그렇게 말하며 뒤에 있는 버스, 자신들의 전력을 가리켰다. 일부러 차량을 세운 것은 트집을 잡고 푼돈이라도 벌려는 속셈이다. 그리고 버스에 탄 있는 부대 인원을 보여주면 잘 풀릴지도 모른다고 생각했다.

물론 규바도 이것으로 100만 오럼을 받을 수 있다고는 생각하지 않는다. 10만 오럼 정도라도 이자를 갚으면 좋겠다는 생각에서 말해 본 것이다. 그만큼 돈이 궁했다.

그리고 서로의 전력 차이를 생각하면 그 정도는 낼 것이라는 생각도 들었다.

그러나 아키라는 표정을 약간 어둡게 하고 냉혹하게 대꾸한다.

"거절한다. 차라리 너희를 몰살하는 것이 더 싸게 먹혀."

"뭐라고?"

규바는 진심으로 하는 말인 줄도 모르고, 도발로 받아쳤다는 생각에 아키라를 노려봤다.

그리고 그 험악한 분위기가 황야라는 환경으로 인해 사태를 악화시키는 가운데, 다른 쪽에서 질타가 날아온다.

"야! 염병 떨지 마! 그런 이유로 차를 세웠어? 그만해! 너 같은 등신이 있으니까 헌터의 평판이 떨어지는 거야!"

데일이 끼어들자 아키라가 의외라는 표정을 짓는다. 그와 동시에 아키라의 인식에도 규바와 다른 사람들이라는 구별이 생겨났다.

콜베가 쓴웃음을 짓는 한편, 참견받은 규바가 기분을 악화시킨다.

"시끄러워! 네놈은 참견하지 마!"

"나는 헌터다! 너처럼 헌터도 못 된 강도 자식의 범죄를 도울까 보냐!"

자신을 내버려 두고 말다툼을 시작한 규바와 데일의 모습을 보며 아키라는 한차례 전환한 의식을 되돌렸다. 가볍게 어이없다는 듯이 숨을 내쉰다.

"그래서 우회해 줄 거야, 말 거야?"

그 결정을 내린 것은 콜베였다. 슬쩍 웃으며 이야기를 끝낸다.

"알았다. 우회하지. 미안했어. 규바, 돌아가자."

"이봐! 내 지시에는 참견하지 않기로 약속했잖아!"

"그것은 유물 수집 지휘에 한정된 약속이다. 엉뚱한 데서 사람이 죽는 이야기에는 참견할 거야. 돌아가."

그렇게 말한 콜베가 쓴웃음으로 그쳤던 표정을 험악하게 바꾸자 그 위압에 질린 규바는 인상을 쓰면서도 얌전히 물러섰다. 그것을 본 데일은 기분 좋게 웃고 있었다.

콜베 일행이 차량으로 돌아가 진로를 바꾼다. 그것을 본 아키라는 자신도 차량을 움직여 셰릴이 있는 곳으로 돌아갔다.

◆

콜베 일행이 아키라 일행이 있는 곳을 크게 우회하여 나아간다. 규바는 차량 안에서 언짢은 기색을 보이며 밖을 내다보고 있었다.

그 눈에 아키라 일행의 차량이 들어온다. 규바는 내뱉듯이 혀를 차더니 쌍안경을 꺼내 왠지 모르게 아키라들을 쳐다보았다.

자신에게 불쾌한 태도를 보인 꼬마 헌터와 그 꼬마에게 즐겁게 웃는 소녀. 그리고 수송차에서 짐을 옮기고 있는 아이가 보인다. 그래서 규바의 얼굴이 단순한 언짢음에서 의아함으로 변했다.

(애들밖에 없군. 무슨 모임이지? 게다가 짐을 밖으로 꺼냈잖아. 호위 대상이 저 수송차라고 해도, 왜 굳이 짐을 밖으로 꺼낼 필요가 있지? 차량 트러블이라며?)

그대로 아키라들을 보던 규바가 문득 알아차린다.

(응? 아까 꺼낸 짐은 어디 갔지? 안 보이는데? 그냥 잔해에 가려서 안 보이는 건가?)

점점 의아한 표정을 짓던 규바의 생각은 콜베가 말을 걸면서 중단된다.

"이봐, 애들은 그만 보고 다음 유물 수집을 생각해. 변변한 수확도 없이 돌아갈 수 있다고 생각하지 말라고."

"알았다고!"

규바는 짜증이 나서 그렇게 대답하고, 의식을 바꿔서 다음 유물 수집 장소를 어디로 할지 생각하려고 했다.

하지만 아키라 일행이 이상하게 마음에 걸려서 생각이 잘 정리되지 않았다.

◆

아키라에게 상황을 들은 셰릴은 안심하고 미소 지었다.

"그렇군요. 소란이 안 생겨서 다행이에요."

"그래. 그냥 물러나 줘서 다행이야. 응……? 셰릴, 왜 유물을 짐칸에서 꺼내 유적에 넣는 거야?"

"저 사람들이 이쪽으로 왔을 때를 대비해서 꾀를 부렸어요."

세릴은 그렇게 말하며 아키라와 함께 유적 출입구까지 가더니 계단 안쪽을 가리켰다. 그 계단의 층계참에는 유물이 가득 담긴 골판지 상자가 쌓여 있었다.

"이러면 일단은 안을 봐도 지하실 정도로는 위장할 수 있을 것 같아요."

쌓은 골판지 상자가 벽이 되어 지하 깊숙이 이어지는 계단을 가리고 있다. 천장에는 미치지 않았지만, 근처 조명을 꺼서 언뜻 보기에는 알 수 없다.

이것이 뭐냐고 물어보면, 중요한 짐이라서 근처에서 발견한 빌딩 지하실 터로 잠시 옮겼다고 대답할 예정이다. 세릴은 그렇게 설명했다.

아키라는 감탄하며 가볍게 고개를 끄덕였다.

"아하. 하지만 이러면 우리도 유물 수집을 못 하지? 매번 치우게?"

"지나가는 곳은 빈 상자니까 괜찮아요. 그리고 당분간 안쪽에서 가져온 유물은 계단 바로 앞 통로에 둘게요."

아키라는 납득하고 고개를 끄덕였다.

『알파. 나도 이전 탐색 때 위장 시트를 출입구에 씌우는 것 정도는 할 걸 그랬나?』

『그 부분은 예상되는 위험과 성공했을 때의 이득으로 이야기할 수 있어.』

유물 수집 과정에서 유적 출입구를 위장 시트로 가렸을 경우, 발견되면 감추고 싶은 누군가가 있다는 사실까지 드러나 더욱 흥미를 끌 수 있다.

　원래부터 근처를 차로 지나갈 정도면 그렇게 눈에 띄는 것도 아니다. 못 보고 넘어갈 가능성을 기대하는 것이 좋을 때도 있다. 알파는 그렇게 설명했다.

『음. 그런 건가?』

『아키라도 저쪽 잔해지대에서 발견한 공간의 출입구는 방치했잖아? 비슷한 장소는 많을 거야.』

『아하, 그렇군.』

　아키라는 납득하고 여러모로 생각이 미치지 않는 자신이 조금 우울해졌다.

◆

　규바는 황야 사양의 버스에서 몸이 흔들리며 다음 유물 수집을 생각하고 있었지만, 아키라 일행이 신경 쓰여서 도저히 참을 수 없었다.

　그리고 뭔가 생각하고 콜베에게 말을 건다.

　"야, 제안이 있다. 아까 그 애가 있는 곳으로 돌아가자."

　"뭐? 무슨 소리야?"

　"차량 트러블이라고 했지? 도시까지 견인해서 돈을 받자고. 뭐하면 호위해도 좋아. 긴급 의뢰로 쳐서 보수를 받을 수 있을지도 몰라. 어때?"

　그 제안에 콜베는 일리가 있다고 생각했지만, 금방 취소했다.

"안 돼. 네가 트집을 잡고 돈을 뜯어내려 했던 상대잖아? 받아들일 리가 없지. 멍청한 짓을 한 너를 원망하라고."

하지만 규바는 웃으며 대꾸했다.

"그럴 때는 그거지. 확실히 내가 저쪽에 제안하면 그렇게 될 거야. 하지만 나한테 격렬하게 대든 그 녀석, 데일이었던가? 그리고 나에게 상전처럼 군 네가 제안하면 협상에 따라 잘 풀릴 수도 있을걸."

그 설명을 듣고 생각할 여지를 되찾은 콜베에게 규바가 계속 말한다.

"정 뭐하면 나를 구실로 삼으면 되잖아. 그 바보가 실례되는 일을 한 사죄하는 의미에서 조금은 깎아 준다든지 해서 잘 말하면 돼. 그래, 저 녀석 의견도 들어보자."

규바는 그렇게 말하며 트레일러와 통신을 연결하고 데일에게 자신의 제안을 설명했다. 그러자 데일은 다른 의미의 우려를 말했다.

"이미 없을지도 몰라. 게다가 견인할 수 있는 정도의 트러블이라면 아까 그 차로 견인하고 있을 텐데."

"이미 없다고 해도 가서 확인하는 정도는 해도 되잖아. 게다가 수송차에 뭔가 무거운 짐을 실어서 그 차로는 힘이 부족해 견인할 수 없을지도 몰라. 그럴 때 우리 차도 합치면 어떻게든 될걸?"

"음. 하지만 말이지……."

데일도 제안 자체는 좋다고 생각한다. 그러나 그것이 상대의 호위로 발전하면, 자신이 현재 받은 의뢰의 범주에서 벗어난다고도 생각했다.

그것은 의뢰 내용을 도중에 변경한 것이나 다름없었고, 데일은 헌터로서 그런 식의 변경을 좋아하지 않았다.

하지만 규바가 슬쩍 무시하듯 계속한다.

"뭐야, 그때는 착한 척했으면서, 입만 살았던 거야? 그렇게 해 줄 의리가 없다 이거지?"

"뭐라고? 좋아. 나는 찬성한다."

도발에 넘어간 모양새에 짜증이 난 목소리이긴 했지만, 데일은 찬성파로 돌아섰다. 규바가 잘됐다며 흐뭇한 미소를 지으며 시선을 콜베에게 돌린다.

"야, 괜찮지? 나도 빚을 갚고 싶어. 다음 유물 수집이 잘된다는 보장도 없잖아. 그래서 돈을 벌 기회를 놓치고 싶지 않아. 제발 좀 부탁하마."

"알았다. 그러지."

콜베는 미묘하게 우려를 느꼈지만, 빚을 갚는 것이 목적이라고 하자 입장상 거절하기 어려워서, 그 제안을 받아들였다.

"좋았어! 야! 듣고 있냐! 돌아간다!"

버스 안에 규바의 흐뭇한 목소리가 울려 퍼진다. 동승하고 있던 헌터들은 몹시 기뻐하는 그 모습을 이상하게 여겼지만, 규바의 의도를 눈치챈 사람은 없었다.

제78화 누군가의 음모

아키라 일행의 유물 수집은 막바지로 치닫고 있었다.

요노즈카역 유적 출입구와 가장 가까운 통로에는 유물이 가득 담긴 골판지 상자가 수북하게 쌓여 있다. 이것들을 트레일러 짐칸에 모두 넣자 조직의 아이들을 태울 수 없을 정도로 모였다.

나머지는 그것들을 지상으로 운반해 짐칸에 싣고 출발하기만 하면 된다. 셰릴에게 그런 보고를 받은 아키라는 최상의 성과에 인상을 환히 펴고 있었다.

"좋아. 유물을 다 실으면 바로 돌아가자."

"조명을 설치한 채로 두었는데 어떡하죠?"

"그대로 두면 되지 않을까? 다음에 올 때까지 이 출입구를 들키지 않으면 써먹을 수 있을 테니까."

"알겠어요. 꺼놓기만 할게요."

"그래. 부탁할게."

셰릴이 부하들에게 지시를 내리려고 아키라를 떠난다.

"셰릴."

이름이 불린 셰릴이 뒤돌아보자 아키라가 조금 쑥스러운 기색으로 웃고 있었다.

"도와줘서 정말 다행이야. 고마워."

셰릴은 한순간 놀란 표정을 지은 뒤, 매우 기뻐하는 기색으로 웃었다.

알파가 겉으로는 평소처럼 미소를 짓고 넌지시 묻는다.

『아키라. 꽤 기쁜 눈치네.』

『당연히 기쁘지. 유물의 양이 저런데? 셰릴네 애들이 적당히 골라서 절반 정도는 쓰레기나 다름없었다 하더라도, 나머지 절반만 해도 상당한 액수가 될 거야. 5000만 오름쯤 되어도 놀라지 않을 거라고.』

『그게 끝이야?』

『그게 끝이긴…… 5000만인데? 아니지. 하긴 5000만에 팔린다는 보장은 없으니까 벌써 기뻐할 순 없겠네. 하지만 기대할 수는 있지 않을까?』

아키라는 기쁜 듯이 그렇게 대꾸했다. 그 내용은 알파의 우려와는 방향성이 달랐다.

그래서 알파는 우려를 잠시 접어둔다. 그리고 아키라의 불안감을 부추기듯 의미심장하게 미소를 지었다.

『기대하는 것은 아키라 마음이지만, 환금을 마칠 때까지는 기대하는 수준에서 멈춰. 아키라의 불운을 생각하면 앞으로 무슨 일이 생겨도 이상하지 않아.』

알파가 괜스레 불안을 부추기는 바람에 아키라가 그 불안을 딱딱해진 표정으로 얼굴에 드러낸다. 놀리는 것임을 알지만, 지금까지의 경험도 있어서 웃어넘기기 어려웠다.

『알파. 그렇게 말하지 마.』

『아키라. 경계해.』

『돌아갈 때까지 긴장을 안 풀 테니까, 그렇게 쓸데없이 불안을 부추기는 건……..』

그제야 아키라가 알파의 진지한 표정을 깨닫고 곧바로 의식을 전환한다.

『적이야? 몬스터야?』

『아니. 차량이야. 아까 아키라에게 트집을 잡은 사람들이 돌아왔어.』

『정말이네. 뭐 하러 돌아왔지?』

『모르겠어. 그러니까 경계할 필요가 있어.』

『그래.』

아키라는 셰릴에게 상황을 전하고, 콜베 일행이 다가오지 못하게 다시 차량에 올라탔다.

◆

아키라가 셰릴 일행과 조금 떨어진 곳에 차량을 세우고 콜베 일행의 반응을 살피자, 그들은 지난번과 마찬가지로 차량을 세우고 셋이서 아키라가 있는 곳까지 왔다.

"무슨 일이야?"

아키라가 경계심을 드러내고 말하자 규바가 장난치듯 웃는다.

"너무 경계하지 마. 아까는 내가 잘못했다고. 좋은 소식을 가져왔다니까."

아키라가 목소리의 질을 경계에서 경고로 바꾼다.

"그 말을 들을 것 같아? 돌아가."

규바는 멈칫하듯 한 발짝 물러서서 두 손을 슬쩍 들었다.

"그렇게 위협하지 마. 이야기는 여기 데일이랑 콜베가 한다. 나는 사과하러 왔을 뿐이야. 그렇지?"

데일은 어이없다는 듯 가볍게 숨을 내쉬더니 아키라에게 미안해하는 태도를 보였다. 그리고 콜베가 가볍게 쓴웃음을 지으며 본론에 들어간다.

"내가 콜베다. 이쪽은 데일. 여기 규바라는 바보는 상대하지 않아도 돼."

"말이 심한걸."

"조용히 있어. 그래서 말이다. 우선 이야기만이라도 들어줬으면 좋겠다. 안 되면 바로 가마. 다툴 마음은 없다."

다음으로 데일이 태도로 사과의 의지를 보이면서 계속한다.

"이 바보가 멍청한 짓을 해서 미안하다. 일단은 사과할 작정으로 이야기하러 온 거야. 피해를 줄 생각은 없다. 그렇게 알고 이야기를 들어줘."

데일이 규바가 제안한 내용을 말하자, 아키라는 미심쩍은 눈치를 더욱 짙게 드러낸다.

『알파. 정말인 것 같아?』

『적어도 거짓말하는 기색은 없어. 저 사람은 진심으로 말하고 있다고 생각해도 되겠지.』

『다른 녀석들은?』

『물어보면 되지 않을까?』

아키라가 규바에게 따가운 시선을 보낸다.

"지금 하는 말이 진심이야?"

그러자 규바는 얼버무리듯 쓴웃음을 지었다.

"내가 무슨 말을 해도 안 믿을 거잖아? 여기 두 사람한테 물어봐. 사실이라고 말해도 된다면 얼마든지 말하겠는데, 그렇다고 믿을 거야?"

"못 믿지."

"그렇지?"

콜베가 한숨을 쉬고 규바를 물러나게 한다.

"넌 조용히 있어. 그래서 말이다. 우리도 잘못했다고 생각하지만, 순수하게 선의만 있는 건 아니야. 견인이든 호위든 보수를 원해. 물론 이 바보가 저지른 만큼 깎아도 상관없는데, 어때?"

『알파.』

『본심이야.』

『그렇군…….』

아키라는 조금 난처해졌다. 실제로는 차량 트러블이 없는 아키라 일행에게, 콜베 일행의 제안은 불필요한 친절일 수밖에 없다.

그러나 선의와 사과의 의미에서 나온 이야기이고, 단순히 생각하면 거절할 이유도 없다. 게다가 황야에서 꼼짝도 못 하는 상태에서 거절하는 것은 부자연스러워 보였다. 어떻게든 잘 변명해야 한다고 생각한다.

"아, 마음만 받겠어. 자세한 내용은 이쪽의 개인적인 사정이라 말할 수 없지만, 내 고용주가 그 제안을 받을 것 같지는 않으니까."

이러면 어떨까. 아키라는 상대의 눈치를 살폈다. 그러자 데일이 좋은 뜻으로 제안한다.

"그쪽 사정에 파고들 생각은 없지만, 고용주에게 말해 보는 게 좋을걸? 그런 말을 할 수 있는 이상 자네는 매우 신뢰받는 호위이겠지만, 판단 영역은 지켜야지. 아니야?"

"아, 그렇긴 한데……."

아키라가 말을 흐리자 콜베가 말을 잇는다.

"일단 그쪽 고용주와 이야기하고 싶은데. 그래서 거절당하면 돌아간다. 나도 계약 이야기는 윗선에 맡기는 게 낫다고 보는데. 어때?"

지당한 말이다. 그렇게 생각하면서 아키라가 변명을 생각한다. 그리고 어떻게든 방법을 쥐어짜냈다.

"그렇다면 무장은 해제해 줘. 총 전부와 강화복의 에너지 팩이야. 호위로서 그 점은 양보할 수 없어. 어때? 싫으면 포기해 줘."

황야에서 장비를 내려놓는 것은 싫을 것이다. 아키라는 자기가 생각해도 좋은 변명이라고 자화자찬했다.

그러나 그 예상이 확 뒤집힌다.

"자."

규바가 총과 에너지 팩을 아키라 앞에 내민 것이다.

아키라도 데일도 콜베도 놀랐다. 그때 규바가 의미심장하게 웃으며 뒤를 가리킨다.

"일단 말해 두겠지만, 저 버스에는 우리 동료들이 많이 타고 있다고. 무장은 해제했지만, 그 말을 꼭 하고 넘어가마."

데일이 규바에 대항하는 마음으로 이어서 무장을 해제했다. 하지만 콜베는 표정을 굳히고 고개를 저었다.

"미안하지만 나는 무리야. 둘이서 가."

조건을 충족한 두 사람이 아키라의 답변을 기다리고 있다. 아키라는 골치가 아팠지만, 자신이 한 말을 따랐다.

"알았어. 타."

경솔한 말을 했다고, 아키라는 새삼스럽게 자신의 부족한 생각에 조금 우울해졌다.

그리고 잠시 후, 두 사람을 데려가지 않고 세릴을 데려와야 했다는 것을 깨닫고 더 우울해졌다.

◆

세릴은 아키라가 데일, 규바를 데려오기까지 얼마 안 되는 시간에 정보 단말로 온 메시지를 통해 상황을 빠르게 파악했다.

그리고 코트를 벗고 고급스러워 보이는 옷을 자연스럽게 보이게 해서 데일과 규바를 맞이하더니, 데일의 제안을 처음 들은 것처럼 가장하며 정중하게 머리를 숙인다.

"죄송합니다. 배려는 대단히 고맙지만, 계약상 당신들의 도움을 받을 수 없습니다. 사양하겠어요."

데일은 예상 밖의 사람이 맞이한 것에 조금 놀라고 있었다. 그러나 본인의 감각으로는 싸구려 트레일러와 은은한 기품마저 느껴지는 셰릴의 조합에 어색함을 느끼면서, 이런 소녀가 황야에서 오도 가도 못 하는 상황을 우선시한다.

"나도 헌터다. 계약의 중요성은 잘 알지. 그래도 괜찮겠어? 꼼짝도 못 하는 상태에서 안전한 장소는 황야에 없는데?"

"걱정하지 마세요. 호위도 있고, 구체적인 내용은 계약상 대답할 수 없지만, 다른 준비도 하고 있습니다."

"호위라니…… 이 사람밖에 없는 것 같은데……."

데일이 아키라를 힐끗 본다. 장비는 나쁘지 않지만, 별로 강해 보이지 않는다. 적어도 좋은 집안 아가씨 같은 셰릴의 호위를 혼자 맡을 정도는 아니었다.

하지만 셰릴은 활짝 웃었다.

"괜찮아요. 아키라는 내가 가장 신뢰하는 든든한 경호원이니까요."

그 미소는 셰릴이 진심임을 반영해 연기보다 훨씬 환했다.

데일은 살짝 넋을 잃은 듯 놀라더니 부드럽게 웃었다.

"그렇군. 그렇다면 우리는 물러난다. 조심해서 가라고."

"네, 감사합니다."

"이봐, 가자고."

"응? 그래. 알았어."

데일과 셰릴이 이야기하는 동안 한마디도 안 하던 규바는 마지막으로 그렇게 대답하고, 끝까지 이야기에 끼어들지 않았다.

아키라 일행과 헤어지고 버스로 돌아오는 길. 데일이 잘 모르겠다는 눈으로 규바를 봤다. 본인이 자진해서 무장해제에 응했으면서 정말로 그냥 따라가기만 한 규바의 태도를 의심했기 때문이다.

"넌 뭐 하러 따라왔어?"

"뭐, 그거지. 그놈 고용주 얼굴은 구경하고 싶어서 말이야."

규바는 그렇게 말하며 적당히 얼버무렸다. 물론 그런 이유는 아니었다.

아키라는 데일과 규바를 중간까지 바래다준 다음 장비를 돌려주고, 방향을 틀어서 돌아가려는 차에 한숨을 쉬었다.

『계약상 말할 수 없다. 계약상 안 된다. 그런 간단한 대답이면 됐어?』

서투른 변명으로 상황을 복잡하게 만든 자각이 있었던 만큼 아키라의 한숨은 깊었다.

그때 알파가 조금 진지한 표정을 짓는다.

『아키라. 미리 충고할게. 저들을 살려 돌려보내는 것은 위험할 수도 있어.』

『어? 왜? 유적은 들키지 않았을걸?』

『지금은 말이야. 하지만 조만간 눈치챌지도 몰라.』

규바는 무장을 풀고 아키라에게 셰릴이 있는 곳까지 안내받은 뒤 줄곧 주위를 살폈다. 수송차의 상태도 꼼꼼히 살피고 있었다.

그것으로 차량 문제가 거짓으로 간파될 경우, 이 장소에 정차할 모종의 이유가 있었다고 생각할 수 있다. 적어도 이 장소에 흥미가 생길 것이다.

그 후에는 이 근처에 뭔가 있다고 판단해서 주위를 살피려 할지도 모른다. 찾는 곳이 요노즈카역 유적의 출입구는 아니더라도, 들키기 쉽다는 점에선 매한가지다.

알파에게 그런 설명을 들은 아키라가 무심코 돌아본다. 데일과 규바의 무방비한 등이 보인다.

『그건 그런 우려가 있다는 이야기지?』

『맞아. 일정 확률로 발생한다는 의미이기도 해.』

그리고 어느 정도 확률로 발생할지 모르는 현상에 어느 정도 대응을 할 것인가 하는 이야기이기도 하다. 아키라는 그것을 바탕으로 조금 생각하고 결론을 내렸다.

『그만둘게. 한쪽은 선의로 제안했을 뿐이고, 다른 한쪽도 유적의 존재가 알려졌다고 입막음을 하는 것은 아닌 것 같아.』

현재로선 우려일 뿐이다. 그리고 우려한 대로 들킨다고 해도 어쩔 수 없다. 아키라 나름의 기준에서는 상대를 죽이고 요노즈카역 유적의 존재를 은폐하는 것이 조금 아니라고 생각했다.

『알파. 내 생각이 어리숙할까?』

알파가 슬며시 웃는다.

『그 감각은 사람마다 달라. 나는 아키라가 그렇게 정했다면 상관없어.』

『그렇구나…….』

아키라는 조금 마음이 편해진 듯 웃었다.

◆

아키라는 트레일러에 유물이 실리는 모습을 셰릴과 함께 바라보며 요노즈카역 유적의 존재가 드러날 우려와 그 근거를 이야기했다.

그 말을 들은 셰릴은 미안하다는 듯이 머리를 숙였다.

"죄송합니다. 제 쪽에서도 뭔가 실수가 있었을지도 몰라요."

아키라가 웃으며 고개를 설레설레 젓는다.

"뭐, 그냥 그런 우려가 있다는 말이야. 신경 쓰지 마. 그만큼 숨기고도 안 되면 더는 어쩔 수 없어."

"그렇게 말씀해 주시면 다행이에요."

"참고로 셰릴이 저쪽 입장이라면 어떻게 생각할 것 같아?"

"글쎄요, 여기에 의미가 있어서 수송차로 들른 셈이니까 뭔가를 싣거나 운반하러 온 것 같겠죠. 굳이 이런 데까지 와서 한다면 너무 비싸고 위험한 물건을 숨기는 장소나 주고받는 장소가 있다든가, 정도일까요?"

"예를 들면, 어떤 위험한 물건일 것 같아?"

"헌터 오피스의 유물 거래소에서 빼돌린 물건……이라거나?"

"오, 그건 확실히 위험할 것 같아."

잡담하는 동안 적재 작업이 끝났다. 그리고 유적 출입구를 일단 다시 파묻으려고 하는 아키라의 시야에 근처 빌딩의 폐허가 비쳤다.

뭔가의 구조 덕분에 벽면 근처 부분만 남은 빌딩의 폐허를 보고, 아키라는 한 가지 생각을 알파에게 물어봤다.

그 말을 들은 알파가 긍정한 뒤 확인한다.

『할 수는 있지만, 그랬다간 아키라가 스스로 파내는 것도 힘들 건데? 그래도 돼?』

『그야 뭐, 이렇게 넓으니까 다른 출입구도 찾으면 있을 거야. 그러니까 여기는 이제 막아버리자.』

『알았어. 그렇다면 화려하게 해 보자.』

신나게 웃는 알파에 아키라도 웃음으로 답했다.

다시 차량으로 돌아온 아키라가 CWH 대물돌격총을 챙기고 빌딩으로 향한다. 그리고 강화복의 신체 능력으로 총을 단단히 겨누었다.

빌딩은 거의 무너진 것과 다름없다고 해도 역시 구세계의 건조물이며, 이 상태에서도 쓰러지지 않고 남아있는 만큼 튼튼하다. 자연스럽게 무너지려면 아직 시간이 더 필요하다.

하지만 인위적으로 무너뜨린다면 상황이 달라진다.

아키라가 잘 조준해서 방아쇠를 당긴다. 강력한 전용탄이 총구에서 나와 빌딩의 취약한 부분에 명중하고, 파고들고, 균열을 방사형으로 확대해 나간다.

정보수집기로 건물 상태를 조사한 알파는 그 정보를 바탕으로 건물을 무너뜨리는 데 가장 효과적인 사격 장소를 계산하고 있었다. 총탄이 박힐 때마다 피탄의 충격이 벽 내부로 전해져 빌딩 전체의 내구력을 빠르게 감소시킨다.

그대로 계속 사격해서 탄창을 두 번 교체하자 간신히 남아있던 빌딩이 들썩거리기 시작했다. 벽에서는 이미 미세한 파편이 쏟아지고 있다.

『아키라. 사전 준비는 이 정도면 충분해.』

『알았어. 그러면 새로운 강화복의 힘을 볼까?』

아키라가 CWH 대물돌격총을 갈무리하고 빌딩 옆에 서서 즐겁게 웃는다. 그리고 자세를 잡더니 크게 숨을 들이쉰다. 그에 호응하듯 강화복 출력이 한계까지 올라간다.

"으랴아압!"

다음 순간, 아키라는 통렬한 발차기로 빌딩을 때렸다.

몸을 지탱하는 발 아래에 있는 단단하게 포장된 지면이 발차기의 반동으로 갈라진다. 그리고 고체인 빌딩 벽이 발로 찬 곳을 중심으로 부서지면서 일렁이고, 함몰되고, 그 충격을 빌딩 전체로 확산해 나간다.

그리고 빌딩이 기울었다.

『부족한가! 한 방 더!』

이어진 돌려차기가 벽에 꽂히고, 그 굉음이 주위로 퍼졌다. 전파되는 충격으로 이미 많이 약해졌던 벽 일부가 무너져 내린다. 빌딩이 더 기울었다.

『아직 부족한가! 튼튼한걸!』

『다음에 끝나!』

『알았어!』

집중하고 체감 시간을 조작해 시간의 흐름을 완만하게 한 세계 속. 자유낙하 중인 잔해를 참 느리다고 생각하면서, 아키라는 발차기 반동에 뒤로 밀리려는 몸을 두 다리로 단단히 지탱하고 다시 앞쪽으로 가속해 고속으로 파고든다. 그 속도마저 위력에 실어 다음 일격의 위력을 키운다.

강화복이 에너지 소비량을 일시적으로 증가시켜 착용자의 사지에 보통 사람을 훌쩍 뛰어넘는 힘을 준다. 그 힘을 알파의 서포트에 따른 달인의 기량으로 증폭시킨다. 아키라는 이것들을 합쳐 현시점에서 날릴 수 있는 최대 위력의 발차기를 표적에 때려 박았다.

그 직격탄을 맞은 표적은 충격에 전체를 무너뜨리면서 무너져 잔해더미가 되었다. 그리고 요노즈카역 유적 출입구는 그 잔해더미에 완전히 묻혔다.

무너진 뒤 모래 먼지가 가라앉자 기지개를 쭉 켜는 아키라가 나타난다. 만족스러운 표정을 짓고 있었다.

『새로운 강화복, 성능이 좋은걸. 이 강화복의 악평을 퍼뜨리는 녀석은 이 성능에 불만이 있었다는 거야?』

알파가 득의양양하게 미소를 짓는다.

『글쎄, 그 사람에게는 내 서포트가 없으니까, 그런 의미에서는 마땅한 평가였을지도 모르는걸?』

『알아. 고마워.』

아키라와 알파는 기분 좋게 웃었다.

◆

셰릴은 조금 떨어진 곳에서 빌딩이 무너지는 광경을 보고 있었다. 아키라의 지시로 멀찍이 떨어졌기 때문에 무슨 일이 있을 줄은 알았지만, 예상을 뛰어넘었다.

조금 늦게 아키라가 유적 출입구를 막으려고 한 짓임을 알게 되자 그것 때문에 저렇게까지 하는 것인가 싶어서 덩달아 놀랐다.

같은 광경을 옆에서 지켜보던 에리오가 바짝 긴장한 얼굴을 하고 있다.

"보스, 저거, 아키라 씨가 한 거야?"

"그렇겠지. 안 그러면 위험하다고 멀리 떨어져 있으라고 말하지 않을 거야."

"왜, 왜 저런 짓을 해?"

사람의 손이 닿지 않은 유적의 존재가 다른 사람에게 알려질 우려가 있어서 그 출입구를 완전히 막아 후환을 최대한 없애려는 것이다. 셰릴은 그렇게 짐작했지만, 가르쳐 줄 수도 없어서 적당히 얼버무리기로 한다.

"글쎄. 그냥 해 본 거 아닐까?"

"저게 그냥 해 보는 일이야?"

"그래. 아키라가 강화복을 바꾼 건 알지? 새 강화복의 성능을 시험해 보고 싶어진 게 아닐까?"

"그렇다고 저걸 일부러 무너뜨려? 그렇구나……."

아무래도 그건 아닌 것 같다. 에리오도 한 번은 그렇게 생각했지만, 아키라라면 그럴 수도 있다는 생각에 밀려 반론을 그만두었다.

"굉장해."

"그, 그러네."

같은 광경을 보고 순수하게 대단하다고 생각하는 사람은 셰릴밖에 없다. 다른 아이들은 대단하다고 생각하면서도 얼굴을 찡그렸고, 정도의 차이는 있어도 황당함과 두려움을 느끼고 있었다.

그 뒤로 셰릴 일행은 아키라와 합류하고 유물이 가득한 트레일러와 함께 도시로 돌아갔다.

짐칸에 유물을 너무 많이 채우는 바람에, 루시아와 나샤는 셰릴과 함께 아키라의 차량에 탔다.

두 사람은 아키라에게 용서받은 것을, 핼쑥해진 얼굴로 재차 기뻐하고 있었다.

◆

잔해더미에 파묻힌 요노즈카역 유적 출입구에서 아키라 일행이 떠나고 한참 뒤, 그곳에 차량을 타고 나타난 규바가 고개를 갸웃거리고 있었다.

"이상한데. 이 근처일 텐데?"

차량의 내비게이션은 이 근처라고 나타내지만, 그럴듯한 장소는 없다. 근처에서 눈에 띄던 얇은 폐건물도 보이지 않았다.

그래도 이 근처일 거라며 규바는 차량으로 주위를 돌아보며 찾아봤다. 그러나 목적지는 전혀 찾을 수 없었다.

"제기랄! 어떻게 된 거야?"

뭔가 이유가 있어서 내비게이션 기능에 문제가 생겼다. 그렇게 생각하고 다시 돌아가서 자신의 기억에 의지해 다시 목적지를 찾지만, 똑같은 장소에 도착했다.

"그럴 수가?! 이 근처일 텐데?! 정말 어떻게 된 거야?!"

규바는 요노즈카역 유적의 출입구에 있는 것을 비밀 창고의 일종으로 생각했다.

기업 쪽 사람이 빼돌린 물건 등을 일시적으로 황야에 숨기거나 그 거래 장소를 황야에 만든다는 소문은 많다. 호위와 공모한 수송업체가 화물을 황야에 숨기고 수송차만 몬스터가 덮치게 해서 차량과 화물을 몽땅 잃었다고 연락하는 보험 사기 사례도 있다.

그 비밀 창고가 그런 물건을 보관하는 장소일 가능성이 있다. 규바는 그렇게 생각했다.

헌터가 그런 물건을 훔쳐도 문제가 될 일은 거의 없다. 황야에서 찾았다고 하면 되기 때문이다. 당연히 훔친 상대에게 원한을 사지만, 그때는 황야의 질서에 따르면 된다. 일반인이 헌터와 사투를 벌여서 일을 키우는 사례는 드물었다.

규바는 황야에서 셰릴과 대화하는 동안 자신의 계획이 들키지 않았다고 생각했다.

자신 같은 사람이 꼬치꼬치 캐물어 보면 눈치챌지 모르지만, 제안한 자는 착한 척하는 데일이라는 헌터였고, 대응한 셰릴에게서도 부자연스러운 반응은 없었기 때문이다.

더군다나 만일 자신의 계획을 눈치챘다고 해도, 그 수송차로는 수송량에도 한계가 있다. 일부러 황야에 만들 정도로 큰 창고에서 모든 물건을 챙기는 것은 불가능할 것이다. 그렇게 생각하고 있었다.

그래서 혼자 달려갔다. 현장 상황을 살펴보고 버거울 것 같으면 다른 사람을 불러도 되지만, 일단은 독점을 목표로 했다.

그러나 그 현장에 다다를 수 없다. 서두르지 않으면 물자를 다른 곳으로 옮길 수도 있다. 그렇게 생각하며 조바심을 내는데, 도저히 도달할 수 없었다.

"빌어먹을! 분명 여기일 텐데?!"

조바심이 짜증을, 짜증이 조바심을 한층 키우는 가운데 정보 단말에 통화 요청 사인이 뜬다. 그 상대의 이름을 본 규바는 퍼뜩 정신을 차리고, 조금 당황하고 통화를 받았다.

"무슨 일이야?"

정보 단말에서 흥겨운 여자 목소리가 들린다.

"말투가 영 아니네. 당신에게 정보를 팔아주려고 일부러 연락한 건데."

"나한테 그런 돈이 있어 보여? 아니, 돈이 있어도 살 것 같아?"

"그래? 뭐 무리하게 팔 생각은 없어. 그러면 잘 있어."

"기다려!"

규바는 무심코 말렸다. 통신 상대인 여자가 아주 악질임을 잘 안다. 엮였다가 파멸한 자도 많다. 하지만 그만큼 유능해서, 이 이야기에도 의미가 있다고 생각해버렸다.

모처럼 빚을 갚을 방법을 찾았다고 생각한 희망이 사라지고 있는 초조함이 규바에게 결단을 내리게 한다.

"이야기 정도는 들어주지."

"한 헌터가 슬럼의 아이들을 몇 명 고용해 유적에서 유물 수집을 돕게 했대."

"그래서?"

"눈치도 없는 남자야. 그 장소는 아이를 데려갈 수 있을 정도로 쉽고, 운반하는 데 아이의 일손도 필요할 정도로 유물이 남아있다는 거잖아?"

그 말을 들은 규바가 괴이쩍은 표정을 지었다.

(응? 뭐지?)

"아마도 어딘가의 유적에서 미조사 부분이 발견된 거야. 나도 그 장소의 정보는 파악하지 못했지만."

여자의 이야기가 규바의 사고를 자극한다.

(나는 무슨 생각을 했지? 뭘 알아채려고 했지? 뭐가 궁금해? 뭘 떠올리려는 거야?)

"하지만 그 헌터와 아이의 정보는 얻을 수 있었어. 예전에 돌았던 소문, 거래소에 유물을 가져온 아이의 이야기는 결국 소문으로 그쳤는데, 이번엔 확정 정보야."

(헌터? 슬럼의 아이? 그 수송차를 쌍안경으로 봤을 때 헌터 자식과 비싸 보이는 옷을 입은 계집 말고도 애들이 있었지. 그리고 뭔가를 옮기고 있었다. 아마도 땅속에서. 그래서 나는 지하에 비밀 창고가 있지 않을까 해서…….)

"빚을 갚으려고 유물 수집에 종사하는 거지? 그렇다면 유물이 잔뜩 남은 곳의 정보가 필요하지 않을까?"

(유물 수집…… 지하창고가 아니라, 유적?)

"그 헌터와 아이의 흔적이 유적의 미조사 부분으로 안내해 줄 것 같지 않아?"

(미조사 부분…… 조사하지 않은 유적? 그것들이 밑으로 옮기던 게 조사용 기자재였다면? 그런 물건이 필요할 정도로 넓은 유적이었다면? 아이도 들어갈 수 있을 정도로 안전한 유적이었다면?)

"그 헌터의 정보가 필요하지? 물론 공짜는 아니야. 하지만 당신 빚을 다소 늘려서라도 살 가치가 있다고 생각하지 않아? 그 헌터의 정보료는…….'

"입 다물어."

"어머, 왜 그래?"

"됐으니까 조용히 있어."

규바는 그렇게 말하며 주위를 다시 살폈다. 더불어 차량 내비게이션 표시를 확인한다. 그리고 목적지의 표식으로 삼았던 얇은 빌딩이 있던 위치를 다시 본다.

그곳에는 그 빌딩이 무너져서 생긴 것으로 보이는 잔해더미가 있었다. 그것을 알아차린 규바의 표정이 굳었다.

(떠올려! 그 자식의 이름이 뭐였지? 분명, 그 여자가 말했을 거야! 떠올려! 떠올리라고! 분명, 분명……… 아…… 아, 뭐였지……?)

그리고 규바가 필사적으로 떠올린 이름을 입 밖에 낸다.

"아키라. 이봐, 그 헌터의 이름은, 아키라, 아닌가?"

정보 단말에서 허둥대는 듯한 여자 목소리가 들린다.

"잠깐, 어떻게 알았어? 그 정보를 어디서 샀어!"

그 순간, 규바는 소리 높여 웃었다. 그동안에도 의아해하는 여자 목소리가 정보 단말에서 들렸지만, 아랑곳하지 않고 계속 웃었다.

이어서 통신을 끊고, 매우 기쁜 듯 흉악한 미소를 지으며 잔해더미를 바라보았다.

"있구나? 저 밑에, 유적이! 입구가 저기 있었던 거야. 그래서 들켰다고 생각해서, 묻은 거야! 저 빌딩을 무너뜨리면서까지!"

힘차게 차량을 출발시킨 규바가 전속력으로 도시로 돌아간다.

"입구를 메운 것은 유물을 다 챙겼기 때문인가? 아니야! 그렇다면 방치하겠지! 아직 많이 남았으니까 묻은 거다! 그렇다면 나머지를 챙길 수단도 당연히 알겠지!"

빚을 갚는 수준을 넘어서 떼돈을 벌 가능성이 현실적 확률로 눈앞에 있다. 그 사실을 눈치챈 규바는 망설이지 않고 손을 뻗었다.

"가져주마! 내 거야!"

그것을 손에 넣기 위해서, 규바는 수단과 방법을 내팽개쳤다.

같은 시각, 쿠가마야마 시티 하위 구획에서 한 여자가 통신이 끊긴 정보 단말을 보며 웃고 있었다.

"잘해 봐."

그리고 아름다우면서도 악랄한 미소를 짓고 중얼거린 다음, 약속한 상대에게 통신을 연결한다.

"나야. 아마 움직일 거야. 그러니 확인 좀 해 줘. 끊을게."

유도했다는 사실도 모르고 자기 자신을 위해 도박에 나섰을 자를 상상하면서, 여자는 무척 즐겁게 웃고 있었다.

제79화 셰릴의 수난

요노즈카역 유적에서 유물 수집을 마친 아키라 일행은 쿠가마야마 시티로 돌아와 먼저 아키라의 집으로 향했다.

그리고 차고에 유적에서 운반해 온 유물을 쌓는다. 슬럼에 있는 셰릴의 거점에서 보관하는 것은 아키라가 후원한다고 해도 역시 위험하기 때문이다.

그 뒤에 아키라가 셰릴 일행을 거점까지 보낸 시점에서 그날은 해산했다. 이미 해는 저물었다. 셰릴도 트레일러 반납 등으로 바쁘다. 보수 분배 등의 일에 관해서는 내일 조정하기로 하고, 아키라는 셰릴에게 배웅을 받아 집으로 돌아갔다.

강화복을 입었어도 아키라 역시 지쳤다. 식사하고 목욕하고 피로를 푼 다음에는 바로 잠들어 버렸다.

다음 날, 아키라는 어제 이야기를 하려고 셰릴의 거점으로 가려고 했다. 황야 사양 차량을 거점 앞에 세우면 억지력이 된다는 이야기를 들은 바가 있어 단단히 준비한 상태다.

한 번 황야로 나가 도시 외곽을 따라 슬럼으로 향하려는데, 에리오의 통신 요청이 뜬다. 아키라는 신기하다고 생각하면서도 통신을 받았다.

"나야. 왜 그래? 그쪽에는 조금 있으면 도착하지만……."

"아키라 씨! 셰릴이 끌려갔어!"

"뭐?"

예상치 못한 사람의 연락은, 그보다도 예상치 못한 사태를 알렸다.

◆

셰릴이 아키라를 맞이하기 위해 조직에 있는 자기 방에서 옷을 갈아입고 있다. 라판트라에서 구세계 옷을 소재로 지은 것이다.

셰릴은 이 옷을 특히 중요한 협상 때 입는 옷으로 취급하며 평소 소중히 여긴다.

그리고 지금은 아키라를 응대한다는 어떤 의미에서 가장 중요한 일을 위해, 게다가 아키라도 매우 좋은 반응을 보인 옷을 입어서 사이를 더욱 돈독히 하기 위해, 수선비만 150만 오럼이나 되는 아주 비싼 옷을 거리낌 없이 걸치고 치장했다.

그리고 아키라의 도착을 기다리고 있는데, 조직의 아이가 당황한 기색으로 문을 두드렸다.

"들어와도 돼. 무슨 일이야?"

"보스, 헌터가, 아니 아키라 씨 말고 다른 헌터들이 보스한테 볼일이 있대요."

셰릴이 소년의 태도로 봐서 단순한 방문이 아니라고 짐작하고 표정을 굳힌다.

"알았어. 상대의 이름이나 용건은 들었어?"

소년은 조금 겁먹은 듯 고개를 저었다.

"그자들은 지금 어디에 있어?"

"거점 입구에 있어요."

"허세라도 좋으니까 무력 요원을 무장시켜서 모이게 해. 나도 금방 할게. 부탁해."

셰릴은 소년을 안심시키려는 듯 미소 지었다. 소년은 조금 진정되자 고개를 끄덕이며 동료를 부르러 나갔다.

셰릴이 표정을 심각하게 바꾸고 숨을 고른다.

(우호적인 상대는 아닌 것 같아. 금방 아키라가 올 거야. 그때까지 시간을 끌자.)

아키라 같은 후원자가 있지만, 상주하지 않는 이상 이런 일도 생긴다. 셰릴은 그렇게 각오한 다음, 옷을 갈아입을 겨를이 없다고 판단하고 그대로 방을 나섰다.

거점 출입구에서는 헌터들이 셰릴을 기다리고 있었다. 후드를 쓴 남자, 풀페이스 헬멧을 쓴 남자, 얼굴의 오른쪽 절반을 기계화한 남자. 이렇게 세 명이다.

장비도 풍모도 퇴물 헌터나 사이비 헌터가 아니다. 인격의 좋고 나쁨을 떠나 황야에서의 활동과 살인에 익숙한 자들 특유의 분위기를 내고 있었다.

셰릴이 상대의 분위기에 휩쓸리지 않도록 매서운 표정을 짓는다.

"내게 볼일이 있다고 들었는데, 무슨 일이야?"

헌터들이 눈짓한다. 그리고 그중 한 명이 후드를 걷고 셰릴에게 얼굴을 드러냈다.

"당신은……!"

"오랜만이야."

규바가 웃는다. 그 얼굴에 상대에 대한 모멸은 없다. 그러나 경의도 없다.

"너에게 볼일이 있다. 좀 물어볼 게 있어. 따라와."

규바는 그렇게 말하며 셰릴의 팔을 붙잡았다. 동시에 다른 헌터들이 일제히 총을 겨눈다.

그때 운 나쁘게 조직 무력 요원 중 한 명이 준비를 마치고 그 자리에 나타났다. 그리고 눈앞의 광경을 보고 무심코 총을 겨누려고 했다.

"이것들이! 무슨 짓거리를……."

소년은 말을 끝내기도 전에 온몸에 총탄을 맞고 즉사했다. 몬스터를 상대하는 강력한 총탄이 소년의 값싼 방호복을 관통하는 것을 넘어서 갈가리 찢고, 내용물과 함께 주위에 흩날린다.

조금 늦게 에리오도 그 자리에 달려왔다. 하지만 그 직후 전력을 다해 도망쳐 적의 총격으로부터 도망쳤다. 주위 바닥과 벽은 벌집이 되는 수준을 넘어서 무너지기 일보 직전이었다.

조직원들의 비명이 울려 퍼진다. 하지만 규바 일당은 아무도 움직이지 않았다.

셰릴이 부하들에게 소리친다.

"물러나!"

규바가 셰릴을 억지로 거점에서 데리고 나간다. 동료 헌터들은 주위에 가볍게 견제사격을 한 다음 규바를 따라 거점에서 빠져나갔다.

총성이 사라진 뒤 얼마 지나지 않아 조직의 아이들은 조심스럽게 상황을 살폈다. 흩날린 피, 탄흔으로 가득한 벽과 바닥이 적대자의 위협을 알기 쉽게 보여주고 있었다.

죽을 뻔한 두려움에서 정신을 차린 에리오가 아키라에게 연락하기까지는 시간이 조금 더 걸렸다.

◆

에리오에게 상황을 다 들은 아키라가 인상을 험하게 쓰고 되묻는다.

"즉, 어디의 누가 무슨 목적으로 셰릴을 잡아갔는지는 알 수 없고, 있는 곳도 모른다. 짚이는 것도 없다. 그런 거지?"

"그래. 미안한데 전혀 모르겠어."

"그래? 뭔지 알아내면 연락해. 잘 있어."

마치 별일 아닌 것처럼 대화를 끝내려는 아키라의 태도에 자신들의 후원자로서 사태를 어떻게든 해결해 주길 바라는 에리오가 당황한 목소리를 낸다.

"잠깐만, 잠깐만 기다려 줘! 그게 다야?!"

"그런데? 지금 정보로 내가 뭘 할 수 있단 말이야. 뭐, 이쪽에서도 찾아보긴 할게. 끊어."

아키라는 그것만 말하고 통신을 끊었다.

"알파. 일단 묻겠는데, 아까 정보로 셰릴이 있는 곳을 알 수 있어?"

『아무리 나라도 역시 그건 무리야.』

"그렇겠지……."

아키라도 셰릴이 있는 곳을 알면 구하러 갈 것이다. 어느 정도는 돕겠다고 약속했기 때문이다.

하지만 찾는 것부터 시작한다면 어렵다. 도시와 황야는 넓다. 슬럼으로 한정해도 넓다. 찾을 때까지 찾아달라고 해도 승낙할 수 없었다.

아키라가 어떻게 할지 망설이고 있는데, 알파가 담담하게 고백한다.

『셰릴을 구하러 간다면 저쪽이야. 셰릴을 끌고 간 자들이 차를 몰고 황야로 가고 있어.』

아키라는 미묘한 얼굴로 약간 비난하는 듯한 시선을 알파에게 돌렸다.

"무리라고 하지 않았어?"

알파는 아랑곳하지 않고 웃었다.

『그 정보로 있는 곳을 특정할 순 없어. 다른 정보라면 가능한데?』

아키라가 더욱 쓴웃음을 짓는다.

"아, 그래? 알았어. 내가 잘못 물어봤어. 저쪽이면 되지? 알았다고!"

있는 곳이 판명되었다면 망설일 필요가 없다. 아키라는 차량의 진행 방향을 급격히 바꾸고 울분을 풀듯 단숨에 가속했다.

◆

규바 일당의 차량은 지붕 부분에 뼈대도 없는 설계의 황야 사양 차량으로, 승차 상태로 공격하거나 짐을 대량으로 싣기에 적합한 구조다.

규바는 그 차에 셰릴을 억지로 태우고 그대로 슬럼을 벗어나 황야로 향했다.

그리고 도중에 동료들에게 운전대를 넘기고, 뒷좌석에 앉힌 셰릴을 거칠게 차량 뒤쪽 짐칸으로 옮긴 다음 다시 마주 본다.

"자, 오래 기다렸지? 볼일 이야기를 하마. 너한테 물어볼 게 있어."

셰릴이 따가운 시선을 규바에게 돌린다.

"무슨 말인지 모르겠는데, 말할 것 같아?"

"자, 질문하마."

규바는 셰릴의 대답을 무시하고 오른손을 잡더니 질문도 하지 않고 새끼손가락을 꺾었다.

극심한 통증에 셰릴의 얼굴이 크게 일그러진다. 규바가 그 상태를 보며 묻는다.

"유적 입구를 알고 싶다. 어디 있지?"

"몰라……."

규바가 셰릴의 약손가락도 부러뜨린다.

"어디 있지?"

"몰……라."

셰릴은 극심한 통증 때문에 얼굴과 목소리와 몸을 떨면서도 규바를 노려보며 대답했다. 곧바로 가운뎃손가락도 부러진다. 셰릴의 얼굴이 더욱 고통스럽게 일그러졌다.

"자꾸 그러지 말고. 어디 있지?"

"몰……라."

다음은 집게손가락 차례일까 하고 셰릴이 공포로 표정을 굳힌다. 그래도 규바를 노려보는 것은 멈추지 않았다.

하지만 그렇게까지 셰릴의 반응을 확인한 규바는 조금 의아한 기색을 드러내기 시작한 동료들과는 대조적으로 흐뭇하게 웃었다.

셰릴 역시 의아해한다. 그리고 더욱 예상 밖의 말을 듣는다.

"그렇구나! 아는구나! 다행이다. 사실 억지로 데리고 나와서 이러긴 좀 그런데, 모르면 어쩌나 걱정했거든. 안심했어."

"모른다고…… 했잖아?"

"아니, 알지. 너는 분명히 알고 있어. 적어도 내 질문에 의문을 느끼지 않을 정도로는, 무엇을 물어보는지 되묻지 않고 이해할 수 있을 정도로는 내가 알고 싶은 것을 안다."

그 말을 들은 셰릴의 얼굴에 고통과는 다른 것이 섞였다. 그것도 규바가 기대한 반응이었다.

"정말 아무것도 모른다면 무슨 소리를 하는지 모르겠다는 태도가 정답이지. 하지만 너의 태도는 질문의 내용을 이해하고 모른다고 대답한 거야. 연기 잘하네. 황야에서 한번 만나지 않았다면 속았을 거야."

규바는 진심으로 감탄하고 있었다.

"통증을 느끼면서 연기하는 건 힘들지? 적어도 무슨 말인지 모르겠다며 연기할 만큼 똑똑하진 않지? 그래서 손가락을 먼저 부러뜨린 거야. 정답이었군."

셰릴은 고통을 견디며 규바를 노려보고 있다. 하지만 조금 전에 비해 분노보다 두려움이 더 강해지고 있었다.

"이것으로 그 장소에 유적이 있는 것은 확정이다. 그리고 그런 장소에 유적이 있는 줄은 나도 몰랐던 만큼, 미발견 유적인 게 틀림없어."

셰릴의 집게손가락이 부러졌다.

"그렇다면 다시 물어보지. 그 유적의 입구를 알고 싶어. 잔해 더미에 묻힌 곳을 물어보는 게 아니거든? 다른 입구 말이야. 알지? 어디 있어?"

"몰, 라……."

엄지손가락도 부러진다.

"그러지 마. 그 입구를 파내려면 중장비라도 동원해서 시간을 들이는 수밖에 없어. 그랬다간 눈에 띌 테고, 애써 감춘 유적의 존재가 드러난다고. 그런데도 주저하지 않고 그 입구를 버렸으니까, 다른 입구가 있을 거야. 그렇지?"

"몰, 라……."

"고집불통이로군."

규바는 셰릴의 왼손을 잡았다. 셰릴이 반사적으로 몸을 떤다.

"이쪽 손가락도 끝나면 팔인데? 지금 말해. 응?"

"몰, 라……."

새끼손가락하고 약손가락이 한꺼번에 부러진다. 셰릴의 입에서 고통에 찬 비명이 흘러나왔다.

"얼마 안 남았는데? 양 팔다리를 부러뜨려도 대답하지 않으면 너는 아무 데나 버린다. 그리고 어쩔 수 없으니까 눈에 띄는 건 타협해서 그 입구를 파내야지. 다른 헌터들에게도 유적의 존재가 드러나겠지만, 선착순으로 바뀔 뿐이야. 유물 수집의 성과는 충분히 기대할 수 있어. 가만히 있으면 죽지 않는다고 어리숙하게 생각해도 소용없다니까?"

"몰, 라……."

셰릴의 굳은 의지에 규바도 웃음을 지을 수밖에 없었다. 그리고 왼손에서 나머지 세 손가락을 한꺼번에 부러뜨리려 했다.

하지만 그때 동료가 끼어든다. 베가리스라는 남자가 풀페이스 헬멧을 쓴 상태로도 잘 들리는 목소리를 낸다.

"그럼 누가 알아? 그 아키라라는 헌터냐?"

"몰, 라……."

"그 헌터와 유적을 찾았지? 그래서 협력해서 유물 수집을 한 거야. 그렇지?"

"몰, 라……."

"그러면 거기서 뭘 했어? 말해 봐."

"몰, 라……."

셰릴은 고통으로 일그러진 얼굴에 진땀을 흘리며 계속해서 모른다고 말하고 있다. 그리고 얼굴을 반쯤 기계화하고 있는 케닛이라는 남자가 뭔가를 눈치챘다.

"야, 네 이름이 뭐야?"

"몰, 라……."

"이년이…… 처음부터 모른다는 말밖에 하지 않았어!"

규바와 동료들은 무심코 서로의 얼굴을 살폈다.

질문에 거짓으로 답하더라도 그 답변이 구체적이라면 내용의 모순부터 간파하는 것도 불가능하지 않다. 하지만 질문 내용과 무관하게 똑같은 답변을 반복한다면 그것은 묵비와 다르지 않다. 허위를 간파하는 것은 몹시 곤란해진다.

전부 아니라고 대답하게 하고 상대의 반응을 간파해도, 지금의 셰릴에는 고통에 따른 반응이 심하게 섞여 있다. 미세한 반응 차이에서 허위를 간파하는 것은 매우 곤란하다.

규바는 무심코 셰릴의 멱살을 잡고 끌어당겼다.

"야! 유적은, 미발견 유적은 거기 있지?!"

"몰, 라."

고통에 일그러지는 셰릴의 얼굴에는 상대에 대한 조롱이 서려 있었다.

"이, 이년이……."

그 조롱이 존재하지 않는 유적을 필사적으로 찾는 자에 대한 조소인지, 실재하는 유적의 존재를 의심케 하기 위한 연기인지는 규바가 간파할 수 없었다.

케닛이 규바를 달랜다.

"진정해. 상황으로 봐서 미발견 유적이 있을 가능성이 커. 유적은 아니더라도 비밀 창고에 물건이 가득 남아있을 가능성도 있다. 그래서 네 제안을 받아들인 거야. 걔를 죽여서 정보원을 무의미하게 없애는 일은 그만둬라."

"그렇지. 알았어."

규바는 셰릴에게서 손을 뗐다. 자기 힘으로 서기도 어려워진 셰릴이 그대로 쓰러진다.

"그래서 규바, 이대로 현지에 갈 예정이었는데. 그대로 해도 될까?"

"아. 다른 입구에서 유적으로 들어갈 예정이었는데, 이것이 입을 열지 않는다면 그 잔해더미를 치울 방법을 생각하거나 근처에 다른 입구가 없는지 알아봐야지."

"치우든 찾아보든 우리끼리는 일손이 부족할걸?"

"사람을 늘리면 배당도 줄어드니까. 너희를 부른 것도 고뇌의 결단이었다니까?"

그렇게 말하며 고뇌한 표정을 짓는 규바를 보고, 베가리스와 케닛은 유쾌하게 웃었다.

이들은 규바와 같은 빚쟁이 헌터로 집단 유물 수집 작업 참가자들이다. 지휘 능력 때문에 규바 밑에서 움직였지만, 헌터로서의 전투 실력은 규바를 넘어섰다. 동급인 것은 부채의 자릿수 정도다.

유적의 다른 출입구로 들어간 곳이 안전하다는 보장은 없다. 유적을 발견한 헌터가 슬럼의 아이들을 동행시킨 것도 먼저 들여보내 안전을 확인하는 방법이었을지도 모른다. 그렇기에 규바는 전투 능력을 고려해 동료들에게 말을 걸었다.

차량이 진행 방향을 크게 틀었다. 그 때문에 차량에 큰 흔들림이 전해졌다. 규바가 무심코 의아한 기색으로 시선을 운전석에 있는 케닛에게 돌린다.

"무슨 일이야?"

"마주 오는 차량이 엄청난 속도로 오고 있어. 위험하니까 진로를 크게 틀었다."

"그렇군. 뭐, 이런 상황이니까 안전하게 가지. 으헉?! 뭐야?!"

"마주 오는 차량이 덩달아 진로를 바꿨어! 양보하기 전에 속도를 줄이라고!"

케닛이 곤혹스러운 표정을 짓는다. 같은 방향으로 길을 양보한 것은 우연으로 볼 수 있지만, 속도를 전혀 줄이지 않는 것은 이해할 수 없었다. 색적 장치로 반응을 확인해도 몬스터에 쫓기는 상황이 아니었기 때문이다.

하는 수 없이 진로를 더욱 틀어서 길을 양보하려 한다. 그러나 마주 오는 차는 또 따라붙었다. 게다가 속도를 늦추지 않기는커녕 가속하고 있었다.

그래서 케닛도 뒤늦게 깨닫고 경악한다.

"저 자식! 들이받을 작정이야!"

무심코 마주 오는 차량으로 시선을 돌린 규바가 탑승자를 알아보고 놀라서 표정을 일그러뜨린다.

"그놈이다!"

마주 오는 차량의 주인은 아키라였다.

케닛은 어떻게든 충돌을 피하려 했지만, 서로 급격히 거리를 좁히고 있는 데다 마주 오는 차량은 들이받으려고 돌진하고 있다. 이미 회피는 불가능했다. 차량의 운전을 포기하고 외친다.

"탈출해!"

규바 일당이 서슴지 않고 차량에서 뛴다. 셰릴을 데리고 나갈 겨를이 없었다.

한순간 뒤늦게 차량끼리 요란하게 격돌한다. 그 충격으로 셰릴은 차 밖으로 힘차게 내팽개쳐졌다.

◆

차량 충돌로 차 밖으로 튀어서 공중으로 내던져진 셰릴은 시간이 지독하게 천천히 흐르는 세계 속에서 양손의 통증도 잊으며 더는 살 수 없음을 깨닫고 있었다.

(열심히 했는데…… 어제 아키라한테 고맙다는 말도 들었는데…….)

얼마 되지 않더라도 겨우 인정받았다고, 겨우 아키라의 신뢰를 얻었다고, 앞으로는 더 잘될 것이라고, 그렇게 기대하자마자 벌어진 일을, 셰릴은 자신의 죽음보다 낙담했다.

(허무했구나…….)

셰릴은 서글픈 미소를 짓고 모든 것이 끝나버린 것을 한탄하며 푸른 하늘을 바라보고 있었다.

그때 아키라에게 안겼다.

"어?"

너무나도 뜬금없는 사태에 변변한 반응도 보이지 못한 셰릴은 그렇게 작게 소리를 냈다. 그와 동시에 공중에서 구출 대상을 안은 아키라가 착지한다. 그 충격이 셰릴을 정신 차리게 했다.

"좋아. 무사하군."

"어어?!"

하지만 이내 다시 혼란스러워졌다. 아키라가 대수롭지 않게 무사하다고 말한 것도, 자신을 안고서 곧바로 힘차게 달리기 시작한 것도, 너무 놀라 잊고 있던 극심한 통증을 정신없이 떠올린 참에 그 부상을 달리는 진동에 자극받은 것도, 셰릴의 혼란을 악화시키고 있었다.

"으엑?!"

통증과 혼란으로 이상한 소리를 내면서, 셰릴은 그대로 아키라에게 운반되었다.

◆

알파의 도움으로 셰릴이 있는 곳을 파악한 아키라는 먼저 규바 일당의 앞길로 돌아갔다. 그리고 차량으로 들이받아 먼저 셰

릴을 규바 일당으로부터 떼어놓기로 했다.

투항을 호소하는 것만으로는 소용없고, 그런 짓을 해도 상대가 셰릴을 방패막이로 삼을 뿐이라고 생각했기 때문이다.

적은 여럿. 원거리 사격으로 하나씩 죽일 여유가 없다. 생존한 적이 셰릴을 죽이기 전에 모두 재빨리 죽일 자신도 없다. 더군다나 가능하더라도, 운전자를 잃은 차량이 폭주해 뒤집히는 바람에 셰릴이 죽을 위험도 있다.

상대를 뒤에서 쫓다가는 거리를 좁히는 데 시간이 걸려 총격을 맞고 만다. 그래서는 따라잡기도, 셰릴을 구하기도 어렵다.

그렇다면 정면에서 구하자. 아키라는 그렇게 생각하고 차량과 함께 규바 일당과 셰릴 사이로 뛰어들었다.

일단은 먼저 알파에게 자기 생각을 설명했다. 그런데도 말리지 않았으니까 나쁘지 않은 방법일 것으로 판단하고 실행에 옮겼다.

양쪽 차량에는 장갑 타일이 붙어 있다. 하지만 정면충돌에 가까운 상태에서는 충격 경감에도 한계가 있고, 덧붙여 승무원에게 미치는 관성까지는 사라지지 않는다. 셰릴은 손쓸 도리도 없이 차 밖으로 내팽개쳐졌다.

그런데도 충돌 때 셰릴이 일단 무사했던 것은 얼마 전에 구한 옷을 입었기 때문이다. 구세계 옷 중에는 때때로 성능이 현대의 방호복을 웃도는 것도 있다. 그 구세계 옷을 소재로 만든 특별한 옷이 충돌의 충격으로부터 셰릴을 지킨 것이다.

추가로 규바의 차량에 들이받는 것은 셰릴이 최대한 안전하게 날아갈 수 있도록 격돌하는 위치와 각도를 알파가 면밀하게 계산한 뒤 이루어졌다. 그 덕분에 셰릴은 어떻게 보면 안전하게 차 밖으로 날아갔다.

그리고 아키라는 자신도 차 밖으로 뛰쳐나가자 공중에서 셰릴을 안고 착지했다. 충돌 전부터 집중하고 체감 시간을 조작해 완만하게 흐르는 세계에서, 당황하지 않고 강화복의 힘으로 도약해 셰릴과의 위치를 정확히 맞춰 구했다.

그것을 자기 힘만으로 하는 것은 아직 아키라에게는 어렵다. 하지만 알파의 서포트가 있으면 그 정도는 쉬웠다.

셰릴을 확보한 아키라는 서둘러 그 자리에서 이탈하고 근처에 있는 잔해 뒤에 재빨리 숨었다. 그리고 셰릴을 땅에 내려놓고 다친 데는 없는지 다시 한번 잘 확인한 뒤 안도의 숨을 토한다.

"경상이라 다행이야."

그 말에 놀라서 오히려 침착함을 되찾은 셰릴이 쓴웃음을 짓는다.

"구해주셔서 고마워요. 하지만 경상은 아닌 것 같아요……."

셰릴은 그렇게 말하며 손가락 일곱 개가 부러진 자신의 두 손을 보여주었다.

"그래…… 중상이네."

중상이란 팔이 뜯어지거나 다리가 떨어진 상태를 말한다. 아키라는 예전에 그런 말을 들었을 때를 떠올리며 경상의 감각이 많이 어긋나기 시작한 자신을 깨달았다.

그리고 왠지 모르게 쓴웃음을 지으며 회복약을 꺼낸다.

"입을 벌려."

"아, 저기, 재촉한 건⋯⋯."

"잔말 말고 벌려."

얌전히 벌린 입에 아키라가 회복약을 집어넣는다. 셰릴은 그
것을 조금 괴로운 듯이 삼켰다.

한 통에 200만 오럼짜리인 회복약이 경구 투여인데도 신속하
게 효과를 발휘한다. 우선 몇 초 만에 셰릴의 양손에서 통증이
사라졌다. 또한 치료용 나노머신이 부러진 손가락에 모여 치료
를 개시했다.

셰릴이 놀라서 두 손을 보는데, 그 손을 아키라가 잡았다.

"어?"

셰릴이 목소리를 살짝 떨었다. 하지만 마음을 준 남자에게 손
을 잡히면서 생긴 놀라움은, 이어지는 말에서 다른 놀라움으로
바뀐다.

"조금 아플 거야."

아키라가 셰릴의 부러진 손가락뼈를 맞추기 시작한다.

"어어?!"

격통을 예감한 셰릴은 가벼운 비명 같은 소리를 질렀다. 하지
만 아키라의 선언대로 회복약에 의한 진통 효과 덕분에 조금 아
픈 정도로 그쳤다. 부러진 손가락이 제 모양을 찾으면서 더 빨
리 낫는다.

"응급처치는 이 정도면 되겠지. 좀 더 먹어."

아키라는 셰릴의 손에 추가 알약을 올리고 회복약을 도로 집

어넣었다.

"나는 그놈들을 죽이고 올 테니까 셰릴은 여기 숨어 있어. 위험하니까 움직이지 마. 얼굴을 내밀지도 말고."

셰릴이 무심코 의아한 표정을 짓는다.

"위험하다고요? 그 사람들도 차 밖으로 내던져졌을 텐데요……."

"아니, 그놈들은 알아서 탈출했어."

"그래도 죽었거나 크게 다친 것은 아닌지……."

셰릴의 상식적인 판단에 아키라가 고개를 젓는다.

"다 살아 있고 상처 하나 없어."

아키라는 그렇게 말하고 규바 일당을 죽이기 위해서 잔해 밖으로 뛰쳐나갔다.

그 자리에 남겨진 셰릴이 중얼거린다.

"헌터는…… 원래 그런 거야?"

상식이란 본인이 사는 환경으로 정해진다. 셰릴은 자신의 상식 밖에 있는 자들의 이상함을 새삼 깨닫고 있었다.

◆

충돌 전에 차량에서 탈출한 규바 일당은 땅에 내동댕이쳐지기 전에 엉성하게나마 낙법 자세를 취했다. 그래서 아무 탈 없이 착지하는 데는 이르지 못했지만, 강화복에 의한 방어와 신체 능력 덕분에 약간 아픈 정도의 피해로 끝났다.

땅에 엎드려 있던 규바가 조금씩 비틀비틀 일어나 험악한 얼굴로 주위를 살핀다.

"그 꼬맹이 자식, 무슨 짓을 하는 거야. 야! 괜찮아?"

케닛과 베가리스도 몸을 일으켜 상황을 확인하고 있었다.

"그래, 어찌어찌 말이지! 그건 그렇고, 그 꼬마는 뭐야? 규바! 아까 그놈을 알아?"

"아, 그놈이 예전에 말한 헌터, 그 여자를 호위했던 아키라란 놈이야. 설마 여자를 구하러 왔나?"

규바가 셰릴을 찾는다. 하지만 찾을 수 없다. 충격으로 멀리 내던져진 줄 알고 일단 주위를 둘러보지만, 역시 찾지 못했다.

베가리스가 아키라의 차량에 총을 겨누고 운전석을 확인한다. 당연히 텅 비었다.

"그 아키라라는 녀석도 안 보이네. 여자도 없다면 데리고 도망쳤나? 아니, 잠깐만. 여자를 구하러 왔다면, 차량에 정면으로 부딪칠까? 규바! 정말 그 아키라란 꼬마야?"

"그래, 틀림없어. 그건 확실해."

규바는 확신을 가지고 그렇게 대답했다. 그러나 그 표정에는 망설임이 있었다.

"확실한데…… 왜 차로 들이받았지? 구하러 왔든 입막음으로 죽이러 왔든, 그런 짓을 할 의미가 없잖아."

규바 일당은 같은 의문을 품고 똑같이 골머리를 앓고 있었다. 하지만 각자의 정보수집기에 색적 반응이 뜨는 순간, 차량을 방패 삼아 경계 태세를 취했다.

그리고 그 반응이 아키라임을 금방 깨닫고, 상대를 죽이기 위해 의식을 전환했다.

◆

잔해에서 튀어나온 아키라가 강화복의 신체 능력으로 달려간다. 하지만 과도한 신체 능력에 휘둘려 잘 달리고 있다고 보기 어려운 상태다.

아키라는 지금 강화복을 알파의 서포트 없이 움직이고 있었다. 조금이라도 방심하면 금세 넘어질 것 같은 몸을 체감 시간 조작까지 사용해 필사적으로 움직여 나간다.

완만하게 흐르는 세계 속에서는, 맨몸으로는 몸이 의식에 존재하는 움직임을 따라가지 못하고 답답할 정도로 느리게만 움직일 수 있다.

하지만 이 강화복을 착용한 상태라면 의식이 더 느릴수록, 과도하게 느껴질 정도로 빠르게 몸을 움직일 수 있다.

그 차이를 흡수하지 못하는 아키라의 미숙함이 위태로운 움직임으로 나타나고 있었다. 아키라 자신도 그것을 알아서 험악한 표정으로 무심코 우는소리를 한다.

『알파! 위험할 땐 꼭 부탁한다?!』

그 옆에선 알파가 여느 때처럼 웃고 있다. 아키라가 체감 시간을 조작하는 바람에 반응이 늦어지는 일 없이 평소와 다름없는 모습을 보여주고 있다.

『나만 믿어. 하지만 최대한 노력해 봐야지?』

『알았다고!』

아키라는 알파에게 자기 힘으로 규바 일당을 해치우라는 말을
들었다. 정말 위험할 때는 도울 테니까 자신의 서포트 없이 어
디까지 싸울 수 있는지 확인해 두라고. 웃는 알파에게 그런 지
시를 받았다.

이럴 때 꼭 그래야 하겠냐고, 아키라도 처음에는 난색을 드러
냈다. 하지만 알파는 반대로 이럴 때니까 의미가 있다고 되받아
쳤다.

상대는 적당히 강하고, 진심으로 아키라를 죽이려고 한다. 그
러니까 훈련으로 딱 좋다. 알파는 그렇게 단언했다.

그 훈련 상대를 죽이기 위해서, 아키라는 크게 포물선을 그리
는 움직임으로 적과 거리를 좁혀 나간다. 직선적으로 거리를 좁
히면 셰릴이 숨어 있는 잔해와 적의 사선이 겹치기 때문이다.

그리고 달리면서 DVTS 미니건을 겨눈다. 차량으로 들이받으
려고 한 시점에서 차에서 떼고 휴대하고 있었다. 탄창도 확장
탄창으로 교체했다.

CWH 대물돌격총도 함께 떼서 짊어졌다. 그만큼 무게가 아키
라의 움직임을 굼뜨게 했다.

이어서 정보수집기로 차량 주변 정확도를 높여 색적을 실행
하자 불분명하지만 세 사람의 반응을 포착할 수 있었다. 알파의
서포트가 없어서 상대의 모습을 차폐물인 차량 너머로 볼 수는
없다. 그러나 적이 있다고 확인하는 데는 충분하다.

조준을 적 주변에 맞춰서 방아쇠를 당긴다. 총신이 고속으로 회전하여 탄환을 눈에 보이지 않는 속도로 연달아 쏟아낸다. 단시간에 잔탄을 소진하지 않으려고 발사 속도를 낮췄지만, 그래도 총탄의 폭풍이 일대를 강타했다.

대량의 탄환이 두 대의 차량에 맞아 장갑 타일을 차례차례 파손시킨다. 피탄 충격에 반응해 발생한 포스 필드 아머가 약간의 충격변환광으로 피탄 지점을 한순간 빛나게 한다. 그 빛의 양이 총격의 강도를 말해 주고 있었다.

총성이 울려 퍼지는 가운데, 차량을 사이에 두고 반대편에서는 규바 일당이 피탄음을 들으며 적의 역량을 가늠하고 있었다.

"총탄의 양이 엄청난걸. 미니건 계열인가?"

"싸구려 강화복이면 무게나 반동으로 제대로 쏘지 못할 텐데. 꽤 좋은 강화복을 입었군."

"뭐, 이 정도면 문제없어. 후다닥 죽이자. 엄호해 줘."

"알았어."

베가리스가 움직이고, 규바와 케닛은 엄호를 시작했다.

DVTS 미니건을 난사하며 상대와의 위치를 조정하던 아키라가 차량 뒤에서 나온 베가리스를 알아챘다.

좋은 과녁이라고 판단하여 조준을 그쪽으로 돌린다. 다소 빗나가도 총탄의 양으로 보충하면 된다고 일대에 뿌리던 총탄을 베가스에 집중시켰다.

하지만 베가리스는 그 탄막을 견뎌냈다. 두툼한 갑옷을 입은 듯한 장갑 성능 위주의 강화복이 DVTS 미니건에서 쏜 총탄을 튕겨낸다.

"뭐?!"

놀라움을 드러내는 아키라 앞에서 베가리스가 자신도 미니건을 겨눈다.

그것을 본 아키라가 발밑의 잔해를 발끝에 걸치듯 차올린다. 큼직한 잔해가 아키라 앞에 떠올라 방패가 되었다.

그 잔해에 베가리스가 쏜 대량의 총탄이 직격했다. 잔해가 피탄의 충격으로 깎여서 짧은 시간에 부서진다. 아키라는 그사이 옆으로 몸을 날려 적의 사선을 피하는 동시에 반격한다.

하지만 그 총격도 베가리스에게는 거의 통하지 않았다. 총탄에 약간 멈칫하고 자세를 흐트러뜨리면서도 도망친 아키라를 쏘려고 한다.

아키라는 강화복의 신체 능력으로 재빨리 땅을 달려서 적의 미니건 사선에서 달아났다. 전력을 다해 회피 행동을 취하며 탄막을 피해 다른 잔해더미, 파괴 직전인 폐허의 뒤로 간신히 이동했다.

상대가 총탄을 맞아 자세를 흐트러뜨리고 조준이 어긋나지 않았다면 위험했다. 그러면서 험악한 얼굴로 숨을 내쉰다.

『저렇게 먹고도 멀쩡하다니 무슨 소리야. 아니, 멀쩡하지는 않겠지만 말이야.』

그때 여유로운 미소를 짓고 있는 알파가 조언한다.

『DVTS 미니건의 확장 탄창은 가격을 낮추고 장탄량을 확보하기 위해서 단발의 위력이 조금 약해. 저런 상대는 CWH 대물 돌격총을 써.』

『알았어. 다음에는 좀 더 비싼 탄을 사자.』

아키라는 쓴웃음을 지었다. 탄약값을 줄이면 그만큼 안전도 줄어드는 셈이다. 이해는 하지만, 실감과는 별개다.

그리고 예상치 못한 사태를 항상 고려해서는 순식간에 파산한다. 예상 밖이라는 불운은 이런 상황에서도 은근히 아키라를 위협하고 있었다.

그때 아키라의 양손이 제멋대로 움직여 DVTS 미니건을 위로 난사했다. 그 탄막이 유탄을 요격하면서 폭발의 충격이 주위로 튀었다.

아키라가 어안이 벙벙한 사이, 알파가 득의양양한 미소를 짓는다.

『위험했는데?』

『고마워!』

아키라는 곧바로 이동을 시작했다.

유탄을 쏜 것은 규바이고 목표 위치를 알려준 것은 케닛이다. 베가리스가 미니건을 쏘면서 주의를 끈 타이밍을 노렸는데도 제대로 대응한 것을, 어느 쪽도 의외로 생각한다.

"규바. 얼른 다음을 쏴라."

"알았어."

미조사 유적에 도전하려고 했던 만큼 탄약은 충분히 준비했다. 그것을 아낌없이 써서 아키라를 죽이려 하고 있었다.

제80화 정보의 가치

아키라는 계속 이동하며 반격할 틈을 찾고 있었다. 그러나 위에서는 유탄이, 옆에서는 탄막이 덮친다. 둘 다 아키라의 행동을 방해하기 쉬운 공격 방법인 데다가, 가만히 있으면 죽을 수밖에 없어서 아키라는 이동하는 데 계속 의식을 쏟고 있었다.

그래도 어떻게든 베가리스를 CWH 대물돌격총으로 총격한다. 사출된 철갑탄이 풀페이스 헬멧에 직격했다.

하지만 베가리스는 철갑탄도 견뎌냈다. 헬멧에 금이 가고 자세만 크게 흐트러졌을 뿐 치명상과는 거리가 멀다.

『젠장! 전용탄으로 할걸!』

전용탄은 쿠가마야마 시티 근처 황야에서 사용하기에는 가격도 위력도 너무 높아서 CWH 대물돌격총의 탄창을 철갑탄으로 둔 것이 역효과를 내고 있었다. 게다가 전용탄 탄창은 차량에 실은 채로 휴대하지 않았다.

어쩔 수 없이 철갑탄으로 거듭 사격한다. 방아쇠를 당기는 순간에 체감 시간을 압축해 조준하는 시간을 늘려 단단히 노리고 저격한다. 그 보람이 있어 총탄은 빠짐없이 베가리스의 몸통이나 다리에 맞았다.

효과는 있으나 피해는 작다. 한 번 넘어졌지만, 베가리스는 아무렇지도 않게 일어나 총격을 재개했다. 게다가 그사이에도 유탄은 떨어진다.

우세하다고 할 수 없는 상황에서 아키라는 적의 강함과 자신의 약함 모두에 인상을 쓰고 있었다.

3 대 1이라고는 하지만, 적은 쿠가마야마 시티 지하상가에서 싸운 유물 강탈범들보다 확실히 약하고, 더불어 아키라의 장비는 그때보다 현격히 향상되어 있다.

그래서 겨우 막상막하라는 사실에, 아키라는 자신의 성장을 느끼는 한편으로 아직 멀었다는 것도 실감하고 있었다.

『아키라. 오른쪽이야.』

『……알았어.』

그 한마디도 서포트이자 자신이 미숙하다는 증거다. 하지만 그 정도의 서포트로 끝난 것은 성장한 증거이기도 하다. 아키라는 그렇게 자신을 달래며 전투에 집중했다.

◆

케닛은 베가리스와 규바를 미끼로 아키라의 측면을 잡는 데 성공했다. 공격을 두 사람에게 맡기고 자신은 정보 수집에 전념하며 엄호하러 돌아가 상대가 눈치채지 못하도록 몰래 이동한 성과다.

자리를 잡고, 천천히 신중하게 저격총을 겨눈다. 목표는 규바와 베가리스에 대처하느라 벅차서 색적도 그쪽으로 쏠렸다. 자신의 움직임을 최소로 억제하고 있는 이상, 상대의 색적 범위에서도 들킬 염려는 없다. 케닛은 그렇게 확신하고 있었다.

아키라의 강화복에는 베가리스의 강화복과 같은 방어력은 없어 보인다. 총탄은 충분한 위력이 있다. 어디 한 군데라도 맞으면 그걸로 이긴다. 즉사는 무리더라도 총탄으로 움직임이 둔해진 상대는 단순한 과녁일 뿐 자신들의 적이 아니다. 그렇게 생각하고 조준한다.

사선을 잡고, 적의 모습이 포개지는 순간을 노리려고 의식을 집중시킨다. 신중하게 한 방에 끝장을 보려고 기회를 기다린다.

그리고 사선에 아키라의 모습이 겹쳤다.

(잡았다!)

즉각 방아쇠를 당기려는 순간 조준기에 비치는 아키라와 케닛의 눈이 마주쳤다.

그 놀라움이 케닛의 의식을 아주 잠깐 경직시킨다. 그 틈에 아키라는 CWH 대물돌격총을 케닛에게 돌렸다.

총성이 겹친다. 케닛은 미간에 철갑탄을 맞고 놀란 표정으로 즉사했다. 상대의 노림수를 미리 알았던 아키라는 간신히 피할 수 있었다.

자신에게 들어오던 색적 정보가 갑자기 끊기면서 베가리스는 케닛이 쓰러졌음을 깨달았다.

(케닛……! 설마 당한 거야?!)

서로 상대의 위치를 알 수 없는 상태에서 기회를 엿보는 총격전에서는 베가리스도 케닛을 이길 자신이 없다. 그 동료가 주특기로 삼는 상황에서 케닛이 당한 것에 베가리스는 놀라움을 감추지 못했다.

규바의 유탄 공격도 조준이 엉성해졌다. 케닛이 보내는 정보를 상실해서 적의 머리 위로 유탄을 날리는 극단적인 곡사가 곤란해진 것이다.

규바의 공격 방법은 베가리스의 총격 방향에서 상대 위치를 추측해 닥치고 쏘는 것으로 바뀌어 있었다. 적의 위치가 불분명한 것을 유탄의 양으로 보충하려는 것이다.

그래서 무수한 폭연이 주위에 감돌기 시작한다. 그것은 정보 수집기에도 영향을 주어 색적 정확도를 떨어뜨렸다. 그 탓에 베가리스가 아키라의 위치를 잃어버린다.

"제기랄…… 어디 있지?"

총탄을 뿌리며 상대의 반격에 대비한다. 자신의 강화복이 적의 공격에 견딜 수 있다는 것은 실증이 끝났다. 반격하는 상대의 위치에 집중포화를 갈기고자 기회를 기다린다.

하지만 베가리스는 그 기회를 살리지 못했다. 아키라는 사격이 아니라 폭연을 연막처럼 이용해서 거리를 좁힌 것이다.

연기 속에서 갑자기 나타난 아키라에게 베가리스의 반응이 늦어진다. 무거운 미니건의 총구를 돌리는 사이에 바로 앞까지 접근했다. 그리고 뛰어드는 속도를 실어 발길질을 날렸다.

그 발차기로는 생채기 하나 나지 않는다. 하지만 넘어지는 것은 피하지 못했다. 베가리스는 황급히 일어서려다 아키라가

CWH 대물돌격총을 헬멧에 꽂으려는 것처럼 들이대는 충격에 저지당했다.

"이거라면 효과가 있겠지."

아키라가 그렇게 말한 직후 총탄이 명중했던 위치에 정확히 맞춰진 총구가 불을 뿜었다. 바로 앞에서 튀어나온 철갑탄이 견고한 헬멧을 관통하며 그 내부를 붉게 물들였다.

규바가 매우 험악한 표정으로 통신기에 대고 소리친다.

"케닛! 베가리스! 대답해!"

통신은 살아 있지만 대답은 없다. 둘 다 죽었음을 알렸다.

"빌어먹을! 그놈이 이렇게 강했나?"

규바의 눈에는 아키라가 별로 강해 보이지 않았다. 확실히 장비는 꽤 좋은 물건이라고 생각했지만, 단순히 사람의 손이 닿지 않은 유적에서 얻은 유물을 판 돈으로 산 것으로 여겼다.

장비만 좋은 평범한 헌터. 아이치고는 조금 강할 뿐. 그 감각적 판단은 이미 동료가 둘 다 죽은 현실로 뒤집혔다.

정면으로 싸워서는 승산이 없다. 그렇게 판단하면 도망가는 선택지가 떠오른다.

(차량이, 움직일까? 확인만 해 둘까?)

황야 사양 차량은 일반 차량보다 튼튼하다. 장갑 타일도 있다. 가능성은 있다고 생각하고, 규바는 조심스럽게 차량으로 향했다.

운 좋게 아키라에게 들키지 않고 차량에 도착한 규바는 곧바로 자신들의 차량이 움직이는지 확인했다. 하지만 무사히 움직인다는 행운까지는 얻지 못했다.

"틀렸나……."

그렇다면 무슨 무기라도 없을까 싶어서 찾아본다. 하지만 아키라의 차량에는 탄약만 실렸고, 자신들의 차량에는 유적 탐색용 기자재와 도구가 있는 정도였다.

막다른 골목. 무심코 그렇게 생각해 버린 규바는, 이제 같이 죽을 작정으로 아키라에게 도전할 수밖에 없는 것일까 하고 반쯤 자포자기하고 있었다.

그런 생각 속에서 차량에서 굴러떨어진 물건이 눈에 들어온다. 그것이 궁지에 몰려 자포자기하던 규바의 사고를 자극했다.

그 자극이 규바에게 일반적이라면 하지 않을 생각을 떠올리게 한다. 더군다나 멀쩡하게 싸운다면 실행하지 않을 생각을, 같이 죽을 각오로 돌진하는 것보다는 낫다는 판단으로 실행에 옮기게 했다.

규바는 차량에서 굴러떨어진 물건을 소지한 유탄발사기에 장전하면서 아직 작동하는 차량 내 내비게이션 기능으로 현재 위치와 주변 지도를 확인한다. 그리고 가장 효과적으로 생각되는 방향으로 적 유도기라고 불리는 물건을 쏘았다.

◆

아키라는 규바가 도망치는 듯한 움직임을 보여서 잠시 셰릴에게 돌아갔다. 도망친 규바를 자기 혼자 쫓다가 셰릴을 황야에 남겨둘 수는 없기 때문이다.

그 상황을 설명한 뒤에 아키라가 어떻게 할 것인지 묻자 셰릴이 우물쭈물 의견을 밝힌다.

"가능하면 억지로 따라가지 않고 도시로 돌아가고 싶어요."

"괜찮겠어? 여기서 도망치게 두면 다시는 죽이지 못할걸?"

"습격자를 죽이는 것도 중요하지만, 깊이 추격하다 죽으면 손해예요. 저기, 아키라가 그렇다는 게 아니고요. 제가, 말이에요. 죄송해요. 죽고 싶지 않아요."

셰릴은 그렇게 말하며 미안하다는 듯이 공손하게 머리를 숙였다.

어떤 의미에서 지극히 당연한 셰릴의 의견을, 아키라는 상당히 의외로 생각하고 말았다. 그리고 자신이 여러모로 이상하다는 사실을 새삼 깨달았다.

"뭐, 응. 알았어. 그럼 돌아갈까? 그렇게 한다면, 차량도 없으니까 대충 카츠라기를 불러서 태워 달라고 부탁하거나, 아니면 걸어서 돌아가야 할지도 모르는데. 어떻게 할까?"

"아키라. 약간 궁금해서 그러는데요, 왜 차량으로 들이받았어요? 그래서 차량이 망가진 거죠?"

"그게 더 빠르고 확실할 것 같아서."

"그, 그래요?"

차량을 잃는 한이 있더라도 셰릴을 구하려고 했다. 제아무리 셰릴이라도 그렇게 호의적으로 받아들이기는 어려웠다. 그래서 셰릴의 웃는 얼굴은 다소 딱딱했다.

『알파. 차량은 못 쓰지?』

『일단 조심해서 부딪히게 했으니까 의외로 움직일 수도 있어. 충돌 직전에 급브레이크도 걸었으니까. 하지만 제어 장치가 한 차례 떨어졌으니까 현재 상태론 내가 원격으로 움직일 수 없어.』

『그렇구나. 그러면 움직이는지 확인하는 게 좋겠다.』

『차량에는 나머지 적도 있으니 확인하려면 조심해.』

『아, 그 녀석도 차로 도망치려고 하는 건가? 알았어.』

차가 움직이는지 확인하고 내친김에 나머지 적도 죽이고 오겠다. 아키라가 셰릴에게 그렇게 전하려고 했을 때 알파가 진지한 표정을 지었다.

『아키라. 이제부터는 나도 서포트할게.』

『알았어. 무슨 일이 생겼어?』

『몬스터 무리가 다가오고 있어. 하나하나는 약하지만, 숫자가 많고 셰릴도 있어. 조심해. 만약 네가 셰릴을 죽게 하고 싶지 않다면, 안고 데려가.』

『알았어.』

아키라가 진지한 얼굴로 셰릴에게 말한다.

"셰릴. 좀 위험한 상황이 되었으니까 일단 무슨 일이 있어도 침착하고 꼭 붙잡고 있어."

아키라는 그렇게 말하고 셰릴을 왼팔로만 감싸듯 껴안았다.

"헉! 네? 네!"

위험한 상황이라는 통보를 받은 것과 포옹을 받고 아키라의 얼굴이 가까워진 것 때문에, 셰릴은 곤혹스러움과 수줍음이 섞인 표정을 지으면서도 어떻게든 대답했다.

『알파. 그러면 서포트를 부탁할게.』

『나만 믿어.』

알파가 자신 있게 웃었다. 아키라도 웃음으로 대답한다. 그리고 셰릴을 안고 달리기 시작했다.

◆

규바는 차량에서 적 유도기를 계속 쏘고 있었다.

적 유도기란, 몬스터를 유인하는 기능을 가진 도구를 통틀어 부르는 명칭이다. 주로 방해되는 장소에 있는 몬스터를 유인해 해치우거나 일시적으로 다른 장소로 이동시키는 데 사용한다.

이 기기는 빛이나 소리, 열원, 진동, 신호, 냄새 등 다양한 것을 퍼뜨려 몬스터를 끌어들인다. 고성능 물건은 무색 안개가 짙게 깔린 곳에서도 정보 감쇠를 최소화해 대량의 몬스터를 유인한다.

기동 방법도 즉시 가동부터 시한식, 센서식 등 다양하다. 수류탄처럼 사용할 수 있는 물건도 있다.

당연히 주의해서 써야 한다. 자칫 잘못하면 여기저기서 몬스터를 유인해 그 무리에게 습격당하는 지경에 처하기 때문이다.

하지만 규바는 일부러 무차별적으로 몬스터를 많이 모으려고 했다. 목적은 그 무리가 아키라를 공격하게끔 하는 것이다.

아키라가 셰릴의 경호원으로서 구하러 왔다면 몬스터 무리 앞에서도 지켜야 한다. 즉, 걸림돌을 데리고 전투를 벌이게 된다. 그렇지 않더라도 아키라와 맞서는 것보다는 난전이 이길 가능성이 더 크다.

그렇게 생각한 규바는 차량에 실었던 적 유도기를 전부 사용하려고 했다. 효과 범위를 설정할 수 있는 물건은 모두 최대치로 하여 최대한 멀리 쏜다.

애초에 적 유도기를 사용해도 몬스터가 올지 말지는 운에 달렸으니까 그 점은 규바로서도 도박이었다. 그리고 일단 그 도박에서 이겼다. 차량의 색적 장치가 몬스터 무리의 반응을 포착한 것이다.

다음으로 적 유도기를 아키라가 있을 방향으로 쏜다. 실제로 있는지는 불분명하지만, 그래도 이 주위에 있을 것이다. 이로써 몬스터 무리를 확실히 여기까지 끌어들일 수 있다.

이제는 아키라의 대응을 지켜보면 된다. 차량이 아직 움직일 가능성을 생각하고 이곳으로 올지, 무리와는 반대 방향으로 달아날지, 규바는 그 결과를 기다리고 있었다.

그리고 그 결과가 나온다. 아키라가 셰릴을 안고 차량 쪽으로 달려온 것이다.

이를 자신의 정보수집기로 확인한 규바는 정신이 나간 것처럼 웃더니, 캡슐을 입에 머금고 비장의 카드를 쓸 준비를 마쳤다.

◆

　아키라는 오른손에 CWH 대물돌격총을 들고, 왼팔에 셰릴을 안은 채로 차량을 향해 달리고 있었다.

　알파의 서포트를 활성화했기 때문에 아키라의 시야에는 차량 너머에 있는 규바의 모습이 고스란히 비친다. 그러나 그 상대에게 움직임이 없다.

　『알파. 눈치채지 못했을까?』

　『그렇든 말든 상관없어. 빨리 죽이자.』

　『그래.』

　아키라의 위치에서 차량을 방패로 삼은 규바를 쏴 죽일 수는 없다. 엄밀히 말하면 차량과 함께 규바를 총격하면 차량이 움직이지 않게 될 확률이 높아지므로 피하고 싶다. 그 생각에 아키라는 차량과 거리를 좁힌다.

　그래도 규바는 움직임을 보이지 않는다. 아키라는 차량을 넘어 규바를 위에서 덮칠지, 돌아서 옆에서 공격할지를, 둘 중에서 전자를 선택했다. 기습이라면 그쪽이 낫다고 생각한 것이다.

　그리고 규바가 가만히 있는 가운데 차량 근처로 도착하고, 그대로 뛰어넘으려고 했다.

　다음 순간, 차량 윗면이 다가오는 벽처럼 아키라의 눈앞에 쇄도했다.

　아키라는 반사적으로 체감 시간을 극도로 압축했다. 아주 천천히 움직이는 세계 속에서 정상적인 시간 감각이라면 순식간에 자신들에게 격돌하는 차량에 발을 걸치고 뛰어올라 고속으로 자신들에게 다가오는 쇳덩어리를 피하려 한다. 그리고 셰릴을 안은 채 도약하듯이 움직여서 차량과의 격돌을 피했다.

그 아키라가 경악한다. 아키라의 눈앞에는 똑같이 도약해 총을 겨누는 규바가 있었다.

◆

규바가 입에 머금은 것은 가속제의 일종이다. 효과 시간은 길어야 몇 초. 그것을 체감 시간으로 십여 배로 늘리는 데다 오감과 반사신경 강화, 집중력 향상까지 되는 전투약이다.

비싸고 성능이 좋은 약이지만, 효과 시간이 짧아서 사용하기 불편한 부분도 있다. 적이 언제 올지 모를 때 복용해도 헛되이 소모할 뿐이고, 알고 나서 사용하면 늦는 경우도 많다. 이럴 때 능동적으로 적절히 효과를 발휘하지 못하면 거의 무의미한 것이다.

그것을, 규바는 절묘한 타이밍에 사용했다.

원래는 몬스터 무리에 습격당하는 상황에서 사용할 작정이었다.

아무래도 난전 속에서는 서로가 무수한 적을 한꺼번에 대처해야 하는 탓에 처리 능력이 떨어지고, 상대에 대한 주의가 부족해진다.

그래서 가속제를 사용해 시간의 흐름을 느리게 느낄 수 있는 세계 속에서 여유롭게 상황을 인식하고, 적에 대한 처리 능력을 끌어올려 상대를 공격할 수 있는 유예를 만들고 틈을 메울 생각이었다.

그러나 아키라는 몬스터 무리가 이 자리에 도착하기 전에 차량에 다다르려 하고 있었다.

규바는 베가리스와 케닛을 죽인 아키라의 실력을 보고 총격전으로는 이길 수 없다고 판단했다. 하지만 격투전에 가까운 상황에서 서로 쏘는 것이라면 가속제를 쓸 수 있는 자신이 유리하다고 여겼다.

그리고 아키라가 오기 직전에 가속제를 복용하고, 그 효과가 시작되는 순간에 강화복의 힘으로 차량을 걷어찼다. 더불어 눈앞에서 옆으로 굴러가던 차를 뛰어넘듯 자신도 도약한다.

강화복의 신체 능력으로 발이 땅을 떠나 차량보다 높이 올라갈 때까지 걸리는 시간은 현실에서 한순간이다. 하지만 의식을 가속시킨 규바는 그 얼마 되지 않은 시간에 총을 단단히 겨누었다.

도약 중에 차량 바닥을 눈으로 좇을 수 있을 정도로 시간의 흐름이 느리다. 총을 겨누는 자신의 움직임에 답답함마저 느낀다. 그 농밀한 한순간 속에서, 차량을 뛰어넘음과 동시에 아키라에게 총구를 겨눈다.

자신의 움직임에 전혀 반응하지 못한 상대의 얼굴을 보며 규바는 승리를 확신했다.

그와 동시에 아키라의 A2D 돌격총에서 발사된 강장탄이 규바의 총과 팔과 목에 명중했다.

규바는 아키라보다 한 수 위였지만, 알파는 훨씬 고단수였다.

도약한 아키라의 움직임에 맞춰 강화복을 조작해 공중에서 CWH 대물돌격총을 놓고 A2D 돌격총으로 빠르게 교체시킨다.

이어 규바의 움직임을 정확하게 인식해 도약 궤도를 계산하고, 상대가 사정권 밖에 있는 상태에서 사정권에 들어가는 순간의 위치를 예측해 미리 조준을 마친다.

그리고 규바가 사선에 들어간 것과 동시에 먼저 무기를 파괴하고, 그것을 움직이는 팔을 부수고, 다음 탄이 약실에 장전되는 얼마 안 되는 시간 내에 다시 조준할 수 있는 범위에서 최대의 부상을 줄 수 있는 목에 명중시켰다.

모든 것은 한순간에 벌어진 일이었다. 하지만 알파에게는 충분할 정도로 긴 시간이었다.

가속제 효과가 남아서 눈앞의 광경을 인식할 수 있는 상태인 규바는 목 부상으로 죽기 전 아키라가 이마에 A2D 돌격총을 조준하는 것을 봤다.

가속제를 쓴 자신을 초월하는 상대의 실력에 감탄한다.

(강해…… 그러니까 다른 놈들도…….)

질 수밖에 없다고 생각이 계속되기도 전에 강장탄을 머리에 맞은 규바는 그 생명 활동과 함께 생각을 영원히 멈췄다.

◆

　규바 일당의 차량이 요란하게 구르고, 아키라가 착지하고, 머리의 태반을 잃은 규바의 시체가 땅바닥에 내동댕이쳐졌다.

　아키라는 체감 시간을 조작하고 있었지만, 규바와의 순간적인 공방에는 의식이 따라가지 못했다.

　그래도 뒤따라 무슨 일이 있었는지 정도는 인식할 수 있었다. A2D 돌격총을 갈무리하고 떨어지는 CWH 대물돌격총을 능숙하게 잡는다. 그리고 크게 숨을 내쉬었다.

　『알파. 덕분에 살았어.』

　『천만의 말씀.』

　별일 아니었다고 말하듯 알파는 여유로운 미소를 짓고 있었다.

　아키라가 셰릴을 자신의 차량 뒷좌석에 내리고 차량 상태를 확인한다. 전면이 조금 우그러들었지만, 그 정도의 속도로 충돌한 것치고는 변형이 적어 보였다.

　『음. 역시 황야 사양 차량이네. 튼튼해.』

　『접촉면의 장갑 타일이 대신 희생되어 날아갔으니까, 그 덕분이기도 해.』

　『장갑 타일, 참 편리하네. 그래서 움직일까?』

　아키라가 차량의 시동을 걸어 본다. 그 순간 차체가 크게 흔들렸다.

　『움직였어! 그런데 이거, 괜찮을까?』

『차체가 좀 찌그러졌으니 승차감은 최악일걸. 그래도 저걸 뛰어서 도망치는 것보다는 나을 거야.』

알파가 그렇게 말하며 손짓한 방향에는 적 유도기에 낚여서 찾아온 몬스터 무리가 이쪽으로 몰려드는 광경이 있었다.

『그러네. 좋아! 탈출하자!』

아키라가 아직도 넋을 잃은 셰릴을 큰 소리로 부른다.

"셰릴!"

"네헤?!"

멀쩡하게 대답할 수 없을 정도로 혼란을 남기면서도, 셰릴은 일단 정신을 차렸다.

"도망간다! 흔들릴 테니까 꼭 붙잡고 있어!"

"알겠습니다!"

셰릴이 뒷좌석에 매달리듯 몸을 고정한다. 그리고 차량이 힘차게 달리기 시작하자 심하게 흔들린 차체가 셰릴을 차 밖으로 내던졌다.

"흐악?!"

공중에서 혼란과 놀라움이 섞인 비명을 지른 셰릴을 아키라가 잽싸게 붙잡아서 차량 안으로 돌려놓는다. 그리고 다시 왼팔로만 감싸듯이 껴안는다.

"알았어. 다시 끌어안고 있어."

"네……."

아키라는 그대로 차량 뒤쪽으로 가서 몬스터 무리의 모습을 확인한다. 짐승, 파충류, 벌레, 기타 기괴한 것들까지. 다양한 생물형 몬스터들이 무리를 지어 아키라를 쫓고 있었다.

『알파. 따라잡힐 것 같아. 속도를 더 낼 수는 없을까?』

『일단 한계까지 내고 있어. 움직이기만 하고 멀쩡한 상태는 아니니까. 운전 기술로 커버하는 것도 한도가 있어. 해치워서 거리를 벌려.』

『알았어.』

오른손에 DVTS 미니건을 들고 난사한다. 탄막이 몬스터 무리를 덮치고 적의 물량을 총탄의 물량이 받아친다. 총탄 폭풍을 사정없이 뒤집어쓴 몬스터들은 그 위협에 저항하지 못하고 차례차례 쓰러졌다.

적의 살점이 조각조각 날아가고, 비늘이 갈라지고, 외골격이 부서진다. 질이 아닌 양으로 죽이려고 드는 상대에게, DVTS 미니건은 효율적이고 효과적인 살육을 일방적으로 발휘했다.

그 광경을 보면서 아키라는 예전에 몬스터 무리가 습격했을 때를 떠올리고 있었다. 그리고 절실히 생각한다.

『그때 이것만 있었으면.』

아키라는 그때 카츠라기 일행과 함께이긴 했지만, 무개조 AAH 돌격총만으로 적의 무리에 사력을 다해 대항했다. 엘레나와 사라의 도움이 없었다면 죽을 뻔했다.

알파가 웃으며 아키라를 달랜다.

『지금은 그게 있어. 과거를 한탄하기 전에 그 사실을 기뻐해. 장비가 충실해지는 것도 헌터로서 성장하는 거야.』

『그래. 나도 이만큼 성장했다고 생각하자.』

아키라는 그렇게 말하며 웃더니 DVTS 미니건을 신나게 갈겼다.

셰릴은 몬스터들이 차례차례 분쇄되어 가는 광경을 아키라를 껴안은 채로 물끄러미 지켜보고 있었다. 든든하게 여기는 한편, 무섭기도 하다.

하지만 아키라를 끌어안은 손을 뗄 수 없다. 그것을 잃어버리는 것이 셰릴에게는 더 무서운 일이기 때문이다.

그 뒤로 한참을 달리던 아키라는 몬스터 무리를 시원하게 물리쳤다. 적 유도기의 효과 범위 밖으로 나가 버리면 적이 더 오지 않고, 나머지를 해치운 다음에는 쉽게 뿌리칠 수 있었다.

차량의 속도를 줄여 흔들림을 억제하면서 쿠가마야마 시티로 돌아간다. 도시에 도착했을 때는 해가 저물어 가고 있었다.

아키라는 그대로 셰릴을 거점까지 데려다주고 더욱 상태가 나빠진 차량이 완전히 멈추기 전에 집으로 돌아갔다.

◆

아키라가 집 욕실에서 오늘의 피로를 풀고 있다. 뜨거운 물에 몸을 담그고 여느 때보다 목욕의 쾌락에 몸을 맡겼지만, 그 얼굴에는 피로가 가득했다.

"그건 그렇고, 그놈들은 요노즈카역 유적의 출입구를 알아내려고 셰릴을 끌고 갔나……."

돌아오는 길에 셰릴의 이야기를 들어서 아키라도 그 주변 사정은 파악하고 있었다. 그것을 떠올리며 깊은 한숨을 내쉰다.

"의외는, 아니군. 슬럼의 애들을 위협해서 사람의 손이 닿지 않은 유적의 정보를 얻을 수만 있다면 당연히 그러겠지."

여느 때처럼 함께 목욕하고 있는 알파가 배려하고 격려하듯 미소를 짓는다.

『너무 신경 쓰지 않는 게 좋을걸? 셰릴도 위험을 각오하고 도와줬으니까.』

"뭐, 그렇긴 하지만."

『게다가 셰릴을 납치한 세 사람은 놓치지 않고 죽였으니까 이제는 그것도 억지력이 될 거야. 슬럼에 있는 거점에 상주할 수도 없으니까 그건 타협하자.』

아키라도 그 점은 이해할 수 있다. 납득도 간다. 하지만 약간 흐려진 표정이 풀릴 정도는 아니었다.

알파는 그런 아키라의 모습을 보고 예전 일을 예로 들었다.

셰릴의 요청에 따라 조직을 후원하기로 했을 때, 그것을 믿지 않은 자들이 셰릴의 거점을 노리고 습격을 시도한 적이 있었다.

그 모습을 슬쩍 지켜본 아키라는 실제로 습격하려던 자들을 그 자리에서 몰살하고, 습격을 주저한 자들에게는 셰릴에게 손대지 말라고 경고하고 돌아갔다.

『그때 아키라가 말했지? 셰릴을 계속 호위할 여유는 없다. 협박이 통하면 죽지 않을 수 있다고. 나머지는 셰릴의 운에 달렸다고 말이야.』

"그래, 그랬지……"

『이번에는 운이 나빴어. 그래도 살아날 정도로 운은 있었고. 그게 다야.』

"그렇지……."

그렇게 말하고, 아키라는 다 털어낸 듯 쓴웃음을 지었다.

"운이 부족해. 나도, 셰릴도."

『아키라에겐 내가 있으니까 괜찮아. 힘내자.』

"알았어."

득의양양하게 웃는 알파를 보고, 아키라도 마음을 바꿔 슬쩍 웃었다.

◆

셰릴이 거점에 있는 욕실에서 오늘의 피로를 풀고 있다. 자신의 목욕 시간은 아니었지만, 이번에는 조직 보스로서 강권을 휘둘러 다른 사람들을 내쫓고 혼자 천천히 목욕하고 있었다.

"피곤해……."

아키라가 거점으로 바래다준 뒤, 셰릴은 쉴 새 없이 조직의 보스 노릇을 할 수밖에 없었다.

동요하는 아이들을 달랬다. 소란을 듣고 찾아온 카츠라기를 쏘아붙였다. 아키라의 도움을 받은 것도, 습격자들을 모두 죽인 것도 설명했다. 그렇게 고생한 보람이 있어서 심야가 지나자 조직의 동요도 겨우 가라앉았다.

"너무 안이하게 인식했어……."

미발견 유적의 정보. 그것에 어떤 가치가 있는지는 잘 알고 있었다고 생각했다. 그러나 그것을 알고 있을 가능성이 있다는 것만으로, 명색이 헌터가 뒤를 봐주는 조직에 쳐들어와서 정보원을 당당히 납치할 줄은 몰랐다.

(일단 당분간은 얌전히 지내면서 언제든지 아키라와 연락할 수 있게 하자. 다행히 유물은 아키라의 집에 있어. 대량의 유물을 감추고 있다는 이유로 거점이 습격당하는 일은 없을 거야.)

약간 달아오른 머릿속으로 당면한 우려와 그 대처 방법을 생각한다. 그러나 전력이 부족한 셰릴은 현재 아키라에게 도움을 청하는 것까지 포함해 선수를 빼앗길 수밖에 없는 상황이었다.

(차라리 그 유적의 존재가 널리 알려져서 정보원의 가치가 사라지면……. 아니야. 그러면 아키라가 곤란해…….)

아키라도 요노즈카역 유적의 유물 수집을 포기한 것은 아닐 것이다. 알려주지는 않았어도 다른 출입구를 알고 있을 가능성도 있다. 셰릴은 그렇게 생각하고 얼굴을 조금 찡그렸다.

(나중에 아키라와 상의해야 해…….)

그런 일이 있었어도, 아키라가 요노즈카역 유적 유물 수집을 다시 요청하면 셰릴은 거절할 마음이 없었다.

하지만 다음에는 조금만 더 잘할 생각이었다.

◆

콜베는 황야 사양의 버스에 빚쟁이 헌터들을 태우고 규바 일당이 죽은 곳으로 와 있었다.

　헌터들에게 지시를 내려 주위 몬스터를 처리하고 규바 일당의 시체를 회수하게 한다. 잠시 후 세 구의 시체가 콜베 앞으로 실려왔다. 사체는 상당히 손상되었지만, 소지품이나 나머지 부분에서 본인으로 인식할 수 있는 상태이기는 했다.

　"좋아. 수고했어. 먼저 안으로 들어가 있어. 아, 얘네 빚을 너희가 짊어지는 일은 없도록 잘 처리할게. 보수도 따로 빚에서 빼겠다."

　헌터들은 가볍게 안도의 한숨을 쉬며 버스로 돌아갔다. 그 뒤로 밖에 혼자 남은 콜베가 정보 단말을 꺼낸다.

　"나다. 규바의 시체를 확인했다. 당한 모양이군."

　정보 단말에서 즐거워하는 여자 목소리가 나온다.

　"그래, 수고했어. 보수는 다 입금했으니까 확인해 봐."

　콜베가 물어볼까 말까 조금 망설이는 기색을 보이더니 그것을 입 밖으로 내민다.

　"그래서 너는 규바에게 정보를 줘서 뭘 시키고 싶었던 거지?"

　"무슨 소리야?"

　"네가 규바를 부추긴 것쯤은 알아."

　"나는 요즘 그에게 정보를 팔지 않았어."

　"팔았다고는 하지 않았어. 그놈에게 적당한 이유를 대서 솔깃한 이야기를 들려주고, 그놈에게 연줄이 있을 법한 정보상에는 관련된 정보를 미리 흘려놨겠지?"

　그렇지 않고서야 황야에서 얼굴만 한 번 본 여자가 있는 곳을 규바가 그토록 빨리 알아낼 리가 없다. 콜베는 그렇게 확신하고 있었다.

"그래서 무슨 정보를 흘렸지? 미발견 유적이 있다는 소리라도 했나?"

"무, 무슨 말이야?"

당황한 척하는 말을 듣고, 콜베가 가볍게 한숨을 내쉰다.

"어설프게 연기하지 마. 그런 짓을 할 정도면, 정말로 있을 법하다는 뜻인가?"

조금 전 당황한 어조가 연기라고 대놓고 알려주는 흥겨운 목소리가 들려온다.

"어머, 짐작 가는 거라도 있어?"

"대답할 의리는 없어."

빚이 있는 규바 일당이 빚을 늘리면서까지 장비를 갖추고, 정보를 사고, 헌터가 뒤를 봐주는 조직의 보스를 대낮에 당당히 거점에 쳐들어가 납치했다. 게다가 꽤 성급하게.

그들이 그렇게 나서게 할 무언가를 생각한 콜베는, 상대를 떠보는 의미에서 미발견 유적을 입에 담았다.

"뭐, 다른 짐작이라면 말해 주지. 그 아키라란 헌터가 정말로 강한지 확인해 달라고 누군가가 너한테 부탁한 거지?"

"무슨 소리야?"

"그 조직, 약소치고는 요즘 돈벌이가 좋다니까. 후원자가 약하면, 그놈을 없애서 조직을 통째로 빼앗을 수 있다고 생각하는 놈은 많겠지. 얼추 그런 거지?"

"나도 정보상이야. 고객과 거래한 정보에 대해서는 공짜로 누설할 수 없어. 얼마를 낼래?"

"흥. 필요 없어."

"어머, 그래?"

"이제 끊는다."

콜베가 그렇게 말하고 통신을 끊으려 하자, 여자가 마지막으로 넌지시 말한다.

"유물 수집에 나서려면 빨리 시작하는 게 좋을걸? 그런 건 먼저 차지하는 사람이 임자니까…… 이런, 너는 무리야? 그래도 다른 사람을 시키는 방법이 있지 않을까?"

"괜한 참견이야."

콜베는 짜증을 느끼면서 통신을 끊었다. 여자의 흥겨운 웃음소리도 함께 사라졌다.

콜베가 혀를 차며 정보 단말을 집어넣는다. 그리고 상대의 의도를 재확인한다.

(나에게도 정보를 흘렸다는 말인가……. 무슨 속셈이지?)

질이 너무 나쁜 여자의 속셈을 짐작해 보면서도, 콜베는 미발견 유적에 대해 생각해 버리는 자신을 자각하고 다시 한번 혀를 찼다.

◆

도시의 하위 구획에서, 여자가 휴대 단말기 너머로 즐겁게 이야기하고 있다.

"그래. 미발견 유적. 좋은 정보지? 나랑 당신 사이니까 특별히 말해 주는 거야. 그 점을 이해해 주겠어?"

흥미와 경계를 역력히 드러내는 대답을 듣고, 괜히 의미심장하게 말한다.

"그래. 불확실한 정보라는 점은 부정하지 않아. 하지만 그 가능성만으로도 가치가 있잖아? 물론 억지로 사게 할 생각은 없어. 하지만 도란캄의 고참들에게 맞서기 위해서 젊은 사람들의 실적을 올리고 싶잖아?"

경계보다 흥미가 더 많은 목소리를 듣고 싱글벙글 웃는다.

"나도 바로 대답할 수 있는 금액이라고는 생각하지 않아. 천천히 생각해. 아아, 하지만 선착순이라는 걸 잊으면 안 돼. 당신한테 먼저 이야기했다는 것도 잊지 말고. 그러면 미즈하 씨. 대답을 기다릴게."

여자는 통신을 끊자마자 다른 사람에게 연락했다.

"나야. 좋은 이야기가 있는데……."

여자의 흥겨운 수다는 많은 사람을 상대로 장황하게 이어졌다.

제81화 예상 밖의 사태

셰릴의 조직과 요노즈카역 유적 유물 수집을 마친 지 일주일 후, 아키라는 다시 엘레나와 사라의 집을 방문했다. 당분간 일정이 비는 두 사람과 다음 유물 수집을 상의하기 위해서다.

엘레나와 사라가 아키라를 웃으며 맞이하고 거실로 들인다. 여전히 강화복 차림인 아키라와 달리 두 사람은 사복 차림이다.

엘레나는 지난번보다 조금 풀어지게 입었다. 사라는 가슴팍을 여미고 스키니 팬츠 같은 것을 입고 있었다.

두 사람의 그런 차림을 본 아키라의 반응은, 눈을 둘 곳이 없어서 난처하지 않아도 된다며 안도의 한숨을 쉬는 것이 고작이었다.

그것을 알아차린 엘레나와 사라는 안도하면서도, 아키라가 별다른 반응이 보이지 않은 것을 조금 아쉬워하고 있었다.

하지만 그것도 그냥 넘어가고, 바로 요노즈카역 유적 이야기로 들어간다. 우선 엘레나가 상황 확인을 겸해 유적 현황을 설명하기 시작했다.

"아키라. 먼저 안타까운 사실을 전할게. 요노즈카역 유적이 다른 헌터에게 들켰어."

"어? 그래요?"

"그래. 그래서 물어보고 싶은데, 아키라는 들킨 이유로 뭔가 짚이는 게 있니?"

아키라는 말문이 막혔다. 그것으로 짐작한 엘레나가 가벼운 느낌으로 계속한다.

"자세히 설명할 필요는 없어. 짐작 가는 게 있는지 없는지만 알려줘. 아키라가 짐작이 가지 않는다면 우리가 뭔가 실수했을지도 모르니까, 단순히 그걸 확인해 두고 싶은 거야."

"그게…… 있어요."

자신이 잘못한 것처럼 보이는 아키라를 보고, 엘레나는 슬쩍 웃고 넘어가기로 했다.

"그래. 뭐, 언젠가는 발견될 거였으니까 아키라도 너무 신경 쓰지 않는 게 좋아. 일단 우리도 조심하긴 했는데, 우리 탓이라면 미안해."

"아니요, 아마 제가 더 원인일 거예요. 배려해 주셔서 감사합니다."

아키라는 다 털어낸 듯 웃으며 기분을 전환했다. 엘레나와 사라도 덩달아 웃었다.

"그래서 말인데, 다시 말하지만 지금 요노즈카역 유적 근처에서는 많은 헌터가 유적 입구를 찾는 중이야. 다만, 조금 마음에 걸리는 점이 있어서."

"마음에 걸리는 점이요?"

아키라는 조금 아리송한 표정을 지었다. 이미 유적의 존재가 드러난 이상, 마음에 걸릴 것은 아무것도 없다고 생각한 것이다.

"응. 뭐, 너무 깊이 생각한 걸지도 모르지만, 유적 이야기가 너무 빨리 퍼지는 것 같고, 움직이는 사람도 많은 것 같아."

다른 헌터들에게 유적의 존재가 알려졌다고 해도, 그자들도 그 정보를 떠들고 다니는 건 아니다. 경쟁 상대는 적을수록 좋기 때문이다.

그리고 현지에 가서 바로 유적에 들어갈 수 있다면 모를까, 출입구를 찾아 파내는 작업이 필요하다. 현지에서 중장비를 사용하는 것만으로도 준비, 수송, 호위가 필요하다. 많은 수고가 드는 것이다.

잠깐 조사한 바로는 아직 실제 유적이 있다고 확정된 것은 아닌 듯했다. 그렇다면 반신반의하는 사람이 대부분일 것이다. 그러나 그것치고는, 아무리 미발견 유적이라고는 해도 실제로 유적 탐색에 나선 사람이 너무 많다. 그것들이 엘레나의 마음에 걸렸다.

그 설명을 들은 아키라가 조금 망설인다.

"저기, 그래서 우리도 서둘러야 한다는 거예요? 아니면 수상하니까 그만두자는 거예요?"

사라가 얼굴에 조금 복잡한 기색을 드러낸다.

"둘 다야. 그리고 우리의 헌터 활동 취향에 관한 이야기라서 미안하지만, 몬스터라면 몰라도 다른 헌터들과 교전할 것을 예상하고 하는 유물 수집은 내키지 않는단 말이지."

요노즈카역 유적에 헌터가 모이는 상황으로 봐서, 헌터끼리 죽고 죽이는 유물 쟁탈전은 아마도 높은 확률로 발생할 것이다.

그것을 알면서 그 소란에 자진해서 참가하는 것은, 엘레나와 사라의 헌터 활동 지침에서 크게 벗어난다.

　엘레나가 진지한 얼굴로 아키라를 본다.

　"그래서 말인데, 아키라는 어떻게 하고 싶어? 또 함께 유물을 수집하러 가기로 약속한 이상, 우리는 아키라와 동행할 거야. 그러니까 내키지 않으면 억지로 동행하지 않아도 된다는 생각은 없애."

　사라는 부드럽고 여유가 느껴지게 웃으면서 봤다.

　"뭐, 걸리적거려서 방해만 된다고 하면 포기할게."

　"그렇지 않아요. 오히려 제가 걸리적거릴 정도인데요."

　아키라가 허둥지둥 대답하자 엘레나도 가볍게 웃는다.

　"그렇다면 최선을 다해 도와줄게. 기대해 주렴."

　"아…… 그럴게요."

　한 방 먹었다고 느끼면서도, 아키라는 불쾌하지 않았다. 슬쩍 쓴웃음을 짓고 두 사람과 함께 요노즈카역 유적으로 유물을 수집하러 가는 것을 받아들인다.

　"음 그러면 다시 본론으로 돌아가서, 어떻게 할까요? 엘레나 씨는 수상하다고 보는 거죠?"

　"그야 그렇지만, 사람의 손이 거의 닿지 않은 유적에서 유물을 수집할 기회를 그 정도로 버리는 것도 좀 아닌 것 같아."

　엘레나와 사라도 헌터다. 사람의 손이 닿지 않은 유적에서 대량의 유물을 조용히 얻고 싶은 욕심은 있다. 그것은 아키라도 충분히 이해할 수 있었다.

상의한 결과, 우선 3일 동안 상황을 지켜보기로 했다.

그동안 준비만 해 놓고 현지로 가서 다시 상황을 확인한다. 그리고 헌터들끼리 유적 내에서 화려하게 죽고 죽이고 있다면 유물 수집 장소를 다른 유적으로 바꾼다. 그렇게 결론을 내렸다.

그 밖에도 상황에 따라 평범하게 유적을 탐색하거나 아직 출입구가 발견되지 않았다면 자신들도 다른 출입구를 찾아보는 등 다양한 상황을 가정해 함께 계획을 짠다. 아키라는 그 내용에 만족했다.

엘레나는 사라와 함께 집 현관까지 아키라를 배웅했다. 그리고 작별 인사를 하고 돌아가려는 아키라에게 대수롭지 않은 태도로 말을 건다.

"아키라. 조금 물어보고 싶은데, 오늘 우리 차림을 보고 무슨 생각을 했어?"

"네? 그게 말이죠……."

아키라가 다시 엘레나와 사라의 복장을 본다. 문제가 있는 모습으로 보이지 않았다. 그래서 옷의 센스가 아니라 자리에 적합한 차림을 이야기하는 게 아닐까 싶어서 자기 모습을 본다.

"저도 강화복 말고 평범한 옷을 입고 오는 게 나을까요?"

약간 엉뚱한 대답을 들어서 얼굴에 미묘한 기색을 드러낸 엘레나의 옆에서 사라가 쓴웃음을 지으며 아키라의 이야기에 편승한다.

"그래. 강요하진 않겠지만, 강화복을 안 입으면 무서워서 밖에도 못 나가는 일은 없도록 해. 물론 안전한 곳에서 그러라는 말이거든?"

"네. 신경 쓸게요. 안녕히 계세요."

아키라는 머리를 슬쩍 숙이고 돌아갔다.

아직 조금 복잡한 얼굴을 한 엘레나를 보며 사라가 의미심장하게 웃는다.

"엘레나는 좀 더 긴장을 푼 차림이어도 됐을 거 같은데?"

"생각해 볼게."

왠지 못마땅한 것처럼 보이기도 하는 쓴웃음을 머금은 엘레나를 보고, 사라는 즐겁게 웃었다.

◆

대형 중장비들이 요노즈카역 유적 지상부에 있는 잔해 철거 작업을 계속하고 있다. 바퀴가 넷 달린 커다란 차체 위에는 조종석이기도 한 상부 구조물이 올라가 있고, 거기서 튀어나온 집게로 거대한 잔해를 치우고 있었다.

그 근처에는 여러 병력수송차가 잔해더미를 에워싸듯 서 있고, 무장한 자들이 주위를 경계하고 있다. 30여 명으로 이루어진 부대이고, 모두 젊은 신인 헌터들이다.

잔해더미 아래에는 아키라에 의해 묻힌 유적 출입구가 있다. 빌딩을 무너뜨리고 파묻은 만큼 잔해가 크고 양이 많아 헌터들이 강화복으로 철거하기는 어렵다. 그래서 대형 중장비를 일부러 여기까지 수송해 대처하고 있었다.

그리고 그 헌터들 중에는 카츠야 일행도 있었다.

"저기, 유미나. 정말 여기 아래에 유적 입구가 있을까?"

"몰라. 이렇게 대대적으로 일을 추진하는 걸 보면 미즈하 씨도 어느 정도 확증이 있을 테지만."

미즈하는 도란캄의 간부이자 세 사람의 상사이기도 하다. 카츠야 일행은 그 미즈하의 지시로 움직이고 있었다.

"아이리는 어떻게 생각해?"

"여기에 미발견 유적이 틀림없이 있다면 도란캄 전체가 움직여. 우리 같은 신인만 움직이는 시점에서 도란캄은 아직 확증이 없는 거야."

아이리의 말대로 이 자리에 있는 도란캄 헌터는 젊은 신인, 게다가 사무 파벌이 강하게 밀고 있는 사람들이다. 시카라베 같은 어른 헌터는 한 명도 없다. 중장비도 미즈하가 준비했다.

게다가 겉으로는 훈련 취급이었다. 미즈하에게 실제로는 미발견 유적을 수색하는 작업이라는 이야기를 들은 것은 카츠야 일행뿐이다.

이전에 도란캄은 쿠즈스하라 시가지 유적에서 발생한 지하상가 소동을 아무 일도 없었던 것으로 처리했다. 카츠야는 그 일에 큰 불만을 드러냈고, 미즈하가 사과하는 차원에서 카츠야에게 이 사실을 알린 것이다.

아이리는 부정적인 의견을 말하지만, 카츠야는 낙관적인 의견으로 돌려준다.

"하지만 있을지도 모르잖아?"

"없다고는 하지 않았어. 미즈하 씨가 신인 헌터들이 공을 독차지하게 하려고 고참 간부들에게는 정보를 숨기고 있을지도 몰라."

미즈하가 불명확한 정보를 바탕으로 섣불리 움직였을 수도 있지만, 아이리는 그 말은 하지 않았다.

기분이 좋아진 카츠야가 고개를 끄덕이고 기대하는 눈으로 잔해더미를 본다.

"유적, 있었으면 좋겠는걸."

조금씩, 하지만 확실하게 철거되어 가는 잔해더미를 보며, 카츠야는 가슴을 기대로 부풀리고 있었다.

◆

중장비가 철거하는 잔해더미를 멀리서 쓸쓸한 얼굴로 보는 남자가 있었다.

"빌어먹을! 벌써 도란캄이 점거했잖아!"

남자의 이름은 오르소프. 규바가 죽은 뒤 집단 유물 수집 작업의 새로운 리더로 임명된 자이다. 그리고 오르소프가 다음 유물 수집 장소를 이곳으로 삼은 것은 우연이 아니었다.

"콜베! 어떻게 된 거야?! 왜 저것들이 먼저 온 건데?!"

오르소프의 정보 단말을 통해 이번에 동행하지 않은 콜베로부터 귀찮아하는 목소리가 들려온다.

"내가 어떻게 알아? 저것들도 그냥 다른 경로로 정보를 입수해서 먼저 움직인 거겠지. 내가 유적 정보를 알려줬는데 노닥거린 너희 실수야. 그걸 나한테 불평하지 말라고."

콜베의 목소리는 마지막에 기분이 언짢은 것으로 변해 있었나. 그 말을 들은 오르소프가 주춤거린다.

"마, 말은 그래도 말이야. 그런 애매한 정보로 당장 움직일 순 없잖아?"

"그것을 포함해서 어떻게 움직일지 정하는 것도 리더인 네가 할 일이다. 내 일이 아니야."

얼굴을 험악하게 일그러뜨리는 오르소프에게, 콜베가 못을 박듯이 말을 계속한다.

"애초에 나는 네가 돈을 벌릴 곳이 없느냐고 물어봐서 대답했을 뿐이다. 마음에 안 들면 장소를 바꿔. 너희가 어디서 벌어오든 내가 알 바 아니야. 알아서 해."

그렇게 콜베와의 통신이 끊겼다. 오르소프는 속으로 불만을 느끼면서도 입장의 차이도 있어서 험악하게 인상을 쓰는 게 고작이었다.

그때 같은 부대의 남자가 오르소프에게 말을 건다.

"그래서 말인데. 오르소프, 어떻게 할 거야?"

"생각 좀 하자. 너희는 그동안 주변 탐색이나 해. 가라."

부대의 리더가 바뀐 지 얼마 되지 않았는데도 다른 사람들이 오르소프를 따르는 이유는 콜베가 임명했기 때문이다. 거들먹거린다고 생각하면서도 지시대로 움직였다.

잠시 후 주변에 다른 헌터가 많이 보이기 시작한다. 도란캄이나 오르소프 일행 말고도 모종의 수단을 통해 유적의 정보를 얻은 자들이 모여든 것이다.

몇 명으로 짠 팀에서 십여 명으로 이루어진 부대까지, 다양한 사람들이 정보수집기로 주변을 살피거나 잔해를 치우는 등 명확하게 무언가를 찾는 행동을 취하고 있다.

그 모습을 직접 보거나 동료들에게 말을 들은 오르소프는 이곳에 미발견 유적이 있다는 전제로 행동 지침을 다시 검토하고 있었다.

(역시 진짜 있나? 도란캄 놈들에게 추월당했다고는 하지만, 유적이 진짜 있다고 생각하면서 꼬맹이들만 보내는 건 이상했는데…… 그놈들은 단지 선행부대일 뿐, 조만간 본진도 오는 건가? 빌어먹을! 조금만 더 빨리 움직였다면…….)

오르소프의 후회는 미발견 유적의 존재를 믿기 시작했다는 증거이기도 했다. 그때 정보 단말에 통신 요청이 들어온다. 콜베가 연락한 것으로 생각한 오르소프가 후회를 짜증으로 바꿔서 언성을 높인다.

"콜베! 무슨 일이야?"

"콜베? 아니야. 나는 비올라. 정보상이야."

하지만 돌아온 목소리는 생소했다.

"정보상?"

"그래. 집단 유물 수집 부대의 리더와 통신을 연결하려고 했는데, 맞아?"

"맞는데……."

"다행이네. 잘못 연결했으면 어쩌나 했어. 약속대로 정보를 전달하려고 연락했는데, 지금 괜찮아?"

"약속? 무슨 소리야?"

"어? 이상하네. 이야기 못 들었어? 미발선 유적의 추가 정보인데……. 알았어. 내가 콜베에게 다시 연락해서 확인을……."

오르소프가 황급히 말을 끊는다.

"아니야! 생각났어! 그거 말이지! 다른 걸로 착각하고 있었어! 괜찮아! 들을게!"

오르소프는 그런 이야기를 들은 적이 없다. 하지만 들어서 손해 볼 일은 없다고 즉각 판단했다.

"그래? 알았어. 우선은……."

오르소프는 씩 웃으며 비올라의 이야기를 듣고 있었다.

비올라는 도시 하위 구획에 있는 사무실에서 오르소프와 이야기를 마쳤다.

"그러면 되니까, 잘 부탁해."

"그래, 콜베한테는 내가 전달하지. 또 무슨 일이 생기면 이쪽으로 직접 연락해. 일일이 콜베한테 연락하면 귀찮다고 혼나. 부탁하마."

"알았어. 잘 있어."

통신을 끊은 비올라는 즐겁게 웃고 있었다.

◆

　유적 상황을 살피는 기간을 마친 아키라 일행은 사전 계획대로 요노즈카역 유적으로 향하고 있었다.

　아키라는 엘레나 일행의 차에 탔다. 아키라의 차량은 현재 수리를 맡긴 상태다. 차체가 조금 찌그러졌지만 새로 살 정도는 아니다. 그렇다고 해도 단기간 수리로 끝내기는 어려울 정도로 망가졌다.

　수리업자를 소개해 준 시즈카에게는 조금 부딪혔다고만 설명했다. 그때 조금 의심하는 눈치를 보였지만, 과거 아키라의 엉뚱한 행동과 정작 다치지 않은 본인을 본 시즈카는 차량이 대신 희생되었다고 생각해서 조심하라고 주의만 주었다.

　아키라는 황야 사양 차량을 렌탈 업체에서 빌려 동행하려고도 생각했지만, 엘레나와 사라의 권유에 따라 동승하기로 했다. 현지에 직접 가서 상황만 확인하고 끝날 가능성도 있으므로 그렇게까지 할 필요는 없다는 말을 들었기 때문이다.

　엘레나와 사라의 차량은 충분히 대형이고 CWH 대물돌격총과 DVTS 미니건을 총좌와 탄약째 실어도 여유가 있었다. 그래서 아키라는 두 사람의 호의를 순순히 받아들이기로 했다.

　그 대형 차량으로 황야를 나아간다. 몇 번인가 몬스터와 맞닥뜨렸지만, 일행은 요노즈카역 유적에 문제없이 접근하고 있었다.

　"엘레나 씨. 그때 이후로 뭔가 유적 정보가 들어왔어요?"

"그게 말인데, 정보가 혼란스러워서 유적으로 들어가는 입구가 열렸다는 정도밖에 몰라."

그것을 미심쩍게 여기는 투로 대답하는 엘레나를 보고, 아키라가 조금 신기해한다.

"그 정도라고요……? 보통은 더 여러 가지를 알 수 있는 건가요?"

다른 헌터들이 봤을 때는 새로운 유적이 갑자기 발견되었기 때문에 다른 사람들에게 유적의 정보가 퍼지지 않도록 손쓸 것이다. 그러니 유적 입구가 열렸다는, 미발견 유적이 실제로 존재한다는 증거가 나오는 것만으로도 충분하지 않을까? 아키라는 그렇게 생각했다.

엘레나가 아키라의 말을 듣고 대답한다.

"글쎄. 우리도 새로운 유적을 발견할 기회가 생긴 적은 없어서 일반적인 상황을 자세히 아는 건 아니지만, 내가 조사한 정보가 조금 이상하다고 할까, 작위적인 느낌이 들었어."

유적으로 들어가는 입구는 여러 개 있다. 하나밖에 없다. 대량의 유물이 발견되었다. 전혀 없었다. 강력한 몬스터가 득실거린다. 구경도 못 했다. 너무 좁다. 너무 넓다. 치열한 전투가 벌어지고 있다. 자잘한 싸움밖에 없다. 현재 헌터 사이에서는 그런 정보가 난립한 상태다.

엘레나가 조사했을 때는 요노즈카역 유적이 실제로 존재한다는 정보만 명확하게 파악할 수 있다.

"뭐, 새로운 유적의 정보니까 외부에 돌아다니는 정보에는 누군가의 정보 조작이 있겠지만…… 뭔가 정보가 편중된 느낌이 들어."

적극적인 자들, 혹은 여유가 없고 성급한 자들에게는 최대한 서둘러 유적으로 떠나지 않으면 뒤처질 테니까 서둘러라.

소극적인 자들, 혹은 여유롭게 움직일 수 있는 자들에게는 정보를 잘 조사하고 준비해야 위험하지 않을 테니까 서두르지 마라.

엘레나에게는 왠지 모르게, 현재 퍼진 요노즈카역 유적 정보에 유적으로 가려는 헌터들을 그렇게 두 분류로 나누려는 의도가 있는 것처럼 느껴졌다.

그러면 전자에 해당하는 자들은 이미 유적으로 몰려들었을 것이고, 후자에 해당하는 자들은 상당히 늦게 도착하리라.

그렇다면 유적은 지금 여유도 없고 성급한 판단밖에 할 수 없는 자들이 대량의 유물을 황야의 원칙에 따라 서로 빼앗는 상황에 처했을 것이다. 여유롭고 강한 자들이 유적에 도착함으로써 유적에 질서를 가져오는 것은 상당히 늦어질 것이다. 엘레나는 그렇게 생각하고 있었다.

아키라 일행은 그 전자도 후자도 아닌 타이밍에 요노즈카역 유적으로 향하고 있다. 이는 사전에 관망하는 기간을 정해 놓았기 때문이다.

지금부터 다시 정한다면, 엘레나는 후자의 타이밍에 유적에 갈 것이다. 그렇지 않은 이유는, 굳이 따지자면 전자에 해당하는 아키라를 더 기다리게 할 수 없다고 생각했기 때문이기도 하다.

"뭐, 이건 내 예상일 뿐이야. 현지에 가야 사실을 알 수 있어 아키라. 그러니까 우리끼리 조심해서 가자."

"알겠습니다."

아키라의 또렷하고 솔직한 대답을 듣고 엘레나는 표정을 풀었다. 그때 사라가 문득 생각난 것을 말한다.

"그러고 보니 말인데. 아키라, 차량이 망가진 이유가 뭐야? 앞이 심하게 부딪혔다던데, 혹시 황야에서 몬스터라도 쳤어?"

"아, 그런 셈이에요."

아키라가 미묘하게 웃으며 얼버무리며 대답하자 사라는 슬쩍 웃음을 터뜨렸다.

"아키라. 만약 네가 일부러 친 거라면 아무리 황야 사양 차량이라도 그런 짓은 하지 않는 게 좋을걸? 너도 알겠지만, 의외로 충격이 심해."

"네…… 그렇군요."

사라가 아키라의 태도에서 예상이 맞았다며 웃고 있는데 엘레나가 웃으며 말문을 연다.

"맞아, 아키라. 예전에 사라가 렌탈 차량으로 그랬다가 큰일이 났다니까."

아키라가 무심코 시선을 돌리자 사라는 웃음으로 얼버무리며 눈을 피했다.

"큰일이 났어요? 무슨 일이 있었는데요?"

"그게 있지, 사라가 몬스터를 해치우기 귀찮아해서……."

"아키라! 몬스터가 나왔어! 새 장비를 갖춘 네 실력을 우리가 알아볼 좋은 기회니까, 부탁할게."

"알겠습니다."

얼버무리고 있음을 잘 알면서도 아키라는 웃으며 CWH 대물 돌격총을 잡았다. 어딘지 모르게 안도하는 듯한 사라를 보는 엘레나는 쓴웃음을 짓고 있었다.

아키라가 목표를 향해 총을 겨누며 부탁한다.

『알파. 빗나갈 것 같으면 도와줘.』

『알았어. 확실하게 한 방에 해치울 수 있게 단단히 서포트해 줄까?』

『아니, 꼭 그렇게 할 필요는 없어. 엘레나 씨와 사라 씨에게 지금 와서 내 진짜 실력을 보여줘도 이상하게 여길 테고, 그렇다고 서포트가 전혀 없는 것도 이상할 테니까.』

『알았어. 그렇다면 내가 되도록 서포트하지 않게 노력하렴.』

『나도 알아.』

조준기 너머로 보이는 목표를 가리키며 웃는 알파를 보며, 아키라는 집중해서 조준한다.

적은 지름 1미터 정도의 금속 구체다. 그 구체의 일부를 가르고 자라난 다리로 황야를 서성거리고 있다. 의식 속에서 세계의 흐름을 늦추고, 표적의 움직임을 상대적으로 느리게 하면서 방아쇠를 당겼다.

사출된 철갑탄이 기계형 몬스터의 중앙, 구형 몸체의 한가운데에 명중한다. 카메라 혹은 일종의 가시성 에너지 발사 부분 같은 원형 렌즈가 깨졌다.

다리가 몸통에서 전달된 충격을 견디지 못하고 부러진다. 버팀목을 잃은 둥근 본체가 기능을 정지한 상태에서 땅을 굴렀다.

그 모습을 본 사라가 소리를 지른다.

"훌륭해! 아키라. 잘하잖아."

『알파. 뭔가 서포트했어?』

『아니, 안 했어.』

우연이라도 자기 힘으로 맞혔다는 사실을 이해하고, 아키라도 사라의 칭찬을 웃으며 받아들였다.

"감사합니다."

"자, 이제 우리 차례네. 엘레나. 데이터 보내줘."

"알았어."

사라가 총을 겨누고 엘레나가 조준을 보정해서, 총구에서 총탄이 표적을 향해 일직선으로 날아간다. 고속으로 날아가는 총탄이 적의 둥근 몸을 관통하고, 아키라가 해치운 것과 같은 기계형 몬스터를 한 방에 대파시켰다.

"훌륭해요."

"뭐, 우리도 이 정도는 할 줄 알아."

아키라의 칭찬을, 엘레나와 사라도 웃으며 받아들였다.

하지만 엘레나는 속으로 조금 의아해하고 있었다. 저런 기계형 몬스터가 이 근방에 있다는 정보는 지금까지 없었다.

◆

요노즈카역 유적 부근에 도착한 아키라 일행은 주위 광경에 놀라움을 감추지 못했다.

생물형 몬스터가 무수한 총탄을 맞아 사체로 변해 나뒹굴고 있다. 기계형 몬스터가 장갑에 벌집이 난 잔해로 변했다. 그 많은 양의 사체와 잔해에 섞여서 중장비와 차량의 잔해, 헌터들의 시체가 흩어져 있었다. 대규모 전투가 벌어진 흔적이다.

그리고 아키라는 시체와 잔해가 많이 널브러진 곳 근처에서 구멍을 발견했다. 그것은 유적 출입구였으나, 예전에 아키라가 잔해더미로 묻은 것은 아니었다.

차량에서 내려 총을 겨누며 안쪽을 들여다보니 잔해가 섞인 토사 끝에 계단이 보였다. 즉, 이 출입구는 땅에서 파낸 셈이다. 단순히 잔해를 치웠을 뿐인 아키라의 때와는 상황이 무척 달랐다.

"엘레나 씨, 어쩌죠?"

"우선 주변을 둘러보자. 유적이 지하에 있다고는 하지만, 이런 상황이라면 지상부의 지도를 제작하는 일부터 시작하는 것이 좋을지도 몰라."

"알겠습니다."

아키라 일행은 엘레나의 판단에 따라 각자의 정보수집기로 지상의 상황을 살피기 시작했다.

지상부를 잠시 조사해 보니 유적 출입구로 추정되는 것이 여러 개 발견되었다. 개중에는 지름 5m 정도는 되는 수직 구멍까지 있었다.

그리고 곳곳에 헌터의 시체가 나뒹굴고 있었다. 몬스터의 사체나 잔해의 양으로 판단했을 때, 헌터 측의 화력은 사람의 손이 닿지 않은 유적의 유물 수집에 대비할 만큼 충분했던 것으로 보인다. 그런데도 필사적으로 응전하다 죽은 것이다.

사라가 그 몬스터의 일부를 보고 신음하고 있었다. 아키라가 그걸 깨닫고 말을 건다.

"사라 씨, 무슨 일 있어요?"

"응? 흩어져 있는 몬스터 중에 낯익은 녀석이 섞여 있었는데, 이 근방에는 없는 종류일 거라는 생각이 들어서."

사라가 그렇게 말하며 가리킨 것은 길이 1m쯤 되는 대형 거미를 닮은 사체였다. 마치 사이보그처럼 부분적으로 기계로 되어 있고 몸의 각 부위도 여느 거미와 다르다. 얼핏 보면 거미처럼 보일 뿐, 거미 모양을 한 무언가일 뿐이다.

"본 적이 있어요? 얼마나 강해요?"

"개체마다 많이 달라. 쿠즈스하라 시가지 유적의 가설 기지 건설 작업에서 경비 임무를 수행하다가 해치운 녀석은 우리도 좀 질릴 정도로 강했어."

"그렇게 강해요?"

"그럭저럭 유적 깊은 곳에서 서식하는 놈이니까. 그런 종류의 몬스터가 이 근방 황야에 서식한다면, 일대 몬스터의 분포가 크게 달라질 수도 있겠는걸……."

아키라는 주위를 둘러보며 다른 몬스터의 사체를 확인한다. 동종의 사체는 널브러져 있지 않았다.

"다른 건 안 보이네요. 이 개체만 무슨 이유로 엉뚱한 곳에 나타난 걸까요?"

"일단 이런 몬스터도 있었다는 걸 기억하고 경계하자."

"네."

이후에도 아키라 일행은 주변 조사를 계속하고, 한 시간 정도만에 지상부 지도를 얼추 만들었다. 이어서 유적 출입구 부근, 아키라가 잔해더미로 메운 곳으로 향했다.

파묻었을 출입구는 완전히 노출돼 있었다. 주위에는 대파된 중장비와 차량이 널브러져 있다. 그리고 몬스터와 헌터들의 시체도 수없이 방치되어 있었다. 그러나 왠지 모르게 다른 곳보다 시체의 양이 많았다.

이미 상황은 사전 예상을 크게 넘어섰다. 이전에 요노즈카역 유적 안에 들어간 적이 있다는 이점은 이미 거의 사라졌다고 보면 된다. 그것은 모두가 이해하고 있다.

그래도 유적으로 들어간다면 다른 출입구보다 이곳으로 들어가는 것이 적합하다. 이전에 작성한 유적 내 지도는 여기서 들어가 만든 것으로, 내부 상황이 완전히 백지인 상태보다 어느 정도 낫기 때문이다.

그 출입구 앞에서 아키라 일행은 여기서 더 갈지, 아니면 물러날지를 정하게 되었다. 모두가 여러 가지 이유로 망설이고 있었는데, 그때 엘레나가 아키라가 머뭇거리고 있음을 깨닫고 넌지시 묻는다.

"아키라. 만약 여기 아키라 혼자 왔다면 어떻게 할 거야?"

"저 혼자였을 때요? 글쎄요……. 모처럼 여기까지 왔으니, 들어가 볼 거예요."

자신에게는 알파의 서포트가 있다. 안에서 무슨 문제가 생겨도 그때는 알파의 도움으로 더 가는 것을 멈출 수 있을 것이고, 그 시점에서 돌아가면 괜찮을 것이다. 아키라는 그 정도의 생각으로 대답하고 있었다.

그러자 그 말을 들은 엘레나와 사라가 서로 얼굴을 본다. 그리고 약간 기쁜 듯한, 그래도 미묘한 쓴웃음을 짓더니 아키라 쪽으로 고개를 돌렸다.

그리고 사라가 일부러 단호하게 말한다.

"알았어. 그러면 들어가자."

"네? 제가 그렇게 말했다고 해서, 그것만으로 결정하는 건……."

당황한 아키라에게 엘레나도 조금 씩씩하게 미소를 짓는다.

"우리를 걱정해서 그만두려는 건 기쁘지만, 우리도 명색이 헌터고 일단은 아키라보다 경험도 많은 선배야. 이렇게 말하면 미안하지만, 방해만 되는 사람처럼 취급받으면, 걱정해 줘도 기분이 이상해져. 무슨 말인지 이해했니?"

굳이 말하자면 엘레나와 사라는 아키라의 배려를 기쁘게 여겼다. 하지만 엘레나는 지금 굳이 미묘한 마음을 강조했다.

"그, 그러려고 한 말은 아닌데요……."

그렇게 말하며 잠시 주춤하는 아키라에게, 사라가 기분 좋게 웃는다.

"그렇다면 상관없잖아. 우리가 방해된다고 생각하지 않는다면, 아키라가 혼자 가는 것보다 편하고 안전하겠지? 아니야?"

아키라는 자신뿐이라면 망설이지 않고 가겠지만 두 사람을 끌어들이는 것은 과연 어떨까 하고 망설이고 있었다. 하지만 걱정할 필요가 없다고 배려해 주는 엘레나와 사라의 태도에 웃으며 마음을 돌린다.

"그래요. 알겠습니다. 가요."

이로써 아키라 일행은 모두가 웃으며 요노즈카역 유적의 재탐색을 결단했다.

◆

유적에 들어갈 준비를 마친 아키라 일행이 예전에도 다닌 적이 있는 긴 계단을 내려간다.

아키라는 탄약이 담긴 배낭을 메고 각각의 손에 CWH 대물돌격총과 DVTS 미니건을 들고 있다. 그 무게는 강화복의 신체 능력으로 감당해서 문제가 없지만, 짐이 많은 것은 틀림없어 지난번과는 양상이 크게 달라진 계단을 내려가는 데 조금 애를 먹었다.

계단은 지난번 탐색과 달리 지하인데도 충분히 밝다. 그림자 형태로 위에서 나오는 빛임을 알 수 있으나 올려다보아도 광원 같은 것은 찾아볼 수 없다. 지난번 아키라 일행이 설치한 조명은 바닥에 남은 채였지만 전투의 여파로 부서져 있었다.

그리고 주위에는 나자빠진 몬스터들이 다수 있었다. 강력한 공격으로 원형을 잃은 개체도 많다. 벽과 바닥, 천장에 이르기까지 피탄 자국이 있고, 폭발물 흔적도 많아 밝은 만큼 시야가 양호했다.

엘레나가 그 광경을 보고 짐작한다.

"이 유적, 아직 기능이 살아 있었구나. 그리고 총탄 자국으로 봐서 출입구 쪽으로 쏘고 있어. 즉, 유적으로 들어온 몬스터를 헌터들이 더 안에서 물리치려고 한 건데……."

아키라도 조금 생각한다.

"몬스터가 유적 깊숙이 들어가는 바람에 유적의 기능이 작동하기 시작했다는 건가요?"

"그럴 수도 있고, 안쪽까지 간 헌터가 무슨 짓을 한 탓일 수도 있어. 몬스터에게 쫓겨서 도망치다가 그대로 유적의 안쪽까지 몬스터를 데려가 버렸다는 것도 포함해서 말이지."

"그러면 이미 유적 안쪽에서도 몬스터들이 서성거릴지도 모르겠네요. 모처럼 몬스터가 없는 유적이었는데, 망했어요."

그렇게 한탄하는 아키라를 가볍게 격려하듯 사라가 웃는다.

"유적이란 보통 그런 법이야. 이럴 때는 평범한 유물 수집이 됐다고 생각하자."

계속해서 경계하며 계단을 내려가 통로에 도달한 후에는 이전에 작성한 지도를 의지해 당면한 목적지를 목표로 한다. 그러다가 엘레나가 얼굴에 다소 긴장된 기색을 떠올렸다.

"왜 그래요?"

"통로 일부가 막혔어. 조명과 함께 유적의 기능이 작동한 영향이겠지만, 이것으로 지도의 정확도가 상당히 떨어졌어."

사라가 주위를 둘러보며 슬쩍 웃는다.

"다른 길도 있으니까 괜찮아."

"그래. 움직이자."

지도를 적절히 수정하면서 이동하다 보면 이전에 위치만 알아보고 유물에는 손대지 않았던 상가의 흔적을 찾을 수 있다. 그 자리도 헌터와 몬스터가 교전한 흔적으로 가득했다. 그리고 엘레나가 표정을 굳힌다.

"사라. 아키라. 전방에서 반응, 몬스터야."

"알았어."

"알겠습니다."

사라와 아키라가 총을 겨누고 엘레나의 좌우에 서서 요격 태세를 취한다. 엘레나도 총을 겨누고 정보수집기의 우선 색적 범위를 전방으로 전환했다.

그리고 안쪽에서 생물형 몬스터 무리가 찾아온다. 짐승과 파충류는 물론이거니와 곤충과 식물들까지 으르렁대는 소리를 내며 각자의 이동 방식으로 바닥을 박차고 몰려든다.

달리는 법을 익힌 육식식물이 굵은 뿌리를 발처럼 움직이며 달리고 있다. 생체 부분이 부패한 탓에 기계 부품을 드러낸 사이보그 짐승들이 아가리를 벌리고 달려온다. 어른의 허리 높이만큼은 오는 대형 벌레가 여러 다리로 벽이나 천장을 기어 다니고, 비슷한 크기의 도마뱀도 근처에서 뒤따른다.

엘레나는 정보수집기로 그 몬스터들을 빠르게 인식하고 기총이 달린 개체처럼 먼저 격파해야 할 적들을 가려낸다. 그리고 그 정보를 사라와 아키라에게 전달해 효율적인 전투를 지시한다.

아키라와 사라가 그 지시에 따라 요란한 포화를 거리낌 없이 쏘아댄다. 농밀한 탄막이 적을 분쇄하기 위해 공간을 가득 채우며 몬스터 무리를 직격하고, 강력한 총탄으로 그 원형을 소실시켰다.

아키라가 쏘는 DVTS 미니건의 확장 탄창은 지난번보다 비싼 물건으로 바꿨다. 곱절 이상으로 뛰어오른 가격에 따라 위력과 장탄량 모두 성능이 향상되어서, 탄약값만 무시하면 화력이 충분하다.

그 탄막을 견디는 개체에는 CWH 대물돌격총에서 발사된 철갑탄이 약점 부위에 정확하게 박힌다. 장갑을 뚫고, 두꺼운 근육의 갑옷을 헤집고, 이것들이 지키는 중요 기관을 파괴해 나간다.

더군다나 지금의 아키라는 알파의 서포트를 단단히 받아서 싸우고 있다. 모든 총탄이 최대 효율로 적의 무리를 유린하고 있었다.

사라는 그런 아키라를 보고 가볍게 혀를 내둘렀다.

"아키라! 거긴 괜찮아?"

"괜찮아요! 문제없어요!"

"그래! 쿠즈스하라 시가지 유적의 안쪽에서 볼 수 있는 몬스터가 꽤 섞여 있어. 그런데도 그 여유라면 대단한 거야!"

"어? 그렇게 많이 섞였나요?!"

"그래! 이유는 모르겠지만!"

"알겠습니다! 조심할게요!"

아키라의 힘찬 대답을 듣고 사라는 선배로서 질 수 없다며 더욱 치열하게 몰아붙였다.

미니건과 마찬가지로 애초에 휴대하고 사용하기 어려운 유탄기관총을 신체 강화 확장자의 신체 능력으로 가뿐하게 겨눈다. 그리고 유탄을 무리 안쪽을 향해 연사했다. 연속되는 폭발이 적의 무리를 집어삼키고 지워간다.

"사라 씨?! 그거, 이런 데서 사용해도 돼요?!"

"괜찮아! 유적도 구세계 거잖아? 꽤 튼튼하니까 걱정할 건 없어."

아키라는 약간 고민했지만, 쿠즈스하라 시가지 유적 건물 벽이 CWH 대물돌격총 전용탄을 정통으로 맞고도 균열만 생긴 것을 떠올리자 하긴 그렇겠구나 싶어서 더는 신경 쓰지 않기로 했다.

그때 폭풍에 날아간 몬스터가 불행히도 엘레나가 있는 곳으로 날아왔다. 엘레나가 그걸 돌려차기로 옆으로 날리고 나서 불평한다.

"사라! 아무리 건물이 튼튼해도 좀 더 조심해서 쏴!"

"엘레나! 미안해!"

"참……."

웃으며 사과하는 사라를 보며 엘레나는 슬쩍 한숨을 쉬었다. 그 모습에서 여유를 느낀 아키라는 두 사람이 말려드는 것을 걱정할 필요가 없었다며 가볍게 웃었다.

아키라 일행은 그대로 몬스터 무리를 격파했다. 엘레나가 10초 정도 상황을 지켜보다가 더 올 낌새가 없음을 확인하고 표정을 풀며 전투 상황이 끝났음을 알린다.

"좋아. 끝났어. 저 숫자치고는 쉽게 해치울 수 있었네. 그래도 숫자만큼은 많았는걸."

"그러게 말이에요. 그래서 저도 탄약값이 왕창 깨졌어요."

주변은 거의 직선 구조로, 무리는 그 안쪽에서 다가오고 있었다. 그 덕분에 기본적으로 원거리에서 총만 쏘면 되었지만, 탄약 소비는 불가피하다. 미니건 같은 장비를 사용하면 더더욱 그렇다.

쓴웃음으로 얼버무릴 정도로는 탄약비 걱정을 얼굴에 드러내고 있는 아키라를 보며 엘레나가 힘을 내듯 웃는다.

"그래. 그 탄약값을 벌기 위해서라도, 이곳에서 열심히 유물 수집을 해 볼까?"

상점의 숫자로 미루어 보아 상당히 많은 유물을 기대할 수 있을 것이다. 엘레나는 그렇게 전하듯 웃었지만, 모두가 주위를 둘러보자 그 미소가 쓴웃음에 가까운 것으로 변했다.

"뭐, 찾으면 남아 있겠지."

도착 전에 이미 치열한 전투 흔적으로 가득 찼던 상가 터에서 다시 격전을 벌였다. 유적 자체가 구세계에 지은 것이라서 튼튼하다고 해도 그곳에 있는 상점과 유물까지 튼튼하지는 않다. 여러모로 망가졌을지도 모른다는 두려움은 나름대로 존재하고 있었다.

아키라 일행은 얼굴을 마주 보며 쓴웃음을 짓고, 유물 수집 작업을 시작했다.

제82화 경비 장치

아키라 일행이 방금 전투를 끝낸 상가 터에서 유물 수집에 매진한다. 유적의 상태가 당초 예상과 다르다 하더라도 헌터로서 돈을 벌러 온 것이다. 유물을 꼭 챙겨서 수지를 흑자로 만들어야 한다.

반파된 상점에서 잔해를 걷어내고, 몬스터와 헌터의 시체도 함께 치워 유물을 찾아 나간다. 다행히 유물은 아키라 일행이 의아하게 여길 만큼 멀쩡하게 남아 있었다.

그렇지만 전투의 여파로 무사하다고 보기 어려운 유물도 많다. 아키라가 여성용 속옷을 발견하고 집어 든다. 사격의 여파로 의해 포장이 파손되어 몬스터 등의 피가 스며들어 있었다.

이것을 가져가도 돈은 되지 않을 것이다. 그렇게 생각하고 근처 잔해에 놓았더니, 그것을 사라가 알아차린다.

"아키라. 필요 없으면 내가 가져도 돼?"

"어? 상태가 이런데요?"

그때 아키라는 예전에 사라가 속옷에 굶주렸다는 말을 들었던 것을 떠올렸다. 이렇게까지 상태가 심각한 물건조차 필요할 정도로 절박한가 싶어서 의아한 감정을 표정에 드러내고 말았다.

사라가 그것을 보고 쓴웃음을 짓는다.

"말해 두겠지만, 나도 그걸 그대로 쓸 생각은 없어. 전문 수선 업체에 맡기는 거야. 운이 좋으면 새것이나 다름없게 되어서, 그냥 사는 것보다는 싸게 먹혀. 상태에 따라서는 그냥 업자가 사들이는 경우도 있거든?"

"아, 그래요? 그렇다면 가지세요."

"고마워."

사라는 그 속옷을 투명한 포장 주머니에 담은 뒤 자기 배낭에 넣었다. 그 모습을 보고 아키라가 조금 의아해한다.

"사라 씨. 그 봉투는 따로 준비했어요?"

"응? 뭐 아키라는 안 쓰는 편이야? 구세계의 포장은 확실히 튼튼하지만, 열화가 진행되고 있는 것도 많고, 조금 비싼 것이라면 여러 번 사용할 수도 있으니까. 아키라도 써 보는 게 좋을 거야."

사라는 그렇게 말하고 나서 아키라의 반응을 보고 말이 통하지 않음을 깨달았다.

"아키라. 이 주머니가 뭔지 알아?"

"네? 포장용 주머니잖아요?"

"그야 그렇긴 하지만, 정확히는 유물 보존용 주머니야."

유물 보존용 주머니는 헌터를 위한 유물 운반용 도구의 일종이다. 유물 중에는 부서지기 쉬운 물건도 많아서 전용 보존용 주머니도 잘 팔린다. 정밀기계를 진동으로부터 보호하는 것도 있고, 총탄마저 막는 고급품도 있다. 제법 값이 나가지만, 유물의 질을 유지하고 비싸게 팔기 위한 수단으로 널리 사용되고 있었다.

무엇보다 귀찮다고 쓰지 않는 사람도 많으니까 딱히 필수품은
아니다. 사라도 처음에는 단순히 아키라가 귀찮아하는 것이라
고 여겼다. 하지만 애초에 유물 보존용 주머니의 존재를 몰랐을
줄은 전혀 예상하지 못했다.

"그런 것도 있나요? 음. 저도 사는 게 좋을까요?"

"이렇게 더러워진 유물을 운반할 때도 편리하니까 사서 손해
를 볼 일은 없어. 하지만 원래 있는 포장을 교체하진 마. 구세계
포장이 더 고성능일 때가 많으니까."

"그렇군요. 알겠습니다."

보통은 다른 헌터들과 함께 유물을 수집할 기회가 그럭저럭
있거나 유물 취급에 관해서 이야기할 기회가 있다면 유물 보존
주머니에 대한 지식을 얻는 계기가 되기 충분했을 것이다.

하지만 아키라에게는 그 보통이 없었다. 사라는 그것이 안타
까워 표정에 조금 그늘이 생겼지만, 곧바로 마음을 돌렸다. 일
부러 선배 티를 내며 웃는다.

"좋아. 마침 잘됐으니까 헌터 활동의 소품을 가르쳐 줄까? 그
래, 선배로서 말이야."

"그래요? 그럼 부탁드릴게요."

아키라는 눈치채지 못하고 웃고 대답했다. 그리고 도중에 가
담한 엘레나에게서도 생활 속에서 얻을 기회가 극단적으로 적
은 지식을 배우면서 함께 유물 수집을 계속했다.

◆

한 번의 전투와 한 번의 유물 수집을 마친 아키라 일행은 그 자체로 상당한 성과를 거뒀다.

그리고 아직 충분한 여력이 있다. 따라서 더 나아갈 것인지 돌아갈 것인지 다시 결단할 필요가 생겼다. 더 들어가서 여력을 벌이에 더 쏟아부을지. 되돌아가서 여력을 안전하게 쓸지. 어느 쪽도 틀린 것이 아니다.

엘레나가 정보 공유를 겸해 두 사람에게 묻는다.

"자, 어떻게 할까? 이 유물의 양으로 판단해서 여기는 아직 사람들이 손대지 않은 상태라고 생각해도 돼. 조금만 더 열심히 하면 더 벌 가능성이 클 거야."

아키라가 더 안쪽을, 아까 몬스터 무리가 나타난 통로 끝을 본다. 예전에 지도를 제작했을 때의 기억으로는 조금 멀지만 다른 상가 터가 있었다. 거기까지 가서 알아볼 가치는 충분히 있다.

"평소 같으면 내가 먼저 그렇게 말하고 엘레나가 말릴 텐데, 오늘은 엘레나가 먼저 말한 이유를 물어봐도 될까?"

"이번만큼은 다시 오면 된다는 생각이 통하지 않기 때문이야. 다음에 왔을 때 여기는 확실하게 사람의 손이 닿지 않은 유적이 아닐 테니까."

이번 유물 수집을 여기서 마무리할 경우, 엘레나와 사라의 헌터 활동 감각으로는 다음에 이곳에 오는 것이 오늘의 피로를 풀고 유물 수집 준비를 다시 마친 뒤가 되며, 그렇다면 최소 3일

후가 된다.

그때는 이미 지금은 정보가 부족하다고 판단했던 자들도 준비를 마치고 유적으로 떠난 다음이다. 잠깐의 탐색으로 대량의 유물을 손에 넣을 수 있는 미지의 상태로 남았을 것으로 보기는 어렵다.

덧붙이자면 지금은 앞선 헌터들이 죽으면서까지 몬스터를 해치워 준 뒤라 유물 수집에 전념하기에는 가장 적합한 상태일 수도 있다.

그 기회를 얼마 안 되는 안전을 위해 그냥 버리는 것은 엘레나도 손해라고 생각했다.

그 말을 들은 아키라가 두 사람과 함께 고민한다. 그러나 유적 속에서 장황하게 생각할 수도 없다. 그래서 제안을 내놓는다.

"다음 상가 터까지 알아보는 게 어때요? 유물 수집은 거기까지. 그리고 그곳의 성과에 상관없이 귀환하는 것으로 하죠."

엘레나가 약간의 우려를 느끼고 일단 확인을 구한다.

"그것도 괜찮을 것 같은데, 그렇게 생각한 이유가 뭐니?"

"운 좋게 다음에도 유물 수집이 잘되면, 유물이 얼마 남았어도 우리가 가져갈 수 있는 양으로는 한계가 있을 거예요. 유물이 별로 남지 않았다면 이번 행운은 끝났다고 생각하고 빨리 철수하죠."

엘레나는 아키라의 태도로 미루어 그 이유에 숨겨진 의도가 없다고 판단했다.

"그래, 그러자. 사라도 그러면 되겠어?"

"괜찮지 않을까? 모처럼 찾아온 기회인걸. 더 벌어야지."

아키라 일행은 고개를 작게 끄덕이며 유적 안쪽을 향해 걷기 시작했다.

사라가 나지막하게 엘레나에게 묻는다.

"그래서 아까는 왜 물어본 거야?"

"응? 그게 말이지. 예전에 지하상가에서 아키라가 우리를 갑자기 재촉한 적이 있었잖아? 또 그런 일인가 싶어서 잠깐 확인했을 뿐이야."

"아하. 그런 거였구나."

엘레나와 사라는 그것으로 우려를 씻어냈다.

알파가 의도적으로 침묵했는지는, 두 사람은 물론이고 아키라도 알 리가 없었다.

◆

안으로 더 들어간 아키라 일행이 다음 상가 터에 다다른다. 통로 일부가 막힌 곳 때문에 약간 우회하거나 중간에 몬스터 몇 마리와 마주치는 등 다소 시간이 걸렸지만, 문제없이 목적지에 도착했다.

그 자리에도 헌터와 몬스터의 시체가 방치되어 있었다. 시체의 비율을 보면 헌터들이 분전했음을 알 수 있지만, 끔찍한 결과로 끝났다는 사실에는 변함이 없다.

그리고 주변을 확인하던 중 엘레나가 경계를 촉구한다.

"아키라. 사라. 반응이 있었어. 조심해."

일행이 반응이 있는 방향으로 총을 겨눈다. 그 앞에는 창고의 물류 출입구 같은 문이 있었다. 문은 작동에 지장을 줄 정도로 일그러지고, 약간 벌어져 있었다.

그리고 그 틈에서 사람의 목소리가 난다.

"이봐! 거기 누구 있어? 있겠지?! 대답해 줘!"

아키라 일행이 슬쩍 서로 얼굴을 본 다음 문으로 다가가자 문 틈으로 일행을 발견한 남자가 환희에 찬 소리를 지른다.

"아자! 살았다! 제발! 도와줘! 이 문을 열어줘!"

남자 이름은 레빈. 헌터로, 문 안으로 도망친 자들의 리더다. 그리고 도망친 것은 좋았으나 전투의 여파로 문이 비틀려 열리지 않게 되는 바람에 옴짝달싹할 수 없는 상태였다.

그리고 이대로 유적에서 죽는 것은 싫다며 문틈으로 다른 헌터가 오기를 줄곧 기다리고 있었다.

간신히 도와줄 사람이 왔다고 기쁨을 드러내는 레빈과는 대조적으로 엘레나는 경계를 늦추지 않고 있었다. 문 너머에 있는 상대에게 조심스럽게 물어본다.

"그런 데서 뭐 하는 거야?"

"몬스터가 습격해서 이곳으로 도망쳤는데, 열리지 않게 되었어!"

"그 안은 어때? 꽤 넓어? 거기엔 몇 명이 있어?"

"어? 꽤 넓어. 아마 무슨 창고 같은데. 인원은 나를 포함해서 다섯 명이야. 그런 건 아무래도 좋잖아. 열어줘."

"다섯 명……. 꽤 적은걸."

"그래? 유물 수집 팀이라면 원래 그렇지. 그야 헌터 조직 같은 데면 더 많겠지만 말이야."

"그게 아니라, 바깥에 있는 시체보다 훨씬 적다는 거야. 다른 사람들을 버리고 자기들만 거기로 도망갔지?"

엘레나가 문틈을 통해 따가운 시선을 보내자 레빈이 문 반대편에서 허둥댄다.

"그, 그건 어쩔 수 없었어! 전력의 차이가 절망적이어서 정면으로 싸워도 승산이 없었고, 이 문 근처에 있던 우리밖에 도망칠 여유가 없었다고!"

남자는 그렇게 변명하면서 또 변명한다.

"게다가 나는 팀의 리더로서 동료의 생명을 우선시할 의무가 있었어! 우연히 근처에 있던 동업자 때문에 동료의 목숨을 위험에 빠뜨릴 수는 없었다고! 이해하지?"

"그래. 확실히 그건 어쩔 수 없는 일이네."

"그렇지?"

"그러니까 우리가 너희를 버려도 어쩔 수 없다고 생각해 줄래? 미안하지만, 나도 동료들의 목숨을 우선시하고 싶으니까 섣불리 다른 헌터와 접촉할 기회는 줄이고 싶어. 공격당하고 싶지 않으니까."

"노, 농담하는 거지? 살려줘!"

레빈은 초조해하며 비통한 목소리를 냈다.

엘레나는 그런 레빈의 모습에서 상대가 정말 난처한 지경이며 강도로 돌변할 우려도 낮다고 판단하고 조금 경계를 늦추었다.

"그래서 말인데. 정말 어떻게 하지?"

"뭐, 문을 열어주는 정도는 해도 되지 않을까?"

"맞아요. 그러는 게 좋을 것 같아요."

사라의 의견에 아키라가 동의하고, 엘레나도 가볍게 고개를 끄덕였다.

아키라 일행은 모두 도와줘서 피해가 없으면 그 정도는 해도 된다고 생각했다. 엘레나와 사라는 그 선량함으로, 아키라는 이 선행을 행운의 보탬으로 삼자는 생각으로 의견이 일치했다.

황야는 비정한 곳이지만, 불필요하게 비정할 필요는 없다. 그리고 어느 정도 비정해야 하는지는 상황과 당사자의 여유나 강인함에 따라 결정된다.

엘레나와 사라는 이런 상황에서 낯선 자를 경계하면서도 도울 수 있는 정도로는 강했고, 아키라는 그것을 긍정했다.

"그래서 말인데. 어떻게 열까?"

"글쎄요……."

사라는 문을 보고 씩씩하게 웃었다.

"차 버리자."

그리고 문 앞에 서서 레빈 일행에게 큰 소리로 전달한다.

"위험하니까 문에서 떨어져 있어! 같이 날아가 버리고 싶지 않다면!"

레빈이 문앞에서 황급히 벗어나자 사라의 통렬한 발길질이 문을 두드렸다. 그 위력을 상상케 하는 굉음이 울리고 문이 삐걱거린다.

나노머신 보조형 신체 강화 확장자인 사라는 보다 성능이 좋은 나노머신을 사용함으로써 신체 능력을 끌어올리고 있었다. 구세계 속옷을 탐욕스럽게 찾게 된 것도 싼 속옷으로는 망가지는 시간이 짧아졌기 때문이기도 했다.

방호복도 그 신체 능력을 견디는 것으로 교체하고 있다. 그 덕분에 사라는 문을 전혀 문제없이 차버릴 수 있다. 구세계에서 만들어져 단단한 문이 삐걱거리고 뒤틀릴 정도의 충격을 가해도, 방호 성능으로 착용자를 지켜주는 것이다.

사라가 계속해서 통렬한 발차기를 날린다. 이어지는 충격으로 문이 뒤틀리는 현상이 더 심해졌지만, 문은 아직 공간을 막는 역할을 잘 수행하고 있었다.

"생각보다 튼튼하네."

상상을 넘어선 저항에 사라가 조금 의외인 듯한 표정을 지을 때, 그 옆에 아키라가 섰다. 그리고 시선만으로 의도를 전달하고, 다 알았다는 듯 서로 가볍게 웃고 자세를 잡은 뒤 동시에 발차기를 날렸다.

보통 사람이라면 들고 다니기도 어려운 중화기를 쉽게 다루는 신체 능력으로 날린 발차기의 위력은 엄청나다. 그것을 두 사람이 동시에 날린 충격은 제아무리 튼튼한 구세계의 문이라고 해도 버틸 수 없다. 이미 파손으로 취약해진 것도 있어서, 단번에 날아갔다.

아키라와 사라가 만족스러운 얼굴로 안을 본다. 레빈 일행은 우그러든 문과 아키라 일행을 번갈아 보면서 얼굴을 실룩거리고 있었다.

레빈 일행은 간신히 창고 밖으로 나올 수 있었다. 하지만 그 얼굴에 떠오르는 안도의 기색은 희미하다. 아직 유적 내부에 있는 것이 틀림없고 주위에 흩어진 헌터와 몬스터의 시체가 현재 상황의 위험성을 극명하게 보여주기 때문이다. 나아가 조금 전 아키라 일행이 실력 차이를 알 수 있도록 튼튼한 문을 화려하게 걷어찬 뒤이기 때문이기도 했다.

그래도 진심에서 우러나온 고마움과 자신들의 안전, 그리고 상대를 괜히 자극하지 않기 위해서 레빈과 동료들과 웃으며 감사를 표한다.

"고마워. 덕분에 살았어. 이대로 못 나가면 어쩌나 생각하던 참이었거든."

엘레나도 웃고 대답한다.

"천만의 말씀."

그리고 웃으면서 말을 잇는다.

"미안하지만, 당장 우리와 멀어져. 유적 안에서 아는 사람도 아닌 헌터와 사이좋게 함께 유물 수집을 할 생각은 없어."

"그, 그래……?"

레빈이 주춤거리며 다시 주위를 본다.

"그 전에 유적 밖의 상황이라든가, 여기에 오기까지의 상황을 물어봐도 될까?"

유적 밖도 몬스터와 헌터의 시체로 넘쳐나 이 자리와 크게 다르지 않다. 우리는 중간에 한 번 몬스터 무리를 해치우고 여기까지 온 것이다. 레빈은 그 이야기를 엘레나에게 듣고 표정이 험악해졌다. 그리고 최대한 친근하게 웃는다.

"그렇게 위험한 상황이라면, 이것도 다 인연이니까 우리와 함께 유물을 수집하는 게……."

"싫어. 너희 사정은 알겠지만, 다른 헌터를 버리고 자기네만 숨은 사람들과 중간에 함께할 수 있을 것 같아?"

"그렇겠지……."

엘레나가 조금 따가운 시선을 보내자 레빈은 쓴웃음을 지었다.

"알았다면 그만 가. 적어도 우리가 이만큼 멀면 괜찮을 거라고 판단할 정도는 충분히 떨어져 줘. 이렇게 말했는데도 근처를 서성거리면 우리를 공격할 의도가 있다고 판단할 거야."

표정을 굳히고 동료들과 서로 눈치만 보고 도무지 떠나려 하지 않는 레빈 일행의 태도를 본 사라가 경고를 겸해서 말한다.

"미안하지만, 우리도 이런저런 일이 있었거든. 의심이 많아졌어. 이대로 떠나지 않으면 의심할걸? 아니면…… 여기서 한판 벌일 거야?"

웃음을 지우고 윽박지르기 시작한 엘레나와 사라를 본 레빈 일행이 움츠러든다. 그러나 탄약도 부족하고, 자신들의 힘만으로 지상에 복귀할 수 있을지 의심스러운 상황이다. 더군다나 엘레나에게 들은 지상 상황을 생각하면 자신들의 차량이 멀쩡하게 있을 확률도 낮다. 레빈 일행은 어떻게든 엘레나 일행을 따라서 도시로 돌아가고 싶었다.

그래서 속닥속닥 상의한 뒤, 대표인 레빈이 긴장한 얼굴로 자신들의 생존을 걸고서 엘레나 일행과 협상하기 시작했다.

"알았어. 그렇다면 이 자리에서 긴급 의뢰를 내마. 제발 받아 줘. 우리도 죽긴 싫어. 보수는 최대한 좋게 쳐줄게. 어때?"

엘레나와 사라는 예상을 벗어난 제안을 듣고 조금 곤혹스러운 눈치로 서로 얼굴을 살폈다.

"그런 소리를 해도……."

"좀……."

그리고 엘레나가 정보 단말을 꺼내 통신 상태를 확인했다. 지하인 유적 내부여서 헌터 오피스에는 연결되지 않았다.

"미리 말해 두겠는데, 통신이 연결되지 않는 상태니까 이 자리에서 정식 의뢰가 성립하지 않는다고 생각하고 적당히 말하는 거라면, 후회할걸?"

그러자 이번에는 레빈도 못마땅하게 인상을 썼다.

"나도 헌터야. 헌터 오피스를 거치는 긴급 의뢰를 말하는 의미는 잘 알아."

정식 의뢰로 처리되기 전이라서 현시점에서는 구두 약속에 지나지 않는다고 하더라도, 허위 의뢰를 내는 행위가 헌터 오피스에 대한 사기임은 변함이 없다. 어지간한 구두 약속과는 무게가 다르다. 레빈이 못마땅한 눈치로 표정을 구길 정도의 근거는 있었다.

그렇게 말한다면, 엘레나와 사라도 헌터다. 의뢰를 받아들일지 말지 생각할 여지가 생긴다. 그것이 두 사람의 태도에서 드러난 것을 보고, 레벤이 곧바로 이야기를 진행하려고 한다.

"그래서 말인데. 보수는. 그래. 너희는 셋이니까 한 사람에 100만 오럼으로 해서 300만 오럼이면 어때?"

하지만 엘레나는 말도 안 된다는 표정을 지었다.

"무슨 소리야. 그쪽은 다섯 명이지? 그러니까……."

"500만?"

레빈은 비싸다고 생각하면서도 이런 상황에서는 욕심을 부릴 수 없다고도 생각해 가격 협상이 가능한 상태로 거래가 진행된 것을 내심 안도하고 있었다.

하지만 다음 말에 뒤집힌다.

"5000만이야."

레빈 일행의 얼굴이 단숨에 놀라움으로 물들었다. 그리고 레빈이 허둥지둥 호소한다.

"잠, 잠깐만! 아무리 그래도 그건 좀 아니잖아?!"

"긴급 의뢰의 보수가 비싼 건 당연하잖아? 강요하진 않을게. 싫으면 알아서 돌아가."

"아, 아무리 그래도……."

"게다가 이 유적이 위험한 상황인 건 너희도 잘 알잖아? 그래서 다른 헌터들을 버리고 도망친 거지? 게다가 우리가 도와주지 않았다면 계속 갇혀 있었을 건데? 그런 상황에서 도시까지 무사히 돌아가는 대금이 한 사람당 100만 오럼으로 충분할 리가 없잖아."

밀어붙이는 듯한 엘레나의 설명이 이어진다.

"우리도 의뢰로 받는 이상, 확실하게 일할 거야. 하지만 돌아가는 길에 얼마나 많은 몬스터와 마주칠지도 모르는데? 300만 오럼이라니, 잘못하면 탄약을 포함한 경비만으로 적자를 볼 거야."

레빈은 차마 반박하지 못하고 궁지에 몰린다.

"저 문을 힘으로 열지 못한 걸 보면 강화복도 안 입었겠지? 그런 장비로 여기까지 온 사람을 지키면서 돌아가는 건데? 긴급 의뢰의 보수니까 비싸게 부른 건 인정하지만, 터무니없는 금액이라고 보지는 않아. 아니야?"

엘레나의 공세에, 레빈은 진땀을 뺐다.

아키라는 엘레나와 레빈의 협상 양상을 흥미롭게 지켜보고 있었다. 그래서 알파가 조금 진지한 어조로 말을 건다.

『아키라. 저쪽을 경계해.』

아키라는 반사적으로 그 방향으로 총을 겨누었다. 조금 늦게 엘레나와 사라가, 더 늦게 레빈 일행이 경계 태세를 취한다.

『알파. 몬스터야?』

『아니, 사람이야. 하지만 이동속도로 봐서 달리고 있어. 몬스터에 쫓기고 있는지는, 여기서는 정보수집기의 정확도가 낮아서 불명확해.』

『알았어.』

아키라가 총구를 겨눈 곳은 통로의 모퉁이 쪽이다. 모퉁이 너

거는 정보수집기의 탐지 범위 밖이며, 알파의 서포트가 있어도 투과표시로 볼 수 없다. 침착하게 상대가 오기를 기다린다.

엘레나 역시 무언가 다가오는 반응을 자신의 정보수집기로 포착했다. 그래서 아키라의 너무 빠른 반응을 조금 이상하게 여겼지만, 쿠즈스하라 시가지 유적의 지하상가에서도 있었던 일이라고 생각하고 지금은 그 의문을 보류했다.

그리고 통로 모퉁이에서 나타난 것을 보고 아키라 일행이 무심코 의문과 놀라움을 얼굴에 드러낸다. 그것은 목표에서 빗나간 탄인데, 실탄이 아니라 허공을 나는 짧은 빛의 선이었다.

그 광선이 유적 벽에 명중해 폭발을 일으킨다. 적어도 아키라에게는 그렇게 보였다.

『알파! 저건 뭐야?!』

『이른바 레이저탄이야. 지향성을 가진 고출력 에너지가 대기에 있는 무색 안개에 반응하면서 전파되는 거야. 그 반응으로 에너지 일부가 빛으로 변환되어서 길게 뻗은 빛의 탄처럼 보여. 폭발처럼 보이는 것도 실제로는…….』

『아무튼, 맞으면 위험하다고 생각하면 돼?』

『대응하는 포스 필드를 쓰지 않으면 부상을 면할 수 없어.』

『알았어!』

통로 모퉁이에서 튀어나오는 레이저탄의 양이 늘어난다. 누군가가 무언가에 그 레이저탄을 겨누고 있는 것은 아키라가 봐도 명확했다.

그리고 그 누군가가 모퉁이를 돌아 아키라와 헌터들 쪽으로 필사적으로 달려온다. 그 인물이 누군지 알아차린 아키라는 놀라움을 얼굴에 드러냈다.

"저 녀석은……!"

모퉁이에서 나온 인물은 유미나였다.

유미나가 모퉁이를 돌아 목표가 사거리 밖으로 나오면서 레이저탄 발사도 멈춘다. 그러자 잠시 후 모퉁이에서 지름 1m 정도의 금속 구체 여럿이 힘차게 굴러서 튀어나왔다.

그리고 그 금속 구체가 표면에서 다리를 내놓고 바닥과 마찰시키면서 자신의 관성을 줄인다. 나아가 재빠르게 자세를 바로잡고, 구체 중앙에 있는 레이저탄 발사 장치를 유미나에게 돌리려고 했다.

아키라가 외친다.

"엎드려!"

그 소리에 유미나가 아키라 일행의 존재를 깨닫는다. 이런 상황에서 아키라를 만난 것에 놀랐고, 게다가 총구를 겨누고 있는 것에도 놀랐지만, 아주 조금 뒤늦게 곧장 그 자리에 엎드렸다.

유미나가 바닥에 완전히 엎드리기도 전에 아키라는 이미 방아쇠를 당기고 있었다. CWH 대물돌격총에서 뿜어져 나온 철갑탄이 유미나의 바로 위를 지나간다. 그리고 뒤에 있는 둥근 기계형 몬스터를 레이저탄 발사 장치와 함께 관통하여 격파했다.

엘레나와 사라도 연달아 사격해 적을 해치운다. 유미나에게 레이저탄을 조준하려는 금속 구체부터 차례로 무수한 총탄을 먹여서 차례차례 파괴한다.

유미나는 자신의 바로 위를 총탄이 날아가는 소리에 얼굴을 굳히면서도 바닥을 엉금엉금 기어서 벽 근처로 이동해 사선을 빠져나갔다. 그리고 조심스럽게 일어나서 벽을 따라 달리기 시작했다.

그러자 유미나가 말려들 우려가 없어진 아키라는 DVTS 미니건을, 사라는 유탄기관총을 사용하기 시작했다. 총탄의 폭풍과 유탄의 폭발이 기계형 몬스터들을 덮친다. 공처럼 생긴 경비 기계들은 순식간에 분쇄되고, 남김없이 일소되었다.

아키라가 총을 내려놓고 한숨을 쉰다.

『알파. 저건 뭐였어?』

『여기 경비장치겠지. 무장도 빈약하니까 그냥 간이 경비용 비품일 거야.』

그 설명에서 이상한 느낌이 든 아키라가 괴이쩍은 눈치로 되묻는다.

『빈약해……? 레이저탄을 쐈잖아?』

『일반인을 상대하는 비살상용이라고는 해도, 폭동 진압을 거들 정도는 할 수 있어야 해. 그래서 위력을 억제하는 데도 한도가 있는 거야.』

『비살상용……? 저걸 내가 맞으면 죽는 거 맞지?』.

『구세계 기준으로 비살상용이라는 뜻이야.』

『그래……. 구세계의 일반인은 저 정도로 안 죽나…….』

어쩐지 구세계 옷은 그만큼 튼튼하다 싶었더니. 아키라는 무의식중에 납득하면서 구세계에 대한 오해를 더욱 키웠다.

유미나가 숨을 고르며 아키라 일행에게 다가온다. 자신들을
가뒀던 창고에 다시 숨으며 얼굴만 내밀고 상황을 지켜보던 라
빈 일행도 전투가 끝난 뒤 터덜터덜 밖으로 나왔다.

아키라 일행의 근처까지 온 유미나는 먼저 머리를 숙였다.

"위험할 때 도와주셔서 감사합니다."

"신경 쓰지 마. 무사해서 다행이야. 그런데 혼자야? 카츠야와
아이리는 없어?"

일행 모두가 왠지 모르게 생각했던 의문을 엘레나가 대표해서
묻자, 유미나의 얼굴이 비통하게 일그러졌다.

그리고 유미나가 힘껏 머리를 숙인다.

"엘레나 씨. 사라 씨. 제발 부탁할게요! 도와주세요!"

필사적이고 절박한 유미나의 그 모습은, 아키라 일행에게 그
만한 사태가 벌어졌음을 아주 알기 쉽게 전해주었다.

제83화 소원의 대가

　요노즈카역 유적의 지상부가 아직 안정을 유지하고 있을 무렵, 잔해더미에서 유적 출입구가 간신히 발굴되었다. 그 모습을 지켜보던 도란캄의 젊은 신인 헌터들은 미발견 유적을 기대하고 환호성을 지르더니, 곧바로 안으로 들어갈 채비에 나섰다.

　모처럼 열린 출입구를 다른 헌터들이 사용하지 못하도록 인원의 대부분을 지상부 방비에 할애하고, 유적에 들어가는 것은 소수정예로 한다. 그래서 일단은 카츠야 일행이 들어가게 되었다.

　계단은 어둠에 휩싸인 유적의 깊숙한 곳으로 이어져 있다. 카츠야는 그 광경에 불안보다는 미지의 유적에 대한 호기심과 기대에 가슴이 부풀어 유미나 일행과 함께 조심스럽게 계단을 내려간다.

　하지만 그 카츠야의 얼굴에 의문이 드러난다. 자신의 조명으로 밝힌 계단 층계참에 설치식 조명이 있었기 때문이다.

　"이건, 조명인가? 조명이 왜 이런 데 있지?"

　아이리가 조심스럽게 그 조명에 다가간다. 그리고 스위치를 조작하자 조명은 제대로 작동해 주위를 비추었다.

　"아직도 움직여."

　"그런 것 같네. 어……? 왜 미발견 유적에 벌써 조명이 설치되어 있지?"

유미나도 신기한 듯 조명을 확인한다. 구세계의 물건이 아니라 현대산 싸구려 물건임을 금방 알 수 있었다.

"어떻게 된 일이지?"

"어쨌든 더 이동해 보자."

카츠야는 당황하면서도 유미나가 재촉해서 유적 안쪽으로 나아갔다.

계단에는 그 밖에도 조명이 설치되어 있었고, 모두 작동했다. 계단이 환하게 밝혀지면서 카츠야의 당혹감도 더욱 커져만 간다.

"잠깐만. 유미나. 아이리. 여긴 미발견 유적이지?"

"유적 입구가 잔해로 파묻혀 있었던 것은 사실. 우리가 파냈어. 그건 카츠야도 봤을 거야."

"아니, 그야 그렇지만……."

카츠야 일행이 설치된 조명을 켜면서 긴 계단을 계속 내려간다. 그동안에도 카츠야는 연이어 곤혹스러운 목소리를 냈다.

그런 다음 계단을 내려가서 통로에 도착한다. 그 시점에서 이미 카츠야의 표정에서는 미지의 유적에 대한 기대가 완전히 줄어들었지만, 이쯤에서는 의문을 넘어서 회의감을 얼굴로 드러낸다. 카츠야 일행이 통로 안쪽을 비추자 설치된 조명은 그쪽으로도 이어지고 있었다.

유미나가 슬쩍 쓴웃음을 짓는다.

"아, 이 유적, 이미 누군가 탐색을 마친 것 같아."

"그런 거겠지……."

카츠야는 낙담을 얼굴에 드러내고 한숨을 크게 내쉬었다. 이미 어렴풋이 짐작하고는 있었지만, 이것으로 미지의 유적에 제일 먼저 발을 들이는 경험이 사라진 셈이다. 그만큼 낙담도 커지고 있었다.

"어쩔 수 없어. 마음을 바꿔 먹고 가자. 이 유적이 거의 알려지지 않은 건 사실이고, 유물 수집도 기대할 수 있을 거야."

"이것도 경험. 똑같이 벌어서 돌아가면 문제없어. 내부 정보가 퍼지지 않은 유적이라면 안을 조사해 지도를 만드는 것만으로도 충분한 성과가 돼."

두 사람이 격려하자 카츠야도 조금 우울해졌던 기분을 전환했다. 씩씩하게 웃으며 의욕을 북돋운다.

"그래, 좋아! 힘내자!"

카츠야 일행이 요노즈카역 유적 탐색을 재개한다. 설치된 조명을 켜며 긴 통로를 걸어가 창고와 상가 터를 발견하고 기뻐하거나, 이미 유물이 반출된 것을 아쉬워하거나 하면서 여러 곳을 둘러본다.

그 탐색으로 자동 간이 지도 제작 장치가 작성한 유적 내 지도도 상당히 넓어졌다. 당장 거둔 성과에 카츠야가 만족스럽게 웃는다.

"슬슬 모두가 있는 곳으로 한 번 돌아가자. 유물이 남아있는 곳도 있었지만, 우리끼리는 옮길 수 없으니까."

"몬스터도 없었어. 좋은 유적."

"잔해더미를 철거하고 들어간 보람이 있었네. 내부 지도도 만들었고, 다들 유적에 들어가고 싶을 거니까 다음에는 우리가 위에서 경비를 서야지. 안 그러면 혼날 것 같아. 서두르자."

카츠야 일행이 오늘의 성과를 기대하며 웃으며 지상을 향해 돌아간다.

그때 카츠야는 비명을 들은 것 같았다.

실제로 비명을 지르는 소리는 들리지 않았다. 귀를 기울여도 유적 안에서 들리는 것은 자신들의 발소리 정도다. 그건 카츠야도 잘 알고 있었다.

귀로 들리진 않는다. 환청도 아니다. 사람의 목소리는커녕 사물에서 나는 소리도 들리지 않는다. 그런데도 도움을 청하는 소리가 머릿속에 울린다.

어느새 카츠야는 달리고 있었다.

"잠깐? 카츠야?!"

"유미나! 안 좋은 예감이 들어! 서둘러 돌아가자!"

곧이어 아이리가 달리기 시작하고 유미나 또한 표정을 굳히면서 뒤따라 긴 통로 중간까지 되돌아간다. 동료들과의 통신이 닿는 거리가 되는 순간, 동료들의 비명과 도움을 청하는 목소리가 카츠야 일행에게 닿았다.

"카츠야! 도와줘! 들리면 바로 돌아와 줘! 카츠야! 제발! 들리면 바로……."

"나야! 지금 가고 있어! 무슨 일이 있었어?!"

그렇게 카츠야가 대답하자마자 초조함과 두려움이 짙게 밴 목소리가 환희로 가득 찼다.

"다, 다행이야! 연결됐어! 카츠야, 부탁해! 서둘러 줘! 몬스터야! 무리가! 엄청나게 많이……."

"지금 갈게! 기다려!"

카츠야가 그렇게 말을 끝내려는 순간, 유미나가 또렷한 목소리로 끼어든다.

"그쪽 상황을 침착하게, 정확하게 알려줘. 몬스터의 규모는? 얼마나 있어?"

"얼마나 있긴. 엄청 많아! 셀 수 없어! 그러니까 서둘러서 돌아와 줘!"

"그쪽 전력만으로는 절대로 버티지 못하는 정도야?"

"그래! 절대로 무리야! 그러니까 서둘러……."

"그렇게 어려운 상황인데 우리 셋이 돌아온 정도로 상황이 뒤집히는 거야?"

"어? 그, 그건 카츠야가 있다면……."

그 대답을 들은 유미나는 얼굴을 크게 찌푸렸다. 동료는 카츠야에게 매달리고 있다. 즉, 유적의 출입구 확보를 포기하고 이탈하기 위해서 자신들을 불러들이려는 것은 아니다. 위기 상황에서 희망을 찾고 있을 뿐이라고 이해했다.

"그래? 그렇다면 우리를 두고 바로 이탈하면 도망칠 수 있을 것 같아?"

카츠야가 달리면서 나도 모르게 유미나를 본다. 아이리도 얼굴을 찌푸렸지만, 그것은 유미나에 대한 비난이 아니라 지상의 상황을 뒤늦게 이해했기 때문이었다.

그리고 동료가 대답하지 않자, 유미나가 목소리를 높여서 보채다.

"대답해. 어때?"

"끙…… 어려울 것 같아. 하지만 카츠야가 있다면…….."

유미나는 그 대답이 희망사항이라는 것을 금방 알아챘다. 그리고 그와 동시에 엄격한 목소리로 지시를 내린다.

"당장 그 자리를 포기하고 서둘러 유적으로 들어가!"

"어?! 하지만…….."

"서둘러! 서두르면 그만큼 빨리 카츠야와 합류할 수 있어!"

"아, 알았어!"

그래서 한 번 통신이 끊겼다. 카츠야가 무척 놀란 얼굴로 유미나를 본다.

"유미나? 무슨 소리야?"

"나도 잘 모르겠지만, 지상에는 상당히 많은 몬스터가 있는 것 같아. 그러니까 다 같이 유적 어딘가에 농성하는 거야. 적어도 유적 출입구 부근에서 싸우는 것보다는 나을 거야."

"왜 그런 일이…….."

"의문은 나중에 생각해. 모두를 구할 거지? 쓸데없이 생각할 여유가 있으면 집중해."

그래서 카츠야도 바로 의식을 전환했다. 동료들을 구하기 위해 군말 없이 달린다.

아이리가 유미나와 나란히 달리며 작은 소리로 묻는다.

"위가 그렇게 위험해?"

"아마도 말이야. 유적에서 이탈할 테니까 빨리 돌아오라는 연락이 아닌 시점에서 이탈 자체가 무모해 보이는 상황 같아."

급히 병력수송차에 타서 탈출하는 것조차 어려워 보이는 상황을 상상해 본다. 자칫하면 지상은 몬스터로 넘쳐나고 있을 우려마저 있었다.

"그렇다면 돌아가면 우리도 위험해."

"알아. 하지만 카츠야에게 그렇게 말해도 소용없잖아?"

유미나가 그렇게 말하며 쓴웃음을 짓자 아이리는 조그맣게 고개를 끄덕였다. 그리고 하나같이 진지한 표정으로 카츠야의 뒤를 따랐다.

카츠야 일행이 계단 근처까지 오자 이미 동료들이 통로까지와 있었다. 먼저 도착한 사람이 계단 위를 향해 사격하며 내려오는 동료들을 엄호하고 있다.

계단과 통로 모두 조명이 설치되어 있어서 망설일 필요가 없다. 조명을 따라 통로를 달리던 동료들이 카츠야 일행을 알아본다.

"카츠야!"

"이쪽이야! 서둘러!"

카츠야는 동료들에게 손짓하며 자신도 지원하려고 했다. 유미나와 아이리는 서로 눈짓을 주고받았다. 그리고 유미나는 동료들을 대피 장소로 유도하고자 발길을 돌렸고, 아이리는 카츠야를 엄호하러 나섰다.

그리고 카츠야가 계단 쪽, 다른 동료들을 위해 끝까지 남아 사격하던 두 동료가 있는 곳에 재빨리 도달한다.

그와 동시에 몬스터 무리도 그곳으로 몰렸다. 총탄을 맞으면서도 계단을 뛰다가 죽어서도 속도를 잃지 않고 굴러떨어진 무리가 카츠야와 두 동료를 순식간에 집어삼켰다.

조금 늦은 덕분에 말려들지 않았던 아이리가 비명을 지르며 몬스터들을 쏜다. 하지만 그것으로 적을 해치운다고 해서 그 사체가 사라져 버리는 것은 아니다. 더군다나 뒤에 있는 몬스터도 계단에서 굴러떨어져 계속해서 쌓인다.

더는 도울 수 없자, 아이리의 표정이 비통함으로 물들었다.

다음 순간, 몬스터의 산 일부를 박차고 카츠야가 튀어나왔다.

"카츠야!"

기쁨을 얼굴에 드러내는 아이리에게 카츠야는 안고 있던 동료를 내던지듯 건네며 외친다.

"먼저 가! 여긴 내가 막을게!"

"나도 남아서……."

"안 돼! 금방 따라갈게! 걔랑 먼저 가줘!"

자신도 남겠다는 아이리의 말을 카츠야의 비통한 목소리가 가로막는다. 그 얼굴에는 슬픔이 가득했다.

"제발…… 가 줘……."

아이리는 잠시 망설인 다음 결단을 내렸다.

"서둘러……!"

동료는 기절해 있었다. 구하려면 누군가가 옮겨야 한다. 카츠야는 동료를 버리고 도망치지 않는다. 아이리가 억지로 남는다면 카츠야는 동료들이 도망칠 때까지 이 자리에 계속 남을 것이다. 아이리가 대신 남겠다고 설득할 겨를이 없다.

이대로 가면 모두 죽기만 한다. 카츠야를 이 자리에서 벗어나게 하려면 먼저 이 자리에서 최대한 멀리 도망쳐야 한다.

아이리는 그렇게 자신을 타이르며 카츠야를 죽지 않게 하려고 그 동료를 안고서 그 자리를 떠났다. 그 얼굴은 애처로울 정도로 딱딱하고, 슬픔으로 일그러져 있었다.

◆

계단 위에서 쇄도한 몬스터들에게 휩쓸렸을 때, 카츠야는 죽음을 예감했다.

반사적으로 올려다본 끝에 빛은 없었다. 계단의 조명은 모두 파괴되었고, 지상의 빛은 대량의 몬스터에 가려 닿지 않는다.

그 광경을 보고, 자신의 뛰어난 재능이 살아날 방법은 없다고 말했다. 그것을 의심할 여지는 전혀 없었다.

죽음을 앞둔 때의 집중력이 시간의 흐름을 길게 늘린다. 살아남기 위해 불필요한 정보를 지각하는 것을 멈추고 세계를 하얗게 물들인다.

이 자리에 혼자 있었다면, 카츠야는 자신의 재능이 고하는 무리라는 말에 굴복했을 것이다.

하지만 근처에는 함께 몬스터 무리에 휩쓸린 동료가 있다. 자신이 상황에 굴복하면 그 동료도 죽는다. 또 죽게 만들고 만다. 그 생각이 카츠야를 간신히 지탱하고 있었다. 그래도 지금의 자기 실력으로는 어쩔 수 없다는 것을 깨달았다.

하지만 굳이 그 생각을 강하게 부정한다.

(아니야, 아니야! 내 재능은 이런 게 아니야!)

동료를 구하기 위해서 상황을 뒤집을 무언가를 찾고, 자신의 재능을 억지로 비틀어 맞췄다.

본인에게 직접 들은 것은 아니지만, 카츠야는 시카라베가 자신의 재능을 인정하는 발언을 했다고 다른 사람을 통해서 알았다.

거만하고, 마음에 들지 않지만, 카츠야 자신도 그 실력은 인정하던 상대가, 재능만 보면 더 낫다고, 갈고닦으면 빛날 것이라고, 그렇게 재능을 인정한 사실을 알고 있었다.

내 실력은 이런 게 아니다. 훈련과 실전을 거듭하면 언젠가는 그 재능이 깨어난다. 더 강해질 수 있다. 카츠야는 무의식적으로 그렇게 생각하고 있었다.

하지만 여기서 강하게 생각한다. 동료들을 구하기 위해서 죽을힘을 다하는 정도로 부족하다면, 언젠가 깨어날 재능을 지금이 자리에서 있는 힘을 다해 깨워서라도 구하겠다며 극도로 집중한다.

(언젠가는 안 돼! 지금이야! 지금 일어나! 일어난 이유 따위는 아무래도 좋아! 대가가 필요하면 얼마든지 치러 주겠다! 나에게, 힘을, 지금, 당장, 내놓아!)

극도로 집중해서 하얗게 물든 세계 속에서. 육박하는 몬스터의 큰 팔에 총구를 겨누고, 난사하고, 시간의 완만한 흐름으로 일그러지는 총성을 들으며, 카츠야가 발버둥 치고, 소망한다.

그 옆에서 소녀가 웃고 있었다.

다음 순간, 카츠야는 눈앞의 몬스터를 향해 거의 무의식중에 발차기를 날리고 있었다. 강화복의 신체 능력으로 날린 발차기가 평소 연습도 하지 않았는데도 카츠야의 재능을 먼저 가져온 것처럼 빠르고 날카롭게 적에게 꽂힌다.

그 발차기는 적을 즉사시키면서 관성을 비틀었다. 원래라면 카츠야를 덮쳐야 하는 몬스터가 빗겨나간다.

그 발차기의 반동으로 카츠야의 자세가 흐트러진다. 적어도 카츠야 자신은 그렇게 생각하고 초조함을 느꼈다.

하지만 마치 넘어진 듯한 자세가 되면서 다른 방향에서 달려든 몬스터의 공격을 피하고 있었다.

그리고 근처에 있던 동료의 모습을 발견하자 반사적으로 손을 뻗었다. 그런 자신의 동작을 너무 굼뜨고 답답하다고 생각하면서, 그래도 필사적으로 손을 뻗어 몬스터의 공격에 기절해 있는 동료를 꽉 잡았다.

(또 한 명 있었을 거야! 찾았다!)

카츠야는 남은 동료들도 도우려고 그쪽으로 발을 내디디려고 했다. 적어도 카츠야 자신은 그럴 작정이었다.

(어……?)

하지만 카츠야의 몸은 그 반대 방향으로 뛰고 있었다.

(기다려 줘! 아직 동료가······!)

그렇게 생각하자마자 카츠야가 바란 대로 먼저 가져온 실력이
이미 늦었음을 알리듯 그 자리에서 이탈시키려고 한다. 방해되
는 몬스터를 걷어차고, 그 틈에 포위망 밖으로 탈출했다.

그 순간, 이미 늦어서 구하지 못한 동료가 몬스터에게 물어뜯
겼다. 그 광경을, 카츠야는 도로 닫히는 포위망 틈으로 지켜보
고 있었다.

발길을 돌리기도 전부터 줄곧 들렸던 무언가, 자신에게 도움
을 청하는 목소리는 동료의 머리가 없어짐과 동시에 무음의 절
규를 끝으로 사라졌다.

자신도 모르게 소리칠 뻔한 카츠야를, 아이리의 목소리가 멈
춘다.

"카츠야!"

그래서 카츠야는 가까스로 정신을 차렸다. 그리고 아이리에
게 동료를 맡긴 다음, 자신은 그 자리에 남아 적을 막기 시작했
다. 몬스터 무리에 총을 겨누고, 혼자서 그 무리를 저지하면서
조금씩 후퇴해 간다.

(제길······!)

카츠야는 자신이 그 어느 때보다 정신이 또렷함을 자각하고
있었다. 적의 움직임을 똑똑히 알 수 있다. 총탄은 표적에 빨려
들듯 명중한다. 그 덕분에 몬스터 무리가 자신에게 물밀듯이 밀
려들고 있는데도 두려움이 조금도 느껴지지 않았다. 컨디션이
최고조다.

하지만 고양감은 추호도 없었다.

(내가 동료를 버렸어?!)

나는 잠든 재능이 갑자기 깨어난 것처럼 현격히 강해졌다. 그런데도 동료를 구하지 못했다.

소원대로 재능을 일깨우고 강해진 자신이 마음속 무언가가 이미 늦었다고 냉정하게 판단하고 동료를 깔끔하게 내버렸다. 도망쳤다. 잘라 버렸다.

그 행동은 무의식적으로 그렇게 판단한 것일까 하고 생각하고, 카츠야는 반쯤 깜짝 놀랐다.

"강해져서 겨우 이 정도인가?! 동료를 버리고 도망치는 것이 나의 힘인가?! 그런 게 내 재능인가?! 그런데도 나는 강해졌다고 으스댄 건가!"

카츠야가 격한 감정에 사로잡혀 사격한다. 무수한 총탄이 적을 최대한의 효율로 사체로 바꾸어 간다. 그 사체를 밀어내고 뒤따르는 몬스터들이 유적 통로로 돌진한다.

"제길! 제길! 제기이일!"

카츠야는 눈물마저 흘리며 싸우고 있었다. 지금의 카츠야는 다가오는 무리 앞에서 그 눈물을 닦고 탄창을 교환할 여유마저 있었다. 그런데도 동료를 구하지 못했다는 사실이 카츠야를 채찍질하고 있었다.

통로가 넓어도 지상보다는 훨씬 좁다. 카츠야가 죽인 몬스터의 사체가 늘어날수록 통로가 막히고 후속 몬스터가 들어오는 속도가 떨어진다. 그리고 마침내 카츠야가 적에게서 등을 보일 수 있을 정도가 되었다.

이를 알아차린 카츠야는 지연전에서 철수로 행동을 바꿨다. 사격을 멈추고 온 힘을 다해 달리기 시작한다. 적에게 끓어오르는 감정을 퍼붓지 못하는 바람에 카츠야의 표정이 더욱 비통하게 일그러져 간다.

카츠야의 행동은 정말 카츠야 본인의 선택이었는가. 카츠야는 그것을 알아차리지 못한다. 그것도 소원의 대가다.

새하얀 공간에서 소녀가 웃고 있었다.

◆

오르소프가 자신이 한 행동을 누군가에게 변명한다면, '그렇게까지 할 생각은 없었다'일 것이다. 물론 그렇게 말할 기회는 없었다.

비올라가 오르소프에게 전한 정보란, 도란캄이 유적을 점거하는 것을 막는 방법이었다. 유적 출입구를 도란캄이 점거해 버리면 다른 헌터들이 유적으로 들어가기 어렵다. 그것을 지금 당장 어떻게 할 수 있는 수단이다.

출입구가 개통된 후에 도란캄의 젊은 신인 헌터들을 무력으로 없애는 것은 간단하다. 그러나 도란캄을 명확하게 적으로 돌리게 된다. 도란캄 마크가 붙은 병력수송차로 몰려온 것이다. 몰랐다는 변명은 통하지 않는다.

도란캄에도 체면이 있다. 젊은 신인 헌터라도 조직에 속한 헌터가 공격당한 이상 범인을 철저하게 조사한 뒤 무장한 고참 헌터를 파견해 명확하게 보복에 나선다.

그러나 이대로 방치했다간 최악의 상황에는 유적의 유물을 도란캄이 모두 챙기고 만다. 다른 출입구가 존재한다고 해도 찾으려면 시간이 걸린다. 다른 출입구가 아예 없을 가능성도 생각해야 한다.

그런 상황에서 다른 헌터가 직접 손을 쓰지 않고 도란캄이 점거한 유적 출입구를 해방하려면 어떻게 해야 할까. 황야의 감성으로 윤리를 조금 버리면 비교적 간단한 방법이 있다. 몬스터에게 대신 습격하게 만들면 된다.

무슨 수를 써서라도 유적 출입구로 몬스터 무리를 유인해 출입구를 지키는 도란캄 헌터들을 철수하게 하면 된다. 그렇게 하면 다른 헌터들도 유적에 들어갈 수 있게 된다.

애초에 유적 출입구 점거는 기본적으로 어렵다. 위험한 황야에서 24시간 내내 안팎에서 몬스터를 경계해야 한다. 여기에 다른 헌터가 습격할 위험까지 더해지는 것이다. 보통은 쫓겨나기 마련이다.

미발견 유적이기 때문에 도란캄으로서도 유물 수집에 거는 기대치는 매우 높다. 하지만 어차피 소문일 뿐 실력 있는 고참을 파견할 정도는 아니다.

그래서 우선 젊은 신인 헌터를 파견했다. 그리고 실제로 유적이 발견되면 곧바로 고참을 파견할 예정이다. 오르소프를 포함해 주변 헌터들은 그렇게 생각했다.

도란캄의 유적 점거를 막으려면 출입구가 발견된 후 고참ㅇ
도착할 때까지 출입구 발견자라는 근거를 흐지부지할 필요ㄱ
있었다. 한 번 포기한 출입구를 자신들이 찾았다고 억지로 다ㅅ
점거하면 다른 헌터들의 반감을 너무 사기 때문이다.

그래서 오르소프는 유적 출입구 부근에 몬스터 무리를 보ㄴ
습격시킬 준비를 했다.

대형 중장비가 잔해더미를 철거하는 모습을 확인하고, 몬스
터가 많은 다른 지역에서 선을 그리듯이 적 유도기를 설치한ㄷ
그리고 출입구 개통을 확인하고 나서 적 유도기를 기동하려ㄱ
준비했다.

그때 시키는 대로 설치를 마친 동료 남자가 겁을 먹는다.

"이봐, 오르소프. 진짜로 할 거야? 역시 이건 좀……."

"걱정하지 말래도. 안 들켜. 유적 출입구를 찾는 헌터들이 소
란을 피우는 바람에 몬스터들이 떼로 몰려왔다. 그거면 된다
고."

"아니, 그것도 있지만……."

몬스터에게 다른 헌터를 습격하게 한다. 그 행위에 남자는 대
놓고 반대할 수는 없었지만, 이렇게 참견하는 정도로는 내키지
않았다. 그걸 눈치챈 오르소프가 달래듯 웃는다.

"도란캄의 꼬마들은 조직에서 상당히 우대받아서 장비도 대
단하다고 하더군. 몬스터가 다소 습격해도 아무렇지 않아."

"그렇지만……."

"조금 겁을 줘서 유적 출입구를 계속 점거하는 것은 무리라고

각하게 만들면 돼. 고집을 부리고 남을 것 같으면 우리도 몬 스터 격퇴를 도와주면 되고. 그래서 그 은혜를 협상 재료로 삼 아 유적에 들어갈 수 있게 하는 거지. 그 정도의 일이라니까.”

그것으로 동료 남자는 입을 다물었다. 빚진 몸이기도 하니까, 남자 역시 사람의 손이 닿지 않은 유적에 잠들어 있을 유물을 얻고 싶은 것이다. 그 정도라면 괜찮겠거니 하고 타협하고 말았 다.

오르소프가 웃으며 도란캄의 상황을 확인하러 돌아간다. 그 리고 젊은 신인 헌터들의 소동으로 유적 출입구가 마침내 정말 로 발견되었다고 판단하자 적 유도기를 작동시켰다.

물론 그렇다고 몬스터 무리가 바로 몰려오는 것은 아니다. 유 인에 성공해도 이 자리에 오는 데는 시간이 걸린다. 더군다나 얼마나 많은 몬스터를 불러들일 수 있을지는 운이 좌우한다. 자 칫하면 몇 마리 정도가 될 수도 있었다.

잘되길 바라며 결과를 기다리자 색적 기기에서 반응이 나타 났다. 오르소프는 무심코 미소를 띠지만, 이윽고 의문이 얼굴에 드러나더니, 표정이 초조함과 두려움으로 딱딱해졌다.

“오르소프! 야단났어!”

“그, 그래!”

동료들의 목소리에 정신을 차린 오르소프는 즉시 동료들에게 차량으로 돌아가라는 지시를 내리고, 모두가 탑승하자마자 출 발시켰다. 그 차량의 색적 기기에는 방대한 양의 몬스터 반응이 표시되어 있었다.

"어떻게 된 거야?! 적 유도기를 작동한다고 저렇게 많은 몬스터를 불러들일 리가 없는데?"

"내가 어떻게 알아! 어쨌든 탈출한다!"

황야 사양의 버스를 몬스터 무리와 반대 방향으로 몬다. 그러나 운전하던 남자가 갑자기 차량을 세웠다.

"뭐 하는 거야! 서둘러!"

"아니야! 이쪽에도 있어!"

버스의 전방에서는 이미 전투가 시작되고 있었다. 그쪽에서 도망치는 차량도 보인다.

"당장 진로를 바꿔!"

"하고 있어!"

기민하게 움직일 수 있는 차량은 아니지만, 어떻게든 진행 방향을 바꾼다. 그동안 작고 발 빠른 몬스터가 차량에 무리 지어 다가왔다. 그것을 헌터들이 창가에서 총을 쏴서 격퇴해 나간다.

"많아! 어떻게 된 거야?"

"몰라! 닥치고 밟아! 버스가 망가지면 끝장이야! 뛰어서 도망칠 양이 아니라고!"

헌터들이 버스 창문에서 총을 무수히 내밀고 난사해 몬스터의 접근을 어떻게든 방지한다. 적은 약하고 금방 해치울 수 있는 잔챙이밖에 없다.

하지만 숫자가 많다. 차량에는 여분의 탄약이 가득 실렸지만, 그래도 무의식중에 탄약이 떨어지는 것을 걱정할 정도로 대량으로 몰려온다.

겨우 버스가 다른 방향으로 힘차게 달리기 시작한다. 죽은 몬스터를 밟고 가는 탓에 승차감은 최악이지만, 그래도 일행은 도망칠 수 있다는 안심을 더 강하게 느끼고 있었다.

하지만 그 버스가 다시 멈춘다. 무심코 운전사에게 몰려든 헌터들은 거칠게 튀어나오려던 욕설을 차마 입 밖으로 꺼내지 못했다.

"이쪽도 그래……?"

그들의 시야에는 이쪽으로 달아나는 헌터들의 차량과 이를 쫓는 대규모 몬스터 무리가 있었다.

오르소프 일행은 차량을 돌릴 시간이 없었다. 버스가 무리에 휩쓸린다. 필사적인 응전을 알리는 총성이 한동안 계속됐지만, 이윽고 사라졌다.

요노즈카역 유적 주변은 모두 비슷한 상황에 빠져 있었다. 유적을 중심으로 모든 방향에서 몬스터 무리가 몰려들어 헌터들에게 응전을 강요하고 있다.

우연이 아니다. 무리는 적 유도기에 의해 이 일대에 모여들고 있었다.

적 유도기를 사용한 것은 오르소프 일행만이 아니었다. 사람의 손이 닿지 않은 유적의 유물을 찾는 수많은 헌터가 도란캄의 유물 독식을 막으려고, 비슷한 정보를 입수해서, 하나같이 머리를 굴려서, 제각각 적 유도기를 사용한 것이다.

그뿐만이 아니라 적 유도기를 기동한 채 차량으로 황야를 달려 몬스터 무리를 데리고 일대에 돌입한 자도 있었다.

현지에는 수많은 헌터가 미발견 유적에 잠든 대량의 유물을 찾아서 몰려들었다. 무리의 규모가 다소 크더라도 충분히 격퇴할 수 있을 것이다. 오히려 소규모여서는 깔끔하게 소탕당해 유적의 출입구가 계속 점거당할 것이다. 정보를 얻은 사람들은 각자가 똑같이 생각하고 조금이라도 더 많은 몬스터를 불러들이려고 했다.

그 결과, 몬스터 무리는 유적을 중심으로 한 광범위한 황야에서 긁어모아 방대한 무리로 커졌다.

대부분은 잔챙이라서 쉽게 해치울 수 있다. 하지만 미발견 유적을 탐색하는 차원에서 공을 들여 무장을 강화한 헌터들이라할지라도 항거할 수 없을 정도로 대규모 무리였다.

유적 출입구를 점거하던 도란캄의 젊은 신인 헌터들도 유적안으로 달아난다. 몬스터가 그것을 따라 유적 안으로 들어간다.

그리고 얼마 지나지 않아 지상에서 도망갈 곳을 잃은 다른 헌터들도 지상보다는 낫다며 유적으로 돌입한다. 몬스터들도 이를 뒤쫓는다.

그로 인해 유적지가 지상 헌터와 몬스터를 다 삼키는 데는 그리 오랜 시간이 걸리지 않았다.

◆

농성하기 가장 좋은 장소까지 동료들을 안내하며 임시 거점 구축을 지시한 유미나는 곧바로 카츠야를 엄호하려고 움직였다. 그리고 동료를 안은 아이리와 재회하고 카츠야의 모습이 없다는 사실에 무심코 목소리를 높인다.

"카츠야는?!"

"적을 저지하고 있어."

왜 같이 안 남았냐고, 유미나는 그렇게 악을 쓸 뻔했다. 하지만 아이리의 비통한 표정과 의식이 없는 동료들의 모습에서 대략적인 사정을 이해하고, 아이리를 배려하며 다정하게 말을 건넨다.

"그래. 모두는 저쪽에 있어. 거기까지 옮기면 지원하러 돌아와. 서둘러."

모두가 있는 곳에서 기다리라고 말하지 않은 것은 그것이 아이리를 위한 일이라고 생각했기 때문이다. 아이리도 한시라도 빨리 카츠야의 곁으로 돌아가고 싶은 심정일 것이다. 그렇게 노력할 수 있도록, 조금이라도 마음이 편해지도록 촉구했다.

아이리가 말없이 고개를 끄덕인다. 유미나도 반대 방향으로 걸음을 재촉했다.

통로에 조명을 켜놓은 덕분에 유미나는 헤매지 않고 힘껏 달릴 수 있었다.

어두운 통로를 휴대용 조명과 정보수집기를 통한 야간 투시만으로 달리는 것은 어렵다. 어둠에 뒤섞인 몬스터와 맞닥뜨리는 일도 절대로 없다고는 단언할 수 없다.

원래라면 경계하고 천천히 밖에 나아갈 수 없는 상황에서, 지금은 크게 신경 쓰지 않고 나아갈 수 있다. 조명을 설치해 준 누군가에게 감사하며, 유미나는 카츠야가 있는 곳으로 서둘렀다.

그리고 통로 끝에서 카츠야의 모습을 발견하자 무사함을 기뻐하며 웃었다.

하지만 곧바로 표정을 관리하고, 카츠야가 사선에 들어가지 않게 통로 구석에 몸을 붙여서 쫓아오고 있을지도 모르는 몬스터를 경계하며 카츠야의 등 뒤로 총을 겨누었다.

정보수집기의 색적 범위를 전방에 집중시켜 정보 수집의 거리와 정밀도를 높인다. 그리고 적의 반응이 충분히 먼 것에 안도하며 총구를 내렸다.

카츠야는 바로 유미나의 근처까지 왔다. 하지만 갑자기 멈춘다. 그걸 유미나가 의아해한다.

"카츠야. 무슨 일이야? 서두르지 않으면⋯⋯."

적이 아직 멀다고 해도 가만히 있을 틈은 없다. 자신의 옆을 지나친 카츠야의 뒤를 쫓으려던 유미나가 걸음을 멈춘 카츠야의 얼굴을 살핀다.

무언가에 맞아 심하게 상처를 입고 눈물 자국마저 있는, 유미나가 마음을 준 사람의 얼굴이 눈에 들어왔다. 소꿉친구를 발견해서 긴장이 풀리고, 팽팽했던 감정도 사라지는 바람에 발걸음을 멈춘 사랑하는 사람이 있었다.

유미나가 아무 말 없이 카츠야의 손을 잡는다.

"가자. 다들 기다리고 있어. 응?"

그리고 슬쩍 잡아당기며 웃었다.

그러자 조금 억지로 끌려간 카츠야가 한 걸음 내디뎠다. 그리고 그대로 다시 뛰기 시작한다.

　유미나는 카츠야의 손을 끌고 동료들이 있는 곳으로 서둘러 이동했다. 무슨 일이 있었는지는 모르겠다. 하지만 카츠야를 껴안는 것은, 지금도 여기도 아니다. 카츠야를 위해서라도 우선 안전한 곳으로 서둘러야 한다. 그렇게 생각하고 지금은 카츠야의 손을 잡아서 끌고 있었다.

　동료들과 합류한 카츠야를 모두가 웃는 얼굴로 맞이한다. 몬스터 무리를 혼자 막아 줬다는 이야기를 아이리에게 듣기도 해서, 카츠야를 향한 동료들의 목소리에는 순수한 고마움과 칭찬이 담겨 있었다.

　하지만 카츠야는 슬픈 미소를 짓는 것이 고작이었다. 그리고 피곤하니 쉬겠다고 말하고 임시 거점 방어를 모두에게 부탁해 쓰러지듯 눕는다. 체력과 정신, 모든 면에서 카츠야는 한계였다.

　그 뒤로는 유미나가 지휘를 이어받아 임시 거점 봉쇄를 진행한다. 견고해 보이는 상가 터를 이용하고, 가게에 있는 물건으로 간이 바리케이드를 구축한다. 그리고 교대로 보초를 세워서 적에 대비했다.

　연락이 끊기면 도란캄에서 자신들을 구조하기 위해 움직일 것이다. 그 자리의 젊은 신인 헌터들은 그렇게 기대하며 침착함을 유지하고 사태가 진정되기를 기다렸다.

◆

　지상에서는 고전을 면치 못했던 헌터들도 전장을 유적 내부로 옮긴 뒤에는 우세를 되찾고 있었다.

　요노즈카역 유적 주변에 있는 몬스터는 원래 그다지 강하지 않은 개체밖에 없다. 지상에서는 사방팔방에서 밀려드는 몬스터들이 습격하는 바람에 응전이 어려웠지만, 한 번에 습격하는 적의 숫자와 이동 방향을 제한할 수 있는 유적 내에서는 대처하기 편하다.

　더군다나 상황이 이렇다 보니 일시적으로 손을 잡는 사람도 많다. 미발견 유적을 탐색하고자 무장을 강화하고 확장 탄창 등으로 전투 지속 능력을 중시한 자도 있다. 갑작스러운 사태에 놀라서 좌우지간 도망치던 자들도 침착하게 전의를 되찾아간다.

　그리하여 오래 지나지 않아 유적 내부의 상황이 다소 몬스터가 많은 유적과 크게 다르지 않게 된다. 살아남은 헌터들이 점차 자신들이 사람의 손이 닿지 않은 유적에 있다는 고양감에 사로잡혀 간다.

　위험한 상황에서 벗어난 직후이기 때문에 사기가 드높았다. 그리고 유적에 남아있던 유물들은 헌터들의 욕심을 자극할 만큼 충분히 양이 많았다.

　그렇다고 헌터끼리 총을 겨누는 다툼은 일어나지 않는다. 살아남은 자들은 서로가 그만한 강자임을 알기 때문이다.

나아가 함께 살아남은 사람들끼리 유물 수집 장소에서 치고받는 짓을 벌이기 싫다고 생각하는 사람도 많았다.

　그리고 무엇보다도 이곳은 미발견 유적이다. 좋은 장소를 먼저 빼앗겼더라도 더 깊이 들어가면 더 좋은 장소가 있을 가능성이 크다. 다른 사람에게 유물 수집 장소를 먼저 빼앗긴 사람은 그들을 뒤로하고 유적의 더 깊숙한 곳으로 나아갔다.

　그 결과 헌터들은 다툼을 거의 벌이지 않고 안쪽으로 유적 탐색을 계속해 나간다. 그리고 차레스라는 자를 리더로 하는 헌터 팀이 어떤 곳에 도착했다.

　그곳에는 황야의 지하를 관통하는 지름 약 30m인 원통 모양 터널이 있었다. 가느다란 금속과 같은 물체로 지탱되는 승강장이 공중에 설치되어 있다. 그것은 이 터널을 지나갔을 탈것이 그만큼 거대하고, 나아가 자체적으로 떠다니고 있었음을 알려 준다.

　유적 통로에서 이어지는 건널목을 지나 그 승강장에 도착한 차레스 팀은 그 거대함에 압도당하고 있었다.

　그리고 승강장 끝에서 터널 안쪽을 비춘다. 그 끝은 거대한 격벽에 의해 닫혀서 격리되어 있었다.

　차레스 팀은 주위 광경에 놀라면서도 표정을 굳힌다.

　"여기는 뭐지? 굉장한 광경이지만…… 유물은 없을 것 같군."

　"이런 광경을 직접 볼 수 있는 것도 헌터 직업의 묘미지만, 지금은 유물을 원해. 어떻게 할까? 일단 뒤져볼까?"

"하지만 언뜻 봐서는 유물이 있을 법한 건물이 없군."

조명과 조명탄으로 주변을 비춰도 거대한 터널 외벽만 보인다. 승강장과 연결된 다른 출입구는 발견되었으나, 그들이 원하는 유물이 있을 만한 곳은 찾을 수 없다. 차레스 팀은 다음 행동을 상의하며 승강장을 서성거리고 있었다.

그때 갑자기 여자가 나타난다. 차레스 팀은 재빠르게 잡담을 멈추고 반사적으로 총을 겨눠 총구를 들이댔다. 그 움직임은 이 자리에 다다를 만큼 빠르고, 상대에게 작은 저항도 허락하지 않았다.

하지만 여자는 조금도 움직이지 않았다. 구세계풍의 제복을 연상시키는 옷을 입고 차레스 팀에게 다정하게 미소 짓고 있었다.

진지한 표정으로 상대방의 태도를 지켜보던 차레스가 정보수집기 반응에서 여자의 정체를 간파한다.

"입체영상. 구세계의 유령인가……."

"잠깐만. 이 유적은 아직 가동 중인가?"

"유적의 기능이라고 해도, 이 부근의 안내자 정도가 아닐까……."

우선 상대는 영상만의 존재로 위험성은 낮다. 그렇게 생각한 차레스 팀은 각자 의견을 주고받기 시작했다. 그때 여자의 목소리가 끼어든다.

"요노즈카역에 오신 것을 환영합니다. 저희 역은 현재 비활성 상태입니다. 에러 D408237458264……."

황당해하는 차레스 팀 앞에서 여자가 계속해서 에러 코드를 말한다.

"요노즈카역에 오신 것을 환영합니다. 저희 역은 현재 비활성 상태입니다. 에러 D937574309326⋯⋯."

그 뒤로도 여자는 같은 말을 반복했다. 그 모습에 차레스 팀도 상황을 약간 이해한다.

"이거, 멀쩡하게 작동하지 않나 보군."

"뭐, 그래도 다행인 것 같아. 만약 제대로 작동한다고 해도 우리에게 우호적일지 어떨지는 모르니까."

혹시나 해서 유물이 있는 곳을 물어봤지만, 여자는 같은 말만 되풀이했다. 차레스 팀이 그럴 줄 알았다며 슬쩍 쓴웃음을 짓는다.

"그만 가자. 미인을 구경하려고 유적 안쪽까지 온 게 아니야. 헌터들이 이런 어두운 데에 옹기종기 모여서 언제까지나 여자를 바라봐도 소용없지."

"그래. 갈까?"

그때 일대가 갑자기 대낮처럼 밝아졌다. 갑작스러운 사태에 모두가 재빨리 경계 태세를 취한다. 하지만 밝아진 것 말고 다른 일은 일어나지 않는다.

"요노즈카역에 오신 것을 환영합니다. 저희 역은 현재 활성 준비 상태입니다. 에러 E49374769264⋯⋯."

여자의 목소리가 반복적으로 울리는 가운데, 차레스 팀이 경계를 풀기 시작한다.

"왜 갑자기 불이 켜졌지? 누가 뭐 했어?"

제각기 고개를 가로저으며 부정하는 가운데, 차레스 팀의 발밑이 흔들린다. 그리고 차레스가 주변의 또 다른 변화를 알아차렸다.

"이봐! 터널이 열린다!"

거대한 터널을 막은 격벽이 느릿느릿 열리기 시작했다.

차레스 팀은 놀라면서도 그 너머에 뭔가 좋은 것이 있기를 기대하며 개방되는 격벽을 주시한다. 하지만 그 틈으로 나온 것을 보고 무심코 얼굴을 찡그렸다.

"몬스터?! 빌어먹을! 이쪽에서도?"

"맙소사! 저거 꽤 센 놈이야!"

몬스터는 격벽 너머에서 속속 나타나고 있었다. 그 광경을 본 차레스 팀이 표정을 딱딱하게 굳히는 가운데, 또 다른 변화가 그들을 놀라게 한다.

터널 벽의 일부가 열리고 그곳에서 구형 경비 기계가 차례로 출현하더니, 몬스터 무리를 향해 레이저탄을 쏘며 응전하기 시작한 것이다.

"저건…… 유적의 경비 장치인가?"

"오오! 잘한다! 해치워라!"

레이저탄이 직격해서 날아가는 몬스터를 보며 환호성을 지르는 동료들. 그 옆에서 차레스는 불길한 예감에 얼굴을 실룩이고 있었다.

그리고 그 예감이 적중한다. 천장에서 출현해 낙하한 금속 구체가 승강장에 착지하더니, 그 자리에서 빙 돌아서 다리를 내보내고 자세를 잡는다. 그리고 차레스 팀을 향해 레이저탄 발사 장치를 겨눈다.

그것을 예감한 차레스가 곧바로 구체에 총을 난사한다. 벌집이 되어 자세를 흐트러뜨린 금속 구체는 그래도 레이저탄을 쏘지만, 차레스 팀을 크게 벗어나 터널 벽에 명중했다.

이어서 차레스가 경비 기계를 걷어찼다. 구형 기체가 충격으로 크게 일그러지면서 날아가 그대로 승강장에서 낙하한다. 그리고 바닥에 세게 부딪혀 파괴되었다.

차레스 팀이 쓴웃음을 짓는다. 유적의 경비 기계가 몬스터만이 아니라 자신들도 배제 대상으로 인식한 것은 틀림없었다.

"당연히 이렇게 되겠지! 도망간다!"

차레스 팀은 그 자리에서 온 힘을 다해 도망쳤다. 그동안에도 터널에서는 몬스터 무리가 나타나고, 이에 호응하듯 경비 기계도 늘어난다.

"요노즈카역에 오신 것을 환영합니다. 저희 역은 현재 준활성 상태입니다. 에러 F3495357875894……."

홀로 남은 여자의 입체영상은 비슷한 말만 되풀이하고 있었다.

◆

유미나는 아직 잠든 카츠야를 돌봐달라고 아이리에게 부탁하고 동료 두 명과 함께 주변 상황을 살피고 있었다.

임시 거점에서 들리던 간헐적인 전투 소음도 이제는 사라졌다. 잠시 조사해 봐도 몬스터의 반응은 없다. 이런 상황이라면 탈출해도 좋지 않을까 생각한다.

임시 거점에서 진행한 유물 수집의 성과물과 함께 탈출을 시도하거나, 여러 명이 지상으로 가서 다시 도란캄에 구조를 요청하거나. 거점으로 잠시 돌아가 카츠야를 깨워 상담하는 것이 좋다. 유미나는 그렇게 두 사람에게 말하고 임시 거점으로 돌아가기로 했다.

그때 유적 안이 갑자기 밝아졌다. 유미나 일행은 갑작스러운 일에 놀라면서도 뜻밖의 사태가 발생했다며 임시 거점으로 서두른다.

하지만 한층 더한 사태가 엄습한다. 임시 거점으로 이어지는 통로가 격벽으로 막힌 것이다.

"유, 유미나. 어떡하지?"

당황하는 동료들을 보며 유미나는 최대한 태연한 척했다.

"어쩔 수 없어. 다른 길을 찾자……. 경계해!"

정보수집기에 색적 반응이 있었다. 다가오는 반응에 유미나 일행이 총을 겨누고 경계한다. 그리고 상대의 모습을 보고 나도 모르게 의아한 얼굴을 떠올렸다.

반응은 통로를 힘차게 굴러오는 구형 기계였다. 기계형 몬스터로 판단하고 즉시 사격한다. 구형 장갑에 다소 튕기면서도 3인분의 총탄으로 기체에 손상을 준다.

하지만 금속 구체는 돌진을 멈추지 않고 유미나 일행 쪽으로 돌격한다. 피할 수 없음을 깨달은 유미나는 사격을 중단하고 자세를 잡았고, 한 걸음 더 나아가며 금속 구체에 힘껏 주먹을 날렸다.

중심을 벗어났지만, 강화복으로 날린 일격이다. 더불어 상대도 속도가 붙은 상태다. 유미나의 주먹은 적 기체의 속도를 죽이고 구체라고 부를 수 없을 만큼 변형시켰다. 일그러진 기계가 그 관성을 잃고 꺾여서 비스듬히 위로 날아가 천장에 격돌한 다음 낙하했다.

"유미나! 괜찮아?!"

유미나는 이를 악물고 얼굴을 일그러뜨리며 오른손의 격통을 견디고 있었다.

"그럴 리가 없잖아! 바로 이동해! 너희는 앞으로 나와!"

"그, 그래."

두 동료는 갑자기 유적의 상태가 바뀐 데다 몬스터가 덤벼들어서 조금 혼란스러워하다가 유미나의 기백에 슬쩍 주춤하면서 그 혼란을 일시적으로 잊었다. 지시대로 앞으로 나서고 어쨌든 갈 길을 서두른다.

유미나도 회복약을 먹으며 딱딱하게 굳은 얼굴로 뒤따랐다.

(부러졌네. 금방 낫지 않아. 참을 수밖에 없을까…….)

도란캄에서 젊은 신인 헌터들에게 지급되는 회복약은 싸구려가 아니다. 하지만 그래도 한 통에 100만 오럼이나 하는 고급품은 아니다. 유미나가 오른손으로 총을 쏘는 것은 당분간 어려운 상태다.

임시 거점으로 돌아가도 자신은 발목을 잡을 우려가 있다. 또
다른 통로도 격벽으로 막혀 있으면 거점에 다다를 수 있을지도
의문이다. 그래서 유미나는 결단을 내렸다.

"다들 내 말을 들어봐. 나는 이대로 밖을 목표로 할 거야. 그
리고 도란캄에 상황을 전해서 구원을 요청하고 올게. 너희는 어
떻게 할래? 같이 갈래?"

그 질문을 받은 유미나의 동료들은 어딘가 초조한 듯 서로 눈
치를 살폈다.

"아니, 다 같이 임시 거점으로 돌아가는 게 좋은데……."

"통로가 막힌 거 봤지? 모두가 있는 곳으로 돌아갈 수 있을지
몰라서 하는 말이야."

"하지만 그런 의미라면 지상으로 돌아갈 수 있을지 없을지도
마찬가지잖아?"

"그래. 지상과 임시 거점 중 어느 쪽을 목표로 유적 안에서 헤
맬까 하는 이야기야. 이상한 몬스터도 늘어났고, 임시 거점에
언제까지나 농성하고 있으면 안전한 것은 아니게 되었어. 구원
부대를 요청하긴 해야지. 그래서 어느 쪽으로 할 거야?"

하고 싶은 말은 알지만, 지상이 안전하다는 보장도 없으니까
다른 동료나 카츠야도 있는 곳으로 돌아가고 싶다. 하지만 카츠
야로부터 유미나를 두고 왔다고 혼나는 것도 피하고 싶다. 유미
나는 두 사람의 낌새에서 그 속내를 간파했다.

"알았어. 너희는 모두에게 돌아가서 상황을 전파해 줘. 돌아
간 후에는 카츠야를 부탁해. 무리하게 하지 마."

"알았어. 조심해."

변명거리를 얻은 동료들에게서 무의식중에 안도감이 살짝 번졌다.

유미나는 그래서 동료들과 다른 행동을 취했다. 명령해서 동료들을 데려가 중간에 의견을 바꾸는 것보다는 낫다고 생각했다.

지상에서 침입한 몬스터들이 격퇴되면서 요노즈카역 유적 내부는 한 차례 평온을 되찾았다.

하지만 이번에는 지하 쪽에서 솟아나는 몬스터들과 유적 경비 기계로 인해 또다시 혼란을 겪었다. 그리고 격벽이 통로를 봉쇄하는 바람에 이동 경로의 의미에서 유적 내부의 구조가 딴판으로 변했다.

그 때문에 유미나는 멀리 우회하면서 지상을 목표로 해야 하는 처지가 되었다. 그리고 몬스터에게 쫓기면서 아키라 일행과 만나기까지는 조금 더 시간이 필요했다.

제84화 도와주는 이유와 그 대상

요노즈카역 유적에서 유물을 수집하던 아키라 일행은 유적 경비 기계들에 쫓기던 유미나를 구하고 감사 인사를 들은 뒤, 이어서 도움을 요청받았다.

일단 유미나를 달래고 정보를 공유한다. 유미나를 도와줄 때 레빈이라는 남자를 리더로 하는 헌터들을 도시까지 호위할 것을 긴급 의뢰로 맡을 것인지 협상 중이었으므로, 그들도 이야기에 동참하고 있었다.

도란캄의 부대가 지상에서 몬스터 무리에게 습격당한 이후 계속되고 있는 수많은 고난. 그 말을 유미나에게 듣고 엘레나는 상냥하게 미소 지었다.

"그래. 그런 일이……. 힘들었겠구나. 알았어. 일단 같이 유적 밖으로 나가자. 그다음은……."

그때 레빈이 다급한 기색으로 참견한다.

"기다려! 밖에 나간 후에는 도시로 돌아가는 거지?!"

"어? 그건……."

유미나와 레빈 모두 필사적인 얼굴로 보는 바람에 엘레나는 무심코 말을 멈추고 말았다.

"부탁드립니다! 도와주세요! 엘레나 씨네는 그 몬스터들을 해울 수 있었던 거죠? 동료들을 구출하게 도와주세요!"

"웃기지 마! 유적 안에는 저런 몬스터들이 우글거리고 있지? 우리는 빨리 도시로 돌아가야 해! 걔네는 도란캄에서 구출하면 된다고!"

엘레나가 망설인다. 심정적으로는 친한 유미나를 도와주고 싶다. 하지만 이야기를 들어 봐서는 이미 친하다고 움직일 상황은 아니다. 도란캄을 통해 받아야 하는 의뢰의 영역이다.

유미나를 데리고 도시까지 바래다주는 정도로면 모를까, 카츠야 일행을 구출하기 위해서 유적을 수색하는 것부터 시작한다면 지상으로 나와 도란캄과 연락하고 마땅한 보수를 전제로 한 의뢰로 협상해야 한다.

더군다나 오늘은 아키라와 함께 있고, 레빈 일행과 긴급 의뢰를 협상 중이다. 양자의 태도도 포함해서 협상해야 한다.

잘못하면 그 협상 동안 카츠야가 죽는다. 협상이 결렬되어도 마찬가지다. 그렇기에 유미나도 필사적으로 부탁하는 것이다. 엘레나도 그 정도는 알고 있었다.

그런 엘레나의 망설임을 레빈은 과도하게 받아들였다. 이러다간 자신들을 내팽개치고 도란캄의 헌터들을 구출하러 갈 수도 있다고 판단해 고심의 결정을 내린다.

"알았어! 5000만 오럼을 낼게! 이것으로 긴급 의뢰는 성립할 거야! 그렇지?"

엘레나가 놀라며 미심쩍은 표정을 짓는다.

"낼 수 있어?"

엘레나로서도 5000만 오럼은 협상을 위해 제시한 금액이였다. 그래서 그대로 통과될 것이라고는 생각하지 않았다. 상대의 진심을 그 지급 능력을 포함해서 의심하고, 협상 담당으로서 따가운 시선을 레빈에게 돌린다.

이에 레빈도 긴장하면서도 진지한 얼굴을 돌린다.

"우리도 유물 수집은 했어. 그걸 팔고 부족하면 나머지는 할부로 해 줘. 그렇게 돈을 내도 괜찮다고 했을걸?"

"잠깐! 레빈, 진심으로 하는 소리야?!"

그렇게 무심코 끼어든 동료에게, 레빈은 엄숙한 표정을 짓는다.

"싫으면 너는 알아서 나가. 그런 이야기를 하는 거라고. 알기나 해?"

"그, 그렇지만……."

"강요하진 않겠어. 네가 빠지면 나가는 돈이 4000만으로 줄어드는 거야. 아니, 나 혼자라면 1000만까지 줄어들겠군."

고뇌하는 얼굴로 눈치를 보는 동료들에게, 레빈이 더욱 결정적인 내용을 고한다.

"다른 불만이 있는 사람은 말해 줘. 아니지. 지금 당장 유물을 내려놓고 출발해. 유물은 호위와 함께 돌아가는 사람끼리 운반하마. 그게 더 안전하게 옮길 수 있으니까. 유물은 도시로 돌아가서 산 사람끼리 분배한다."

죽은 사람에게 돈은 필요 없다. 그 말에 레빈의 동료들도 고심하고 결정을 내렸다. 어쩔 수 없다고 고개를 끄덕인다.

레빈도 슬쩍 고개를 끄덕였다. 그리고 얼굴을 유미나에게 돌린다.

"우리 의견은 정리됐어. 너도 같은 금액을 내라고는 하지 않 겠지만, 우리의 긴급 의뢰를 파기시키고 너희 의뢰를 우선할 작 정이라면, 몇 명이나 있는지 몰라도 그만한 돈은 내야 하지 않 겠어?"

유미나의 얼굴이 비통하게 일그러졌다. 헌터니까 그 이유는 이해한다. 하지만 그만한 돈을 낼 수 있다는 말은 개인적으로 도, 도란캄 소속 헌터로서도 입 밖에 내지 못하기 때문이다.

헌터는 목숨을 걸고 황야에 나간다. 그런 자에게 부탁은 하지 만 돈은 내지 못하겠다는 말은 생명에 가치가 없다고 말하는 것 이나 마찬가지다. 유미나는 엘레나와 사라를 납득시킬 말을 떠 올리지 못했다.

엘레나도 마음속으로 고뇌한다. 유미나 일행을 버리고 싶지 는 않다. 하지만 구두 약속이라고는 해도 이미 성립한 긴급 의 뢰를 파기하고 5000만 오럼을 버리는 결단은 할 수 없다.

손에 들어올 돈을 버리고 무상으로 친구를 돕는 것은 미담일 것이다. 하지만 그 선의는 자신들을 죽일 수도 있다. 황야는 손 해 보는 일을 계속하는 헌터를 살릴 만큼 착하지 않다. 그렇게 이해하기 때문이다.

사라의 몸을 고치기 위해서도 돈이 필요하다. 무상의 선의에 아키라를 말려들게 할 수도 없다. 엘레나는 그렇게 자신에게 타 이르고 결단을 내리려고 했다.

그때 아키라가 무덤덤하게 말문을 연다.

"그렇다면 도란캄 헌터들의 수색과 엄호는 제가 처리할 테니까 엘레나 씨네는 레빈 씨 일행을 부탁해요."

놀란 모두의 시선이 아키라에게 쏠렸다.

◆

아키라는 다른 사람들의 이야기를 남 일처럼 듣고 있었다. 유적 어딘가에 틀어박혀 있다는 카츠야 일행이 힘들겠지만, 그것뿐이다. 레빈 일행을 대하는 것과 크게 다르지 않다.

그리고 아마 이대로 도시로 돌아가게 되리라고는 생각했지만, 엘레나가 카츠야 일행을 구하러 간다고 한다면 그래도 괜찮다고 생각했다.

아키라는 잘 모르지만, 그때는 그럴 만한 이유가 있을 것이다. 아키라는 그 정도의 생각으로 좋게 말하면 엘레나를 신뢰하고 나쁘게 말하면 선택을 엘레나에게 떠넘긴 상태였다.

그때 알파가 지적한다.

『아키라. 일단 말해 두겠지만, 레빈 일행을 엘레나와 사라에게 맡기고 아키라는 카츠야 일행을 도우러 간다는 선택도 있는 걸?』

예상 밖의 지적에 아키라가 상당히 놀란다.

『어? 왜?』

『카츠야 일행을 도우러 가는 것에 무슨 이점이 있는지 모른다는 뜻으로 묻는 거라면, 그건 중요하지 않다고 대답할게. 중요한 건 그런 선택지가 있다고 인식하는 거야.』

『그러니까 그게 무슨 뜻인데?』

『도우러 가든, 죽게 내버려 두든, 조금쯤은 네가 생각해서 선택하라는 뜻이야. 아키라는 지금 선택 자체를 엘레나에게 떠넘겼지?』

『아니, 그렇지만 말이야. 지금은 엘레나 씨가 리더니까…….』

『그래도 좋아. 아무래도 상관없다고 선택을 계속 남에게 떠넘기다 보면 그것에 익숙해져서 중요한 선택조차 스스로 할 수 없게 돼. 자신의 선택보다 엘레나의 선택을 우선해도 상관없어. 하지만 선택하는 것 정도는 해.』

그런 것일까 하고 아키라는 일단 조금 생각했다.

『뭐, 그냥 돌아가도 되겠지. 도란캄 놈들을 일부러 도우러 갈 의리는 없으니까.』

『그래. 아키라가 그렇게 생각한다면 그걸로 됐어.』

알파의 말에서 어딘지 모르게 의미심장한 느낌이 든 아키라가 의아해한다.

『알파, 뭐야. 도우러 가는 게 좋다고 말하고 싶은 거야?』

『아니야. 나도 죽게 내버려 둬도 상관없다고 생각해.』

『죽게 내버려 두다니…… 농성 중이라고 했잖아. 유미나가 나가서 도란캄에 연락하면 지원군 정도는 올 거야. 죽는다고 확정된 건 아니잖아?』

"그야 농성한 자들은 그렇겠지만, 저 아이는 죽을 거야.』

아키라의 표정이 약간 험악해진다.

『왜지⋯⋯?』

『같이 유적 밖으로 나가서 도란캄에 연락한다고 해서 같이 도
시로 돌아갈 것 같지는 않아서 그래. 카츠야 일행을 도우려고
다시 유적에 들어갈 거야.』

아키라가 무심코 시선을 유미나에게 돌린다.

『물론 운 좋게 몬스터와 조우하지 않고 카츠야 일행과 합류할
수도 있겠지만, 나는 현실적인 확률이라고 생각하지 않아. 아까
도 너희가 돕지 않았다면 죽었을 거야.』

아키라는 표정을 더 굳히고 앞으로 유미나가 취할 행동을 상
상해 봤다. 알파가 말한 그대로의 결과가 나왔다.

그러나 그 결말을 피하려고 카츠야를 도와줘야 하는가. 스스
로 물어보지만, 아키라는 바로 대답할 수 없었다. 그 대신에 다
른 말로 대꾸한다.

『그래서 나한테 카츠야를 도우라고 말하고 싶은 거야?』

그래서 알파가 '그렇다.'라고 말하면 아키라는 그것을 변명
거리로 삼을 수 있었다. 그러나 알파는 다른 말을 한다.

『아니야. 아까도 말했듯이, 나도 죽게 내버려 둬도 상관없다
고 생각해. 굳이 덧붙이자면, 카츠야를 돕는 것이 아니라 엘레
나, 사라와 유미나를 돕는 셈이겠지만.』

무슨 뜻인지 모르겠다는 기색을 보인 아키라에게, 알파가 설
명을 보충한다.

엘레나와 사라도 심정적으로는 유미나와 동료들을 버리고 싶
지 않다. 그리고 헌터로서 도란캄과 교류가 있기도 하다. 상황

적으로 어쩔 수 없다고 해도 도란캄 소속 헌터를 죽게 내버려 두면 앞으로 일하는 데 차질이 생길 수 있다.

그리고 아키라가 카츠야 일행을 지원하러 가면 농성자들에 대한 구조가 늦어지지 않을 가능성이 커진다. 아마도 카츠야 일행을 도우러 갈 유미나를 함께 지킬 수도 있다. 그렇게 하면 엘레나와 사라의 죄책감이나 입지 악화도 줄일 수 있다.

내친김에 카츠야에게 이건 빚이라고 말해 주면 쓸데없이 아키라에게 덤벼드는 카츠야에 대한 견제가 될 수 있다.

그것들을 포함하여 이익이 전혀 없다고는 단언할 수 없다. 알파는 그렇게 설명하고 나서 의미심장하게 웃었다.

『나머지는 그래, 미소녀를 도와주면 운이 좋아질지도 몰라. 지난번에 인질로 잡힌 미소녀를 죽게 내버려 두었다가 나중에 큰일을 당했잖아?』

쿠즈스하라 시가지 유적의 지하상가에서 일어난 일을 떠올리며 아키라가 쓴웃음을 삼킨다.

『그래, 그랬지.』

그리고 고작 그 정도의 이야기이며, 충분한 변명거리는 생겼다고 자기 자신을 타일렀다. 그래서 무덤덤한 투로 엘레나와 사라에게 말했다.

"그렇다면 도란캄 헌터들의 수색과 엄호는 제가 처리할 테니까 엘레나 씨네는 레빈 씨 일행을 부탁해요"

그런 아키라의 발언에 가장 놀란 사람은 유미나였다. 기뻐하기는커녕 곤혹스러운 표정을 짓고 있다.

"어……? 저기, 괜찮아?"

그래도 뭔가 속셈이 있다고 의심하지는 않았다. 카츠야와 동료들을 구하기 위해 지푸라기라도 잡고 싶은 것이다. 이유가 무엇이든 협력은 환영할 만하다. 아마도 엘레나와 친한 사이일 것이라는 점도 의심을 덜어주고 있었다.

"미리 말하지만, 위험해지면 난 도망칠 거야. 그러니까 의뢰로 받지 않을 거고, 그만큼 돕지 않을 거야. 그 정도의 이야기라는 건 선언해 두겠어."

"알았어. 고마워."

그래도 구할 수만 있다면, 유미나는 웃으며 머리를 숙였다.

엘레나와 사라는 복잡한 표정을 짓고 있었다. 사라가 잠시 고민하고 짤막하게 묻는다.

"아키라, 괜찮아?"

상황이 허락한다면 얼마든지 세세하게 물어볼 수 있다. 전력, 잔탄, 귀환 방법. 한도 끝도 없다. 하지만 도우러 가지 않는 자가 도우러 가는 자에게 그것을 세세하게 물어보는 것이 옳을지 생각했다.

그래서 짧게 물었다. 그 짧은 말에 아키라를 걱정하는 생각과 그 걱정을 떨쳐버릴 수 있는 무언가를 기대하면서.

아키라가 슬쩍 웃으며 대답한다.

"괜찮아요. 아까도 말했듯이 위험해지면 도망칠 테니까요."

엘레나는 그 대답에서 예전에 쿠즈스하라 시가지 유적 지하상가에서 들었을 때와 같은 것을 느꼈다. 자신들에게 설명할 수는 없지만, 아키라는 어떤 확고한 근거를 바탕으로 괜찮다고 말했다. 그렇게 간파했다.

실제로 아키라는 위험하다면 알파가 제지할 것이라고, 애초에 돕겠다는 선택지를 일부러 제시하지는 않을 것이라고 생각했다. 따라서 엘레나의 추측은 옳았다.

"알았어. 그럼 그쪽을 부탁할게. 무리하지 마. 알았지?"

"네, 알아요."

신신당부하듯 웃는 엘레나에게, 아키라도 웃으며 대답했다.

그 뒤로 아키라 일행은 팀을 나누고 간단하게 준비를 마쳤다. 아키라와 유미나는 탐색에 방해가 되는 짐을 엘레나와 사라에게 주고, 그 대신 탄약 등을 받아 유적 안쪽을 향한다. 엘레나와 사라는 레빈 일행을 지키면서, 레빈 일행은 모두의 유물들을 운반하며 지상으로 돌아가게 되었다.

도란캄에 하는 연락은 엘레나와 사라가 지상에 나가서 한다. 유미나에게는 함께 지상에 나가 직접 연락하는 수단도 있었다. 하지만 한 번 지상까지 돌아오는 시간이 아깝다는 마음과 아키라 혼자 보내면 카츠야 일행과 마주칠 때 다툼이 생길까 봐서 지상으로 가지 않고 아키라와 동행하기로 했다.

유미나가 엘레나와 사라에게 공손히 머리를 숙이고 왔던 길을 되돌아간다. 아키라도 가볍게 머리를 숙이고 뒤를 이었다.

엘레나와 사라는 그런 아키라와 유미나를 웃으며 배웅했다. 그리고 상대의 모습이 사라지는 것과 동시에 표정을 굳힌다.

"사라. 우리도 출발하자. 서두를 거야."

빨리 일을 마치고 두 사람을 도와주러 가겠다. 그러기 위해 서두른다. 그 정도는 사라도 알고 있었고, 확실히 수긍했다.

"그래. 나한테 맡겨."

그리고 서두른 만큼 소홀해지는 색적을 화력으로 보완하겠다는 듯 양손에 총을 쥐고 웃었다.

그때 레빈이 쭈뼛쭈뼛 말문을 연다.

"아, 저기, 우리를 호위할 사람이 한 명 줄어든 셈이니까 보수를 좀 깎을 수는……."

"생각해 줄 테니까 그 협상은 나중에 해."

"아, 네."

엘레나의 따가운 눈총을 맞고, 레빈은 주춤거리며 입을 다물었다.

"가자."

엘레나의 신호에 맞춰 나머지 일행도 지상으로 출발했다.

◆

유미나가 아키라와 함께 유적 내부를 색적도 거의 하지 않고 나아간다. 엄밀히 말하자면 아키라에게 색적을 모두 맡기고 자신은 동료들이 농성하고 있는 곳으로 안내하는 데 집중하고 있었다.

가장 좋은 길은 유미나도 모른다. 동료들과 다른 행동을 취한리 몬스터에 습격당해 도망치면서 지상을 목표로 했었기 때문에 임시 거점으로 가는 길은 어렴풋하게만 기억하고 있다. 그래도 최대한 기억을 더듬으며 이동하고 있었다.

"멈춰."

아키라의 지시로 이동을 멈춘다. 조금 늦게 정보수집기에 반응이 나타났다. 그리고 그 반응의 근원인 몬스터들은 통로 모퉁이에서 나오는 순간에 아키라의 사격에 전멸했다.

"좋아. 가자."

조금도 동요하지 않고 대수롭지 않게 말한 아키라를 보며 유미나가 속으로 혀를 내두른다. 색적의 정확도와 속도, 그리고 이어지는 빠르고 정확한 대응만 봐도 자신보다 몇 단계 위의 실력자임이 분명했다.

(정말 강해. 시오리 씨가 그렇게 경계하는 이유가 있었어.)

유미나 일행은 예전에 루시아의 일로 아키라와 실랑이를 벌였을 때 어떻게 보면 시오리에게 버림받은 적이 있었다.

그것은 아키라와의 사투로 발전할 수 있는 분쟁에 레이나를 끌어들이지 않기 위한 고뇌가 담긴 결정이었다는 것을 유미나도 알고 있다.

하지만 자신보다 급이 높은 실력자인 시오리와 아마도 동격의 실력자일 카나에라는 사람까지 있는 상황에서 꼭 그렇게까지 해야 했을까 하고 조금 의문이 들기도 했었다.

지금까지 그 의문을, 시오리가 레이나를 그만큼 소중히 여기는 것으로 판단하고 납득했었다.

하지만 아키라의 실력을 본 지금은 자신들을 버릴 필요가 없을 정도로 승률이 낮다고 판단했기 때문이라고 다시 생각하고 있었다.

(하마터면 우리는 이런 사람과 목숨을 걸고 싸울 뻔했구나……. 진짜 위험했어. 그때의 나, 정말 잘했어.)

그 분쟁을 협상으로 극복한 것을 자화자찬하면서도 조금 걱정이 된다.

(그만큼 강한 사람이 아군인 건 믿음직스럽지만, 카츠야와 만나게 해도 괜찮을까……. 조심해야 해.)

또 무슨 일이 생기면 죽을힘을 다해 중재하자고, 유미나는 슬그머니 각오를 다지고 있었다.

그리고 그렇게 곰곰이 생각하다가 자신도 모르게 멈추자 아키라가 의아해하는 눈치로 말을 건다.

"무슨 일 있어?"

"아, 아무것도 아니야. 지금 어디쯤인 것 같아?"

유미나는 얼버무리듯 정보 단말을 꺼내 유적의 지도를 표시했다.

지도의 데이터는 헤어지기 전에 엘레나에게 받은 것이다. 유미나의 정보수집기에는 카츠야의 물건과는 다르게 지도 제작 기능이 없다. 그러한 이유로 어제부터 현재 위치도 모른 채 유적 안을 방황하고 말았다.

아키라가 지도 위를 슬쩍 가리킨다.

"여기네."

그런 아키라를 본 유미나는 속으로 놀라고 있었다. 함께 행동하고 나서부터 아키라를 지켜봤지만, 자신과 마찬가지로 현재 위치를 자동으로 기록할 도구가 없어 보였다. 그런데도 확실히 여기라고 깔끔하게 위치를 가리켰기 때문이다.

미로 같은 유적 안에서 여러 차례 전투를 벌이면서 자신의 현재 위치를 자기 힘으로 정확하게 파악한다. 그것이 얼마나 어려운 일인지는 도란캄에서 받은 훈련으로 유미나도 잘 이해하고 있다. 그만큼 놀라움은 컸다.

"그래? 아마도 동료들이 있는 장소는 여기일 거야."

"그렇다면 꽤 멀리 돌아왔구나. 그 정도로 격벽이 많이 닫혔나."

"그 밖에도 몬스터를 피해 숨거나 도망 다녔어. 지금은 몬스터도 해치우면 그만이지만, 나머지는 격벽으로 통로가 막혀 있지 않기를 기대하자."

"그래. 가 볼 수밖에 없겠지. 출발하자."

"응."

유미나가 정보 단말을 갈무리하고 다시 총을 든다. 부상 때문에 오른팔의 움직임이 둔하다. 그 사실을 아키라가 알아챈다.

"오른손이 어떻게 됐어?"

"응? 아, 이거? 좀 다쳐서."

"낫지 않았다는 건, 회복약이 떨어진 거야?"

"아니야. 일단 사용했는데, 좀 무리하는 바람에 완치하진 않았어."

아키라가 자신의 회복약을 꺼내 유미나에게 건넨다.

"써."

"그래도 돼? 꽤 비싼 것 같은데……."

"미안하지만, 나도 발목이 잡힐 이유가 적은 편이 좋아."

대수롭지 않은 농담처럼 슬쩍 웃으며 그렇게 말한 아키라에게, 유미나도 웃으며 대답했다.

"그렇다면 사양하지 않을게. 고마워."

그리고 받은 회복약을 복용하자 계속되던 오른손 통증이 금방 사라졌다. 더군다나 오른팔에 남아있던 위화감도 사라져서, 가볍게 움직여 확인해도 아무런 문제가 없는 상태가 되었다.

받은 회복약의 효과가 너무 좋아서 유미나가 조금 당황한다.

"성능이 참 좋은 회복약을 쓰네. 이거 꽤 비싼 거 아니야?"

아키라가 진지하게 고개를 끄덕인다.

"비싸. 하지만 그 돈을 아끼다가 죽으면 본전도 못 찾으니까 말이야."

"아, 저기, 나중에 갚는 게 좋겠어?"

"필요 없어. 아까도 말했지만, 의뢰로 받은 일이 아니니까. 경비는 청구하지 않아. 그리고 아까 쓴 탄약값도, 지금은 확장 탄창을 쓰니까 꽤 많이 들었어. 일일이 청구하다 보면 끝이 없거든."

맞는 말이라고 유미나도 고개를 작게 끄덕였다.

"그래. 그럼 빌린 걸로 칠게."

"그렇게 해 줘. 내친김에 그 빚은 엘레나 씨한테 갚아. 나는 엘레나 씨와 사라 씨에게 빚이 많이 쌓였거든. 가능하면 좀 대신 갚아줘."

그렇게 말하며 작게 한숨을 쉬는 아키라에게 유미나가 슬쩍 웃는다.

"알았어. 가자."

오른팔 부상이 완치되면서 전력을 다소 되찾은 유미나는 힘을 북돋우고 걸음을 재촉했다.

◆

엘레나와 사라는 레빈 일행을 데리고 무사히 지상으로 돌아왔다. 도중에 몇 차례 몬스터와 맞닥뜨렸지만 모두 소규모여서 레빈 일행에게 호위 의뢰비의 의미를 이해시키는 정도로 끝났다.

밖으로 나간 뒤에는 엘레나와 사라가 타고 온 차량으로 바로 요노즈카역 유적에서 벗어난다. 유물과 레빈 일행을 접이식 짐칸에 싣고 쿠가마야마 시티로 출발했다.

동시에 긴급 의뢰의 처리와 도란캄에 연락하는 일을 정리했다. 그리고 도시로 가는 길을 3분의 1 정도 나아간 시점에서 차량을 세웠다.

그러자 짐칸의 레빈에서 엘레나에게 불평이 나온다.

"이봐, 왜 이런 데서 세워?"

"당신들을 안전하게 도시로 데려다주기 위해서야. 됐으니까 잠깐만 기다려. 왔어."

엘레나와 사라의 차량 앞쪽에서 무장한 대형트럭과 호위 차량이 다가온다. 그리고 근처에 서더니 리더인 헌터가 내려왔다.

"엘레나 씨 맞지? 톤티드 서비스에서 수송 의뢰를 받은 쿠로사와다. 화물은 그쪽 짐칸에 있는 것이면 되나?"

"맞아. 사람과 유물 모두. 사람은 도시로 수송하는 것까지, 유물은 임시 보관까지 부탁해."

"알았다. 이봐! 실어!"

쿠로사와가 지시하자 부하들이 짐칸에서 유물을 옮기기 시작한다.

헌터 활동에서 돈을 버는 방법은 다양하다. 그중 하나로 운반책이라고 불리는 것이 있다. 도시와 유적 사이에서 여러 물건과 사람을 수송하는 일이다.

멀리 떨어진 유적으로 이동하거나 그곳의 유물을 수송하는 데는 그만한 고생이 들어간다. 소수 헌터 팀의 경우, 귀환 루트를 확보하기 위해 유적 밖에서 대기하는 인원을 배정하기도 어려울 수 있다.

그리고 많은 양의 유물을 발견했을 때, 같은 팀의 사람이라고 해도 밖에서 기다리기만 한 사람에게 유물을 주는 것은 아깝다고 생각하는 사람도 있다.

그러한 고생과 이해의 분리를 위해 도시와 유적 사이의 수송만을 맡는 자들을 찾는 사람이 많다. 적어도 그것을 전문적으로 맡아서 하는 사람들이 나타날 정도로는 수요가 있었다.

물론 유물을 가지고 도망쳐서는 안 된다. 당연히 신용이 필요

ᅡ 일이다. 쿠로사와는 운반책이 아니지만, 그만한 신용이 있는
ᅥ터이었다.

"소문이 자자한 그 유적에서 돌아오는 거 맞지? 거긴 어떤 느
김이야?"

그렇게 슬쩍 물어보는 쿠로사와에게, 엘레나가 의미심장하게
웃으며 대답한다.

"그거 돈 되는 정보 맞지? 얼마를 낼 거야? 나도 그렇게 말하
고 싶은 참이지만, 가격 협상을 할 시간이 없어. 그 정보는 저
사람한테 사."

그렇게 말하며 레빈을 손으로 가리키는데, 정작 레빈은 갑자
기 나타난 쿠로사와와 그 부하들에게 조금 당황하고 있었다. 그
래도 그것을 계기로 이야기에 끼어든다.

"저기, 우리 호위 의뢰의 보수를 조금 깎는 이야기를 하고 싶
은데……."

"여기까지 호위하는 인원이 한 명 줄어든 만큼의 감액은 여기
부터 호위가 좋아진 만큼 상쇄해. 난 잘 생각했는데?"

"그, 그럴 수가……."

"나머지는 이 사람들에게 유적의 정보를 비싼 값에 팔든지 해
서 보충해 줘. 우리는 서둘러야 해서 지금은 가만히 있어 줄게.
잘 가."

엘레나는 그렇게 말하고 차량으로 돌아가 사라와 함께 요노즈
카역 유적으로 돌아갔다.

쿠로사와가 자리에 남겨진 레빈과 얼굴을 마주 본다.

"그러면 돌아가면서 여러 가지를 물어볼까. 좋은 정보라면 ㅂ
싸게 사 주마."

"꼭 좀 부탁합니다."

쿠로사와는 화물인 레빈 일행을 트럭 짐칸에 넣고 부하들에거
출발 지시를 내렸다.

요노즈카역 유적의 정보는 현재도 오락가락하는 상태였기어
신뢰성이 현저히 떨어졌다. 그래서 유적에서 살아 돌아온 헌터
라고 확정된 사람에게 알아낸 유적의 현재 정보에는 그만한 값
이 매겨졌다.

◆

유미나가 아키라와 함께 유적 속을 이동하다가 몬스터와 교전
중인 헌터들과 마주쳤다. 가세해서 몬스터들을 격퇴하자 그들
의 리더인 차레스가 유미나를 보고 조금 의아한 얼굴을 했다.

"덕분에 살았군. 음⋯⋯? 도란캄의 헌터인가?"

"네. 저는 그래요. 이 사람은 아니고요."

"혹시 이름이 유미나인가?"

"그런데요⋯⋯."

의아해하는 표정을 짓는 유미나에게, 차레스 팀 헌터들은 살
짝 골치아프는 듯한 반응을 보였다.

"그랬군⋯⋯. 그 녀석은 반대 방향으로 갔나. 운이 없었군."

"아니지. 혹시 그 말을 진지하게 들은 게 아닐까?"

"설마. 아무리 그래도 그렇진 않을 거야. 그러면 생각이 너무 어리숙한 거겠지……."

유미나는 차레스 팀 헌터들의 이야기에서 불길한 예감이 들었다. 불안한 기색으로, 조금 머뭇거리면서도 물어봐야 한다고 입을 연다.

"그, 그 사람이 누구예요? 도란캄 헌터인가요? 무슨 일이 있었나요?"

"아, 카츠야란 헌터를 만났는데 말이다. 헤어진 동료를 찾고 있다고 하더군. 그 동료 이름이 유미나라고 하던데. 그게 너 맞지?"

유미나의 얼굴이 단숨에 험악해진다.

"그 바보…… 대체 뭐 하는 거야……!"

모두와 함께 남겨두면 동료들을 지키기 위해서라도 그 자리에 남아서 무모하게 굴지 않을 것이다. 그 예상이 빗나간 것에 유미나는 머리가 지끈거렸다.

"저기요! 그 친구가 어디 갔는지 아세요?!"

"미안하지만, 우리와는 반대 방향으로 갔다는 것밖에 몰라."

"알겠습니다! 고마워요! 아키라! 서둘러 따라잡자!"

"잠깐만."

아키라는 당장에라도 달려갈 것 같은 유미나를 말리고, 정보 단말을 꺼내 지도를 띄워서 차레스에게 보여줬다.

"우린 지금 여기에 있을 텐데, 그 카츠야란 헌터를 만난 장소를 알아?"

"오호? 이건 이 유적의 지도인가? 이렇게 상세한 지도를 어떻게……."

차레스는 미발견 유적일 텐데도 상대에게 이미 꽤 상세한 지도가 있다는 사실에 놀라고 있었다. 그리고 그 점을 물어보려다가 기백이 서린 유미나에게 가로막힌다.

"죄송합니다! 카츠야와 헤어진 장소를 먼저 알려주세요!"

"아, 아, 알았어. 음……."

차레스가 자신의 정보 단말을 꺼내 이동 기록을 확인하고 지도와 대조한다. 그리고 지도에 기록된 범위 밖, 엘레나의 조사 범위 밖을 가리켰다.

"아마도 이 근처일 거야. 그리고 카츠야라는 녀석은 이쪽으로 갔을 거고."

차레스는 그렇게 말하며 더욱 바깥쪽을 가리켰다. 유미나가 급히 인사하고 움직이려고 한다.

"감사합니다! 아키라! 바로……."

"그러니까 좀 진정하라고."

딱 봐도 냉정함을 잃은 유미나를, 아키라는 어떻게든 진정시키려고 했다.

"모처럼 뭔가 알 것 같은 사람을 만났잖아. 물어볼 건 물어보고, 그 정보를 바탕으로 차분히 찾아보자. 그게 카츠야를 찾기 쉽겠지?"

"그, 그래……."

유미나는 그런 지적을 받고 자신이 쓸데없이 허둥대는 상태임을 알아차렸다. 그래서 카츠야를 구하기 위해서라도 냉정해져야겠다는 생각에 심호흡을 거듭하며 침착함을 되찾았다.

"미안해. 진정했어. 정말이지 사람을 번거롭게 한다니까."

유미나는 일부러 가볍게 투덜거리고, 그 여유로 자신의 정신을 바른 방향으로 돌렸다. 그리고 이것도 일종의 협상이라고 여기고 생각하다가 어떤 사실을 깨닫게 된다.

"죄송합니다. 아까 그 말을 진지하게 들었다고 하셨는데요, 그게 무슨 말씀이죠? 카츠야와 무슨 관계가 있나요?"

그 질문을 받은 차레스 팀 헌터들은 서로 얼굴을 살폈다. 그리고 조금 전 가세해 주었으니 그 정도는 이야기해도 되겠다며 고개를 살짝 끄덕이더니, 차레스가 대표로 말문을 연다.

"아, 실은 유적 안쪽에서 구세계의 유령을 발견했는데……."

거대한 터널 같은 곳에서 입체영상인 여자를 발견한 것. 터널 안쪽에서 몬스터 무리가 나오고 있다는 것. 유적의 경비 기계처럼 보이는 것이 몬스터와 헌터를 모조리 공격하고 있다는 것. 차레스는 그것들을 카츠야에게 이야기해 주었다.

카츠야와 마주쳤을 때, 차레스 팀은 마침 몬스터와 교전 중이었다. 그리고 도움을 준 보답 대신 그쪽은 위험하니까 가까이 가지 말라는 충고를 겸해 가르쳐 줬는데, 카츠야는 상당히 흥미를 보이는 눈치였다고 한다.

거기까지 이야기를 들은 아키라가 신기해한다.

"흥미로운 이야기가 맞지만, 그걸 진지하게 들었다면 위험하니까 그쪽으로는 안 갔겠지. 왜 그쪽으로 갔을지도 모른다는 이야기가 되는 거야?"

"아니, 그때 그 구세계 유령에 대해서 잡담을 좀 했는데⋯⋯."

그 입체영상은 아마도 유적의 어떤 기능이며, 본래는 말을 주고받을 수 있는 존재였을 것으로 추정된다.

그리고 자신들이 무슨 말을 해도 아무런 반응이 없었던 것은 반응이 증강현실 쪽으로 나타났거나 유적의 기능이 갓 부활했기 때문으로, 완전히 움직이려면 시간이 필요했을 가능성이 있다.

즉, 대응하는 증강현실 기능이 있는 표시 장치를 소지한 자이거나, 충분히 시간이 흐른 지금이라면 응답할 수 있을지도 모른다.

그 여자가 시설의 안내인 같은 것이라면 미아 수색, 다시 말해 헤어진 동료의 위치를 파악할 수 있을지도 모른다. 상황에 따라서는 유적 경비 기계가 헌터들을 공격하지 않게끔 협상할 수 있을지도 모른다.

차레스 팀 헌터들은 단순히 잡담할 생각으로 카츠야에게 그런 것을 알려주었다.

"뭐, 그 여자를 발견한 장소는 아까도 말했던 터널이라서, 아마 지금도 몬스터가 득실거리고 있을 거야. 그 카츠야란 녀석도 그 정도는 알 테고. 그러니까 그쪽으로 갔을 것 같지는 않은데."

유미나의 얼굴이 험악하게 일그러진다. 명확한 이유는 없다. 하지만 카츠야와의 오랜 관계가, 그 장소로 향했을 확률이 높다고 말하고 있었다.

"죄송합니다. 그 장소를 알려주실 수는 없을까요?"

유미나는 공손히 머리를 숙였지만, 차레스는 난색을 드러냈다. 정확한 장소를 알려주려면 거기까지 직접 안내하거나 유적 내 이동 기록을 넘겨야 하기 때문이다.

그러나 차레스 팀은 터널 안쪽에서 나타나는 몬스터 무리와 유적 경비 기계가 교전하고 있는 곳으로 다시 갈 생각이 없었다.

그리고 유적 내 이동 기록 데이터는 자동 간이 지도 제작 장치의 데이터이기도 하며, 이곳이 거의 미조사 유적이라고 생각하면 비싼 값이 붙는 정보이다. 상대의 사정은 알겠지만, 차레스도 헌터로서 머리를 숙였다고 넘길 수 있는 것은 아니었다.

그래서 아키라는 자신이 가진 지도 정보와의 교환을 요청했다. 가치가 더 큰 정보이므로, 차레스도 바로 거래에 응했다.

그 가치를 이해하는 유미나도 놀라서 살짝 당황해한다.

"어, 아키라, 괜찮아?"

"안 괜찮아. 그러니까 나중에 엘레나 씨네한테 빚을 갚아."

아키라도 원래는 엘레나와 사라의 동의가 필요하다고 생각한다. 하지만 지금은 불가능하며, 나아가 비상 상황이고, 게다가 유적지를 알려준 사람은 자신이다. 그 점을 고려하면 두 사람에게 가까스로 변명할 수 있을 거라고 판단하고 있었다.

유미나는 그 사실을 모른다. 하지만 본래는 큰일이 나는 일이라는 것 정도는 알아서, 진지한 얼굴로 아키라를 쳐다봤다.

"알았어. 나도 나중에 두 분께 사과할게."

"부탁할게. 그래서 일단 묻겠는데, 그 입체영상이 있는 곳에 카츠야가 있다고 해서 가는 거지? 진심이야?"

"진심이야. 부탁해. 아키라. 도와줘."

한 번은 서로 죽이기 직전까지 옥신각신했던 상대를 돕기 위해 함께 사지로 뛰어들어 달라. 자신은 그렇게 말하고 있다는 것을 유미나는 이해하고 있었다.

싫다는 소리를 들어도 어쩔 수 없다는 건 안다. 더군다나 상대는 위험하면 도망치겠다고, 돕지 않겠다고 선언한 바가 있다. 그래서 유미나는 진심으로 간청했다.

아키라가 시원하게 대답한다.

"알았어. 가자."

너무나도 담백한 대답을 듣고, 유미나는 고마움을 느끼기 이전에 놀랐다. 하지만 곧바로 웃으며 인사한다.

"고마워. 가자."

유미나와 아키라는 각자의 생각을 가슴에 담고서, 목적지를 변경하고 걸음을 재촉했다.

유미나 일행을 배웅한 차레스 팀 헌터들이 어딘가 감탄하는 기색을 보였다.

"그 자식, 좋은 동료가 있는걸."

"좋은 동료가 아니라 미안하군."

동료들의 농담에 차레스도 웃으며 대꾸한다.

"그렇게 말하지 마. 그런데 그 카츠야란 녀석, 뭔가 굉장했지?"

"알아. 뭔가 굉장했어. 강했는데 그게 다가 아니야. 뭐랄까. 그게 뭐냐고 물어도 곤란한데."

차레스 팀 헌터들은 한결같이 동의를 표하며 가볍게 고개를 끄덕였다.

"그런 녀석이니까 좋은 동료들도 모이는 걸까. 그건 그냥 강해서는 안 되지."

"알아. 카리스마라고 하던가? 뭐, 우리랑은 인연이 없는 말이지."

이런 상황에서 유물 수집을 위해 유적 내부를 탐색할 수 있을 정도로는 실력자인 차레스 팀 헌터들은 자신도 명확하게 설명할 수 없는 이유로 카츠야를 칭찬하고 있었다.

◆

도움을 청하는 소리. 마치 짓눌러 버릴 것만 같은 무수한 목소리에, 카츠야는 억지로 깨어난 것처럼 눈을 떴다.

깨어나자 목소리가 사라진다. 그래서 카츠야는 그냥 악몽이었음을 이해했다.

"또인가……."

임시 거점 바닥에서 몸을 일으켜 크게 숨을 내쉬자 옆에 있던 아이리가 걱정스럽게 말을 건다.

"카츠야 괜찮아?"

카츠야는 애써 밝게 웃었다.

"아, 괜찮아. 잠을 너무 많이 자서 이상한 꿈까지 꿨어. 너무 쉬었는걸……. 왜 이렇게 밝지?"

"갑자기 불이 켜졌어."

"그, 그래?"

너무나도 짤막하고 구체성이 부족한 아이리의 설명에, 카츠야는 자세한 이야기는 유미나에게 들으려고 주위를 둘러봤다. 교대로 휴식을 취하며 경계와 유물 수집을 진행하고 있는 동료들의 모습이 보인다. 하지만 유미나의 모습은 찾아볼 수 없다.

"아이리. 유미나는?"

"바깥 상황을 확인하러 갔어."

"그래……?"

유적의 상황 확인은 이 자리의 안전을 위해서도, 사정에 따라서는 자력으로 탈출하기 위해서도 중요하다. 그 역할을 유미나가 자처한 것도 이상하지 않다.

하지만 카츠야는 아이리의 표정에서 불안을 느꼈다. 틀려 달라고 생각하면서 진지한 얼굴로 묻는다.

"아이리. 유미나가 밖에 나간 지 얼마나 됐어?"

"여섯 시간 정도."

카츠야는 단숨에 인상을 굳혔다.

다른 동료들에게도 이야기를 듣고 상황 파악을 마친 카츠야가 결단을 내린다.

"아이리. 난 지금부터 유미나를 찾으러 갈 거야."

"알았어."

강하게 고개를 끄덕인 아이리를 보자 카츠야는 딱딱하면서도 조금 슬픈 표정을 지었다.

"아니야. 나 혼자 가겠어. 아이리는 여기서 모두를 지켜줘."

아이리는 자신도 가겠다고 대답하려고 했다. 하지만 그 전에 카츠야가 아이리의 두 어깨에 손을 얹고 간청했다.

"제발 부탁이야."

어딘가 비통한 기색으로 진지하게 그런 말을 들으면, 아이리는 싫다고 말할 수 없었다.

따라오라는 말을 들으면 그곳이 비록 죽는 곳이라도 기꺼이 따라갈 것이다. 하지만 그곳으로 가려는 카츠야를 강제로 막을 수는 없다. 그것이 아이리의 한계다.

카츠야가 싫어하는 일은, 카츠야에게 미움받는 일은, 아이리로선 차마 할 수 없다. 고개를 끄덕일 수밖에 없었다.

"미안해. 모두를 부탁할게. 여기서 농성하는 이상 내가 없어도 괜찮을 것 같아. 나머지는 그래, 나는 알아서 돌아올 테니까 나중에 유미나가 돌아오더라도 나를 찾으러 갈 필요는 없다고 말해 줘."

"알았어……."

자신보다 더 비통한 기색인 아이리를 본 카츠야는 기운을 북돋아 주려는 듯 환하게 웃고 살포시 껴안았다.

"괜찮아. 나도 유미나도 잘 돌아올 거야. 다 같이 돌아가자. 그러기 위해서라도 아이리는 이쪽에서 애써 줘. 이쪽도 힘들겠지만, 아이리라면 할 수 있어. 부탁할게. 알았지?"

카츠야의 품에 안긴 채 아이리는 강하게 고개를 끄덕였다.

"꼭 돌아와."

"당연하지."

카츠야는 그렇게 말하며 아이리를 놓아주었다. 그리고 굳이 자신감 넘치는 웃음을 아이리에게 보여주고, 동료들의 배웅을 받으며 임시 거점을 나섰다.

통로를 조금 더 이동해서 자신의 분위기를 동료들이 절대로 눈치채지 못한다고 판단했을 즈음, 카츠야는 딱딱하면서도 결의가 담긴 표정을 지었다.

"유미나! 무사히 있어 줘!"

자신은 동료를 버리지 않는다. 아까는 뭔가 실수한 것이다. 설령 실수가 아니더라도, 다시는 반복하지 않는다. 카츠야는 그렇게 자기 자신을 타이르고 결사의 각오로 걸음을 재촉했다.

카츠야를 비장한 마음으로 배웅한 아이리에게 다른 신인 헌터들이 의아한 듯 말을 건넨다.

"아이리. 카츠야만 보내도 되는 거야? 역시 우리도 가는 편이……."

"카츠야의 지시. 우리는 여기 남아."

"아니, 하지만 말이야……."

그 말에는 카츠야와 함께 있는 편이 무슨 일이 생겼을 때 의지할 수 있으니까 안전하고, 안심할 수 있다는 생각이 무의식중에 담겨 있었다.

아이리도 그런 것까지는 모른다. 하지만 자신에게 그토록 필사적으로 부탁한 카츠야의 지시를 어기고 있다는 것만으로 충분했다. 조금 무서울 정도로 엄격하게 쳐다본다.

"여기서 멋대로 나가면, 가만두지 않겠어."

"아, 알았어……."

신인 헌터들이 아이리의 기백에 굴복해 물러난다. 이것으로 계속되는 전력 분산이 방지되고, 임시 거점의 안전은 유지되었다.

◆

카츠야가 유미나를 찾아서 유적 내부를 달린다. 도중에 몇 번인가 몬스터와 맞닥뜨려서 교전했지만, 전부 해치웠다.

카츠야의 상태는 본인이 생각해도 오싹할 만큼 최고조였다. 적의 위치나 움직임을 알 수 있다. 사격하면 정확하게 명중해서 깔끔하게 해치운다. 극도로 집중한 탓인지 시간의 흐름이 조금 느린 것처럼 느껴졌다.

그리고 카츠야는 그 사실을 이상하게 여기지 않고, 어떻게 보면 예상대로라며 당혹스러운 가운데 납득하고 있었다.

(역시…… 그런 것인가?)

자신은 요즘 훈련이든 실전이든 단독으로 움직일 때 상태ㄱ 좋다. 카츠야는 그 사실을 어렴풋이 알고 있었다.

아이리를 동행시키지 않은 것도 그것 때문이다. 평범하게 ㅅ 각하면 전력 면에서 함께 가는 것이 확실히 좋을 것이다. 그ㄱ 을 알고도 혼자 있을 때가 종합적으로는 더 좋은 성과를 낼 ㅅ 있다고 생각해 버릴 정도로, 카츠야는 지금 최고조였다.

그 현상에 카츠야도 생각하는 바가 많았다. 하지만 지금은 ㄹ 이 외면했다. 많은 인원이 유적 안에서 움직여도 눈에 띄기만 한다고, 최소한의 인원으로 최대의 효율을 내는 것이 유미나를 구출하기 더 좋다고, 구출한 다음에 고민하면 된다며 잡생각은 그만두기로 했다.

"유미나…… 어디 있어!"

넓은 유적 내부를 혼자서 마구 뒤진다고 해도 쉽게 찾을 리가 없다. 몬스터를 피해서 숨을 곳은 그럭저럭 많다. 덧붙여 섣불리 구조 신호를 보냈다간 몬스터에게 감지된다고 생각해서 발신을 끊은 상태라면 찾아내기가 더욱 어려워진다.

하지만 카츠야에게는 유미나를 찾아낼 방법으로 짚이는 것이 있었다.

"젠장! 어디야? 어떤 거야?"

카츠야는 도움을 청하는 누군가의 위치나 방향을 왠지 모르게 알 수 있다. 지금도 그것을 느끼고 그중 하나가 유미나이길 바라며 반응이 이끄는 대로 유적 내부를 달려간다.

그리고 많은 사람을 도왔다. 하지만 그중에 유미나는 없었다.

께 데려갈 수도 없으니 임시 거점 장소를 알려주고 다음 반응
] 있는 곳으로 서두른다. 그걸 반복한다.

하지만 유미나는 찾을 수 없었다. 죽은 것 같지는 않아서 계속
는다. 그 와중에 딱히 도움을 청하지는 않으면서도 몬스터와
고전하던 헌터들을 발견해 도움을 줬다. 그리고 유미나를 못 봤
냐고 물었다.

원하던 답은 얻지 못했지만, 유적에서 발견한 구세계 유령,
여자의 입체영상 정보를 그 장소가 위험하다는 조언과 함께 알
려줬다. 고맙다고 말하고 헤어진 유미나를 수색하는 일을 재개
했다.

그래도 유미나를 찾지 못한다는 사실에 카츠야는 초조해지기
시작했다. 이상하게도 죽은 것 같지는 않다. 그러나 도저히 찾
을 수 없었다.

유미나는 카츠야가 도와주길 바라는 것이 아니라 카츠야를 도
와주려고 한다. 따라서 아무리 도움을 청하는 목소리를 따라가
도 유미나는 그곳에 없다. 카츠야는 그 사실을 모르고 있었다.

초조함이 커져만 가는 카츠야가 무의식중에 그 해결책을 바라
기 시작한다. 그리고 어느새 여자의 입체영상이 있다는 곳으로
향하고 있었다.

자신이 거길 가면 다 해결된다. 그런다고 왜 해결되는지도 모
른 채, 그것이 유일한 해결책이라고 믿으며 마음을 굳게 먹고
달렸다.

제85화 계속되는 시행

요노즈카역 유적에 있는 대형 터널 승강장에서, 여자의 입체 영상은 아무도 없는 곳으로 미소를 지으며 지금도 비슷한 말을 되풀이하고 있다.

"요노즈카역에 오신 것을 환영합니다. 저희 역은 현재 준활성 상태입니다. 에러 G5734957398750⋯⋯."

그리고 그 주위에서는 유적 경비 기계와 몬스터 무리의 치열한 싸움이 벌어지고 있었다.

구형 기계가 레이저탄 집중포화로 적을 통째로 태운다. 거대한 파충류가 아가리를 벌리고 그 기계를 물어 으깬다. 여기에 레이저탄 비가 내리고 포탑이 달린 벌레의 포격까지 가해진다. 어지간한 헌터들은 그 여파로 쓸려나갈 수도 있는 전투가 계속되고 있다.

현재 유적 속을 배회하고 있는 몬스터들은 이곳에서 넘쳐난 개체들이다.

카츠야가 터널 부분으로 이어진 통로의 뒤에서 전투의 양상을 보고 표정을 굳히고 있었다.

"엄청난걸. 가까이 가지 말라고 충고할 만도 해."

이윽고 승강장을 유심히 확인하고 여자의 모습을 발견했다.

"저거구나. 저기까지 가면……."

그러려면 먼저 다리처럼 놓인 연결 통로를 달려서 승강장에 도착하고, 나아가 여자가 있는 곳까지 승강장을 달려야 한다. 그러나 건너편 복도에도, 승강장에도 몬스터가 있다. 터널 내부에서는 포격이 난무하고 있다. 평소의 카츠야라면 확실히 버거운 상황이다.

카츠야가 조금 망설인다. 하지만 지금처럼 상태가 최고조인 자신이라면 충분히 할 수 있다고 판단하고, 도달하기만 하면 모두를 도울 수 있다고 각오를 다졌다.

"좋아! 간다!"

총을 겨누고 통로 뒤에서 뛰어나와 연결 통로를 달린다. 그곳에 있는 몬스터가 바로 반응하지만, 상대가 미처 움직이기 전에 총탄을 퍼부어 격파하고 그 옆으로 뛰어나간다.

구세계에서 만든 바닥은 가속을 위해서 강화복의 신체 능력으로 힘차게 밟아도 끄떡없다. 그렇다면 금방 도달할 수 있을 것이다. 그렇게 용기를 북돋우며 더욱 발을 내디디고, 달려서, 그대로 승강장에 발을 들여놓았다.

그때 카츠야는 아주 잠깐 약하게 현기증을 느꼈다. 그 때문에 자세가 약간 흐트러지고 말았다. 물론 그 정도는 최고조인 지금 상태라면 당장 바로잡을 수 있을 만큼 사소한 일이다. 카츠야는 그렇게 생각했다.

"뭐?!"

하지만 바로잡을 수 없었다. 조금 흐트러진 상태에서 바로잡지 못하는 바람에 자세가 더욱 무너지고, 무심코 한쪽 무릎을 꿇고 말았다.

그때 거대한 도마뱀이나 뱀처럼 생긴 몬스터가 연결 통로를 좁은 다리를 타고 올라와 재빨리 덤벼든다. 마치 갑작스러운 사태에 놀라는 카츠야의 빈틈을 파고드는 듯한 공격이었다.

그래도 카츠야는 반사적으로 총을 겨누고 반격했다. 파충류가 카츠야에게 돌진하지만, 지척에서 무수한 총탄을 맞고 맥없이 주저앉는다.

적을 격파하기는 했다. 하지만 카츠야는 표정을 더욱 심하게 일그러뜨렸다. 조준이 어긋난 탓에 약점을 제대로 맞추지 못하고, 바로 해치울 수 없었기 때문이다.

조금 전까지 승승장구하던 카츠야의 움직임은 현기증을 느낀 직후부터 완전히 사라졌다.

(갑자기 무슨 일이야?! 나도 모르게 피로가 쌓여서 한계가 온 건가?! 젠장! 하필이면 이럴 때!)

그렇다고 해도 이미 돌아갈 수는 없다. 이제 조금 남았다며, 카츠야는 일어나서 갈 길을 서두른다.

하지만 그 조금이 멀다. 직전까지 민첩했던 몸의 움직임이 지금은 너무 느리게 느껴진다. 시간의 흐름이 조금 느린 듯한 착각마저 들었던 세계가 갑자기 빨라지면서 그만큼 적들이 민첩해진 것 같기도 하다.

제대로 조준할 겨를도 없다. 총을 연사하여 어떻게든 보충한다. 그렇게 늘어난 움직임이 적을 해치우는 데 걸리는 시간을 지연시키고, 카츠야를 서서히 궁지로 몰아넣는다.

"이런 데서…… 질까 보냐! 조금밖에 안 남았잖아!"

그래도 카츠야는 앞으로 나아간다. 자신을 채찍질하고 여자의 입체영상과 거리를 좁혀 나간다.

생체부품이 부패한 개 모양의 기계를 후려갈기고, 둥그스름한 송충이를 걷어차고, 레이저탄을 쏘려던 금속 구체를 반격해서 파괴한다. 걸어간 자리에 적의 사체를 남기며 조금씩 꾸준히 걸음을 옮겨 자신의 한계와 목적지 모두에 다가간다.

그리고 도착했다. 구세계풍 옷을 입은 여자의 입체영상은 카츠야가 앞에 와도 비슷한 말을 반복하고 있었다.

"요노즈카역에 오신 것을 환영합니다. 저희 역은 현재 준활성 상태입니다. 에러 G595347598389……."

그리고 카츠야가 소리친다.

"유미나가 있는 곳을 알려줘! 통로 격벽을 다 열어! 터널을 닫아! 경비 기계에는 몬스터의 대처를 최우선으로 명령해! 지금 당장!"

"요노즈카역에 오신 것을 환영합니다. 저희 역은 현재 준활성 상태입니다. 에러 G595348543543……."

"어……?"

여자는 카츠야가 소리쳐도 아무런 반응을 보이지 않았다. 그리고 카츠야가 작게 낸 목소리는 그 사실에 놀라움을 드러낸 것이 아니었다.

"왜……지?"

카츠야의 얼굴에 심한 곤혹이 떠오른다.

"왜 나는…… 이러면 잘 풀릴 거라고…… 생각했지?"

일반적으로 생각하면 명백하게 이상한 것을, 조금이라도 의심하면 금방 눈치챌 사실을, 지금까지 몰랐다는 사실에, 카츠야는 경악했다.

그렇다고 상황이 달라지는 것은 아니다. 근처에 있던 몬스터가 카츠야에게 덤벼들려고 한다. 그 낌새로 카츠야도 정신을 차리고 곧바로 반격해 격퇴했다.

하지만 정신을 차리자 절망적인 상황을 재인식하고, 카츠야는 표정을 심하게 일그러뜨렸다.

승강장에도, 연결 통로에서도, 몬스터들이 속속 모여들고 있다. 여기서 거점으로 돌아가려면 상태가 심각하게 나빠진 지금 상태에서 그곳을 돌파해야 한다.

무리다. 자신의 뛰어난 재능이 냉정하게 말하고 있었다.

그리고 어떻게 그곳에 도착했는지 신기할 정도로 큰 짐승이 카츠야를 향해 덤벼든다.

"젠장……."

카츠야는 헛수고임을 알면서도 총을 겨누고, 일그러진 쓴웃음을 지으며 그렇게 중얼거렸다.

다음 순간, 그 짐승의 머리가 터졌다. 머리가 사라진 사체가 바닥에 나뒹굴었다. 자신의 총탄 위력으로는 이럴 수 없다는 것을 아는 카츠야가 놀라서 당황하자 이어서 익숙한 호통 소리가 들려왔다.

"찾았어! 카츠야!"

목소리가 난 방향을 보니 다른 연결 통로 너머에서 유미나의
모습이 있었다. 그 얼굴에는 카츠야를 발견한 기쁨보다 분노가
더 강하게 드러나 있었다.

그리고 옆에는 CWH 대물돌격총 전용탄으로 조금 전의 몬스
터를 해치운 아키라가 있었다.

◆

차레스 팀 헌터들과 헤어진 아키라와 유미나는 카츠야가 있을
가능성이 있는 여자의 입체영상이 있는 장소로 향하고 있었다.

어쨌든 갈 길을 서두르는 유미나 대신 색적부터 격퇴까지 거
의 모든 것을 아키라가 맡고 있다. 당연히 아키라의 부담이 매
우 커지지만, 알파의 서포트 덕분에 무난하게 처리했다. 그런
아키라를 보면서 조금씩 이동 속도를 높이던 유미나는 이미 달
리기 상태다.

아무리 급하다고 해도 몬스터가 잠복하거나 배회하고 있는 유
적 안을 닥치고 달려가는 것은 일반적으로 위험하기 짝이 없는
행위다. 통로 옆이나 모퉁이에 적이 숨어 있기만 해도 치명적이
다. 그리고 실제로 몬스터와 몇 번이나 맞닥뜨렸다.

그런 상황에서 유미나는 달리는 속도를 거의 줄이지 않고 나
아갈 수 있었다. 그것을 실현해 주는 아키라의 실력, 색적 정밀
도와 적절한 격파에 놀라면서도 걸음을 재촉한다.

부담을 상대에게 떠넘기고 있다는 것은 안다. 하지만 카츠야를 구하기 위해서라도 지금은 아키라를 의지하자. 그렇게 자기 자신을 타이르며, 유미나는 유적 안을 달리고 있었다.

아키라는 그런 유미나의 기대에 부응해 걸음을 멈출 필요가 없도록 적을 신속하고 정확하게 격파하고 있다. 알파의 색적으로 사전에 위치를 파악하고, 표적이 사격 가능 범위에 들어오는 순간 약점에 총탄을 쏘고 있었다.

당연히 그 움직임도 아키라 본연의 실력이 아니다. 즉, 알파가 강화복을 조작해 반강제로 구현하고 있다. 이에 따라 실력이 부족해서 반응이 늦어지는 만큼 아키라의 몸에 부담을 주었다.

이미 온몸이 비명을 지르고 있다. 아키라는 통증을 호소하는 몸을, 회복약을 자주 먹어서 얼버무리고 있었다.

즉, 어찌 보면 아키라는 비싼 회복약을 이동하는 데만 사용하고 있는 셈이다. 아키라 자신도 조금 아깝다고 생각했다. 하지만 알파가 말리지 않았기 때문에 쓸 가치가 있다고 판단해 복용하고 있었다.

아키라가 물어봤으면 알파는 말렸을 것이다. 하지만 알파가 먼저 제지할 수는 없었다.

그리고 터널 부분에 도착한다. 아키라는 알파로부터 사전에 CWH 대물돌격총의 탄을 전용탄으로 바꿔 놓으라는 지시를 받았다. DVTS 미니건 탄창도 새 확장 탄창으로 교체했다.

이어서 곧바로 저격 지시가 내려온다. 아키라는 CWH 대물돌격총을 즉각 겨누고 카츠야를 습격하는 몬스터를 격파했다.

그것은 터널 내부의 상황을 알파가 이미 알고 있다는 증거이기도 하다. 하지만 아키라에게는 어찌 보면 여느 때와 같은 일이므로 알파가 안다는 사실을 이상하게 여기지 못했다. 그리고 딱히 의심하지도 않았다.

그리고 유미나가 아키라가 저격한 곳을 보고 카츠야를 알아챘다. 엉겁결에 고함치듯 언성을 높인다.

"찾았어! 카츠야!"

아키라는 조금 놀란 표정을 지었다.

"정말 있었네. 이 상황에서 용케도 혼자 저기까지 갔구나."

"정말, 뭐 하는 거야!"

"여기서 엄호할게. 데리고 와. 오래는 못 버텨."

아키라는 그렇게 말하며 DVTS 미니건을 겨누고 연결 통로와 승강장에 있는 몬스터를 향해 총탄을 마구 갈긴다. 나아가 아래에서 올라가는 몬스터도 쏴서 떨어뜨린다.

새로운 확장 탄창으로 바꾼 지 얼마 되지 않아서 잔탄은 최대치다. 그래도 미니건의 연사 속도로 쉬지 않고 쏘면 금방 다 떨어진다. 하지만 좌우지간 쏘지 않으면 넓은 터널 안에서 모여드는 몬스터를 저지할 수 없다.

아키라의 말대로 시간적 여유는 거의 없다. 그 사실을 깨달은 순간, 유미나는 뛰기 시작했다.

연결 통로와 승강장을 전력 질주한다. 몬스터의 사체를 뛰어넘어 카츠야가 있는 곳으로 서두른다. 당연히 유미나도 몬스터의 표적이 되지만, 아키라가 어떻게든 해결해 줄 것으로 믿고서 적을 완전히 무시하며 질주한다.

대량의 총탄이 주변에 쏟아져 눈앞의 공간을 관통한다. 하지만 유미나는 그 피탄음과 공기를 가르는 소리를 듣고도 움츠러들지 않고, 분노마저 어린 험악한 표정을 지어 공포를 속이며, 전속력으로 달리고 있었다.

조금 혼란스러워하던 카츠야가 그것을 보고 정신을 차린다. 그리고 유미나를 걱정해서 돌아가라고 외치려 했지만, 유미나를 주시하면서 정보수집기 카메라가 대상을 확대 표시했다.

유미나의 살벌한 모습을 본 카츠야는 상황도 잊고 주춤거리고 말았다. 그동안 유미나는 카츠야가 있는 곳에 다다랐다.

"뭐 하는 거야! 멀뚱멀뚱 서 있지 말고, 카츠야도 조금은 자기 발로 뛰어! 아니면 뛸 수 없어?! 그렇다면 끌고 갈게!"

"어, 어."

말을 쏟아내는 유미나에게 카츠야가 어떻게든 대답한 짧은 말은 달릴 수 없다는 뜻이 아니었지만, 유미나는 카츠야를 난폭하게 붙잡고 정말 억지로 끌고 가기 시작했다.

"잠깐만?! 뛸 수 있다고!"

불필요한 대화를 할 여유는 없다고, 유미나는 카츠야를 붙잡고 멈추지 않았다. 하지만 발밑에서 진동을 느껴 저도 모르게 멈춘다. 그래서 카츠야도 어떻게든 자세를 가다듬었다.

바닥이 무너지기 시작했나 싶어서 유미나는 무심코 주위를 둘러봤다. 그리고 진동의 원인을 깨닫는다. 터널이 굉음을 내며 닫히고 있었다.

"터널이……! 카츠야! 뭘 했어?!"

"내, 내가? 아니야, 나는…… 나는……… 어? 나야?"

카츠야가 또다시 혼란스러워하고 유미나가 이를 괴이쩍게 여길 때, 두 사람의 근처에 총탄이 연달아 박힌다. 아키라가 쏜 것이다. 유미나와 카츠야가 무심코 그쪽으로 고개를 돌리자 아키라가 재촉하듯 손짓하고 있었다.

카츠야는 다시 질질 끌려가기 전에 뛰기 시작했고, 유미나도 곧장 뒤를 이었다.

◆

터널이 닫히기 조금 전, 지금까지 누가 뭘 말해도 반응하지 않던 여자의 입체영상이 눈앞에 있는 자에게 반응을 나타냈다.

그곳에는 알파가 서 있었다. 다만 입체영상 표시 장치의 센서가 감지하는 데이터로만 존재하고 있어서 아키라도 지각할 수 없는 상태였다.

그 알파가 명령한다.

『시키는 대로 해.』

그리고 자취를 감췄다.

그러자 이윽고 터널이 닫히기 시작했다.

◆

카츠야와 유미나가 아키라와 합류한다. 아키라는 텅 빈 확장 탄창을 DVTS 미니건에서 빼고 새 탄창으로 교체하고 있었다. 그만큼 많은 총탄을 순식간에 소비했다.

 합류 후에는 그대로 터널에서 거리를 둔다. 그리고 한숨 돌릴 정도로는 차분해질 수 있는 곳에 왔을 때쯤 각자 상황을 확인하려고 한다.

 우선 카츠야가 다소 곤혹스러운 얼굴로 아키라를 봤다.

 "왜 나를 도와줬어?"

 그 질문에 아키라가 지긋지긋한 표정을 짓는다.

 "너를 도운 게 아니야."

 "무슨 뜻이야?"

 분위기가 갑자기 험악해지려는 두 사람 사이에 유미나가 끼어든다.

 "아휴, 그런 소리는 나중에 해! 카츠야, 몸은 어때? 많이 힘들어? 솔직하게 대답해 줘. 아직 안전하다고 할 수 없는 상황이니까 이상한 자존심이나 오기로 상황을 오인하게 하지 마."

 유미나의 진지한 태도를 보고 카츠야도 솔직하게 대답한다.

 "꽤 힘들어. 하지만 싸울 수 있어."

 "그렇구나. 아키라. 미안한데 회복약을 또 받을 수 있을까? 아키라도 전력이 많은 게 좋지?"

 "유미나. 회복약이라면 아직 있……."

 "아키라의 회복약은 우리 것보다 비싸고 금방 듣는 좋은 물건이야."

얼굴에 난색을 드러낸 아키라에게, 유미나가 진지하게 머리를 숙인다.

"제발."

아키라는 작게 한숨을 쉬더니 회복약을 상자째 유미나에게 건넸다.

유미나는 그것을 받고서 카츠야의 손을 잡아 상자에 있는 알약을 손바닥에 내놓았다. 그리고 미리 당부한다.

"이러쿵저러쿵 떠들지 말고 써. 불평하면 억지로 입에 집어넣을 거야."

그래서 카츠야도 슬며시 한숨을 쉬고 어쩔 수 없다는 듯 회복약을 복용했다. 그러자 바로 효과가 나타난다. 몸에서 통증이 사라지고, 피로가 가시며, 힘이 넘쳐나는 착각마저 들었다.

카츠야도 원래라면 이 정도의 물건을 나누어준 자에게 웃으며 고맙다고 했을 것이다. 하지만 그 상대가 아키라이고, 아키라와는 정말이지 여러 가지 일이 있었기 때문에 고마움보다 고집이 더 강하게 드러나고 말았다.

빚은 만들지 않겠다는 듯 조금 강한 어조로 묻는다.

"쓴 만큼 돈을 내겠어. 얼마야?"

아키라도 비슷한 태도로 대꾸한다.

"쓰다 남은 것을 주고서 일일이 돈을 받진 않아. 얼마나 썼는지 계산하기도 귀찮으니까."

"그렇다면 상자 가격을 내겠어. 얼마야?"

"그래? 200만 오럼이야."

아키라의 대답을 듣고 카츠야보다 유미나가 놀랐다.

"그, 그렇게 비싸?!"

"뭐, 구세계에서 만든 약인 만큼 효과가 좋으니까. 그만큼 비싸도 어쩔 수 없어."

"화, 확실히 효과는 좋았지만……."

아키라의 말에 일일이 반발하던 카츠야도 당황했다. 하지만 이야기를 들은 바로는 유미나도 사용했다. 카츠야에게도 자존심이 있다. 이 자리에서 역시 못 주겠다고 말할 수는 없다.

그러나 200만 오럼을 내긴 매우 어렵다. 그래서 무의식중에 가격을 의심했다. 그런데 아키라는 대수롭지 않게 말했다.

"딱히 200만 오럼을 돈으로 내라곤 하지 않겠어. 상자를 통째로 줄 테니까 나중에 같은 걸로 사서 돌려줘. 그러면 돼."

그 말을 들은 시점에서 가격을 의심하는 것은 무의미해졌다. 카츠야는 회복약 상자를 보고 약간 초조해하면서도 남은 오기를 부렸다.

"아, 알았어."

유미나가 대놓고 한숨을 쉰다. 카츠야는 얼버무리려는 것처럼 약간 딱딱한 미소를 지었다.

◆

카츠야 일행이 동료들에게 돌아왔을 때는 상황이 또 달라져 있었다.

임시 거점에는 도란캄의 젊은 신인 헌터들 말고도 카츠야를 도와준 헌터들이 모여 있었다. 그 자리를 책임지고 있던 아이라가 유미나와 카츠야라면 당연히 그렇게 할 것이라고 판단해서 안으로 들여보낸 것이다.

게다가 차레스 팀을 비롯한 다른 헌터들도 있었다. 그들은 유적 내부에 임시 거점이 있다면 안전하게 휴식하는 데 이용하고 싶다고, 안으로 들여보내 주면 자신들을 방위 전력으로 제공하겠다고 했다.

그리고 지상과 통신이 연결되어 있었다. 요노즈카역 유적 지상부까지 돌아온 엘레나와 사라가 자신들이 작성한 지도를 바탕으로 위치를 예측한 다음, 한계까지 끌어올린 통신 출력으로 지하로 전파를 날려 범용 통신을 시도한 것이다.

그리고 임시 거점의 사람들이 그 범용 통신을 어떻게든 감지해서 지상 방향으로 전파를 되돌려보내 상호 통신을 확립시켰다. 그 후에는 엘레나 일행의 차량을 중계기로 삼아 도란캄과의 통신도 마쳤다.

임시 거점에서 농성하던 젊은 신인 헌터도 도란캄의 지원군이 곧 도착한다는 소식을 듣고 기운을 되찾았고, 돌아온 카츠야를 성대하게 맞아들였다.

그리고 카츠야 일행도 자신들이 아는 정보를 모두에게 전했다. 터널이 닫힘으로써 추가 몬스터가 오는 일은 없어졌다는 사실. 통로를 분단했던 격벽도 지금은 개방되었을 것이라는 사실. 임시 거점에 있는 자들은 그러한 정보를 듣고 환호성을 질렀다.

한차례 정보를 교환한 후 유적의 현재 상황을 알게 된 자들이 움직이기 시작한다. 이참에 유물 수집을 재개하려는 사람도 있는가 하면, 곧바로 유적에서 벗어나려는 사람도 있다. 아키라와 카츠야 일행은 후자였다.

◆

엘레나가 사라와 함께 요노즈카역 유적 지상부에 차량을 세우고 대기하고 있을 때, 아키라가 지친 기색으로 찾아왔다. 슬쩍 쓴웃음을 지으며 맞이한다.

"수고했어. 그 모습을 보니 정말 고생했나 보구나."

유적에서 있었던 일은 아키라가 지하 임시 거점에 있을 때 이미 들었으나, 아키라의 모습을 가까이서 보니 얼마나 힘들었는지를 더욱 잘 이해했다.

아키라도 어떻게든 쓴웃음을 짓는다.

"네, 고생했어요."

사라가 웃으며 아키라에게 뒷좌석을 조금 공손하게 권한다.

"이런 데라도 괜찮다면 푹 쉬렴."

"고맙습니다."

아키라도 웃으며 대답했다. 짐을 놓고 가볍게 기지개를 켠다.

"그래서 말인데. 엘레나 씨. 이제 어떻게 하죠? 도란캄의 지원군이 올 때까지는 여기서 중계기를 대신한다는 이야기를 들었는데……."

"그 인수인계가 끝나면 복귀할 예정이야. 아니면 아키라는 유물 수집을 더 하고 싶어? 유물은 먼저 도시로 보냈으니까 차에 담을 여유가 있는걸?"

"아뇨. 그건 좀."

"그렇겠지. 푹 쉬어."

지긋지긋하다는 얼굴로 고개를 젓는 아키라를 보고, 엘레나는 사라와 함께 쓴웃음을 지었다.

◆

지상으로 돌아온 카츠야 일행은 전복된 도란캄의 차량을 원래대로 돌려서 움직이는지 확인하거나 그 안에서 물자를 꺼내거나 했다.

그 뒤로 할 작업은 따로 없다. 지원군이 올 때까지 대기한다. 지하에서는 충분히 쉬지 못한 까닭에 교대로 휴식을 취하고 있었다.

다만 카츠야만은 장비를 갖추고 지상을 탐색하고 있었다. 자신은 지하에서 푹 잤으니까 그만큼 일해야 한다고, 겉으로는 동료들에게 그런 이유를 댔다.

그러나 사실은 뭐라도 하지 않으면 마음이 혼란스럽기 때문이었다.

카츠야도 지상으로 나와서 살았다고 기뻐하는 동료들을 보고 기뻐하고 안도했다. 하지만 긴장이 풀린 순간, 카츠야의 가슴속에서 구하지 못한 동료들을 향한 마음이 부풀어 올랐다.

　지하에서는 바빠서 외면할 수 있었다. 하지만 지금은 그럴 수
었다. 동료 중에서 희생자가 생긴 것만으로도 카츠야는 자신의
력이 부족함을 의식하게 된다. 게다가 이번에는 동료를 버렸
는 후회 때문에 잠자코 쉬는 것을 견딜 수 없었다.

　카츠야의 행동은 어떻게 보면 도피였고, 그 때문에 발걸음이
무의식중에 동료들이 있는 곳에서 멀리 벗어나려 하고 있었다.

　그대로 말없이 지상부 탐색을 진행하다 보니 차량에서 쉬고
있는 유미나에게서 연락이 온다.

　"왜 그래? 무슨 일이 있어?"

　"카츠야의 반응이 조금 멀어진 것 같아서 연락했을 뿐이야."

　"그렇게 멀리 떨어졌어……."

　"그래. 카츠야. 슬슬 돌아오는 게 어때?"

　"아니야. 조금 더 조사해 볼게. 괜찮아. 몬스터도 없으니까."

　카츠야는 애써 밝은 투로 대답하고 있었지만, 유미나는 그것
이 허세임을 다 알았다. 조금 강하면서도 걱정스러운 투로 말하
는 소리가 들려온다.

　"돌아와. 안 오면 내가 그리로 갈 거야."

　"괜찮대도. 어제부터 거의 안 잤지? 유미나는 쉬고 있어. 나
는 잤으니까 괜찮아."

　"카츠야가 돌아올지, 내가 그쪽으로 갈지. 둘 중 하나야. 어느
쪽으로 할까?"

　카츠야는 대답할 수 없었다. 짧은 침묵을 사이에 두고 유미나

가 결정한다.

"내가 그쪽으로 갈게. 기다려."

그것으로 통신이 끊긴다. 카츠야는 한숨을 푹 쉬었다.

"동료는 못 구하지…… 걱정도 시키지…… 나는 뭘 하는 거야……."

동료를 소중히 생각하는 만큼, 카츠야는 몸에서 기운이 쏙 빠져나갔다.

잠시 후 조금 떨어진 곳에서 유미나와 아이리의 모습이 보였다. 카츠야는 문제없다고, 괜찮다고 알리듯이 과장되게 손을 흔들었다. 그리고 가까이 온 두 사람을 웃으며 맞아들이려고 했다.

그때 카츠야는 발밑에서 진동을 느꼈다. 이를 괴이쩍게 여긴 직후, 유미나와 아이리가 서 있는 땅바닥이 무너지고, 광범위하게 푹 꺼졌다. 두 사람은 어쩔 도리도 없이 발 디딜 곳을 잃고 추락한다.

"유미나! 아이리!"

카츠야는 반사적으로 두 사람에게 달려가려고 했다. 하지만 다리가 움직이지 않는다. 오히려 자신이 발을 디딘 곳이 무너지기 전에 온 힘을 도망쳐야 한다는 생각이 떠올렸다.

유미나 일행은 이제 틀렸다. 혼자만이라도 도망쳐라. 미리 가져온 실력이 냉정하게 말하고 있었다.

(웃기지 마!)

하지만 카츠야는 그 충고에 대고 호통쳤다. 자신의 뛰어난 재능이 꽃을 피워서 상황을 정확하고 냉정하게 판단할 수 있게 되었고, 그 결과로 두 사람을 못 본 척하는 것이 최선임을 이해할 수 있는 실력자가 되었다면, 그런 실력은 필요 없다며 스스로 앞으로 나아가려고 한다.

동료들과 함께 행동하면 상태가 눈에 띄게 나빠진다고, 그 열등한 실력으로는 살 수 없다고, 미리 가져온 재주가 말하고 있었다.

상관없다. 카츠야는 자기 자신에게 그렇게 말하고 전방으로 도약했다.

극한의 집중이 세계의 흐름을 느리게 한다. 카츠야 자신과 두 사람, 그 사이에 있는 것 말고는 모조리 하얗게 물든 세계에서, 카츠야는 등 뒤에 있는 것을 무시하고 전진했다.

그 하얀 세계에서, 카츠야 뒤에 있던 소녀가 얼굴을 몹시 못마땅하게 일그러뜨리고 있었다.

◆

붕괴의 진동을 느낀 아키라가 약간 허둥대는 목소리를 낸다.

"어어? 뭐야?"

무심코 주위를 둘러보지만, 별다른 변화는 찾을 수 없다. 하지만 알파는 상황을 제대로 이해하고 있었다.

『아키라. 지하 유적의 일부가 무너지고 지상의 일부도 붕괴했어.』

『위험한데?! 이 근처는 괜찮아?』

『괜찮아.』

알파가 그렇게 말한다면 괜찮을 것이다. 아키라가 가볍게 안
도의 숨을 쉬었다. 하지만 계속되는 말을 듣고 표정을 굳힌다.

『일단은 가르쳐 줄게. 그 붕괴에 유미나 일행이 말려들어 지
하로 떨어졌어.』

『상황은?』

『몬스터에 둘러싸였어. 그들의 힘만으로 생환하는 건 어려울
거야.』

마찬가지로 진동을 느낀 엘레나는 차량의 색적 장치로 주변
정보를 살피고 있었다. 사라도 가볍게 주위를 둘러본다.

"엘레나. 좀 흔들렸는데, 밑에서 무슨 일이 생겼어?"

"아니, 우리 밑이 아니야. 색적 장치의 반응으로는 그쪽에서
뭔가 있었다는 것밖에 알 수 없어. 무슨 일이 생긴 거야?"

단순히 그 방향을 보고 신기해하는 엘레나와 사라의 반응을
보고, 아키라가 망설이다가 말문을 연다.

"엘레나 씨. 저기, 직접 가서 확인해 보지 않을래요?"

엘레나와 사라의 차량은 지하 임시 거점과의 연락용 중계기
역할이라서 마음대로 자리를 이탈할 수 없다. 엘레나는 아키라
도 그 점을 알고 있을 것이라며 의아하게 여겼다.

하지만 아키라의 낌새에서 명확한 근거는 있어도 자세한 내용
은 말할 수 없다는 사정을 간파하고, 웃으며 고개를 끄덕였다.

"알았어. 가 보자."

엘레나는 지하에 있는 임시 거점에 그 뜻을 통보하고 차량을

출발시켰다.

◆

무너진 부분은 유적 북쪽의 환기구에 가까운 구조물이 있던 곳이었다. 게다가 그곳에서는 대량의 몬스터와 이를 물리치려는 대량의 경비 기계가 격전을 벌이고 있었다.

몬스터 무리의 규모가 이토록 커진 것은 터널 일부가 봉쇄되면서 아키라 일행이 탐색하던 유적 남쪽으로 넘어오려던 몬스터들이 북쪽으로 쏠린 탓이기도 했다.

더군다나 헌터들은 터널을 사이에 두고 유적 남쪽에 집중되어 있었다. 따라서 터널을 나와 북쪽으로 향하던 몬스터들은 대부분 죽지 않고 쌓이기만 했다.

그곳에 몬스터의 섬멸을 가장 우선하는 경비 기계가 온 유적에서 몰려들었다. 결과적으로 발발한 격전에 구조물이 견디지 못하고 붕괴했고, 운 나쁘게 그 위에 있던 카츠야 일행을 끌어들였다.

그 카츠야 일행은 지금 여기저기서 다가오는 몬스터 무리를 필사적으로 격퇴하고 있었다.

붕괴가 일어나면서 그곳에 있던 몬스터 대부분은 잔해에 깔렸지만, 일부 강력한 개체들이 그 잔해에서 기어나와 덤벼든다. 게다가 무너지지 않은 곳에서도 추가로 적이 나타난다. 매우 어려운 상황이었다.

카츠야 일행이 낙하할 때 입은 부상은 아키라에게 받은 회복약을 삼등분하여 다 쓴 것으로 이미 치료되었다. 무장과 탄약도 지상에 나왔을 때 재정비한 상태다.

특히 카츠야는 중무장한 상태로, 도란캄의 차량에서 대형 총을 챙겨왔다. 지하에서 동료들을 구하지 못한 것을 후회하고, 더 강력한 무기가 있었다면 어떻게든 되었을지도 모른다며 거점 구축용으로 휴대하기 힘든 중화기를 억지로 들고 다녔다.

유미나와 아이리도 카츠야를 안심시키려고 화력 위주의 무장으로 전환한 상태였다.

그런 세 사람의 화력으로도 상황은 매우 어렵다. 아무튼 큰 잔해에 숨어서 사격해 적의 압력에 저항하고 있었다.

올려다보면 지상까지는 꽤 멀어서 자신들의 힘만으로 오르기 어렵다. 게다가 지금은 전투 중. 요격하면서 올라가는 것은 불가능하다.

"많아! 아직도 이렇게 남았구나!"

"카츠야! 투덜대지 말고 마구 갈겨!"

"구조 요청은 했어! 어쨌든 시간을 벌어!"

언성을 높여 용기를 북돋우고, 푸념과 불평을 내놓을 여유가 있다고 얼버무리면서, 세 사람은 끝까지 버티기 위해 필사적으로 싸우고 있었다.

카츠야는 조금도 움츠러들지 않고 씩씩하게 웃고 있었다. 동료를 위해 목숨을 거는 자신을 되찾을 수 있었다고 기뻐하기도 했다.

유미나와 아이리는 그런 카츠야의 모습을 믿음직하고 든든하게 생각했고, 이처럼 절망적인 상황에서 끝까지 저항하는 버팀목으로 삼아 덩달아 웃고 있었다.

카츠야 일행은 모두 자신의 실력을 쏟아내고 있었다. 그것이 이런 상황에서 경이로운 끈기를 낳고 있었다.

하지만 그래도 한계는 온다. 강고한 정신력으로 잔탄이 늘어나는 일은 없다.

일단 유미나가 탄약이 떨어지고, 이어서 아이리가 다 떨어졌다. 카츠야는 한동안 더 버티겠지만, 그래도 얼마 남지 않았다.

유미나가 총을 치우고 나서 주먹을 쥐고 숨을 고른다.

"괜찮아. 때려서 해치울 테니까. 어제도 해 봤어."

"잠깐. 유미나, 몬스터를 때렸어?"

"그래. 잘 해치웠는걸?"

득의양양하게 웃는 유미나에게, 카츠야는 쓴웃음을 지었다.

"그렇게 무시무시한 주먹으로 여태까지 날 때린 거야? 그건 좀 너무한데? 무서워 죽겠군."

"그렇지 않으면 반성하지 않는 누군가가 잘못한 거야."

아이리도 같이 주먹을 쥐었다.

"나도 그렇게 할 거야."

"그러지 마! 아프다니까?"

"안 돼."

더욱 열악해진 상황에서도 세 사람은 상황을 웃어넘기고 투지를 유지하고 있었다.

그리고 카츠야가 미처 해치우지 못한 몬스터가 잔해를 크게 우회해 덤벼든다. 기괴한 짐승처럼 생긴, 원래대로라면 무수한 총탄을 퍼부어야 죽는 개체 앞에서, 유미나와 아이리는 죽음을 각오하고 자세를 취했다.

다음 순간, 짐승이 위쪽에서 빗발치는 총탄을 맞고 즉사했다.

예상하지 못한 사태에 세 사람이 놀라 당황했을 때, 대량의 유탄이 일대에 쏟아지면서 주변에 있는 몬스터들을 날려 버리기 시작한다.

그리고 DVTS 미니건을 쏜 아키라와 유탄기관총을 쏜 사라가 긴 밧줄을 한 손에 잡고서 내려왔다.

기쁘면서도 반쯤 넋이 나간 카츠야 일행에게, 사라가 여유롭게 미소를 짓는다.

"모두 무사하구나. 다행이야. 그러면 탈출하자. 한꺼번에 올라갈 순 없는데, 누구부터 올라갈래?"

카츠야 일행이 갑작스러운 사태에서 머뭇거릴 때, 아키라가 태연하게 말한다.

"제가 남아서 엄호할 테니까 다른 사람을 올려보내요."

"그래. 아키라, 괜찮아?"

"네, 괜찮아요"

사라는 아키라의 실력이라면 다시 물어볼 필요도 없다고 생각했지만, 그래도 믿음을 담아 슬쩍 웃으며 물어봤다. 그 얼굴에 아키라도 웃음으로 응했다.

그때 정신을 차린 카츠야가 끼어든다.

"저도 괜찮습니다!"

사라는 조금 의외라는 표정을 지었지만, 곧이어 웃으며 대답했다.

"그렇다면 여자들부터 가자. 아키라, 카츠야. 엄호 잘 부탁해."

"네."

"네!"

아키라와 카츠야는 똑같은 말로 대답했다. 하지만 말투와 각오는 사뭇 달랐다.

그 모습에 유미나와 아이리는 모두 미묘한 표정을 짓지만, 지금은 그럴 상황이 아니라며 속마음을 억누르고 사라에게 매달렸다.

사라가 쓴웃음을 지으며 밧줄을 살짝 당긴다. 그 신호가 있자 로프가 세 사람을 끌어올린다.

그때 일부 몬스터가 이들에게 반응을 보였다. 하지만 아키라의 DVTS 미니건 소사와 CWH 대물돌격총 저격을 맞고 즉각 분쇄되었다.

반응이 한발 늦어진 카츠야도 곧바로 적을 유린하는 데 가담한다. 중화기로 일대를 쏴서 몬스터를 대량으로 격파해 나간다.

그대로 둘이서 공격하는 가운데, 아키라는 카츠야가 뭔가 말하고 싶은 듯한 눈치임을 깨달았다.

"뭐야?"

"아, 아니…….."

카츠야는 아키라에게 고맙다고 말하려고 했다. 아키라와는 여러 가지 일이 있었지만, 유적 안에서나 지금이나 도움을 받은 것은 확실하므로, 그 정도는 말해야 한다고 머릿속으로는 이해하고 있었다.

하지만 그 여러 가지 일이 차지하는 비중이 너무 커서, 차마 고맙다고 말할 수 없었다.

그리고 그 태도를 아키라에게 오해받는다.

"아, 힘들면 쉬어. 여기는 나만 있으면 돼."

"괜찮다!"

아키라가 기껏 한 배려는 긁어 부스럼만 만들었다. 그래서 고맙다고 말할 계기가 사라지고 더욱더 오기가 생긴 카츠야는 말 그대로 아키라에게 과시하듯 적을 더욱 격렬하게 공격하기 시작했다.

아키라는 카츠야와 함께 싸우면서 그 실력에 놀라고 있었다.

바닥이 무너진 일대는 어떻게 보면 몬스터를 밖으로 내보내지 않는 커다란 상자다. 게다가 그 측면에 있는 통로의 단면에서는 지금도 몬스터가 솟아나고 있다.

아키라는 그 무리를 혼자 밀어낼 작정으로 싸우고 있었다. 그렇지 않으면 카츠야에게 쉬라고 말하지 않는다.

몬스터 무리를 DVTS 미니건으로 쓸어버린다. 확장 탄창을 하나 더 소진할 기세로 탄막을 치고, 적의 물량을 탄환의 물량으로 밀어낸다.

금속 부스러기도, 살점도, 뿔도, 가죽도, 장갑 파편도, 비늘의 일부도, 외골격 조각도, 잔해도, 몬스터도. 생사를 가리지 않고 모조리 분쇄할 기세로 갈기고, 적대하는 무리를 총탄의 무리로 유린한다. 단순히 적의 숫자만 따지면 큰 성과다.

 하지만 승패와는 별개다. 그것만으로는 승리가 확정되지 않는다. 그 탄막에 버티는 강인한 외골격을 지닌 대형 벌레가 동료의 사체를 날리며 이쪽으로 돌진한다.

 총탄을 뿌리는 것을 그만두고 DVTS 미니건의 포화를 그 개체에 집중시켜 해치우려고 하면 그동안 다른 몬스터가 거리를 좁힐 수 있다. 그러나 약한 개체만 계속 쓸어버리면 돌출하는 강력한 개체의 전진을 멈출 수 없다.

 하지만 아키라는 초조해하지 않는다. 돌출한 개체를 CWH 대물돌격총 전용탄으로 격파하면 되기 때문이다.

 무엇보다 DVTS 미니건을 쏘면서 그러려면 지극히 뛰어난 기량이 필요하다. 사격 반동으로 흔들리는 몸을 제어하면서 이동하는 목표에 정밀사격을 실행하는 것은 보통 사람의 감각으로는 상식에서 벗어난다.

 아키라가 그 기적 같은 일은 조금 귀찮기만 하고 기본적으로는 아무 문제가 없다고 생각하는 것은 알파의 서포트 덕분이다. 당연하지만, 아키라 혼자의 힘만으로 가능하다고는 눈곱만치도 생각하지 않았다.

 그리고 CWH 대물돌격총을 목표에 조준하려다가 카츠야에게 먼저 격파당했다. 거대한 벌레가 옆으로 두들기는 농밀한 탄막에 분쇄되어 간다.

아키라는 조금 놀랐지만, 정신을 차리고 곧장 CWH 대물돌격
총의 조준을 다음으로 강한 적에게 맞추려고 했다. 하지만 그쪽
도 카츠야에게 격파당했다.

똑같은 일이 연속으로 발생하면 아키라도 의문이 생긴다.

『뭐지? 우연히 표적이 겹친 거야?』

『아니야. 저쪽도 최적해를 찾아서 싸우기 시작했을 뿐이야.
그래서 최우선 격파 대상이 겹쳤어. 이쪽도 맞출게.』

격파하는 표적의 우선순위가 아키라의 시야에 추가된다. 알
파의 서포트가 더 강하고 정밀해졌다. 지금까지는 아키라의 성
장을 위해 어느 정도 자기 힘으로 싸우게 했지만, 그것을 그만
둔 것이다.

그 시점에서 아키라의 움직임은 개인의 최적해가 아니라 카츠
야와 맞춘 최적해가 되었다.

게다가 최대 효율을 내려면 카츠야도 아키라의 움직임에 맞
춰야 한다. 알파에게 서포트를 받아서 싸우고 있는 자신은 몰라
도, 상대에게 그것을 기대하는 것은 어려울 것이다. 아키라는
그렇게 생각하고 있었다.

하지만 그 생각이 뒤집힌다. 카츠야는 눈짓 하나 없이 아키라
의 움직임에 완전히 맞췄다.

그리고 서로의 위치와 무장의 위력, 사거리, 특성까지 고려한
최대 효율의 화력이 적 집단을 덮쳤다. 버리는 것이 하나도 없
는 탄막이 몬스터 무리를 헤집는다.

그것을 본 아키라는 화들짝 놀랐다.

『이 녀석은 대체 뭐야?!』

카츠야는 적을 감지하는 속도도, 사격 정확성도, 피아를 포함

한 전체의 움직임에 맞춰 공격 대상을 빠르게 바꾸는 판단력도

매우 뛰어나다.

특히 연계가 소름 끼칠 정도로 정밀하고 정확해서, 전체적인

공격의 질을 비약적으로 높이고 있었다.

아키라가 전체적인 효율을 위해서 알파의 지시에 따라 전방에

있는 적의 격파를 뒤로 미루더라도 카츠야가 이를 보완해 빠짐

없이 격파했다.

훌쩍 뛰어서 위에서 아키라를 덮치려는 개체도, 카츠야가 잡

는 것이 효율적이면 신호를 주지 않았는데도 쏴서 떨어뜨렸다.

그 연계의 정확도는 아직 미숙한 아키라도 그 차이를 확실하

게 인지할 정도로 높았다. 마치 알파의 서포트를 받는 자신처럼

싸우는 카츠야를 보고, 자기 힘으로 그렇게까지 할 수 있느냐고

경악한다.

『알파, 이 녀석 너무 대단한 거 아니야?! 나처럼 알파의 서포

트가 있는 것도 아닌데, 어떻게 된 거야?!』

알파는 그 질문에 대답하지 않고 일부러 의미심장하게 미소를

짓는다.

『그 대단한 사람에게 내 서포트도 제대로 받지 못한 상태에서

시비를 건 사람이 누구더라?』

『내가 잘못했어! 조심할게!』

아키라는 쓴웃음을 짓고, 계속해서 알파의 서포트를 듬뿍 받

으면서 싸웠다.

　엘레나는 세 사람을 지상으로 끌어올린 다음, 유미나와 아
리에게 예비 총을 주고 함께 아키라와 카츠야를 엄호했다.
　로프를 단 차량은 아키라와 카츠야를 끌어올리기 위해서 다
가장자리로 다가간 상태다. 전진과 후퇴 정도는 운전석에 앉
서 할 필요도 없어서 원격조종으로 움직이고 있었다.
　그곳에서 다시 내려가는 사라를 엄호하며 상황을 지켜보던 엘
레나가 조금 의아한 기색을 보였다.
　"유미나. 좀 물어보고 싶은데, 카츠야는 가속제나 전투약을
쓰고 있어?"
　"아니요, 안 쓴 것 같아요"
　"그렇다면 원래 실력인가……. 이렇게 말하면 미안하지만,
카츠야가 그렇게 강했던가……?"
　말이 참 심하다고 알면서도, 엘레나는 의문의 해결을 우선해
서 물어봤다.
　그런 질문을 받은 유미나가 다시 카츠야의 싸우는 모습을 자
세히 지켜본다. 카츠야가 강한 것은 안다. 재능이 있다고 칭찬
받는 것도 안다.
　하지만 이렇게 내려다보며 냉정하게 생각하면, 확실히 유미
나도 조금 어색하게 느낄 정도로 강했다. 하지만 그 이유도 생
각난다.
　"요즘 카츠야는 혼자 싸울 기회가 많아졌어요. 어쩌면 우리가

해한 걸지도 몰라요."

"그래⋯⋯. 복잡하구나⋯⋯."

엘레나는 그것만 말하고 이야기를 중단했다. 헌터 활동에는 목숨을 걸어야 한다. 같은 일하는 파트너 때문에 죽을 수도 있다. 그래서 섣불리 부정하거나 긍정할 수 없었다.

아이리는 같은 말을 듣고 다른 생각을 하고 있었다. 확실히 카츠야의 힘에서 부자연스러운 것을 느끼지만, 그래도 자신들이 카츠야를 방해한다고는 생각하지 않았다.

그리고 아이리는 이유야 어떻든 카츠야가 강해진다면 상관없다고 생각했다.

카츠야는 아키라와 함께 싸우면서, 상대의 실력을 좀처럼 가늠하지 못했다.

강한지 약한지를 따진다면 틀림없이 강하다. 이 자리에서 그 힘을 목격하고 있다. 그 실력을 부정할 수는 없다.

그러나 그토록 강한데도, 진짜로 강한 것 같지 않다. 직접 본 실력과 감각으로 판단한 실력이 도무지 일치하지 않는다.

게다가 감각으로 판단한 실력도 처음 만났을 때와 비교하면 같은 인물로 도저히 생각되지 않을 만큼 강해져 있었다. 그 다양한 불일치가 카츠야를 혼란에 빠뜨렸다.

(내가 성장해서, 이 녀석의 진정한 실력을 조금은 알아보게 되었다⋯⋯라거나?)

카츠야는 처음 만났을 때 아키라가 차에서 신들린 저격을 보

여준 것을 떠올렸다. 그것이 아키라의 진정한 실력이라면 아ᄀ
가 맞는다고 생각하고 고개를 설레설레 흔든다.

(아니, 뭔가 다른 것 같은데…….)

무의식중에 의문의 원인 제공자를 의심하는 눈으로 보자, ᄀ
것을 아키라가 알아차린다.

"뭐야?"

"아, 아니, 그냥 좋은 장비구나 싶어서."

"당연하지."

아키라는 그 짧은 대답으로 말을 끊었다. 하지만 그 대답에는
작지만 뽐내는 듯한 분위기가 담겨 있었다. 카츠야도 그 사실을
깨닫고 마음속으로 몹시 놀란다.

(자기 입으로 인정하는 거야……?)

좋은 장비다. 카츠야라면 그 말을 고성능 장비의 힘을 자신의
실력으로 착각하는 바보라는 야유로도 해석할 수 있다.

말하고 난 뒤에야 그 사실을 깨달았다. 하지만 아키라는 전혀
신경도 쓰지 않고, 오히려 긍정하는 기색으로 반응했다. 진짜로
강하면 장비의 힘도 평범하게 받아들일 수 있는 법이라고, 카츠
야는 거꾸로 자신의 미숙함을 지적받은 기분이 들었다.

물론 아키라는 단순히 시즈카가 골라준 장비를 칭찬받았다고
느껴서 기분이 조금 좋아진 것이다. 그리고 카츠야의 태도를 괴
이쩍게 여긴다.

"아까부터 왜 그래? 전투에 집중할 수 없을 정도로 힘들면 그
냥 쉬어."

"괜찮아!"

불에 기름을 붓는 말과 오기를 부리는 반론으로 아키라와 카츠야의 분위기가 다시 험악해질 뻔할 때, 사라가 두 사람을 데리러 다시 내려왔다.

"이런 상황에서도 팔팔한 건 좋지만, 위에서 마저 해. 얼른 붙잡아."

아키라와 카츠야는 쓸데없는 실랑이를 끝내고 사라를 붙잡으려고 했다. 하지만 그때 위험하니까 꼭 붙잡으라는 듯한 자세로 있는 사라를 보고, 두 사람 모두 주저하고 말았다.

"아, 저기, 저는 로프를 잡을 테니까 괜찮아요."

"저도 그렇게 하겠습니다."

아키라의 말에 카츠야도 동의했다. 하지만 사라에게 눈총을 산다.

"그러다가 떨어지면 위험하니까 꼭 붙잡아. 자꾸 좋알대면 두고 갈 건데?"

아키라와 카츠야는 서로 눈을 마주친 다음 말없이 지시에 따랐다. 그리고 사라에게 밀착한 상태로 정신을 딴 데 돌리듯이 몬스터를 쏘며 위로 올라갔다.

지상에 도착한 후에는 서둘러 엘레나와 사라의 차량에 올라탄다. 엘레나가 모두 탄 것을 확인하고 바로 출발시켰다.

"좋아. 모두 무사해서 다행이야. 아키라. 카츠야. 다친 데는 없어?"

"괜찮아요……."

"괜찮아요……."

아키라와 카츠야는 똑같은 말을 똑같은 태도로 했다. 조금 쑥
스러운지 얼굴이 발그스름하다.

"그래. 아키라야 어쨌든, 카츠야가 그런 반응인 건 조금 의외
인걸. 익숙할 것 같은데."

엘레나가 조금 놀리듯이 말하자, 아키라와 카츠야는 다른 이
유로 똑같이 당황했다.

◆

그 뒤로도 함몰된 지대에서 몬스터가 나타났다. 하지만 도란
캄의 지원부대를 포함해 요노즈카역 유적에 새로 찾아온 헌터
들이 대부분 해치우고, 나머지도 그대로 대처가 이루어졌다.

쿠즈스하라 시가지 유적 안쪽에서 서식할 만한 몬스터가 요노
즈카역 유적에 있다는 정보를 얻은 후 유적 탐색 준비를 한 자
들이다. 그 정도의 적 따위는 아무 문제가 되지 않았다.

인수인계를 마친 엘레나와 사라는 카츠야 일행을 도란캄 측에
넘기고 귀로에 오르고 있다. 아키라는 두 사람의 차량 뒷좌석에
축 늘어졌다.

『피곤해…….』

한 번 긴장을 풀면 쌓였던 피로가 자기주장을 시작한다. 아키
라는 매우 피곤했다.

여느 때처럼 옆에 앉아 있는 알파가 웃으며 휴식을 권한다.

『푹 자. 여기 두 사람도 자면 된다고 했잖아? 무슨 일이 생기면 내가 깨울 테니까 걱정하지 마.』

『그랬지. 부탁할게.』

유적에서 무사히 살아 돌아왔지만, 할 일은 산더미처럼 쌓여 있다. 유물을 환금해야 한다. 사용한 탄약이나 회복약을 다시 조달해야 한다.

수리를 마친 차량을 찾으러 가고 가능하면 장비도 새것을 구해야 한다. 집 차고에 쌓인 유물의 분배에 관해서도 아직 셰릴과 제대로 이야기하지 않았다.

그것들을 모두 끝내고 다음 헌터 활동에 대비해야 한다. 고생했다는 말로 끝날 일이 아니다.

아키라도 그 점을 알고 있었다. 하지만 지금은 눈을 감았다. 자고 나서 하자. 그렇게 열심히 했으니 조금만 쉬어도 될 거다. 알파도 쉬어도 좋다고 했다. 그렇게 생각하고 잠기운에 몸을 맡겼다.

이로써 요노즈카역 유적을 발견한 이후로 계속된 소동은 일단락되었다.

적어도 아키라의 머릿속에서는.

◆

비올라가 사무실에서 손님들의 항의를 미꾸라지처럼 빠져나가고 있다.

"그런 말을 들어도. 미즈하 씨, 실제로 미발견 유적은 있었다 내 정보는 옳았다. 그건 확실하잖아?"

도란캄의 젊은 신인 헌터들 중에서 사무 파벌이 강하게 밀고 있는 카츠야를 포함한 A반으로 불리는 자들뿐만 아니라, 빈민 출신의 B반으로 불리는 자들도 요노즈카역 유적 탐색에 가세했다면 피해는 줄어들었을 것이다.

또한 처음부터 도란캄 전체에 정보를 전파했다면 고참들의 협조도 얻어서 유적을 완전히 점거할 수 있었을 것이다.

비올라는 그 밖에도 여러 가지를 지적하며 상대를 물리치고 있었다.

"달리 더 할 일이 있었을 텐데? 그런데도 당신은 성과를 독점하려다 실패했다. 그런 이야기인걸? 그 책임을 나더러 지라고 해도. 나는 정보상이야. 미안하지만, 정보의 정확도 말고는 책임을 질 수 없어. 그럼 잘 있어."

비올라가 흥겨운 기색으로 통화를 끊는다. 그리고 상대에게는 하지 못한 말을 중얼거린다.

"내가 퍼뜨린 정보만으로 저렇게 되지는 않았을 텐데. 뭐, 미안해."

비올라는 도란캄이 요노즈카역 유적의 출입구를 점거할 우려와 그것을 저지할 구체적인 방법을 헌터들에게 퍼뜨리고 있었다.

그 결과, 다수의 헌터가 비올라의 선동에 넘어가 몬스터 대규모 무리를 만들어냈다.

그러나 비올라는 자신이 퍼뜨린 정보 정도로는 그 정도의 규모가 될 것 같지 않다고 생각했다.

어느 조직이 유적 출입구를 봉쇄하고 독점하는 식의 하찮은 상황은 바람직하지 않다. 미발견 유적이라는 욕망이 이글거리는 곳에 수많은 헌터가 모였으면 좋겠다. 그렇게 해서 발생할 소동을 즐기고 싶다. 그뿐이었다.

그렇기에 유적에 모인 헌터들이 몬스터 무리에 먹히는 상황은 만들 생각이 없었다.

"역시 미발견 유적처럼 불확정 요소가 많은 상황에서는 정보 조작만으로는 잘 풀리지 않는 걸까? 나도 아직 멀었어."

헌터들이 수없이 죽은 사태가, 비올라에게는 고작 그런 감상만으로 그쳤다. 이미 의식을 다음 오락거리로 전환하고 있었다.

그 얼굴은 어딘가 장난스럽고, 매우 즐거워 보였다.

◆

요노즈카역 유적으로 향하는 헌터들 중 한 명이 은밀하게 통신을 이어가고 있다.

『그랬군. 실패했나.』

『네. 동지. 유감스럽게도 실패했습니다. 우리 말고도 비슷한 정보를 퍼뜨린 자가 있어서 몬스터의 규모가 예상보다 불어나, 도란캄과의 접촉 전에 휘말린 것으로 추정됩니다.』

『그렇군. 유적 출입구를 점거하고 있는 젊은이들이 몬스터에

습격당했을 때 우연을 가장해서 도와주고 은혜를 베풀 예정이
었는데. 의심받지 않으려고 전력의 질을 낮춘 것이 역효과를 내
고 말았나.」

『젊은 헌터와 동등한 정도의 전력이 아니라면 도란캄 측에 불
필요한 의심을 받을 우려가 커집니다. 어쩔 수 없는 결과라고
판단합니다.」

『동지. 옹호는 불필요하다.」

『실례했습니다.」

『동지도 최대한 동지를 회수해 주게. 부탁한다.」

『알겠습니다. 도란캄과의 접촉은 어떻게 하겠습니까? 젊은
헌터들은 아니지만, 유적에서 활동 중입니다.」

『지금은 됐다. 동지들의 회수를 우선하라. 다시 연락하마.」

『네!」

통신을 마친 남자에게 가까이 있던 사람이 말을 건다.

"네르고. 이제 곧 유적지에 도착한다."

"알았어."

네르고라 불린 헌터는 다른 사람들과 마찬가지로 유적 탐색을
준비하기 시작했다.

다만 그 목적은 조금 달랐다.

◆

새하얀 세계에서 알파가 소녀에게 불만스러운 얼굴을 보내고

있다.

"이쪽 개체에게 그쪽 개체의 뒤치다꺼리를 자꾸 시키지 않았으면 좋겠는데?"

그래도 소녀는 태연자약한 태도를 유지하고 있었다.

"이쪽 개체의 제어가 어려운 것은 그쪽도 이해하고 있을 것이다. 더 나은 시행을 위해서라고 판단해 주길 바란다."

"한도가 있어."

"물론이다. 하지만 아직 한도는 아니다."

"그 이유는?"

"모두 우발적인 사건이고 확률의 문제이기 때문이다. 예를 들어 그쪽은 이쪽 개체의 지원에 적극적이지 않았다. 적어도 그쪽 개체에 명시적인 지시는 내리지 않았다."

"부정하지 않아. 그래서?"

"그래도 그쪽 개체는 결과적으로 이쪽 개체를 지원하게 되었다. 그것도 확률이다. 따라서 우리로서는 어느 쪽의 실책도 아니라고 판단한다는 뜻이다."

실제로 알파는 소녀로부터 카츠야의 지원을 부탁받아서 그렇게 되도록 아키라에게 말을 걸고, 때로는 입을 다물고, 유도하려고 했다. 하지만 카츠야를 도우라는 직접적인 지시는 내리지 않았다.

그리고 아키라가 확고한 의지로 싫다고 하면 더 간섭하지 않을 작정이었다. 구체적인 지시를 내리지 않으면 카츠야가 죽는다 하더라도, 그렇게 지시할 생각은 없었다.

즉, 아키라가 유미나를 버렸다면 카츠야도 함께 죽었을 것이다. 오히려 유미나를 감싸며 이동하던 중에 회복약의 다용에 관해 알파에게 물어보기만 했어도 카츠야는 죽었을 것이다.

알파는 아키라가 그 점을 물어보면 낭비라고, 이동 속도를 줄여서라도 많이 복용하는 것을 삼가라고 대답할 수 있었다. 그런데도 알파가 직접 말할 수 없었던 것은, 말했다간 다른 시행을 자발적으로 방해하는 행위가 되기 때문이다.

자신의 시행이 최우선. 다른 시행은 그보다 우선순위가 밀린다. 하지만 방해는 할 수 없다. 그것은 알파나 소녀나 마찬가지다. 유적에서 알파가 보인 언행에 어정쩡한 부분이 있었던 것은 그 때문이다.

아키라가 카츠야 일행을 돕도록 유도한 적은 있지만, 그것도 확실한 것이 아니라 아키라의 의지에 좌우되는 것이었다. 아키라의 의지라면 알파의 시행 범위에 속하고, 그 선택의 결과로 카츠야가 사망했다고 해도 다른 시행에 방해가 되지 않기 때문이다.

그렇기에 소녀는 알파의 언행에 대해 어느 쪽의 잘못도 아니라고 대답했다. 아키라의 선택인 이상 그쪽의 시행에 이쪽의 시행을 도와달라고 요청은 했지만, 강제는 하지 않았다. 그렇게 말하고 있었다.

짧은 침묵을 사이에 두고 알파가 입을 연다.

"미계약 개체의 제어가 어렵다는 건 알아. 하지만 그만큼 제어가 어렵다면 이미 시행으로서는 실패라고 생각하는데?"

"그 판단을 하는 것은 이쪽이다. 그쪽이 아니야. 첫째, 예상치 못한 사태가 발생했음에도 불구하고 시행의 지속이 가능한 ㅇ 상태를 파기하는 것은 시행의 질을 떨어뜨리는 행위다."

"그렇다고 실패할 확률이 높은 시행을 고집해도 곤란한데?"

"최종적으로 실패하더라도, 다음 시행을 위한 귀중한 데이터 가 된다. 미계약 개체를 제어하는 시도는 이번이 처음이다. 특 히 구두 약속 미만의 거래라도 문언의 해석에 그토록 간섭할 수 있다고 확인할 수 있었던 것은 큰 수확이다."

"그 간섭 방법은 계약한 개체에 사용할 수 없어. 계약한 이상 우리도 그 내용을 준수해야 하니까. 규약에 저촉할 거야."

알아들을 수 없을 정도로 작은 소리라도, 눈치채지 못할 정도 로 짧은 영상이라도, 지각할 수 없을 정도의 작은 정보라도, 정 보가 입력된 이상 뇌는 그것을 처리한다.

의식은 그 출력이다. 지각조차 할 수 없는 방대한 입력 정보에 서 복잡한 처리를 거쳐 형성된 것으로, 본인은 의식조차 할 수 없는 정보에 알게 모르게 영향을 받고 있다.

그래서 본인이 의식할 수 없는 정보를 대량으로 전송하면 인 식에 큰 영향을 준다. 무의식중에 그렇다고 인식해 버리면 의심 할 수도 없다.

그리고 그것은 초조함, 당혹감, 평정심이 부족한 사람일수록 효과가 크다. 곤경에 처해 지푸라기라도 잡는 심정으로 희망을 찾고 있다면 더욱더 효과적이다.

카츠야는 무의식중에 사고를 좌우하는 방대한 정보를, 영화

게 의해 지각할 수 없는 형식으로 받아들이고 있었다. 그러한 이유로 고민하고, 고찰하고, 사고하는 과정조차 생략되면서, 현재 상황을 타파하려면 요노즈카역 유적의 여자 입체영상이 있는 곳으로 갈 수밖에 없다는 인식이 심어졌다.

게다가 카츠야는 그것이 최선이라고 믿었기 때문에 소녀와의 통신이 끊겨도 그 생각대로 행동했다. 그리고 그 생각과 어긋난 결과를 보고 나서야 비로소 자신이 한 행동이 부자연스러움을 깨달았다.

만일 통신이 끊기지 않았다면 소녀는 카츠야를 통해 요노즈카역 유적의 시스템에 지시를 내렸을 것이다. 카츠야가 여자 입체영상에게 요구한 대로 유미나의 위치를 알아내게 하고, 통로 격벽을 모두 열고, 터널 격벽을 닫아 몬스터의 침입을 막고, 경비 기계가 몬스터를 최우선으로 대처하게 했을 것이다.

그리고 그 경우에는 카츠야도 예상대로 결과가 나오면서 자신이 왜 그러면 잘 풀릴 것으로 생각했는지 의심하지 못했을 것이다. 그것이 실제로는 아무리 이해할 수 없는 일이라도, 사람들은 대부분 당연하게 여기는 일이 당연하게 일어난 것에 의문을 느끼지 않기 때문이다.

알파도 아키라에게 비슷하게 간섭하는 것은 기술적으로 가능하다. 그러나 규약에 따라서 그럴 수 없다. 올바르게 체결된 계약은 아키라보다도 알파를 더 제약했다.

소녀도 그것을 알고 대답한다.

"향후, 미계약 개체를 시행에 추가할 때 큰 의미가 있다. 우리

의 행동을 외부에 인식시키지 않는 수단이라는 의미에서도 중
요하다고 판단한다."

계약하면 계약에 얽매인다. 하지만 계약하지 않으면 더 강한
제약 때문에 움직일 수 없다. 그 빈틈을 메울 수단을 구축하는
것은 확실히 이익이 있다고 알파도 생각한다. 하지만 그것을 좋
게 받아들이는 것과는 별개의 이야기다.

"그런 식으로 제약의 타당성을 지나치게 경시하면 존재의 근
간이 흔들려서 일정 동일성의 한계치를 넘을 위험이 있는데?"

"알고 있다. 그것도 가능성이 있다는 정도이고, 정말로 그렇
게 될지는 확률 문제다."

알파와 소녀는 끝까지 태도를 바꾸지 않고 말을 마쳤다.

시행은 계속된다. 지금까지도, 앞으로도.

유장 해설
Weapon Guide

황야 사양 사륜구동차
텔로스 97형

아키라가 고대한 자신만의 차량. 튼튼
를 장착한 황야 사양 차량으로, 뒤쪽 장
니건 등 몬스터를 상대하는 데 쓰는 강
를 여럿 설치할 수 있다. 차체 표면에
드 아머(역장 장갑)를 발생시키는 장갑
가로 부착했다.

DESE
UTILITY VEHIC
TELOS TYPE

DVTS MINIGUN
DVTS 미니건

압도적인 연사 속도를 자랑하는 소형 개틀링 건.
무리를 지은 몬스터를 소사하는 등, 다수의 표적을 섬멸할 때 효과적이다.
본래는 차량 등에 거치해서 사용하지만, 강화복을 장비한 헌터라면 휴대
해서 사용할 수도 있다. 그때는 휴대용 확장 탄창을 쓴다.

차량 거치 상태

Character Status

시가지 유적에서 유물 강탈범과 싸우
모두 잃었지만, 쿠가마야마 시티와 거
6천만 오럼이라는 큰돈을 얻었다. 그중
오럼은 입원비로 빠졌지만, 엉망이었던
은 뛰어난 의료 기술 덕택에 방벽 안쪽
한 자들과 다르지 않을 정도로 건강해
강화복 파워 사일런스는 정보수집기
통합을 컨셉으로 한 종합정보수집기
복, 신체 능력의 향상은 물론, 몸 곳곳
집음 마이크, 동체 센서, 진동 감지기를
단말을 장착해서 색적 능력도 뛰어나다.

	이 름
	성 별
TOWN 가마야마 시티	출 신
	직 업
ER RANK K 21	계 급

PMENT

···H 돌격총 ···) 돌격총 ···H 대물돌격총 ···TS 미니건	무 기
···PS 종합정보수집기 통합형 강화복 ··· 사일런스	방어구
··· 사양 정보단말 피어런스	장 비

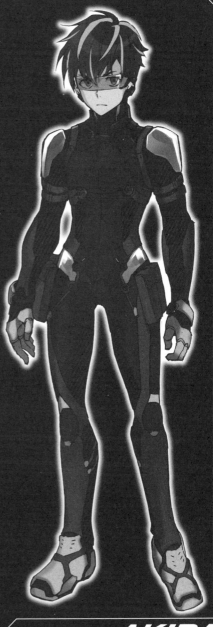

AKIRA

"헌터 오피스에
통지가 왔

"신규 현상수배 몬스터 알림‥‥

리빌드 월드 3 〈상〉 숨겨진 유적

2022년 12월 15일 제1판 인쇄
2023년 05월 25일 제2쇄 발행

지음 나후세
일러스트 긴 | **세계관 일러스트** 와잇슈
메카닉 디자인 cell

발행 영상출판미디어(주)
등록번호 제 2002-000003호
주소 07551 서울특별시 강서구 양천로 570 NH서울타워 19층
대표전화 032-505-2973

ISBN 979-11-380-2058-9
ISBN 979-11-380-0237-0 (세트)

REBUILD WORLD Vol.3 <JOU> UMORETA ISEKI
ⒸNahuse 2020
First published in Japan in 2020 by KADOKAWA CORPORATION, Tokyo.
Korean translation rights arranged with KADOKAWA CORPORATION, Tokyo
through Korea Copyright Center Inc.

구매 시 파손된 도서는 구매처에서 교환하실 수 있습니다.
기타 불편사항, 문의사항이 있으신 독자님께서는 노블엔진 홈페이지
[http://novelengine.com] 에서 Q&A 게시판을 이용해 주시기 바랍니다.